本书由人文在线出版基金资助出版

文学艺术批评视野的呈现方式

朱国昌 著

中国文联出版社
http://www.clapnet.cn

图书在版编目（CIP）数据

文学艺术批评视野的呈现方式 / 朱国昌著. —— 北京：

中国文联出版社，2016.7

ISBN 978-7-5190-1720-0

Ⅰ．①文… Ⅱ．①朱… Ⅲ．①文艺评论—研究 Ⅳ.

①I06

中国版本图书馆CIP数据核字(2016)第172285号

文学艺术批评视野的呈现方式

作　　者：朱国昌			
出 版 人：朱　庆			
终 审 人：奚耀华		复 审 人：郭　锋	
责任编辑：刘　旭		责任校对：傅泉泽	
封面设计：人文在线		责任印制：陈　晨	

出版发行：中国文联出版社

地　　址：北京市朝阳区农展馆南里10号，100125

电　　话：010-85923043（咨询）85923000（编务）85923020（邮购）

传　　真：010-85923000（总编室），010-85923020（发行部）

网　　址：http://www.clapnet.cn　　http://www.claplus.cn

E－mail：clap@clapnet.cn　　liux@clapnet.cn

印　　刷：北京市媛明印刷厂

装　　订：北京市媛明印刷厂

法律顾问：北京天驰君泰律师事务所徐波律师

本书如有破损、缺页、装订错误，请与本社联系调换

开　　本：710×1000		1/16	
字　　数：293千字		印　张：18.5	
版　　次：2016年7月第1版		印　次：2016年7月第1次印刷	
书　　号：ISBN 978-7-5190-1720-0			
定　　价：56.00元			

目　录

文学艺术批评通常讲是一门专门的审视、评价、发现文学艺术作品水平的学术理论，是对指定文学艺术作品以及作者在同创作领域里所达到的高度作论文式的文章阐释。一部作品面世，总会有不同的评价，或诞生了一种独特的表现形式，或改写了传统的观念意识，或代表了一种创作倾向，等等。总之这样的作品是优秀的，或者是另类的，不会是较差的作品，因为，文学艺术批评的使命是提升后续文学创作的能力，批评家的生命以及才华不会浪费在差作品的废纸堆里。就一部作品被批评、被指责，也是在它的好评影响下的负面反映，是构成商榷的意义。

　　文学艺术批评视野是一个非常重要的判断理论家学术能力的标志，没有理论视野的批评家必定是蹩脚的、很烂的批评家。批评家的视野是理论构建的基础和达到理论高度的终极指向，它需要良好的天赋、扎实的学识基础、广博的学科范围和敏感、深刻的学术见解，并且需要洞察力和预见力。批评家必须有独立的理论构建体系和相当的发现能力以及理论表述水平。

　　一个文学艺术批评家只有本专业的知识是不够的，必须兼具其他学科的知晓和融通整个学术领域的精神以及划分学科异同的能力，否则不会成为一个严肃的和有发现力和创造力的批评家。一个优秀的批评家世界观应该是不断上升的，他应该是一个自我改造的、自身超越的，具备酷爱本专业并且是真理的永远探索者的优秀品性。

第一章　在文学艺术史中寻求发现

近期讨论比较热的姜戎小说《狼图腾》[1]对狼的认识就是一个新的发现，以前我们中小学课本中的寓言故事《东郭先生与狼》[2]里的狼形象是被人憎恶的，作者的本意是劝醒的，他让我们看清狼的本性，不要对恶性的狼以及像狼一类的生命，主要是指本性像狼一样的人烂施怜悯之心，否则它会忘恩负义，得寸进尺，把你吃掉的。小说《狼图腾》中的狼，作者对此做了另一种描述，他是进入生命类系里作出发现与表达的。

狼在它的世界里，应该和我们的人群是一样的，总不会不停地去吃他们的同类，狼吃狼。像人一样不停地造成战争，或者争吵。狼吃人，也许是他们的本性，但是它是在一个相对的生活空间惯性发展的，如果它们从小到大都有人像它们的父母一样爱护它们，也许这个特定当中的人就成了它们的亲族。小说《狼图腾》是对一个生命族群的重新辨认，或者是一个更深入的动物，包括最高级的动物，人在内的总体意识的辨认。

严歌苓的小说《小姨多鹤》[3]把二孩和日本女孩多鹤用一个身体和爱的同入，和更多他们的后代，泯灭了中日的世代冤仇，让历史和现实在意识形态

---

[1] 姜戎：《狼图腾》，长江文艺出版社，2004年版。2015被改编成电影，导演（法国），让·雅克·阿诺。

[2] 《小学语文》8版第六册课文，2012年版。

[3] 严歌苓：《小姨多鹤》作家出版社，2010年版。2012-02-08被改编成电视剧上映，编剧：林和平。导演：安建。主演：孙俪、姜武、闫学晶等。

在后世和未来中隔开，建立了人类的广阔家园；让心胸博大的艺术构建了摩登政治的宽容品质和族性偏见的打破；而且以女人多鹤的柔情和性的生命力化解了中日的跨代坚冰，诗意般地畅想着生生不息的家族史话。

莫言的小说《蛙》[1]以乡村女医生姑姑接生了1600多个婴儿，来描述地域中生命力的旺盛，以及更深刻的时代精神与人的生命比较，它突出了生命大于制度和政策的意义。这部作品可以毫不夸张地讲，"文革"时期甚至计划生育时期必定为反动小说，它引起了我们对历史某一个时期的回顾，表现了人的意志的尊严，以及文学超越政治和法律的特质，相对于意识形态，它也属于文学拨弄政治的"马后炮"，但毕竟对历史做了客观的总结，以非凡的智慧和胆识预设了人类的未来秩序，表现了伟大而精美的文学精神。

第一节　文学艺术的世界性关照

1　中国的空间：全球化与国家成长

中国近代文学，偏差带来的再生点。现代性视野下中国文学的文化学走向构想的生成条件是具备的，在全球一体化的道路上文学无疑要走出去、迎进来，文学观念也进入了世界性、现代性视野，中国当代文学、现代文学、古代文学都走出去了，中国近代文学当然也得走出去，可怎么出家门呢？

连自家人，中国人自己都说中国近代文学没有好作品，丑媳妇逛街、出国旅游也得打扮一番吧，但往往现象并非像自家人想象的那样，人的审美也不尽相同，非洲人在鼻孔上穿洞戴上链环，你以为是丑，她们就认为仅此才是美。我国历史上的"扬州八怪"也是以怪，以不像为美，美的定义中通常谈到的是和谐和对称，但美学有条"定理"就是以变、奇、不规则等揭示美的另一种力量。其实中国近代文学也蕴藉在这样的现象之中，中国近代文学以至文学的定义是我们自己把它狭隘化了，文学是表现生命的艺术，除此文学还将生成各种"文学"以外的东西。文学的功能不仅仅只在表现生命，不

---

[1]　作者：莫言：《蛙》，上海文艺出版社。出版时间：2009年版。

单纯的就是艺术，文学是一种表现形式，是一种文本呈现的"资料"。一个具备智慧头脑的人应该视文学、视世界的各种存在和现象为一种资源。文学是一种精神资源，是由文学家以"艺术"的方式奉献给人类的可具挖掘精神财富的矿藏。

文学除它自身的特点以外更具文化学、考古学的意义，好的文学作品和差的文学作品都有这方面的价值，它可以辐射和透视出当时的历史、文化、政治、地理、人文、风俗以及文学成败的等迹象，文学研究者只从文学本身看待文学虽说是走到了专业，但却遗漏了更多的有价值的科学发现。其实仅从一个地方找"样题"解读，也不会有大的"研究成果"，因为世界是联系的，没有多方面的知识和驾御知识的能力也构不成专门家，文学研究者研究文学一点本身就是误读。因为文学表达已经告诉了你答案，文学研究家只能算理解程度不同的相互比试，就今天的文学解读而言是拿大学、研究生的知识解答中学甚至小学的课本，因为文学的样式已经都在中小学排列完了嘛，文学解答的"武器"也无非是数理化上的数字证明公式的文字化，因为……所以……，因为谁谁说……所以……，大不了拿个外国人谁谁说……所以……。

因此，中国现当代文学批评家王晓明教授深刻地提醒我们："今天的文学无法回答当下问题"。文化学不仅是以社会的各种文化现象为研究对象的一个专门学科，也是方法论中的一个工具。王晓明教授一开始的文学研究就是视野更开阔的文化学方法，文化学方法是文学研究通向思想家的途径，作为任何一类学术研究的最高成就最终都将走向思想家的道路。

2　个人与社会的关系

21世纪中国处于转型期，社会各种观念和表现方式都在发生变化，人与社会的相处已经是一个非常值得关注的问题。个人将如何适应这个社会，是被动的接受还是主动迎上，发挥个人的主体作用还是任社会的大陀螺带着盲目地运转，个人是从属社会的活动分子还是发展中的社会更应具备充分的个人独立性，生存、娱乐、事业、理想、精神、自由是被遏制了还是就存在于此，这些问题在我们看来是十分有必要进行探索的生存空间课题。

人对社会的适应性。人从生下来就不是独立的人，按马克思的观点人本身就归于社会的属性，人从母体里降生，人从此就带着上一代的历史，父母作为新生命的创造者就已经刻上了社会组织、秩序、道德、情感、人与人关系的标记。

婴儿的情感是依赖性的，首先是依恋父母，由父母的呵护习惯成身边的陪伴，在社会的结构中父母为了让孩子将来能更好地适应社会和融入社会，开始锻炼他（她）逐渐脱离家人，送他（她）去幼儿园、读小学、中学、大学，以至接受更高一级的教育，最后让他（她）到社会工作，走向独立。然后他（她）再做父（母）、生子，循环上一代的生活和义务，家庭中一代一代传承下去，社会包纳了一个个无数这样的家庭，一家几代（一般的一代到四代）的家族共同活动在社会中，以至世界各地。

人在成长的过程中逐步学会了如何适应社会，如何在社会中立足和生存。社会像春夏秋冬的四季、像阳光、冰雹、和风、严寒，人如同它的晴雨表对此做出不同的变化和调节。适应是生存的前提，任何一个季节都有人故去，任何一个季节也都有人创造生命奇迹，人就是在某个环境里不能完全适应而有程度不同的被侵袭和被伤害，以至丧失生命。

社会环境与自然环境一样给人带来快乐和利益，也考验着一个人，21世纪的中国正处于世界一体化的现代化进程之中，突如其来的社会风云把我们每一个人都卷了进去，市场经济让你重新调整生活态度，人事制度的改革打翻了你的最初计划，各种体制冲击你的生存状态和命运，社会要求我们不能再像过去那样等闲视之，行业之间人与人之间都已经成了竞争的代名词，工作岗位的获得已经是人们的首要谋生目标，为了工作人不仅要比能力还要比耐力，现在每一个人的工作岗位都面临着失去，社会上的下岗职工也要承受现实的打击，忍受煎熬，挣扎着最后走出困境。

比较而言，岗位的好坏已经不是谈论的话题了，有没有才是最重要的，因此下岗、失业，贫困、疾病、死亡构成了现代生存的基本意识。高耸的摩天大楼、现代性的游乐场所、豪华的五星级宾馆、昼夜运营的歌厅舞榭并不属于社会所有阶层，复式楼房、高级别墅把另一个阶级的属性输入到社会，社会人形成了各个等级的鲜明对比关系，表面看来人只是生命的个体，实质上人就是各个方面的社会标志，人与社会是融入一体的。以前在上海十里洋场住着的是有钱人，棚户区住着的是普通人，现在上海、北京、广东，以及其他城市黄金地段住着的人和郊区住着的人共同编织了城区人群的状态，城市和农村、落后山区体验着不同的生命形式。

社会上除了有高级领导人、学者、科学家、艺术家、知识分子、工人、农民，还有残疾人、病人，人无论如何都得活下去，享受成功和快乐与经得起磨练都是生命感受的一部分。人适应社会，一部分在行动的身体，一部分在人的心理，人的心理要适应社会的环境还必须能够做到适应自身的环境。在现有状态下人适应社会主要是人的个体心理调节，现在反映在人们身上大量的抑郁症、恐慌症、精神病、神经错乱、自杀都是人命运不幸导致的结果，不仅穷人自杀，富人、学生和高级人才也自杀，过激的生命行为呼吁社会做出应有的对策。看来适应社会并不是单纯的个人一方所能胜任的，人毕竟是渺小的社会一分子，个人的力量摆布不了巨大的社会运行机器，一个"以人为本"即以人民为本的国家和制度必须做出另一种同样也适应人民的举动。

等待社会完美成型，这还是个梦，梦要做在自己的身上，形成认识社会的两极观念，国家要创造和谐的外部环境，个人要在不和谐的现境中寻找和谐。一个社会永远都存在事实上的不合理，富贵和贫穷、在相当长的历史阶段都将存在下去，竞争的世界和国家也构成了竞争人结果后的得意和惨状，竞争的项目不仅是体力和智力，还有多方面的内容，包括对荣誉感和屈辱的认识以及阶段性的等待。适应社会必须具备各种与社会适应的能力，也包括对现状适应的心态。

这种心态可能会支持个体的人正常、自然、平静、乐观地生活下去。为了维持或者保护这种心理的领地，人还需要添加其他的精神营养来增强心理抵抗力，社会也要改善自身的运作方式，制定国家制度、体制的决策人员同样要以积极的态度投入到这个社会的实际当中，培养与百姓的真实情感。

文学艺术、心理学、社会学的介入。作家、艺术家、心理学家、社会学家都有责任和义务为个体人适应社会寻找心理出路。余华的小说《活着》近些年频频在国际国内获奖，小说的主人公福贵经历了富贵和贫穷以及巨大的心理创伤，他先是个有着豪华院宅的"富人"，赌博让他输光了房子，但恰巧开始惩罚恶霸和定成分，他幸免一死，还侥幸被划上了贫农，但后来他的命运就一天不如一天了，先是女儿得了哑巴，后来又难产死了，接连又遭致儿子、妻子、外孙的先后死去，他孤独地只能和买来的牛对话，但他坚持着活下去了。

这期间对痛苦的忍受是可想而知的，我们想象如果当年作家老舍、翻译家傅雷也能看到后世发表的《活着》小说，也许会帮助他们度过生活和精神的难关。国内和国外优秀文学作品和艺术剧目都可以作为安慰我们心灵的良药，国外的如前苏联尼古拉·阿列克谢耶维奇·奥斯特洛夫斯基的小说《钢铁是怎样炼成的》、爱尔兰女作家艾捷尔·丽莲·伏尼契的小说《牛虻》等。国产电视剧也能帮助你消磨打发时间，消除你的寂寞。

心理学家应该帮助个人积极治疗心理疾病，从医学的角度为群体建造良好的心理环境。关于心理学问题，在这里笔者还提倡"个人治疗心理学"，我们在求助心理医生的同时，也要学会自己为自己诊疗和健康保护，这个社会急需我们每个人都来保护自己，因为下岗、失业、离婚、交不起学费等依靠社会是一方面，最终的结果还要靠自己解救自己，林白、陈染的小说从对男人的期待走到对男人的失望，最后她们学会了自我疗伤。作家作为精神创造者都在现实社会中走入情感的自我安慰，生活中的常人是否也应该很好地借鉴一下她们的做法呢？

社会学家的责任是积极为政府出谋划策。个人适应社会，社会学家是指导这项工作的专门家，在讲"和谐社会"的今天，社会学家应该担当起历史的重任，社会学家一直在研究社会现象和社会发展，各个国家的政策出台，更多的结果是经过社会学家的论证之后才付诸实施的，社会学家要心里装着百姓，与百姓建立深厚的感情。

不客气地说今天的知识分子与百姓的距离越来越大，从阶层上说知识分子是上层阶级，地位和收入都在万众之上，做学术有多少是为了解决现实问题，研究项目目的性有多少是倾向老百姓的。当年费孝通的《中国农民的生活》又名《江村经济》就是针对江村民众的生活利益提出来的，我们今天还呼唤这样的社会学家来到解决社会和谐的现实面前。

个人在社会中的发展。人的状态也是分等级的，在能够活着的前提下，人的欲望也会随着不断增长，个人的成长就是在欲望的推动下发展起来的，欲望一词可以用理想和抱负来代替，一个人的欲望有先天遗传的基因，也有后天培养的结果，爱因斯坦、牛顿、高斯、达尔文天生就喜欢思考问题，对知识和真理的追求抱有强烈的欲望，科学家们伴着对科学的探索所取得的成绩也一天天培养起来了对真理追求的信念和决心。社会的良性循环是追求成功目标的人带动的，是他们推动了社会历史的进步，拿破仑曾说过："不想当将军的士兵不是好士兵"。

各种事业的成功首先要先想到，然后才能去实施，最终才能创造成功，不想不做怎么能有结果呢？所有的果实都是种子播种、开花、结果的过程。每一个人都得在社会中争取发展自己。社会的良性循环还是普通百姓参与的结果，百姓也要逐渐走向更文明的生活道路。

社会中的个体人向上攀升的动势状态。社会是接满果实的大树，生存的个体就好比向上攀缘摘果实的人，只有攀登者才能有希望获得果实，共产主义之前人类还不应该有坐享其成者，继承财产者也是前一代的剩余劳动创造，除外就是侵占和吞并了不义资产。因此劳动不仅是生活的必须，还是道德和品质的标志。人必须要先有良好的品质，品质形成的力量构成创造财富的过程和成果。

国家需要和谐的秩序，个人也需要和谐的环境，社会的和谐是由人的行为和心理支撑的。个人与社会是互补的，社会不仅要求人要遵守法律和制度的约束同时，个体，人的个人自律也是自我保护的武器。

3　近代文学研究的文化学方法以及文化学自身的价值衡量

从"文以致用"到"经世致用"到"小说革命"到"文学救国"，文学不在文学的道路上。文学的一个属性是真实的情感表达，文学和美是联系在一起的，不应该存在功利性因素，越功利性的东西就越失掉了它的文学性，不在文学道路上你还研究它什么文学呢？近代文学的"经世致用"等目的性把文学引向了偏颇，近代文学的现象以更"越轨"的实例启发了我们文学研究的文化学方向。世界上的东西往往都这么奇怪的，剑走偏锋可能正是你直刀不入的目标正着，像当年鲁迅改学医到学文一样，明明要给中国人看病，结果发现病不在身体上而在灵魂上，意外的发现成就了一名文化大师。

中国近代文人的出现和成长轨迹仍然与中国古代社会文人一脉相承，是国家统治者塑造的智能御用机器。皇帝为了巩固国家政权，采用科举制度选拔人才到全国各个级别的地区做官，帮助他掌管国家政权，科举的考试内容是"文学"，文学字眼从中国古代的官方一诞生就不是世界普通意义上的文学，"文学艺术"这个词的概念在中国不是合成名词的组合，这时文学不包括艺术，中国古代到近代文学艺术的源和流都被阻断，回溯不到"游戏说""劳动说"等艺术愉悦和审美层面上去，文人优美的诗句和漂亮的文字表达是在"意"的表现和"文以致用""文以载道"的目的性中旁生出来的"剩余"。甚至是失意文人的"落魄发泄"。

从方法论意义上看，研究中国近代文学以文化学方法更能准确击中目标，不至于生拉硬扯，文不对题，把没用的当事说，考察近代文学的文学价值不如考察它的文化价值。

中国古代文学、中国近代文学、中国现代文学、中国当代文学的命名也不属于文学本身，它是从中国历史学中划过来的，历史学则是从政治学中划过来的。在有皇帝的时代就是古代，1840年鸦片战争以来，推翻了皇帝进来了外国人就是近代，1919年"五四""革命"开始就是现代，1949年中华人民共和国成立就是当代，中国文学从古代文学一直到20世纪90年代以前都从属于政治，近代以来外国侵略者侵略和践踏中国领土，中国社会沦为半殖民地半封建社会，"近代文学"势必带上它社会、政治的痕迹，中国近代有良知的知识分子都抱着一种政治情怀，操劳着国家社稷和前途，忧国犹民，梁启超提倡"小说革命"，近代文学家不是艺术家而是文化人的化身和政治家的灵魂。

文学主流是爱国、救国的政治表现，民族自尊和民族利益与爱国主义联系在一起，把世界性排斥在外。

中国近代文学的非主流部分饱纳了世界性色彩，在文学表现形式上文学遵从的是写实的心理感受，而非颂扬的笔调，如果这时文学感受审美如何如何的快感反倒不正常了。文学家要先有血性，它不仅是文学的根性也是生命的根性，文学"美"的涵义不构成这一个时期的情感和谐，悲壮也没有在这个政府无主的时段中产生，中国近代时期的人民是生命屈辱下的麻木，中国近代主流文学是唤醒百姓觉悟的启蒙过程，中国近代文学的进步在于从"文以致用"到"经世致用"到"小说革命"到"文学救国"的渐次转变，文学从为统治阶级服务觉醒到为国家救亡的"战斗"。

应该说不仅是文学，国家的所有力量首先都要集中到民族的解放道路上，没有国家就没有个人，没有个人哪来的文学家和文学的"娱乐""快感""美"，在静谧的田园中欣赏桃花，怎么可以把这个景象搬到枪炮下自己的同胞血迹中呢？表现美的文学具有心理环境的外在保护性质，近代文学甚至已经丧失了生长桃花的田园和开过的桃花，勾勒中国近代文学的五大文学思潮——"经世致用思潮""学习西方思潮""提倡人文精神思潮""文学通俗化思潮"和"文学的复古思潮"，都是"文学救国"的情结使然。

近代文学思想一方面是抗击侵略的盾牌，另一方面是吸收外来养分的国内使者自转式的自家传播。"学习西方"调整了文学救国的重心，从观念到对技术的认识都增加了新的救国方法认识，"科学救国"的思想使中国人茅塞顿开，中国的文化从两千年前以来一直认为写诗、做文章的文人是国家的有用之才，原来科学才是更要紧的，没有大炮就在海战中失败，国门就守不住，中国近代文学的文化观揭示了中国政治从文学治理天下到科学强国的重要精神转变过程。

中国政府派留学生到国外学习各种科学和知识是在近代社会文化人的倡导下开始的，自然科学在那个时候开始得到重视，学者的亲身经历就是生动的事实例证。

中国物理届"三钱"之一的钱伟长院士当年考取清华大学的专业是历史学，近代"科学救国"思想导致了他最后成为一名杰出的数学博士、力学家、物理学家，以及多学科的科学家。蔡希陶一个当年憧憬文学的青年而成了植物学家。中国一大批近代仁人志士从最初的以文报国转到了"科学报国"的道路，还有像谭嗣同、王国维等这样的文人也是如此。

近代文学没有太多好的精神作品，是由于此时前途的无望，启蒙领袖们的呼吁从盲从的笔一直到用鲜红的血都成了那个时代的祭品，文化人的政治软弱性和思维的片面性导致了他们理想的失败，文化的启蒙最终代表不了军事的力量，国家富强起来还是要靠先进的国防技术和政治家的政权来决定。

中国近代文学在反抗民族侵略的同时逆向地打开国门"学习西方思潮""提倡人文精神思潮"，建立起了文化和文学中西合璧的意识，这很了不起，而且它是一边奉行"拿来主义"一边反对整体支援拿来者的敌方，头脑是清醒的，文学艺术、科学等的形式和方法都得到了借鉴和过滤。

"文学的复古思潮"又使文学在传统上得到了继承和发扬，整个中国近代文学呈现的是开放的思想和品质，从而为中国文学的发展迈进了可贵的探索之路。在中国近代文学的形象中绽放光彩的人物不在文学文本中而是倡导文学的启蒙者，在梁启超、康有为、王国维、谭嗣同等真实的生命中呈现。

中国近代文学的功绩没在艺术作品里表现出来而是蕴藏在文学领袖直接承担的任务和使命的精神里，这种精神已经超出了文学的意义和价值，它透出的学术价值是中国近代思想史、中华民族解放斗争史的形成过程，拓出了文学、科学的渐变、发展路径。

4 中国近代文学的现代性特点质疑与中国现代文学史分期问题

拿这个被视为可以忽略不记的"或放到古代文学、或放到现代文学"的中国近代文学来质疑中国文学史分期这可能是个更大的资格"偏差"，按现行的以社会学、政治事件划分中国文学史分期，把文学夹在社会和政治的中间充当政治的工具，丧失了文学的本体功能，肯定是行不通的了，中国文学史的划分问题引出众多学者纷纷提出自己的见解，徐源的《对中国现代文学的孕育、诞生、转化的初步探讨》[1]是较早对现代文学的起讫和分期提出疑问的："中国现代文学究竟是从什么时候开端的，这似乎是不成问题的问题。其实不然。"他指出，江苏人民出版社1979年出版的北京大学等9所院校编著的《中国现代文学史》，在阐述现代文学的开端时说："以一九一九年'五四'运动为开端，到一九四九年中华人民共和国成立，这段文学史，习称中国现代文学史。"又说："'五四'新文化运动和文学革命是中国现代文学史的伟大开端。""文学革命是'五四'新文化运动的重要方面，是我国无产阶级领导的新文学运动的开端。"[2]在同一本著作中，现代文学的开端就有1915年、1917年、1919年三个时间。周音指出："在我们中国，所谓现代文学就是指一九一九年'五四'运动到一九四九年第一次文代会召开，这三十年间的文学。这种提法是根据中国革命历史阶段划分而来的。"他提出

---

[1] 徐源，《对中国现代文学的孕育、诞生、转化的初步探讨》，载南昌大学学报（人文社会科学版），1980年04期。

[2] 北京大学等九所院校编著的《中国现代文学史》，江苏人民出版社1979年出版。

"中国现代文学的发端年代应在一九一七年"。[1]王瑶的著作最为典型，其分别是以1919年的"五四"爱国运动、1927年大革命、1937年的抗战以及1942年的延安文艺座谈会来划分，其他文学史著作基本沿用这一分期标准。[2]支克坚《从新的思想高度研究中国现代文学史》最早明确地否定了文学与政治标准的同一性，揭示了文学史与革命史之间不可弥合的裂痕。长期以来，我们的现代文学史研究工作，花费了许多精力来说明新文学在３０年里，怎样不停地追随着中国新民主主义革命的步伐前进，文艺思潮和文学运动因此不断出现新特点，作品因此不断获得新思想、新题材……但这里有一个矛盾，就是有些现在大家已经公认为优秀和重要的作品，恰恰并非出自追随革命最紧的作品。这就使得我们的现代文学史著作出现了'破绽'……这种情况无可辩驳地表明，我们研究现代文学史的指导思想存在着缺陷。问题究竟在哪里？

　　"看来，是在于一种比较狭隘的文学观念限制了我们的眼光，以致我们不能从应有的思想高度，对现代文学史进行研究。"[3]1987年，钱理群、吴福辉、温儒敏、王超冰合著的《中国现代文学三十年》出版，其《绪论》体现了"20世纪中国文学"的思想。然而实际上，《中国现代文学三十年》并没有摆脱社会学的论述模式，"20世纪中国文学"仍然被看作是20世纪社会变革的产物，也因此注定了它在分期上无法突破原来的格局。黄修己[4]评述《中国现代文学三十年》说："只要看看《三十年》中每一阶段的具体论述，就知道以1927（年）、1937（年）为界，其实还是踩到政治革命的辙印上了。而第三个十年不止于1947（年），而要延长到1949（年），还是因为

---

[1]　周音提出中国文学史发端的分期问题，属于一家之言。

[2]　王瑶（1914~1989），字昭深，山西平遥人。文学史家、教育家，中国中古文学研究的开拓者、现代文学研究的奠基人之一。青年时期师从朱自清，致力于中古文学史的研究，著有影响力巨大的《中古文学史论》。建国后，王瑶服从组织调配开始了新文学史的研究和教学，1953年完成的《中国新文学史稿》标志着现代文学研究和教学基本格局的建立。王瑶学贯古今，视野开阔，具有深厚的古典文学和现代文学的修养，是一位在中古文学史、现代文学史和鲁迅研究三个研究领域都做出了卓越贡献的学者。

[3]　支克坚，男，浙江嵊县人，中共党员。1957年毕业于兰州大学中文系。曾先后在西北师范大学中文系从事中国现代文学及文艺理论的教学工作，历任西北师范大学中文系助教、讲师、副教授、教授，甘肃省社会科学院教授、研究员，甘肃省社会科学院院长，学术主攻方向为中国现代文学，1978年起指导中国现代文学专业硕士研究生。

[4]　黄修己，福建福州人。1960年毕业于北京大学中文系。历任北京大学助教、讲师、副教授、教授，中山大学教授，中央广播电视大学现代文学主讲。

要把新文学在中华人民共和国诞生时告一段落。把新文学分为三个十年，未见在分期问题上有什么实质性的进展。"他还进一步指出："原因也很简单，上述各位作者都坚持从文学与社会生活关系的视角去考察新文学。而只要承认文学的发展演变是受社会生活变动的影响、制约，则无法回避新文学与中国政治革命步调相近的关系。"黄修己指出，以政治来分期，不仅是中国内地20世纪50年代以后的学者是如此，在50年代以前，也都是以政治来分期，任访秋的《中国现代文学史》是政治色彩最为淡薄的，但也仍然是以1926年、1931年、1937年为界，仍然是以政治事件来作为文学史的分界。

不仅如此，在意识形态对立的海峡另一面的台湾，在分期上也与中国内地学者并无多大区别。因为他们认为"不管在那（哪）一个阶段，新文学总是与时局的变化和民族的祸福有很密切的关系，感时忧国的时代精神，贯穿了整个新文学发展史"。[1]龚鹏程[2]认为，最早采用现代化的评价标准的是严家炎。[3]严家炎在《鲁迅小说的历史地位——论<呐喊><彷徨>对中国文学现代化的贡献》中说："如果说，历史决定了我国经济、国防和科学技术较大规模的现代化，只能在一九四九年新中国成立以后才有条件真正提上日程的话，那么，作为意识形态之一的中国文学，其现代化的起点却要早得多，大约早了整整三十年。也就是说，从'五四'时期起，我国开始有了真正现代意义上的文学，有了和世界各国取得共同的思想语言的新文学。"他在《<二十世纪中国小说史>前言》中说："中国现代小说作为一种崭新的小说形态，建立于'五四'时期。但这种变化的源头，可上溯至戊戌变法前后……到'五四'文学革命以后，小说进一步从审美意识、道德情操、价值观念等深层方面发生巨大的变化，实现了向现代化的飞跃。"龚鹏程说："严家炎

---

[1] 任访秋（1909～2003）原名维焜，字仿樵。河南南召人。民盟成员。1933年毕业于北师大国文系，中国作家协会会员。

[2] 龚鹏程，江西吉安人，1956年生于台北。是当代著名学者和思想家。台湾师范大学国文研究所博士毕业，历任淡江大学文学院院长、台湾南华大学、佛光大学创校校长、美国欧亚大学校长等职。曾获台湾中山文艺奖、中兴文艺奖、杰出研究奖等。2004年起，任北京师范大学、清华大学、南京师范大学教授。现为北京大学中文系教授。

[3] 严家炎（1933～）笔名稼兮、严謇。上海人。中共党员。著名学者、文艺理论家、文学史家。中国作家协会会员。1958年肄业于北京大学中文系文艺理论专业，副博士研究生。历任北京大学中文系讲师、教授、博士生导师，北京大学中文系主任。国务院学位委员会第二、三届语言文学学科评议员。

于今年六月新加坡汉学研究之回顾与展望会议中发表的《现代小说研究在中国》便鲜明地显示了这种以'现代化'来为'五四'以降文学定性的企图。他说：'（20世纪）二、三十年代小说的评论与研究，着眼点始于注意小说的现代性。一些流行的小说论中所说'中国小说的世界化'，实际上指的就是中国小说的现代化。肖乾称'五四'小说为'经西洋文学熏染而现代化了的初期中国小说'，张定璜评论鲁迅《狂人日记》时说：'……我们由中世纪，跨入了现代'，这样的评述，即是把'五四'和（20世纪）八十年代拉到同一个历史位阶，都看做中国跨出中世纪，走向世界、现代化的表现。'"如果说丁易、张毕来等人的文学史千方百计地在新文学发展中寻找"社会主义"的线索，那么，严家炎等人同样在新文学史中吃力地发掘"现代化"的历史。然而，不论"社会主义"，还是"现代化"，都是当代一种被规定的意识形态实践。龚鹏程认为，"二十世纪中国文学"话语不仅挪用了现代化的意识形态，而且他们从来没有对这个概念有过任何反省。"这也就是说，他们尚未从现代化即世界化的神话迷思中走出来，故不免将近百年史简单地解释为世界诸民族追求现代化之历史，未考虑到'现代化'这个观念及现代化史中的复杂性。"实际上，他们和中国现代以来那些激进的理论同样，强调进步，强调"现代"与"新"的价值，强调传统与现代之间的"断裂"。更重要的是，"回到文学自身"的文学史研究的努力同样并不能摆脱意识形态，尤其是当前现实政治的缠绕。龚鹏程认为，"二十世纪中国文学"话语不仅挪用了现代化的意识形态，而且他们从来没有对这个概念有过任何反省。"这也就是说，他们尚未从现代化即世界化的神话迷思中走出来，故不免将近百年史简单地解释为世界诸民族追求现代化之历史，未考虑到'现代化'这个观念及现代化史中的复杂性。"实际上，他们和中国现代以来那些激进的理论同样，强调进步，强调"现代"与"新"的价值，强调传统与现代之间的"断裂"。更重要的是，"回到文学自身"的文学史研究的努力同样并不能摆脱意识形态，尤其是当前现实政治的缠绕。钱理群[1]在1998年《中国现代文学三十年》再版之际对20世纪80年代的文学史观念进行了深入的反省。他补充叙述了王瑶当时对于中国文学的质疑："你们讲20世

---

[1] 钱理群，1939年1月30日生于重庆，祖籍浙江杭州。北京大学资深教授，博士生导师，并任清华大学中文系兼职教授，中国现代文学研究会副会长，中国鲁迅学会理事，《中国现代文学研究丛刊》第三任主编（与吴福辉共同担当）。

纪为什么不讲殖民帝国的瓦解，第三世界的兴起，不讲（或少讲，或只从消极方面讲）马克思主义、共产主义运动、俄国与俄国文学的影响？"因此，龚鹏程追问道："努力想脱离政治羁绊的文学研究，为何不能自我理清文学史论和政论之间的分际呢？"邢铁华[1]认为中国现代文学"开源于中日甲午战后，'五四'并非它的发端。如果从1894年到1949年可以作为中国现代文学的完整的一段，那么它就有了五十五年而不是三十年。这一阶段从社会性质来说，是半封建半殖民地；从时代精神来说，是反帝反封建；从文学现象来说，前后绵密相延，不可分割。而'五四'正是作为中界构成了中国现代文学的前后两个时期。前廿五年是现代文学的萌芽和发展期，后三十年是现代文学的壮大和成熟期。前廿五年是旧民主主义文学，后三十年是新民主主义文学。从关系上说，后三十年是前二十五年必然的发展，应该同属'现代'的范畴。"陈学超提出"关于建立中国近代百年文学史研究格局的设想"，"将鸦片战争以后八十年的文学史和'五四'以后三十年的文学史结合起来，建立'中国近代百年文学史'"。1985年，黄子平、陈平原、钱理群提出了"20世纪中国文学"的概念。他们指出："'二十世纪中国文学'这一概念首先意味着文学史从社会政治史的简单比附中独立出来，意味着把文学自身发生发展的阶段完整性作为研究的主要对象。""从'内部'来把握二十世纪中国文学的有机整体性，不容忽视的一项工作就是阐明艺术形式（文体）在整个文学进程中的辩证发展。"同时，他们指出："所谓'二十世纪中国文学'，就是由上世纪末本世纪初开始的至今仍在继续的一个文学进程，一个由古代中国文学向现代中国文学转变、过渡并最终完成的进程，一个中国文学走向并汇入'世界文学'总体格局的进程，一个在东西文化的大撞击、大交流中从文学方面（与政治、道德等诸多方面一道）形成现代民族意识（包括审美意识）的进程，一个通过语言的艺术来折射并表现古老的中华民族及其灵魂在新旧嬗替的大时代中获得新生并崛起的进程。"他们一方面强调要从文学内部来把握文学史的进程；然而，另一方面实际上"文学现代化"和"汇入世界文学"等概念却又是一种非文学的历史价值标准的预设。

---

[1] 邢铁华：中国现当代文学文学教授。

复旦大学陈思和教授说："文学创作是人类的一种活动，它既来源于社会生活，是社会生活的反映，又具有相对独立的发展规律，有其自身的历史继承性与发展逻辑。根据社会发展史或者政治史来划分文学的时期，无法准确地体现文学发展规律。现代文学史的分期不一定要与现代政治史的分期一致，文学有自己的道路，它的分期应该是作家、作品、读者三个方面进行综合考察的结果。"[1]

在我们看来文学史的分期应该按着文学的自身发展确定，如果我们肯定中国古代文学史的分期是合理的，中国现代文学史的分期就应该以中国古代文学史作为参照系，以后世文学自身成就相对于古代文学史的重大进步为标准，在此之前我们先要澄清一个概念：如何评价文学成就的标准，是文学作品的精致，还是审美的程度，还是文学观念的革命？笔者认为是文学观念的革命，因为文学作品的精致还是属于技术层面上的问题，文学的审美的程度当然很重要，但文学观念的革命是更值得珍爱的，因为审美是带有各种观念的审美，美的标准也是因人而宜，是"仁者见仁，智者见智"的，美的感念应该从属于思想的体系，观念是指引美的方向。能够代表中国古代文学成绩的唐诗、宋词、元曲、五代文化以及清代作品《红楼梦》，其中《红楼梦》的成就最高，但《红楼梦》以及整个中国古代文学观还是中国传统的家族意志的叙事，《红楼梦》观念还框宥在大观园、贾府一类的"鼠目"上和男女之爱的僻巷中，它的表达限制了文学发展的天地，"情爱"的世界观描写降低了人的智力趋向。

发表于1892年的韩邦庆的狭邪小说《海上花列传》（韩邦庆在他创办的中国第一份小说期刊《海上奇书》，由《申报》馆代售，他的小说《海上花列传》就在《海上奇书》上连载）。以空间出场的方式，最早触及现代性敏感问题，反讽、销蚀现代城市工业文明，强烈消解爱情幻影，打碎了"男女之爱"的传统框架，放大男女关系背面痛创，提炼生发"性""性资本"和欲望的酵母作用。

---

[1]　陈思和：《陈思和自选集》，广西师范大学出版社，出版日期1997-09-01。陈思和，教授、博士生导师，现任复旦大学人文学院副院长、复旦大学图书馆馆长、中文系主任。

小说文本的形式破解了一个人们向往已久的爱情虚幻寄托，形象地描写了爱情、性、欲望都不是"单纯"的美好指向，随着人们交往关系的扩大，智力和知识的不断增长，爱情、性、欲望都将在资本的关系中被融合、被规定，重新确立为新的标准和价值，爱情"天长地久""白头到老"的寄词在此将被理解为是首创者清醒的担忧和虚妄的盼望，这个朦胧的意象将随着人类的工业化和城市化的发展越来越明朗和突出。

在商品社会中当女人和"性"都充当了资本因素之后，资本关系就更加复杂起来，权力欲、金钱欲都随之卷入到它的旋涡之中，老鸨把她的倌人聚拢到她的羽翼之下，形成了新的社会家庭结构细胞，倌人也在贫困的家境中一下子变成了走红的妓女，在大都市的霓虹灯中卸掉了传统的古训。在大都市现代性文化工业中这种由资本的胚胎催生的交易过程，镌刻了人的意志扭曲和变形，它是作家以及文本对人类更深刻的认识和表现，标志了文学新观念的形成和现代阶段的到来。它比标志中国现代文学开始的第一篇小说鲁迅的《狂人日记》早26年。《海上花列传》发表于1892年，《狂人日记》发表于1918年5月15日。《海上花列传》冲击了中国现代文学史的上限划分，把中国现代文学的发生期向前推进26年，把发表《海上花列传》的1892年作为中国现代文学史的上限，将从文学的观念上阐明了文学的阶段性进步，也廓清了它与政治、社会学、人类学等各个学科本质上的不同和相互之间的必然联系。

现代文学史的重新划分并不影响鲁迅在中国现代文学史上的地位，鲁迅仍然是中国现代文学史上最伟大的作家和思想家，因为划分文学史是以最能影响一个时期的文学发生时间来决定的，而衡量一个作家的贡献是以他（她）在指定的时期中的最高文学成就来评判的。

第二节　文学艺术史上的重新发现

1　发现作品中的发现

这需要两点发现，一个是批评家的发现能力，能否发现作品中的发现。

一个是文学艺术家在自己作品中的发现。批评家的眼光是最重要的，在文学艺术批评领域里，发现力是第一位，论辩和论述能力是第二位的。看不出东西就无法下手评论，也评不到点子上，即便写出一些文字来，也属于没有意义的东西。

一般来说，眼光和批评水平是成正比的，眼光好批评的手段和论述能力也强，这个属于智力的同标准问题。文学艺术家作品的发现能力是由作者本身的发现眼光决定的，其实它属于文学艺术家内质中的理论洞察力，文学艺术家虽然不是搞理论的，但他们的理论感觉是很强的，他们虽然不像理论家那样有较多的理论观念和术语，但他们内构于作品中的东西是他自身这部作品中的有价值的思考，也可以把它叫做主题的意义。除此之外也有主题以外的发现，比如某一个事物的独到表现方式，一般人们认识以外的带有鲜明个性的奇思构想，等等。

2　用青春和生命拥抱"民间"

通过小说《二月》重新解读柔石。中国现代作家柔石是"左联"作家，又是"左联五烈士作家"之一，他以"左联"的革命性保持着无产阶级的立场，但他克服了"左联"创作中的概念化、公式化的教条主义、形式主义倾向，以朴实的"民间"情怀投入创作，以作品的真情同"左联"的"极左"创作理论构成了鲜明的对照，表达了作家明晰的眼光和高尚的道德修养，补充了鲁迅等知识分子在启蒙思想下对"民间"的歧视，保有正确的态度。

我们通过小说作品《二月》重新解读柔石，不仅是对柔石的一个新的认识，更是反省"左联"创作中的失误和一些知识分子一度忽视"民间"作用的一种思考途径，同时也是重新看待鲁迅蔑视"民间"态度的一个重要的现象呈现。

用这样一个题目，可能有的学者会不同意，因为"民间"是远离主流话语的文学形态。柔石是左联作家之一，是无产阶级主流意识形态倡导者队伍中的一员，以往对柔石的评价也是从"左联"作家的角度来谈论的，把他的贡献归纳在无产阶级作家的群体之中，柔石的名字一直与"左联"一起存在，与"左联"五烈士一同并列。而现在从另一个角度谈论柔石，来说明他的"民间"立场和"民间"情怀，目的是想回答文学史和理论界对他在此方面所忽略的部分。

　　代表无产阶级利益的"左联"作家是最具主流话语色彩的，从理论上来说，"民间"是主流话语之外的现象，所以"左联"作家与"民间"看上去是格格不入的，在形式上两者是二元对立的存在关系。但是，任何一种事物和现象的存在都不是绝对的，文学现象也仍然如此，甚而正是这个看似反差极大或矛盾的现象才更能提供理论上的意义和在正常情况下所不具有的价值，而且有非说不可的必要。在今天重新认识和研究文学史的时候，关于柔石我们也同样有必要来对他进行重新思考和评价，甚至是新的发现，那就是他的"民间"立场和"民间"情怀，我们可以在他的小说《二月》中找出这样的信息和依据。

　　《二月》中表现了男主人公萧涧秋应芙蓉镇中学校长邀请，满怀热情地来到芙蓉镇中学任教，尔后在芙蓉镇与女主人公、芙蓉镇中学校长的妹妹、芙蓉镇中学教师陶岚产生恋爱，他又主动去帮助失去丈夫的文嫂一家，从中发生了萧涧秋与陶岚、文嫂之间的感情纠葛，这样的生活和情感造成了周围人用世俗的眼光看待他，并对他进行种种非议，最后他不得不伤感地离开了芙蓉镇。

　　主人公萧涧秋以一个知识分子的身份出现，他从城里来到乡间，从感情上说他喜欢乡间，对乡间抱着无比美好的希望和憧憬。他刚一到这里时就说："我呼吸着美丽而自然底（的）清新空气了！乡村真是可爱哟，我许久没有见到这样甜蜜的初春底（的）天气哩。"[1]萧涧秋来到这里以后，很快就投入到教学生的工作中去，学生都很喜欢他，陶岚很快爱上了他，他同样爱着陶岚，萧涧秋把真挚的爱恋投入到这里的人陶岚身上，一个充满理想、充满抱负的青年就在这里恋爱了，他越发深爱陶岚也爱恋这里的一切。"他心想愿意在这校内住二、三年，如有更久的可能还愿更久地做。"[2]"似乎他底（的）过去没有一事使他惦念的，他要在这里新生着了，从此新生着了。"[3]

　　在《二月》里体现出最可贵的东西是萧涧秋这个知识分子对乡村的热爱，对"民间"的热爱，这恰恰是知识分子在启蒙意识下被排挤或被忽视的

[1]　摘自柔石中篇小说：《二月》，人民文学出版社，第1版（2009年1月1日）。

[2]　同上。

[3]　同上。

方面。在通常的观念下知识分子是启蒙者，"民间"则是被启蒙的对象，"民间"的范围很大，可以是城市居民，也可以是乡村百姓。但乡村百姓从生活环境和社会地位上更能集中体现"民间"的生活和命运，《二月》对此寄予了极大的关怀，作者柔石是在用青春和生命拥抱"民间"。

"民间"和主流话语的知识分子启蒙在"五四"之后是对抗的，知识分子是启蒙者，"民间"是被启蒙的对象，中国在鸦片战争之后沦为半殖民地半封建社会，国家命运更加凄惨，随着"五四运动"和"新文化运动"的爆发，知识分子的启蒙意识更加明显、突出，中国需要知识分子的启蒙，甚至是国家政权意识的独立和强大，在国家政权意识薄弱甚至衰败的状态下，知识分子启蒙意识和思想是十分重要和必要的。国人志士们怀着报国的决心，自觉的肩负起国家和历史的使命，投身到改造和批判社会的洪流中，涌现出王国维、梁启超、蔡元培、李大钊、陈独秀、鲁迅等一批批知识分子的时代精英，鲁迅正是这些精英中的精英，他以楷模的姿态树立起他的地位，成为"五四新文化运动"的闯将和旗帜，鲁迅精神无疑是中华民族精神的代表，从他对中国国民性批判的彻底性上说，他不愧为新文学运动的旗帜，但是正是由于鲁迅提出他个人的文学主张是批判"国民性"，"哀其不幸，怒其不争"，就导致了他对"民间"的蔑视，他的一系列批判靶子都指向"民间"：《阿Q正传》中的阿Q，《药》中的华老栓，《示众》中的看客们等。鲁迅先生的批判是深刻的，也是正确的，但与此同时，还应有同情和关怀在其中，这在柔石的小说《二月》中被突出地表现了出来，这样就形成了对"民间"的批判和同情、热爱两个方面，从而揭示出了"民间"的一个真实世界，表达了对"民间"的完整态度。

陈思和先生讲到"民间是藏污纳垢的，民主性的精华和封建性的糟粕交杂在一起。"[1]鲁迅先生注意更多的是"民间"藏污纳垢性的一面。"民间"的美好与善良，质朴与淳厚在其他作家意识和情感中被体现出来，比如沈从文，他的边地湘西境域是另一种淡雅而静谧的世界，是更加令人向往的人间。废名的笔下是乡村的风情与气氛的和谐与美丽，是袅袅升腾的欢乐之声。孙犁的笔下是农村妇女们活泼的性情和乐观的生命意识。柔石用自身对

---

[1]　陈思和：《民间的还原——"文革"后文学史某种走向的解释》，载《文艺争鸣》1994年01期。

"民间"的爱恋作了完整的补充和表达。

在"五四"时期和整个现代文学中，刚开始对沈从文、废名、孙犁的评价都不算太高，他们顶多可以算作二、三流作家，沈从文的名望是近些年才被抬起来的，而且对他的重视和研究是在国外引起的。废名、孙犁的地位还没有得到相应的认定，柔石是从另一个角度在文坛存在的，现代文学史对他的评价是《二月》《为奴隶的母亲》两部小说的成功，更多的是谈到他的艺术才华，而不是思想上的。再一个就是以"左联"五烈士之一的名分在无产阶级作家中记载着他的特殊一页，这些固然是柔石的光芒闪耀，但是更值得我们珍惜的是作为一个无产阶级作家、一个共产主义信仰者的共产党员以笔和鲜血谱写了中国现代无产阶级革命文学。

柔石在主流话语以外，以"左联"作家在表现无产阶级利益的态度上用爱的眼光看待"民间"，为知识分子启蒙在立场上确立了正确的方向，把深情注入到"民间"，发现"民间"与无产阶级利益的一致性，并使这种愿望得到了淋漓尽致的抒发。

《二月》中的萧涧秋是一个知识分子形象，他在小说中的身份是杭州省立第一师范学校毕业。他与作者柔石本身的身份完全可以重叠，柔石的生平里是1918年秋入杭州浙江省立第一师范学习。小说可以虚构人物和事件，也可以在作品中写与他本人无关系的东西，可《二月》中萧涧秋的形象和身份无疑渗透了作者更多的自我成分。小说主人公的善良和美好追求势必也是作者的理想和追求。

《二月》中写道："他对面有一位青年妇人，身穿着清布夹衣，满脸愁戚的，她很有大方的温良的态度，可是从她底（的）两眼内可以瞧出极烈的悲哀，如骤雨在夏午一般地落过了。"[1]这就是他第一次见到文嫂的印象，接着叙述了文嫂的丈夫被打死后，萧涧秋又写到"这样想了一回，他从床上起来似乎精神有些不安，失落了物件在船上一样。站在窗前向窗外望了望，天已经刮起风，小雨点也在干燥的空气中落下几滴。于是他打开箱子，将几部他所喜欢的旧书都拿出来，整齐的（地）放在书架之上，又抽出一本古诗

---

[1] 摘自柔石中篇小说：《二月》，人民文学出版社，第1版（2009年1月1日）。

来，读了几首，要排遣方才的回忆似的。"[1]萧涧秋打听别人问路，终于找到文嫂的家，他说："我到这里来为什么呢？我告诉你罢（吧）……我此后愿意负起你底（的）两个孩子的责任，采莲，你能带她离开么？我当带她到学校去读书，我每月三十圆的收入，我没的用处，我可以一半供给你们，你觉得怎样呢？我到这里来，我是计算好的。"[2]"他语声颤抖地同时向袋内取出一张五圆的钞票。"[3]"你……""一边更苦笑起来，手微颤抖地将钱放在桌上，现在你可以买米。"

"左联"无产阶级作家与"民间"在立场上应该是不矛盾的。在"左联"成立后，于1931年11月在题为《中国无阶级革命文学的新任务》的"左联执委会"决议中明确规定"文学的大众化"是建设无产阶级革命文学的"第一个重大的问题"。

只着重强调了文学形式的"大众化"，即让大众看懂文学作品，便于大众对文学作品的接受，而且更重要的目的还是对大众进行启蒙，文学大众化的最终目的是启蒙大众化，仍然把知识分子推到了与大众对立的立场上，形成了"左联"启蒙和大众被启蒙的关系。并没有把大众中最可贵的"民间"情感和"民间"习尚当做歌颂对象，在20世纪30年代国民党统治世界，中国社会现状的黑暗和腐朽，加上日本帝国主义的侵略，造成的国土沦丧和国家破碎，启蒙是完全正确的，也是必须的，问题是知识分子在启蒙中是否就放弃了"民间"意识，或者是只看到"民间"中的藏污纳垢的一面而看不到"民间"中蕴含着美好的另一面。半殖民地半封建社会的中国，是一个特殊的国家和民族，是世界被压迫民族中的一个，在人类的国度里还有一些民族是独立的，在整个人类史上，阶段性的国家状态及其文化有它独特的意义，人类长河中关于生命的意义是丰富的、永恒的，它沉淀下来和不断延续的好的和最有魅力的东西都在"民间"，如果中国现代文学中由于阶级压迫、民族压迫及战乱环境，由于启蒙的任务导致知识分子、作家，没有精力和条件去认识和发现这些或没有把注意力放到这方面来也是完全可以理解的，但作家的"民间"立场必须具备，这是作家世界观的反映，是作家品质中的一个

---

[1]　摘自柔石中篇小说：《二月》，人民文学出版社，第1版（2009年1月1日）。

[2]　同上。

[3]　同上。

重要因素，具有这种因素的作家才算是一个完全意义上的作家，其实柔石就是这一思想和品质凸现的一个典型。

在抒发知识分子热爱"民间"，对"民间"倾注了真挚情感的作品，我们会一下子想到柔石的《二月》，想到活灵活现的萧涧秋，想到柔石。现代文学史上众多的评价一股脑地从主流话语的时代主题讨论、评定萧涧秋是在大革命失败后，去找一种能够躲避起来的世外桃源，表现了小资产阶级知识分子在徘徊中逃避现实，无路可走，找不到前进方向的苦闷。评论家们认为这就是小说《二月》的主题。可是，当我们细读作品时，那里流露的主人公情绪和流淌不止的"民间"所爱是这样的吗？

萧涧秋在一个大雪的天气里，去寻找一个没人理睬的寡妇，又决定把没有血缘关系的采莲领到自己的学校读书，把仅有的一张五圆的钞票交给文嫂一家，这是知识分子找不到出路的表现吗？知识分子还要找什么出路，大革命失败后，中学教师用长矛来向反革命炮群冲锋吗？他在帮助文嫂一家之后，"萧涧秋在雪上走，有如一双鹤在云中飞一样，他贪恋这时田野中的雪景，白色的绒花装点了世界如带素的美女，他期盼着、他跳跃着，他底（的）内心竟有一种说不出的微妙愉悦，这时他想到了宋人黄庭坚的一首咏雪的词，他轻轻念，后四句是这样的："贫巷有人衣不继，北窗惊我眼飞花，高楼处处催沽酒，谁念寒生泣'白花'。"[1]这段文字是萧涧秋苦闷的表现吗？虽说后来萧涧秋又毅然离开了芙蓉镇，去了女佛山（上海），这也不是对现实的逃避。

小说中明明白白地写着萧涧秋告别芙蓉镇的理由，他在临别前给芙蓉镇中学校长、他的好朋友的信中写道："自采莲的母亲自杀以后，情形更加逼切了，各方面竟如千军万马的围拢来，实在说，我是有被这般箭手底乱箭所射死的可能的，而且你的妹妹对我的情义叫我用什么来接受呢？心呢，还是两手，我不能拿理智来解释与应用的时候，我只有逃走一法。现在，我是冲出国军了，我仍是两日前一个故我，孤零零地徘徊在人间之中的人，清风掠着我底发，落霞映着我底胸，站在茫茫大海的孤岛之上，我歌，我笑，我声

---

[1]　《全宋词》，1965年6月第一版，1986年5月北京第3次印刷。

接触着天风了。"[1]萧涧秋是为自由而离开芙蓉镇的。在生命的意义上，人的最高追求境界是自由、是精神的彻底解放，著名诗人裴多菲说过："生命诚可贵，爱情价更高，若为自由故，二者皆可抛。"[2]这个态度是对的，人没有了自由，剩下的所谓的美好的或是幸福的，都是在绳索的捆绑之下，这还有什么意义呢？陈思和先生在谈到"民间"时说到"自由自在是它最基本的审美风格。"[3]柔石虽说只有29岁的生命，创作《二月》时也仅有27岁，但他对生命的理解是准确的、透彻的，用文学生命主题来重新评价《二月》这部作品，也应该说是极其有思想价值的。

在知识分子启蒙的同时，柔石以另一种态度颂扬了"民间"的另一面好的存在，构成了知识分子对"民间"启蒙与关怀二者合一的正确态度。

《二月》在表现"民间"情态上除了描写美好，也有对世俗的批判和蔑视。

作为鲁迅先生热心扶持和帮助的文学青年，柔石在鲁迅先生批判"民间"的笔下补充了他的思想内容；在"左联"作家中他克服了"左联"的公式化、概念化倾向。在"民间"立场上他以真情投入"民间"怀抱。无论在记述中国现代文学史上还是纪念"左联"作家，柔石都应该享有一份独立的篇章。

3　风景的发现

19世纪70年代后期，日本的"现代文学"正在走向末路，赋予文学以深刻意义的时代就要过去了，因为人们几乎不再对文学抱以特别的关切。文学似乎已经失去了昔日的特权地位。但《日本现代文学的起源》[4]的作者柄谷行人从这个现象的反面看到了文学的未来，看到了文学所展示的固有力量，

[1] 摘自柔石中篇小说：《二月》，人民文学出版社，第1版（2009年1月1日）。

[2] 裴多菲等著/劳荣译：《诗集》，知识出版社，出版时间：1950年。

[3] 陈思和：《民间的还原—"文革"后文学史某种走向的解释》，载《文艺争鸣》1994年01期。

[4] ［日本］柄谷行人著，赵京华译：《日本现代文学的起源》，生活·读书·新知三联书店。出版时间：2006-08-01。柄谷行人，1941年生，日本兵库县人，著名思想家，文学评论家，社会活动家。生于尼崎市。东京大学经济学部本科毕业，后获同大学英国文学专业硕士学位。文艺评论家。原为法政大学教授，现为近畿大学特任教授，美国哥伦比亚大学比较文学客座教授。作为日本现代三大文艺批评家之一，柄谷行人代表着当前日本后现代批评的最高水准。

"她"将预示着文学再度回归自己从前的地位，这就是柄谷行人强调的从"风景"发现的视角重新观察现代文学的景象。

这个"风景"的发现不是以往的名胜古迹，"她"正是康德[1]所论及的美与崇高的区别问题。根据康德的区分，被示为名胜的风景是一种美，而如原始森林、沙漠、冰河那样的风景则为崇高。美是通过想象力在对象中发现合目的性而获得的一种快感，崇高则相反，是在怎么看都不愉快且超出了想象力之界限的对象中，通过主观能动性来发现其合目的性所获得的一种快感，康德认为，崇高不在对象之中，而存在于超越感性有限的理性之无限性中。对于自然之美，我们必须在自身之外去寻求其存在的根据，对于崇高，则要在我们自身的内部，即我们的心灵中去寻找，是我们心灵把崇高性带进了自然的想象中。这里康德阐释了这样一个问题，崇高来自不能引起快感的对象之中，而将此转化为一种快感的是主观能动性，然而，人们却认为无限性仿佛存在于对象而非主观性之中。柄谷行人说：风景是通过某种"颠倒"，即对外界不抱关怀的"内面"之人而发现的。他说，我好像是在阐明这种"内面"即是"颠倒"似的，实际上所谓"颠倒"并非意味着由内在性而产生风景之崇高，恰恰相反，是这个"颠倒"使人们感到风景之崇高存在于客观对象之中。由此代替旧有的传统名胜，新的现代名胜得以形成，但这个现代的名胜不是美，而是不愉快的对象这一点竟被忘却了。他举例子说，杜尚将普通的马桶题为"泉"来参加美术展时，实际上，平时我们只关心马桶的日常作用。柄谷行人强调的是 "日常以外"的发现。康德说：当把关怀打上引号来观察事物时，美之判断才得以成立。

人们习惯把他的这个观念称之为对主观性美学置之不理，其实这绝非古老陈腐的观念，这句话的意思是，我们要用打破惯习的方式去看待事物，这里的"把关怀打上引号"，就是把关心、观察的方法在现实的分析习惯上改变一下。柄谷行人说："所谓艺术不仅存在于对象之中，还存在于打破成见开启思想，即除旧布新之中。"

---

[1]　伊曼努尔·康德（德语：Immanuel Kant，1724年4月22日－1804年2月12日）著名德意志哲学家，德国古典哲学创始人，其学说深深影响近代西方哲学，并开启了德国唯心主义和康德主义等诸多流派。康德是启蒙运动时期最后一位主要哲学家，是德国思想界的代表人物。他调和了勒内·笛卡儿的理性主义与法兰西斯·培根的经验主义，被认为是继苏格拉底、柏拉图和亚里士多德后，西方最具影响力的思想家之一。

现代文学就是要在打破旧有思想的同时，以新的观念来观察事物。他说：现代文学就是已经丧失了其否定性的破坏力量，成了国家钦定教科书中选定的教材，这无疑是文学的僵尸。以上对文学的阐述，在某种程度上也可以用来说明"国民"。柄谷行人受到安德森《想象的共同体》[1]一书的启发，也从国民的形成这个视角来重新思考自己的研究。安德森指出："以小说为中心的资本化出版业，对国民的形成起到了巨大作用。"而柄谷行人在书中所观察到的"风景发现"也好，"文言一致也好"其实正是国民的确立过程。

康德认为感性的东西和悟性的东西是以想象力为媒介的。在这个意义上，也可以说共同体的和社会契约性的理想状态仍是以想象为媒介的。

由于货币经济的渗透，封建的或者集权主义的国家经济遭到了解体，在此，现代国家和资本主义市场经济得以确立，但这是不充分的，在这个过程中被解体的乡村农业共同体的理想状态，即互酬的相互扶助性的理想状态还必须通过现象重新恢复起来。不过严密地说，资产阶级革命之后的国家乃是由于资本市场经济、国家和民族三位一体的形式综合而成的。三者构成相互补助、相互强化的关系，比如在经济上大刀阔斧地行动，如果走向了阶级对立，则可以通过国民的相互扶助之感情加以超越，通过国家制定规则实现财富的再分配。这三位一体之圆环力量极其强大，或者在民族的感情基础上资本主义会得到拯救。

柄谷行人列举了夏目漱石的《文学论》[2]，叙述了创作与理论的关系。

---

[1] 本尼迪克特·安德森所著的《想象的共同体（民族主义的起源与散布增订版）》是一部在20世纪末探讨"民族主义"的经典著作。作者以"哥白尼精神"独辟蹊径，从民族情感与文化根源来探讨不同民族属性的特征。本尼迪克特·理查德·奥格曼·安德森（Benedict Richard O'Gorman Anderson，1936年8月26日–2015年12月13日）生于中国昆明，是美国著名的学者，世界著名的政治学家、东南亚地区研究家。专门研究民族主义和国际关系。以泰国、菲律宾、特别是印度尼西亚的研究为基础，对推进文化和政治相关的世界规模的比较历史研究作出了很大的贡献，代表性著作《想象的共同体》（Imagined Communities）给民族主义研究开拓了新局面，给国际带来了很大的冲击。现为康乃尔大学荣休教授。其弟为历史学家佩里·安德森。

[2] 夏目漱石的《文学论》的理论构筑上，有一个明显的特点是：论证方法是西方经验论哲学以及心理学理论，思想的基础却是汉学中的"文章经国之大业，不朽之盛事"（曹丕《典论》）这一经国济世的"有用之学"。书中运用的主要的西方理论有：斯潘塞的经验论哲学、T·A·里博的《情绪心理学》、罗伊德·摩根的《比较心理学》、威廉·詹姆斯的《意识流》等。他在论述艺术家的创作态度以及理想时，利用了心理学上的"物我"两分的方法，把"物"三分为自然、人、超感觉的世界，把"我"的精神作用三分为"知、情、意"，并进一步将其分为"真、善、

这本书当时在日本和西洋都不被重视，它的价值在于说明了文学为何物的问题，对于同时代的英国人来说文学就是文学。夏目漱石的可贵之处在于怀疑英国文学是"普遍的"这一概念。莎士比亚[1]在其生存的时代曾经被"普遍的"有拉丁文化的戏剧家、诗人们所轻蔑，直到19世纪初，才经由德国浪漫派与发现"文学"的同时被重新发掘出来，这时才发现了被看作是天才的莎士比亚。夏目漱石否定"文学史"，怀疑文学本身已规定的历史正确性。认为文学发展的可能前景不一定在已有指定的文学样式范围内。夏目漱石还对历史主义所隐含着的西欧中心主义和视历史为必然的、连续性发展的观念提出了异议，并拒绝把作品还原于"时代精神"，而专注于仅在作品上表现出来的特征。夏目漱石把自然主义与历史性的概念分为两个"要素"是非常客观的，并且他认为自然主义与历史性是交织的，这一点符合事物综合性组成结构方式。

夏目漱石拒绝西欧自我认同论，同时认为日本文学的自我认同也是可疑的。他的进步之处在于对文学的进一步发现。他追问历史为什么是这样的而不是那样的。他比形式主义、结构主义都向前迈了一大步。

"风景"之发现并不是存在于由过去至现在的直线性历史之中，而是存在于某种扭曲的颠倒了的时间性中，已经习惯了风景者看不到这种扭曲。

明治二十年（1887）的"风景"之发现，同样积累着颠倒。这正如国家想象汉文学以前的日本文学时是因为有了汉文学的意识才要这样做的一样。谈论"风景"发现时是用了已经有过的风景经验论述的，这与说山水画

美、庄严"4类。夏目漱石（1867年2月9日 - 1916年12月9日），日本作家、评论家、英文学者。生于江户的牛迂马场下横町（今东京都新宿区喜久井町）一个小吏家庭，是家中末子。23岁进入东京帝国大学英文系（现东京大学），1889年就学期间因受好友正冈子规等人影响而开始写作。代表作品《我是猫》《明暗》《过了春分时节》等，1916年，因胃溃疡去世。夏目死后，家属将他的脑和胃捐赠给东京帝大的医学部。他的脑至今仍保存在东京大学。1984年他的头像被印在日元1000元的纸币上。夏目漱石在日本近代文学史上享有很高的地位，被称为"国民大作家"。

[1] 威廉·莎士比亚（William Shakespeare，1564 - 1616），欧洲文艺复兴时期英国最重要的作家，杰出的戏剧家和诗人。他创作了大量脍炙人口的文学作品，在欧洲文学史上占有特殊的地位，被喻为"人类文学奥林匹斯山上的宙斯"。他亦跟古希腊三大悲剧家埃斯库罗斯（Aeschylus）索福克里斯（Sophocles）及欧里庇得斯（Euripides），合称为戏剧史上四大悲剧家。莎士比亚号称戏剧之王、又有"人类文学历史上最伟大的戏剧家"之称，莎士比亚有四大悲剧《奥瑟罗》《李尔王》《麦克白》《哈姆莱特》，莎士比亚四大喜剧《仲夏夜之梦》《威尼斯商人》（此剧塑造了欧洲四大吝啬鬼之一的夏洛克）《第十二夜》《皆大欢喜》，莎士比亚三大传奇剧《仲夏夜之梦》《辛白林》《冬天的故事》。

是一样的，是以真的山水为经验的。风景描写并没有发现"风景"，"风景"是经验以外的重新发现，这正如柳田国男[1]所说："看似描写的东西亦非描写"。这不仅看不到"风景之发现"，反而会造成用眼前的事物罩住发现的眼睛这个可悲的现象，卷入没有发现力的凝固的文学史眼光。比如所谓井原西鹤[2]的现实主义是在"写实主义"和否定曲亭马琴[3]的潮流之中被发现的。实际上他到底是不是我们所说的现实主义，实在可以让我们多画上几个问号，这正如莎士比亚在先验的"道德剧"框架中以古典为基础来写作戏剧一样，还是在成规中叙述一个固有不变的世界。井原西鹤并没有发现"风景"。所谓风景在柄谷行人那里被认为是一种认识的"装置"，这个"装置"一旦成型出现，其起源便被掩盖起来，它是颠倒原意的想象建立。

国木田独步的《五藏野》[4]和《难忘的人们》（1898年问世），特别是《难忘的人们》中如实地显示了风景在成为写生之前首先是一种价值颠倒这一道理。《难忘的人们》中的"发现"是颠倒了父母、老师作为难忘的人的经验，难忘的人应该是想忘忘不了的人。难忘的人应该是让自己情感真正认同的人。作者认为，我们必须去发现"外界本身"不过这并不是视觉问题，使知觉形态发生改变的这个"颠倒"并不在于"内"或"外"的"颠倒"，而是符号论式的认识"装置"的"颠倒"。宁佐美圭司说：西欧中世纪的山水画相对风景画而言有着共通之处，他们的"场"都是超越论式的、非实在的。山水画家描写松林时，乃是把松林作为一个概念（所指）来描写，而非实在的松林。为了看到作为对象的实在的松林，超越论式的"场"必须颠倒过来，正是在这里出现了透视法，这已经作为颠倒的具像出现了。

正如里尔克所暗示的那样，蒙娜丽莎种种微笑封闭着内在的自我，但这

[1] 柳田国男，日本民俗学创立者。原姓松冈。东京大学政治专业毕业。早年曾投身于文学事业。30岁时离开文坛，开始研究民俗学。

[2] 井原西鹤，日本江户时代小说家，俳谐诗人。原名平山藤五，笔名西鹤。大阪人。15岁开始学俳谐，师事谈林派的西山宗因。21岁时取号鹤永，成为俳谐名家。俳谐是日本的一种以诙谐、滑稽为特点的短诗。西鹤的俳谐与初期以吟咏自然景物为主的俳谐相反，大量取材于城市的商人生活，反映新兴的商业资本发展时期的社会面貌。

[3] 曲亭马琴（1767～1848）日本江户时代最出名的畅销小说家。1814年，其著作《南总里见八犬传》的读本小说在日本刊行，据说是"书贾雕工日踵其门，待成一纸刻一纸；成一篇刻一篇。万册立售，远迩争睹"他成了日本历史上第一个靠稿费生活的职业作家。

[4] 国木田独步（1871~1908），本名国木田哲夫，日本小说家、诗人。

个自我并非来自所谓新教，而是由新教使其明朗化的。[1]这个分析把握住了通过对外界的疏远化使内心化被发现的过程。现代文学中的写实主义在风景意识的发现中也确立起来。谢克劳夫斯基说写实主义的本质在于非亲和化，即为了使眼睛熟悉某种事物而让你看没有看到的东西。因此，写实主义没有一定的方法，这正是不断地把亲和性的东西非亲和化的过程。从这个意义上讲，反写实主义的卡夫卡[2]也属于另一种写实主义，因为写实主义并非描写现实，还要时时创造现实，发现新的"风景"。写实主义也属于发现风景的"内在的人"。柄谷行人说：写实主义和浪漫主义都不可能成为文学史的概念，因为它们都是从某种判断中派生出的概念。他强调对文学史的发现，应该由"内在的人"的眼光在"风景"中去重新发现。这是正确地对待文学史的观念。

柄谷行人进而提出"内面"的概念，非常好地帮助我们解决了一系列争论不休的问题。关于"文言一致"的问题，柄谷行人说："国木独步似已与'文'没有什么距离了，他已习惯了新的'文'这种习惯，从另一个角度说，意味着他已具有了能够表现的'内面'。在他那里，语言已不是可以分为口语和书面语什么的，而是深深浸透到'内面'里的东西，或者可以说正是在这个时候，'内面'开始作为直接的显现于眼前的东西而自立起来，同时，从这里起'内面'的起源将被忘记。""内面"是一个可以让我们架起事物之间连接和分辨的关照物，并且，我们可以不断设立"内面"的自身存在方式，并在新事物被揭示之中不断加以解构。

卢梭[3]给明治十年（1877）的自由民权运动以决定性的影响，但是，当民

---

[1] 赖内·马利亚·里尔克（Rainer Maria Rilke，1875~1926）奥地利诗人。著有诗集《生活与诗歌》（1894）《梦幻》（1897）等。内容偏重神秘、梦幻与哀伤。艺术造诣很高。它不仅展示了诗歌的音乐美和雕塑美，而且表达了一些难以表达的内容，扩大了诗歌的艺术表现领域，对现代诗歌的发展产生了巨大影响。

[2] 弗朗茨·卡夫卡（德文：Franz Kafka，1883年7月3日 – 1924年6月3日），20世纪奥地利德语小说家，著有长篇小说《美国》《审判》《城堡》。短篇小说《中国长城的建造》《判决》《饥饿艺术家》《甲壳虫》等。逝世后，文章才得到比较强烈的回响。文笔明净而想象奇诡，常采用寓言体，背后的寓意见仁见智。别开生面的手法，令20世纪各个写作流派纷纷追认其为先驱。

[3] 让-雅克·卢梭（Jean-Jacques Rousseau，1712年6月28日~1778年7月2日），法国18世纪伟大的启蒙思想家、哲学家、教育家、文学家，18世纪法国大革命的思想先驱，杰出的民主政论家和浪漫主义文学流派的开创者，启蒙运动最卓越的代表人物之一。主要著作有《论人类不平等的起源和基础》《社会契约论》《爱弥儿》《忏悔录》《新爱洛漪丝》《植物学通信》等。

权运动的形势被阐释出来之后，卢梭的影响就被搁置到历史中去了。在民权运动发展转变的过程中还有新的概念在这之中被命名，被"内面"的力量所影响。

柄谷行人在发现"自白"的制度里发现了人的内心以及宗教和"性"。日本现代文学是与"自白"形式一起诞生的，这是和单纯的所谓自白根本不同的形式，它把应该表现的"内面"和被表现的划分成两样，他说："批评家也没有否定'自白'本身，只批判那种把'自白'的我和被'自白'的我混为一谈的做法。即作品虽然是作者的自我表现，但应构筑与作者的'我'相异而独立的世界，日本的私小说把'我'与作品中的'我'混同起来，因此未能形成独立的作品意识。"柄谷行人通过发现"自白"制度，使我们能更深入地思考"性"和宗教制度的作用。

肉体和"性"被柄谷行人用"内面"的思考挖掘出来，从而引起了人们对此进行联想性的分析。自然主义者大肆揭发的那种肉体，已是存在于肉体的压抑之下的肉体了。对于基督教来说，不管怎样解放肉体或者"性"，这本身已是存在于肉体的压抑之下了。

阿尔托谈到了有关西欧的肉体之压抑，他举了《巴里岛的演剧》这部作品，我们看看日本江户时代的演剧便可知其一斑。日本作者田山花袋[1]的《蒲团》为什么那样使人受感动呢？原因在于这篇作品第一次描写了"性"，这里写了此前的日本文学中所描写的完全不同的"性"，即压抑而得以存在的"性"。"性"一直是"自白"的权威性题材。真理与"性"结合在一起其原因在于"自白"，在于个人之义务的彻底表白。

再说基督教，明治40年代（1907-1911）田山花袋的"自白"之前，"自白"这一制度已经存在了，创造"内面"的"颠倒"已经存在，透谷、独步、芦花这些制造语言的大家，还有自然主义时期的人们频频挂在嘴上并劳神思考的怀疑、忏悔、自白等词语不正是西洋宗教的刺激所致吗？然而精神上的怀疑也好，忏悔也好，在已经从宗教解放出来的人们那里是不会发生

---

[1] 田山花袋：日本小说家。原名录弥。曾师事尾崎红叶等人。1891年发表处女作《瓜田》。早期作品有浪漫主义色彩。1902年发表中篇小说《重右卫门的末日》，从此转向自然主义。1907年的中篇小说《棉被》，以露骨的情欲描写而引人注目。后陆续发表《生》《妻》《缘》《乡村教师》《蒲团》等。还有随笔《南船北马》《东京三十年》等。与岛崎藤村等并列为自然主义文学的代表作家。

的。如果我们站在宗教的视角上只会被局限住。与此相反，西洋的文学作为一个整体，则是通过"自白"这一制度而形成发展起来的。今天的作家即使抛弃了狭义的"自白"，文学之中依然存在着这种"自白"制度，这就是敞开心扉说话。

明治20年代到30年代初（1887–1907），具有基督教背景的人们不久纷纷转向了自然主义并不奇怪，因为他们所发现的肉体或欲望乃是存在于"肉体"的压抑之下的。那么基督教是什么？是逼迫精神和肉体上都健康的男女走向虚脱状态的东西，尼采[1]说："基督教是为驯服人们而开出的药方。"

柄谷行人引出了另一个概念："病之意义"。许多人提出过浪漫派与结核病的联系，苏珊·桑塔格[2]出版了一本《作为隐喻的病》[3]一书。18世纪中叶，结核病已经具有了引起浪漫主义联想的性格，在结核病广泛传播时，对俗人和爆发户来说，结核病正是高雅、纤细、感性的标志。患有结核病的雪莱对同样有此病的济慈写到："这个肺病是更喜欢像你这样写手好诗的人"。在贵族已非权力而仅仅是一种象征的时代，结核病者的面孔成了贵族面孔的新模型。这里它第一次打破了结核病不是不美的概念。当我们看到19世纪的西方文明带给画家笔下的面孔，红润而带青春的欲望时，这里的结核病人开始让人暗恋留连了。这种文学性美化不仅不影响科学、医学的常识，反而共生出隐喻的力量。通过身体发病部位的"风景"发现，可以集中治疗

---

[1] 弗里德里希·威廉·尼采（德语：Friedrich Wilhelm Nietzsche，1844年10月15日 – 1900年8月25日），德国哲学家，1844年10月15日，尼采出生于普鲁士萨克森州勒肯镇附近洛肯村的一个乡村牧师家庭。他的著作对于宗教、道德、现代文化、哲学、以及科学等领域提出了广泛的批判和讨论。他的写作风格独特，经常使用格言和悖论的技巧。尼采对于后代哲学的发展影响极大，尤其是在存在主义与后现代主义上。在1879年由于健康问题而辞职，之后一直饱受精神疾病煎熬。1889年尼采精神崩溃，从此再也没有恢复，在母亲和妹妹的照料下一直活到1900年8月25日去世。

[2] 苏珊·桑塔格（Sontag）美国文学家、艺术评论家。她的写作领域广泛，在文学界以敏锐的洞察力和广博的知识著称。著作主要有《反对阐释》《激进意志的风格》《论摄影》等。2000年，她的历史小说《在美国》获得了美国图书奖（National Book Awards）。除了创作小说，她还创作了大量的评论性作品，涉及对时代以及文化的批评，包括摄影、艺术、文学等，被誉为"美国公众的良心"。此外，她也是一位反战人士及女权主义者。

[3] 《疾病的隐喻》一书收录了桑塔格两篇重要论文："作为隐喻的疾病"及"艾滋病及其隐喻"，桑塔格反思并批判了诸如结核病、艾滋病、癌症等如何在社会的演绎中一步步隐喻化，从"仅仅是身体的一种病"转换成了一种道德批判，并进而转换成一种政治压迫的过程。文章最初连载于《纽约书评》（1978年），由于反响巨大，此后数年中两篇文章被多次集结成册出版（最近的一次重版是在2001年），成为了社会批判的经典之作。

并根除疾病。病源体的被发现给了人们这样的提示——以往各种病，包括传染病，都可以被示为因祸得福的启示。1921年疫苗的试制成功，使此病预防成为可能，而且，由于链霉素等的发现，使结核病的死亡率大大降低，社会制度亦可以纳入这样的视野当中，进行社会病态、社会弊端的预防治疗和改造。尼采认为西欧的精神史同样也是病的历史。

柄谷行人在这个结核病的治疗想象中又闪现出新的智慧，巧妙地引用了希波克拉底[1]的医疗思想。他说，治疗疾病的不是医生，而是患者本身所具有的自然的愈合能力，柄谷行人从中引申到自立于国家的"内面"治疗中。

柄谷行人通过儿童之发现，阐述了一位重要的日本儿童作家的创作。日本真正的现代儿童文学的诞生始于小川未明[2]的《赤船》[3]前后，即1911年前后。一方面，关于这种儿童文学的出现，一般认为是在石川啄木[4]所谓时代闭塞状态下文学家之新浪漫主义式的逃避，以及西欧世纪末文学影响的结果。另一方面，在儿童文学圈子内，这种把儿童文学示为成年人文学家的诗、梦想、倒退之空想的观点则成了被批判的靶子。儿童文学家认为，在这种观点中儿童是大人们想象出来的，不是"真的儿童"。1926年小川未明在宣布专

[1] 希波克拉底（古希腊文：Ιπποκράτης，前460年—前370年）为古希腊伯里克利时代的医师，被西方尊为"医学之父"，西方医学奠基人。提出"体液学说"，他的医学观点对以后西方医学的发展有巨大影响。《希波克拉底誓言》是希波克拉底警诫人类的古希腊职业道德的圣典，他向医学界发出的行业道德倡议书，是从医人员入学第一课要学的重要内容，也是全社会所有职业人员言行自律的要求。

[2] 小川未明（1882–1961），日本童话作家、小说家。生于新泻县高田市。1905年在早稻田大学英文系毕业前夕，写了《雪珠》，刊登在《新小说》杂志上。毕业后曾担任《少年文库》《读者新闻》等报刊编辑和《北方文学》杂志主编。1926年以后主要从事童话写作，他是日本现代童话创作的先驱者，是多产的童话作家，被称为"日本的安徒生"。一生创作了7800篇童话，有12卷本《小川未明童话全集》。他的童话具有浓郁的抒情色彩。代表作有《野蔷薇》《牛女》《红蜡烛和人鱼》等。

[3] 小川未明1910年出版童话集《赤色的船》，是日本儿童文学史上的一件大事。1926年以后他主要从事儿童文学工作，担任过《少年文库》的主编。1951年他获日本艺术院奖，1952年被选为艺术院会员，还担任了儿童文学家协会会长。他提出的童心主义理论，对以后的日本儿童文学发展发生了重大、深远的影响。他创作了包括《红蜡烛和人鱼姑娘》在内的《未明童话集》5卷，为日本儿童文学作出了重大贡献。

[4] 石川啄木（いしかわたくぼく）（1886年10月28日岩手县日野户–1912年4月13日东京都），歌人、诗人、评论家。原名石川一，石川啄木是他的笔名，并以此名传世。啄木擅长写传统的短歌，他的歌集开创了日本短歌的新时代。在内容上他使短歌这一古老的文学形式与日本人民的现实生活相联系，冲破了传统的狭隘题材。他用现代口语来写短歌，在形式上也有创新，打破了三十一个音一行的传统形式，创造出二十一个音三行的独特格式。由于歌词新颖，意象生动，而一举成名。

心致志于童话以后，他的作品曾经是构成未名儿童作品特征的空想世界渐渐消失，代之而起的是对现实儿童形象的描写，其作品变得让人感到具有浓厚的说教气。在创作"我之独特的诗"这样的童话期间，未明则是孩子们的赞美者，原因是那时他感到孩子们所有的诸种特性构成了空想世界的支柱。问题是未明在决意把孩子作为对象来写作的时候，他又不得不面对现实中的孩子们，他不能不"忠告"孩子们要与环境相调和而生存下去。这样一来，未明没有形成站在孩子的立场上去写作，失去了以孩子的眼光观察世界的作品内蕴，作者塑造的孩子反到成了没有幻想天空的被管束者。未明童话本质上是"没有儿童"的，但却成了众多的追随对象。我们可以在对柄谷行人的解读中作进一步的解读，发现由柄谷行人现象所带来的另一个"风景"的发现。

明治三年（1870年）制定了小学条例和征兵条例；明治五年（1872）发出了学制颁布和征兵令公布。征兵制在社会中把青年夺走，严格的学制把童心扼杀掉了。儿童在一次次的社会仪式中过早地变成了大人，从生命的整体过程看，儿童的心理正在一天天缩短。在日本明治之后时期的未明那里，还是中国清代，以至今天，儿童文学是个没有采挖的矿场，人类更精彩的幻想画面不能在现有国家制度中获得展放，这不仅是儿童文学中的精神财产流失，也是成人文学缺少人性丰富色彩的生命体验断裂。

柄谷行人的《日本现代文学的起源》一书为我们研究中国近现当代文学打开了一个更广阔的理论视野，文学艺术批评视野的"风景"发现也应该在不同的历史时期、不同的社会价值以及各种角度的观察视域中获得新的认识。

4　作别组织批准你们结婚了

军人英雄形象的革命话语在现代平民化中拆解。从二十集电视剧《激情燃烧的岁月·之二》的军人形象变迁谈起，由"十七年"电影树立起的军人英雄形象的革命话语镌印在过去的银幕上，"十七年"后代之而起的这类形象进入家庭而转为电视形象，"革命加爱情"，转变为"爱情加革命"，怕死和死亡把崇高抽空，并在时代意识的更迭中以二十集电视剧《激情燃烧的岁月·之二》的现代平民化的表现形式被拆解。

现代意识中的无主义、无信仰、自我意识冲淡着革命话语，以军人为主要标志的英雄形象开始蜕变为势利的利己主义者、现实的生存主义表现者，人性化和人性的弱点放大了现代人的生存观念，其中的褒与贬一改以往的激烈，而暗淡在中性词语之间，革命话语更多的虚假成分在当下的背景下被淹没在最终无求也无怨的平民日常状态之中。

我国文学艺术中的革命话语表现一般以1949年到1966年文艺（即"十七年"文艺）为其标志。尤其在银幕上已经树立起的军人英雄形象的革命话语更以经典影片《红色娘子军》《兵临城下》《东进序曲》《英雄儿女》《南征北战》《红日》《海鹰》《战上海》《永不消逝的电波》《上甘岭》《林海雪原》等镌印在银幕上，洪常青、沈振新、李侠、王文卿、王成、王芳等英雄形象熠熠生辉，他（她）们各个抱着革命信仰、英雄主义光彩照人，其银幕形象鼓舞着人们的精神，呼唤着那个时代的使命。

"十七年"后代之而起的这类形象进入家庭而转为电视形象，并在时代意识的更迭中以二十集电视剧《激情燃烧的岁月·之二》的现代平民化的表现形式被拆解。现代观念中的无主义、无信仰、自我意识冲淡着革命话语，以军人为主要标志的英雄形象开始蜕变为当下的利己主义者、现实的生存主义表现者，与以往的反派角色为伍。"十七年"文艺塑造的军人形象都是崇高的，没有明显的道德缺陷和政治污点，更不是"反派角色"，20世纪70、80到八十年代随着我国各种体制尤其是经济体制的转变，时代话语也开始逐步向个体性意识发生倾斜，电影在经过了《天山行》《天山深处的大兵》《花枝俏》（1980年八一电影制片厂摄制）等过渡之后，在《卫国军魂》（又名《高山下的花环》）（1984年上海电影制片厂摄制）中出现了在军人形象"脸上涂黑"的现象。排长赵蒙生在部队凭借拥有"老革命"的父亲，而骄傲、自满，母亲怕他上战场保不住命，为其不参加"去前线作战"而托关系、走后门。最后赵蒙生在前线表现英勇，立了功，转变成了一个真正的部队英雄。至今革命英雄以21世纪的电视剧《激情燃烧的岁月·之二》为终结，出现了部队团长文向东临阵脱逃而被处理转业的高级军官形象，军人英雄形象的革命话语被拆解。军人同样进入平民意识，电视剧中的军官和战士都只是个穿军装的平民。

不仅如此，军人的个人情感也脱离了"十七年"文艺的"革命"方向，开始"越轨"。20世纪50、60年代，军人英雄形象的私人情感也是革命式的，电影《永不消逝的电波》中李侠和何兰芬就是在"组织批准你们结婚了"的安排下才成为革命伴侣的。对比中电视剧《激情燃烧的岁月·之二》中两个穿军装的文艺战士左太行和蒋秀美却像亚当和夏娃一样在绿营偷了"禁果"，军人"革命"话语在此被更进一步拆解掉了。军人形象的平民化因素在21世纪的现代化背景演绎中攀升到了崖顶。

军人的革命话语具有世界性质，其他各国的军人形象也要求服从组织，为国献身，美国军队、德国军队以及任何一个国家的军队组织都需要具备这样的国家意志和品性，尤其是日本的武士道精神表现得更为突出。但社会主义国家的军人使命与资本主义国家的军人使命有一个战争前的出身的不同，资本主义的军队为了所谓的什么种族进化、共荣、国际英雄等个人化意志发动和挑起战争，他的国家军人的使命也是感受政府的统一教化后的一个空泛的理念，军人本身是国家的随从，是国家战争的殉道者和殉葬品。

社会主义国家的军人是在被压迫的历史中走上革命道路的，他们怀着复仇和翻身解放的愿望投奔到血与火的战场，而且经历了党的教育和动员，因此增添了对党和国家的报恩决心和个人家族恩仇记的两种情结。

中国的"十七年"文艺叙事更强于其他社会主义国家的政治气氛，这主要是党的宣传带来的结果，思想教育工作深入人心，调动起了全国的老百姓参军参战，冲锋陷阵，宁死不屈。他们不仅把整个的生命交付给了国家，同时把私密的个人隐情也公开磊落地献给了革命，爱情作为献身的附属品带进了生命的整体中来，也成了革命的一个彻底的表白，爱情并不是个人的，"他"也只能是个人符号的一个集体的完整表达。

革命话语年代的"十七年"电影是"革命加爱情"，21世纪的电视剧《激情燃烧的岁月·之二》是"爱情加革命"，这个基数位置的替换，不是加法中简单的、不影响原意的位置变更，而是时代赋予艺术的生活现实状态的必然揭示，"十七年"文艺是中华人民共和国成立后国家政府倡导爱国主义、英雄主义的时代主旋律，是新中国意志的颂歌，革命是文艺的表现方向，也是共和国的民族之声。

毛主席在延安文艺座谈会上的讲话："要求广大文艺工作者首先要解决立场问题，即站在无产阶级的和人民大众的立场。对于共产党员来说，也就是要站在党的立场，站在党性和党的政策的立场。""文艺要为人民大众服务，使文艺成为团结人民、教育人民、打击敌人、消灭敌人的有力武器"。[1]

爱情是为革命需要，电影《永不消逝的电波》中的李侠和何兰芬的结合，是为了婚姻掩护"革命地下活动"，若不是"革命"需要，军人中的英雄都不能结婚，除电影《永不消逝的电波》外，笔者列出的上述影片以至更多影片都在当时的中华人民共和国文化部电影审查局中不准"结婚"，富有打破"成规"和创新意义的影片《柳宝的故事》因有了"十八岁的哥哥要等待小英莲"而遭受批判；电影《林海雪原》因有卫生员小白鸽是原作同名小说中的人物而被打入冷宫；电影《红色娘子军》中的吴琼花在革命队伍中受到革命英雄洪常青的引导和帮助，眼睛里有了爱慕的神情，同样被"目光警醒"的当时电影检查局的权威动了"剪刀"，电影还未出生就被摘掉了"肿瘤"，侥幸保住了"健康的肌体"。21世纪的电视剧《激情燃烧的岁月·之二》是我国新体制下平民意志借以军人形象在公众娱乐媒体电视剧中的变调发挥。

爱情却一改以往表现我国军人的思绪轨道而成了该电视剧的主旋律，并且成了更大的冲击革命话语的洪水，军队是执行中央精神的国家机器，表现该电视剧的背景正是中国政治灾难最深重的"文革"时期，那时不仅政治陷入一片"风声鹤唳，草木皆兵"的战场，而且生活空间也灌满了"革命"，并在大院、小屋挂满了"打倒资产阶级"的红旗，宣传和倡导爱情是首先被打倒的日常生活方式，平民结婚是可以的，谈恋爱就是"资产阶级"的，那可是件"可耻"和"缺德"的勾当，对比20世纪50、60年代的程度，则更要让他（她）抬不起头，叫他（她）无法见人，把他（她）"搞臭"让他（她）这一辈子活着比死还遭罪，部队中谈恋爱是违反军队纪律的，它的处分结果是记过和开除军籍。

《激情燃烧的岁月·之二》以一个军队高级首长的儿子石林重新阐释了它的意义，它以个人化改写了"革命"的话语，用这样一个过程，演绎了这样一个社会定律，而且最终一步步对之进行了"拆解"，还原了一个平民的本色。

---

[1]　毛泽东在1942年5月在延安文艺座谈会上的讲话，1943年10月19日在《解放日报》上正式发表。

怕死和自杀把崇高抽空。在革命和激情的感召下，石林和排长都英勇地承担了"哑炮排险"任务，在面临死亡威胁的瞬间，两人又都同抢了"叛徒"的"镜头"，紧张、害怕导致了要去撒尿，摄影机对准了他们头顶上的大汗珠子，又在他们哆嗦不止的腿上延长了摄影机停留的时间。这正好是电影《永不消逝的电波》中怕死鬼姚尾和电影《烈火中永生》中叛徒蒲志高在受刑前和临被宣判死刑前的两个镜头的组合。

在这里，曾经是英雄的化身，已经把英雄的崇高彻底抽空，正像柏克所说，崇高是"没有痛感的消极的快感"。[1]人都是珍惜生命的，在"死亡"面前，我们相信那令人景仰不已的革命志士许云锋、江雪芹（在电影《烈火中永生》中）、洪常青（在影片《红色娘子军》中）、杨晓东（在电影《野火春风斗古城》中）、王成（在电影《英雄儿女》中）、董存瑞（在电影《董存瑞》中）、李侠（在电影《永不消逝的电波》中）、吉鸿昌（在电影《吉鸿昌》中）都是真实的，同样他（她）们的确是我们永远视为人类精神的崇高象征。

"崇高是伟大心灵的回声"（古希腊朗加纳斯[2]语），但平民中的"惧死现象"就不是人应有的生理存在吗？"临危不惧"的崇高，在石林那样的特殊生活状态下能产生出来吗？面对"死"的真实心理表现在艺术中是具有哲理性的表现方式的，许云锋、江雪芹、洪常青、杨晓东、王成、董存瑞、李侠、吉鸿昌在临赴刑场前是有强烈的气氛烘托的，他们在革命的战斗生涯中饱经磨砺，革命意志已炉火纯青。而石林不是，相反，他的目的是为立功雪耻加示爱而争取来的一次"光荣"的机会，那杂念浑浊的冲动不把他吓出尿来才怪呢。

既表现英勇壮烈也两腿发抖这才是"平民的英雄化身"。在电影《平原游击队》中小郭跟随李向阳进城那一场戏中小郭被便衣汉奸用手托住下巴，你看他的惧怕表情，那是一个小人物的此时此地的真实的"电影镜头"，那也是把敌人拉到地道中从嘴里一把拨出匕首猛烈地刺死敌人的游击队员；电

---

[1] 柏克《论崇高与美》，转引自朱光潜：《西方美学史》231页，北京，人民文学出版社，2003英国经验派美学家柏克：英国经验派美学家。

[2] ［古希腊］朗加纳斯（Longinus，约213—273）又译朗吉弩斯。古罗马时期希腊学者、修辞学家、批评家。著有《论崇高》，现存残本，关于他生活年代还有许多争论。

影《海霞》中的玉秀被草绳当蛇吓得嗷嗷叫，后来也成了独自一人敢于站岗放哨的民兵了。

从"惧死"到慷慨献身，是电视剧《激情燃烧的岁月·之二》中"平民精神"的"英雄形象"的放大。在电视剧的结尾处，石林再上临死战场，在奔赴前线的壮举中获得全景式的释放，从而对经典中军人英雄形象的革命话语做了完整的人性叙述的修正。

在"死亡"的另一端表现上——自杀，也在军人形象中拷进了胶片。战士左太行无法忍耐寂寞的煎熬，在临近"解放"的最后几个钟头，终于意志倒塌，把孤独的生命交给了孤独的小岛。关于志士自杀，中国"十七年"传统影片中是有的，影片《林则徐》中清军的英勇将领关天培在清军那场全军覆没的炮台上为不被活捉而"就义"。关天培是为英雄的形象而"就义"的，左太行在屏幕上以反英雄的形象而死，生与死都表现了作为"平民的自由"，不是英雄，惟有平民才可以在灵魂归处中找到自己的自由，这是革命话语中所不具备的"平民特权"。

自杀在新中国成立以来到"文革"期间，一直有"自绝于党"和"自绝于人民"的说法，如果不是社会最普通的百姓，最不显眼的社会底层一员，自杀，哪怕是一个有一丁点社会地位的人走了绝路，那也是"自绝于党"和"自绝于人民"。

死，也是带着污点死去的。死有余辜，死无葬身之地。而且一人死去还要连累家人，死者活着的家人是家庭政审不合格，这仍然是一个时代的政治话语，而且是中国的政治话语。我国以往的军人是组织的一员，是革命队伍中的战士，无论是红军、还是新四军、八路军、解放军、中国人民志愿军都是对敌作战的，怎么会把子弹打在自己的身上呢？在战场上只有保存自己，才能消灭敌人，你没有被敌人消灭，反倒自己把自己消灭了，消耗了自己组织的有生力量，这当然是对革命的反动了。

在军队里，在国家重要机关工作的人员都应该属于国家，这对一个国家政权和政治来说都是正确的，国家是政治机器，军队是国家政治机器最集中的标志。对于这一点亚里士多德说的是合理的，亚里士多德[1]曾宣称自杀是对

[1]　亚里士多德（前384—前322年），古希腊斯吉塔拉人，世界古代史上最伟大的哲学家、科学家和教育家之一。

国家的冒犯，尽管这不是对个人的冒犯。他是站在国家的立场上说话的。

但今天的中国军人制度和纪律已经从整体上较历史宽容得多了，从普遍百姓的取消家庭成分论，到征兵标准的降低（同样也取消家庭成分的政审），再到处理犯错误的军人到地方，都比"文革"前处分军人的程度要减轻多了。

军人的形象渐渐从英雄的队伍里隐退到平民中来，文艺作品中的军人形象在今天是可以有缺点的，而且是致命的反英雄的缺点，可以在品质上与百姓同质，归复到人的普遍本性中来。

这样说来关于死的选择就正像亚里士多德派的斯托贝斯[1]在他自己的诠释中说的："最不幸的善人和最幸运的恶人都应该了此一生。""所以，他要择偶婚配、生儿育女、参与国家事务。而且一般说来，他还要行善并且维持其生命。可是，一旦必要，即当贫困向他袭来时，也就只能到墓穴里寻找自己的庇护所。"

如果是平民，自杀在世界各地的生活和政治环境中都有宽容的出口，除了迷信——有神论者，即犹太教徒外，在世界的各个地区和角落没有人认为自杀是犯罪。即使是犹太教宗祖的基督教也不视自杀为有罪，无论是在《旧约》里，还是在《新约》中，都找不到任何有关自杀的禁条来，或者是不赞成自杀的言论。

普林尼[2]说过："生命并非是令人快意的，我们不必费任何代价去延长它。无论什么人，必有一死，虽然他的生活充满着憎恨与罪恶。心境烦恼的人，有一个主要的救济，即大自然所授予人的最崇高的幸事适宜而死，此法的最佳之处，就是每个人都能利用它。"他又指出："对于上帝来说，也并非能使一切事物都成为可能，因为他即使情愿去死，他也决定不了自己的命运。在充满辛酸的人世间，死亡便是上帝给予人的最令人心满意足的恩赐。"

《乞力马扎罗的雪》[3]被称为海明威艺术上最优秀的作品之一，它表现了赤裸裸的死亡，自杀和选择自杀的方式，这在历史到今天的演绎中已经变成

[1] 斯托贝斯，古希腊哲学家，持亚里士多德学派学说。

[2] 普林尼（Pliny，公元前23年——公元79年），古罗马作家、博物学家。

[3] 海明威艺术上最优秀的作品之一，表现了赤裸裸的死亡。

了舆论和理论可以证明的人的一种唯一可以自主自决的特权。军人，如果他是非国家意志表现的特殊时期，在一生的长河中生无法选择，生的过程无法选择，那也只有死是自己能够决定的生命自由了。

如果把人、人权和人性作为宇宙之间生命的第一存在方式和意义，那么军人也只是在国家范围内的第二次被复写。它自然应该列在生命的第二位置上。军人首先要服从于生命的存在，再表达存在的方式。因此，生命对于今天的平民化的军人来说也是第一位的。而且应该把它当做一种象征。

蒋秀美在和她的男朋友左太行偷吃了"禁果"后，不仅不畏惧军队开除军籍的处分，而且决心把她与左太行的"爱情种子"保留下来，视她为生命幸福的全部寄托，在她即将做流产手术时，誓死捍卫另一个生命的概念超过了部队纪律，它在一个更大的生命意识中承担了以"名誉的牺牲"换取无辜小生命的母性良知，并把这个小生命当做他父亲生命延续的象征，使我们在屏幕前看到了一个再朴素不过的平民生命里欢快地流淌着的最纯洁的血液。当下革命话语更多的虚假成分淹没在最终无求也无怨的平民日常状态之中。

第二章　表现形式的突破

文学艺术作品的表现形式是其在本领域内的最重要成就标志。小说、诗歌到底怎么写？怎样突破？电影怎么拍？还有其他文学艺术形式对传统的创新，从有这样的文学艺术形式开始，就有无数探究者创作的追求。

但创新是非常难的一件事情，尽管有众多的实践尝试，依然不见更多的创新，以致表现形式上的革命。

我们都一定还清晰地记得当年在评价魏巍的《谁是最可爱的人》时，曾经编辑不好把它发表出来，认为不清楚它到底是通讯，还是散文，还是报告文学。后来还是把它发表出来，是由于这篇作品真的很好，就不管它是什么了。这里就可以明显地看出，当时的编辑也是不懂什么是创新的。其实，越是什么都不像的东西，应该越有新形式的特点，这个就隐藏了创新的因子，不用说，它当然属于更好的作品，属于表达上的另一个世界的呈现。

第一节　语言形式的变写

1　马原的叙述圈套

文学形式的突破不是一件容易的事情，20世纪90年代曾经讨论过马原的叙述圈套，"叙述圈套"是当代小说评论的重要概念之一，专门用来阐释当代先锋小说的叙述方式。陈思和的《中国当代文学史教程》在评价马原时说："他广泛地采用'元叙事'的手法，有意识地追求一种亦真亦幻的叙事效果，形成著名的'马原的叙述圈套'。"[1]1987年吴亮发表《马原的叙述圈套》[2]，首次用"叙述圈套"一词评论马原小说的叙述艺术。之后，这个术语开始在先锋小说论述中频繁出现，人们似乎因此找到了一个能概括描述先锋小说叙事游戏的语词。 1980年代的先锋小说叙事革命肇始于马原。他在1984至1986年间发表了《拉萨河的女神》《冈底斯的诱惑》《虚构》《错误》等小说，第一次把小说的叙事本身放在最重要的位置上。马原完成了从"写什么"到"怎么写"的转换，而且把"怎么写"推到极端，传统小说的故事情节和心理小说的意识流程都变得不那么重要，重要的是叙述故事的方式。吴亮说："写小说的马原似乎一直在乐此不疲地寻找他的叙述方式，或者说一直在乐此不疲地寻找他的讲故事方式。他实在是一个玩弄圈套的老手，一个小说中偏执的方法论者。"

陈思和主编的《中国当代文学史》中还这样评价过上海作家孙甘露："与其把孙甘露的写作与叙事文学的传统联系起来考察，还不如把它与超现实主义之后的诗歌写作联系起来看。他的小说语言实验，导致的是超现实主义诗歌式的梦态抒情、冥想与沉思……他使得诗情的舞蹈改变了小说语言严格的行军，语言不再有一个指向意义的所指，而是从惯常的组合中解放出来，专注于自己，并做出一些颇具难度的姿势。"[3]批评家陈思和先生和吴亮先生都强调了作家的发现能力及其创新写作的高度上，作为理论家的陈思和先生和吴亮先生最注重的当然是作家超乎于别人的可贵之处，这是别人很难做到和企及的。文学创新还有很多地方指待明日。

[1] 陈思和主编：《中国当代文学史教程》，复旦大学出版社2005年3月第二版。

[2] 吴亮在《马原的叙事圈套》一文中首先使用了"马原的叙事圈套"概念。吴亮（1955—），广东潮阳人。著名文学评论家、批评家。在20世纪80年代的中国文坛上曾经风头甚健，以犀利而敏感的批评著称，在对马原、孙甘露这两位先锋作家的评定上起到了不容忽视的作用。1990年后，吴亮的兴趣从文学转移到了艺术，开始关注起中国的画家及他们的作品。2000年，吴亮又恢复到他的评论者状态，重出江湖，对文学、文化现象发表了一系列言论。著有评论集《文学的选择》《批评的发现》，随笔集《往事与梦想》《城市笔记》。

[3] 陈思和主编：《中国当代文学史教程》，复旦大学出版社2005年3月第二版。

2 "身体写作"——狭邪小说的周期

1990年代以来的"身体写作"充斥文坛，林白、陈染、海男用呻吟哀怨的文字述说身体，卫慧、棉棉以自身的姿态撕裂了端庄，九单、虹影不惜个人劳顿，从故乡把"花边臆幻"带到国外展演。中国当代女作家群争先恐后竞显才女风情，制造声音，魅惑人群中眼球。媒体媚声喧哗，商业炒作大肆夸张，1990年代，进入21世纪文学关键词便成了"身体写作"和"美女作家"的代名词。

这并非偶然，"身体写作"是中国晚清狭邪小说必显的一个周期。中国晚清由于外强的入侵，外国资本大量倾入，资本主义文化渗透国内，西方生活方式随即入主中国都市。国外政客、商人、各阶层富人在中国安营扎寨，中国政治开始形成傀儡和腐败的混合体、国家意识形态以及社会风气浑浊起来，中国数千年说教养成的伦理之风、道德理想走向了滑坡。中国投机的商人做起了一个最翘首的生意，在自家挂起了××院，类似"妓院"一类的"门牌"。

文学是社会生活的反映，灯红酒绿的过街景象如果没有引起作家的注意，那实在是作家太过于迟钝，恰恰相反，作家是这个社会中最难带上"迟钝"这个贬义评价的知识人。甚至还应该从他（她）的反义词上加上他（她）的注解：作家应该被说成是最敏感的职业人，作家头脑混沌不开的是极其少数的。

中国晚清狭邪小说作家首先是目光敏感，观念意识开放，且有经营头脑的一些作家。手中的笔既为了宣泄内心的隐情，表现快感，也是他们获得"盈利"的资本工具。在文学从甲骨雕刻中走到纸面文学之后的一系列过程中，伴随文化的逐渐传播和扩大，作家中除自己拿钱请人帮助把手中的书打印、装订、出版，遗留后世。

纸张文化的传播势必给市民阶层带来新的见闻心理影响，在报纸、杂志的推动下市民阶层的阅读兴趣被渐次培养了起来，并且市民阶层的心理需要所构成的反向刺激促成了出版业的发展方向，逐渐形成了出版业与市民阶层协调一致的互动效应。中国晚清狭邪小说的流行就是在这样的城市背景之下产生的一种"文学现象"。

1990年代以及21世纪中国当代文学滋生和蜂起的"身体写作"也是这样一种综合社会现象似的重演，在中国1980年代文坛一度掀起的"伤痕文学""寻根文学""反思文学"等之后，伴随中国社会改革开放，经济市场化，人事制度改革，作家体制改革等一系列改革，在这个进程中，人们的"信仰""使命感"再度滑坡，尤其是国家政治意识形态部门管理的相对宽容，"个人写作""私人写作"终于脱缰出笼，它一方面为文学拓开了"心灵表现"的自由空间，另一方面也同时为"文学功利"铺上了温床，"身体写作"的"美女作家"先在书页上为自己辟开一处美女（自己示为如此，炒作商借此分点钱）照片的贴帧，新书的策销人和她邀请来的文学批评家为她写上几句"富有灵感加才气加美貌"的开门咒语。

剩下就是她以文学自我的第一人称的编撰，管她是不是确有其事，"我"向读者展示身体，演示快感，满足读者的窥淫癖、好奇心，铤而走险出上一本或几本"禁书"，让一些人骂，找一些人捧，勾引未成熟的少男少女和心理未成熟的成年在"臆淫"的冥冥之中掏钱买书，挣上一大笔"版税"，就可以拿着钱出国写作和讲学了，"身体写作"的事实构成了作者、传媒者和书商更大的商业运作生机。

狭邪小说的改装与变迁

中国第一个开妓院的是春秋时期齐国的宰相管仲，大概在公元前640年。《东周策》记道："齐桓公宫中女市七，女闾七百。"令人值得回味的是，妓院就诞生在宫中。管仲设妓院的目的有四个：一为国家增加收入；二为缓解社会矛盾；三为吸引游士；四为桓公娱乐。

作为现代文化的突出表征，相对主义（包括多元主义和审美个体主义）不仅是一种哲学转折，也是现代思想和艺术景观得以形成的重要前提。相对主义不承认任何超历史的普遍真理，使一切审美和价值判断都复以个体的人为依归。

从史的角度看，古希腊思想归结为普遍性的原则，其中"诗"的范畴只能在"哲学"背景的引导下出场，这完全不同于现代人把诗视为对个体主观性的表达。

近代以来自我理解和阐释成为新的世俗世界观的基础，在启蒙思想之后，浪漫主义艺术终于标志着个体性的勃兴，稍后现代哲学更使相对主义获得了理论上的深刻表述。

韦伯的社会理论表明，规范的丧失只能用个体决断来弥补，善恶真伪的客观标准则被勾销。尼采同样排除了价值判断的逻辑前提，同时更主张"多样性"和"生成"的理想即对一切既成价值的摆脱。

以福柯等人为代表的"后现代"思潮承接尼采，用"求真意志"取代了"真理"的合法地位。经由哲学的中介，相对主义的文化气质更扩展到整个文化领域。通过昆德拉和法国作家佩雷克的例子，我们可以一窥相对主义——自由主义气质在文学中的流露，以及相对主义世界观对叙事"本体论"的影响。这些例子说明，文学研究不能止步在单纯文本分析的界限之内。[1]

3　避开了抄袭的大型现代舞剧《闪闪的红星》

《闪闪的红星》再度闪亮。上海歌舞团根据电影《闪闪的红星》成功地改编了大型舞剧《闪闪的红星》，使银幕艺术以舞台艺术的形式再度在广大观众面前闪亮。

电影《闪闪的红星》在1970年代以红色电影的质朴和新颖赢得了全国观众的喜爱，红军战士潘冬子那天真、活泼、机智的童年形象曾激励过一代又一代人的革命激情，唤起了无数童年对美好未来的无限憧憬。它那《红星照我去战斗》《映山红》《红星歌》的歌声至今还在我们耳边萦绕着，今天它又以肢体语言重新演绎了那个让人怀恋、让人激动的红色旧情。

大型现代舞剧《闪闪的红星》由著名舞蹈家赵明编导；青年舞蹈明星黄豆豆扮演潘冬子。改编过的舞剧具有更大的视觉冲击力，它融进了丰富的舞蹈概念和语汇，集古典、民间、现代、芭蕾舞等为一体，细致地描摹了潘冬子的童真本性和他在革命队伍中的成长，生动地体现了党的哺育在他身上的伟大作用。

它在改编中坚持了创新的原则，把主人公的细微心理描写充分外化在舞台上，把原电影中的表情戏、眼神戏转化成了身体语言的述说，突破了革命历史题材的局限，尽可能让历史的声音注入现代的活力，增加时代的精神意

[1]　北京大学法语系博士生龚觅：《审美个体主义的隐忧——从思想表征到文学形式》。

识，实现了原电影为舞剧增添营养，发挥艺术种类独有特长的创作意图。

扮演潘冬子的演员黄豆豆舞蹈的柔韧度非常好，他身体的每一个部位都有很强的动作可塑性，在"红军舞""竹排之梦"的表演中给观众再现了一个舒展、开阔、飘远的视觉奇观，他的表演分寸感准确，节奏感强，肢体语言变化敏感，具有舞台感染力。

舞蹈演员黄豆豆由于出身于江南水乡，天赋中带着灵秀的气质，身高适中，塑造能力强，再加上他四年的北京舞蹈学院学习，和1995年春节晚会上以独舞《醉鼓》获金奖，使他在潘冬子的形象表演上赋予了更大的魅力。他在原来阳刚、飘逸的表演风格中主要加上了种天真、活泼的意向，使这个舞剧气氛更加活跃、更加显得有生气，符合改编剧种的观众心理期待。

目前，舞蹈界盛行改编电影或其他剧种，有的是原封不动地拿来图解外化形式，有的是在上面添枝加叶和延长篇幅，还有的是朦胧得不知所云，让你看不懂，舞剧《闪闪的红星》不仅没有这些弊病，而且把革命题材的儿童剧演绎得使各个年龄、各个层面的人都能看得懂，都能产生一致的强烈共鸣。

舞剧的编排意识在理论界有不同的解说，有人主张生活化表演，有人注重象征性表现形式，还有人强调它的朦胧意识。无论如何，舞剧首先还得让大家看得懂。舞剧《闪闪的红星》的整体状貌是通俗易懂的，而且是舞蹈的，它虽然运用了古典、民间、现代和芭蕾的舞蹈语汇，但它其中的每一种你都是能够看懂理解的。它综合融入各种舞蹈种类是以精心寻找舞蹈解读方法和提高美的观赏性为目的的。

舞蹈艺术的理解和欣赏并不像电影和流行歌曲那样容易，它的身体语言太明确化就失去了艺术高于生活的原则，太概念化又怕人看不明白，舞蹈的发展应该与欣赏舞蹈的观众在理解程度上具有一致性，没有欣赏艺术的眼睛，艺术就失去了她自身的意义。舞剧《闪闪的红星》中潘冬子高昂着头、甩开双臂阔步向前的姿态就是表现他在革命部队的大熔炉里成长的经过，这就是现代舞蹈的通俗化意识表达，有谁会说这样的动作看不懂，又有谁会说这不是舞蹈呢？

舞剧《闪闪的红星》有通篇这样的舞蹈语汇，古典的、民族的、现代的、芭蕾的都是以这样的便于理解的语汇表达的，它适合更多的观众群，观众需要舞蹈，需要更多种艺术形式的再现，如果我们的艺术还只是电影、话剧，那它实在是太单调了，作为舞蹈的艺术和作为其他种类的艺术必须跟上时代的脚步，走在人们日益发展的生活当中，以补充人们的精神食粮。

舞剧《闪闪的红星》是在当下观众急需好的艺术形式的要求中诞生的，它已在观众的评赏和议论中得到肯定。在广大观众怀恋革命题材的红色电影《闪闪的红星》之时，舞剧《闪闪的红星》让我们回到了那难忘的流金岁月，并且是以一种崭新的姿态对美好的过去进行重温的。在这个过程中，新的、具有时代感的舞剧面貌显得越发的魅力四射，熠熠生辉，它在全国"荷花杯"舞剧大赛中已经托起了像《闪闪的红星》一样的光芒闪闪的金杯。

当然，舞剧《闪闪的红星》的改编虽说也得了很多大奖，但，其中的遗憾是颇多的。其一，主要演员黄豆豆尽管舞蹈一流，表演实在塑造不起"角色"来，和电影比较，大相径庭，这就是特写镜头前的失败。任何一种表演性的艺术，不得不承认演员的专业局限，以肢体演绎为表现形式的舞蹈和以表情表演为主要特点的电影是两个各自不同的"行当"，某一专业演员如果不是有关艺术的"通才"，舞蹈编导和演员不懂"扬长避短"，以自己的劣势去强拼别个行业的优势就得失败，这也是改编者最需思考的问题。其二，舞剧《闪闪的红星》若避开了叙述性的改编主旨，也许那个成功才是名副其实的。尽管上海舞剧团改换由北京舞院学生武巍锋代替黄豆豆重演舞剧《闪闪的红星》中的潘冬子，强调"舞台上的表现十分抢眼。他很好地把握了"潘冬子的孩子气"，表演中又善于调动感情，"母亲殉火""思念亲人"等段落精彩感人，在"勇擒胡汉三"等重场戏中，其翻滚腾跳技艺又令人叫绝，"突出了以充满想象力的'红星舞''竹排之梦'等华彩段落"，可它还是顺着原作的叙事方向走下去了，没有获得舞剧《红梅赞》抒情改编的观念完整创新。

4 从身体叙事到身体抒情

以现代舞剧《红梅赞》为例谈舞剧改编观念的革命。以往的其他剧目剧种形式的改编在本质上说都可以称之为叙事形式的一种转换，从一种语言符号转变到另一种语言符号，舞蹈改编把其他叙事形式转变到以身体叙事（肢体语言）的叙事。新改编的现代舞剧《红梅赞》是从"叙事"到"抒情"的转换，是剧种改编的一种革命。改编突出了现代意识与"十七年"艺术审美视点的舞蹈表现张力，为"红色经典"作了重新定位。

舞剧改编是舞剧的重要来源，在我国和世界优秀舞剧中都占有极其重要的比重。国外较为著名的《唐·吉珂德》《罗米欧与朱丽叶》等；我国较为著名的现代舞剧《红色娘子军》，以及近期上演的《闪闪的红星》等都来源于其他剧种的改编。

由中国人民解放军空政歌舞团编演的现代舞剧《红梅赞》上演于全国各地，并获得了空前的赞誉。现代舞剧《红梅赞》也是改编其他剧种而成的现代舞剧，而且经过了四度四种剧种的改编，由小说《红岩》到电影《烈火中永生》到歌剧《江姐》到电视剧《红岩》，最终到我们今天看到的现代舞剧《红梅赞》。

应该说这四度四种的改编除电视剧《红岩》外，都是成功的，但最后这次现代舞剧的改编具有革命性意义。前三次改编，以及以往的其他剧目剧种形式的改编在本质上说都可以称之为叙事形式的一种转换，从一种语言符号转变到另一种语言符号，舞蹈改编把其他叙事形式转变到以身体叙事（肢体语言）。

该剧运用"意识流"、无场次的结构方式和现代舞蹈语言，打破了舞剧的传统叙事结构方法，把改编的重心放到了几场原作（分别在小说、电影、歌剧中）的最可抒情的情节上，构成了舞剧中的几场重点戏："恋人舞""夫妻舞""母子舞""疯老头舞"等。

舞剧的重要特点是肢体语言的符号性的表演，因而具有表意的模糊性，即使是单纯的表意，它也是模糊的。因而，表意不是舞蹈的目的，通过表意的过程构成具有美感的功能和具有欣赏性的效果，才是舞蹈所应该具备的性质，这是舞蹈自身的专业所求。舞蹈进而达到较为成功的抒情作用，那是最好的了。

但就舞蹈的改编而言，一味地只做具有欣赏性的剧种间的转换，那充其量也是把看（小说）文字换成看（电影）演员的面部表演或换成听（歌剧）演员的演唱或换成看（舞蹈）演员的肢体表演。这种改编仍然是一种"抄袭"，是剧种之间的"抄袭"。

改编在某种程度上说，必须具有创新，但只是情节上的创新，也只能算作文学（剧本）创新，对剧种之间来讲，只能说是艺术的文学成分极其贫乏，文学资源相对不足。改编是一种再创作的实践活动，再创作的观念必须是某种剧种的独特的艺术生命的重新诞生，而非单纯的语言表现形式的简单转换。改编的关注点是原创中最能激发编者的创作灵感的某些因素（这里用"元素"更能在理论中谈得准确）而非整套剧目的照抄，改编工作的始终应该是在这个"元素"中获得属于各自剧种本专业性的发挥和创造的灵感，这个创造是"元素"的发酵和再生，是从点到面的本专业领域内的衍生和扩散，从艺术本身的性质而言这种再生不应是叙述过程，而是抒情的本剧种的本专业性的表现形式的"再造"。构成这种语言表现形式的叙事，它的容量已在原创中获得了扩充，它远远大于原创，从真正称得起为艺术家的创作者来讲，就他（她）的创造心理而言，此时，叙述已经不再依据原创为"拐棍"。原创只需引发他（她）的创作灵感，仅此就足够了，（其实，原创仅仅只是一个整套剧目、一个旋律、一个姿势都可引发创作者的灵感，只是整套剧目能构成整套系统的长篇剧目改编的更多的帮助）剩下的工作都是属于他（她）个人性的创作活动了。

改编者有多大的艺术才华就尽情地发挥多大的艺术创造，只有在这个空间中取得的实践成果才是艺术上的"创新"活动，改编没有"创新"毫无意义可言，也不称为艺术。此时，改编的完成已经是一个全新的艺术形式，是"这个"专业领域里的新作，检验它的成功和失败都汇聚在此剧目能否打动接受者以及打动接受者的程度上，是创作功能的艺术不艺术的一种公众性的评价。

《红梅赞》舞蹈改编在某种程度上是电影中特写镜头的肢体语言的发挥场，是有限的电影特写视域镜头的扩大，电影演员透过心灵窗口——眼睛和表情，把心理活动表现出来。电影中的特写镜头是突出剧情和人物情感、情绪的一种强调，往往感人之处也交付特写的功能来完成，舞蹈把它用肢体语言、用大于表情的视域更大动感地拨动起观者的心理激动。

舞剧中的江姐和小萝卜头在临别前的那场戏，就把电影中只能用眼睛和简单手势交流的"片刻表演"发挥到构成一场十分感人的戏；再有"疯老头"在电影中只是观众看上去一个普普通通的老头，仅在电影中起到剧情"伏笔"作用的"闲笔"，却也在四个黑衣人的衬托之下，原地踏步奔跑，变得栩栩动人，音乐和形象把一个地下党的心理那种火一样的爱恨情仇、等待和急迫都表现出来了。

在这里我们很明显地看出了适合舞蹈特点的改编意图，在原作电影《烈火中永生》中江姐和小萝卜头并不是母子关系，历史中的真实人物也不是母子关系，舞剧中的人物关系改动恰恰合适人物内心的表达，这种改动也是大胆和有卓见的。它正如当年郭沫若改写一系列历史剧中的意义一样，文学艺术作品可以而且必须为表现形象服务，为表现人物情感服务，否则，文学艺术就变成历史的复写了。（关于历史剧改编的原则，在何种程度上"忠实于原作"，虽然也"仁者见仁，智者见智"，在笔者看来这是学者的问题，而非艺术家争论的焦点）电影中与江姐占有同等分量的许云峰在舞剧中或者是因没有理想的演员，或者是不符合编导的构思意图被干干净净地彻底删掉，这种从艺术家个性出发的改编态度都是可取的，值得借鉴的。在这里我们还看到了舞剧中有意"再生"出的意境，还是"母子舞"中的戏，小萝卜头的天真可爱，在面临死的关头，和母亲的依恋，母亲对孩子的疼爱，在白色恐怖中革命者对未来的期望和坚贞的伟大信仰，以个人的死换取全体人的生和将来的幸福生活，舞蹈的肢体语言和演员的表情、音乐一同烘托了它的气氛，掀起了"红色经典"的强烈震撼，它克服了舞剧《闪闪的红星》中主要演员成人装扮儿童的"假"相，舞剧《红梅赞》在舞剧改编史上划清了以往和未来的界限。

舞剧《红梅赞》改编突出了现代意识与"十七年"艺术审美视点的舞蹈表现张力，为"红色经典"作了重新定位。中国"十七年"文学艺术既然被叫作"红色经典"，它的使命就是"红色"的、"革命"的，是"爱国主义"的、"集体"的、"英雄"的、"理想"的、"信仰、信念"的。而非"个人"的、"私情"的、"恋爱"的。

电影《烈火中永生》中江姐和华蓥山政委彭松涛是一对夫妻，可那是一对"革命的夫妻"，电影中夫妻间的一切都是围绕"革命"而展开的，一直到两个人同为"革命"赴义。双枪老太婆和华子良也是老伴，但那是到影片结束才能得到"照面"的，关于青春的恋爱表现在电影中是没有的。（电影《柳宝的故事》例外，那是有识之士的"红色经典"的"反动"）在革命过程中历史淹没的"青春的爱情"更是演绎革命的精彩镜头，由于文学艺术的政治形态中"左"的意识观念使得本应该在"十七年"文学艺术中就应表现出的成功，而恰恰因此被压抑了"十七年"，以至更长。舞剧《红梅赞》以"恋人舞""夫妻舞"对"十七年"的"红色经典"作了历史艺术的补充，拾起了丢在地上的、被打进地下的艺术范范，用最具生命力的爱情的牺牲表现了为革命的献身品质，使"红色经典"在生命的最高意义上获得重现，舞蹈抒情在舞剧《红梅赞》中用肢体语言表现了生命的华丽篇章。

不仅如此，舞剧中还出现了"孕妇入狱"的表演，在舞台有限的空间中重叠了两个生命的舞台效果，保护小生命的谨慎和对革命理想的强烈愿望汇聚了一个女性柔美身躯的意义的延伸，"生命"在舞姿的韵律中延续，革命信仰蕴涵其中。

作为一个丰满、完整的剧目，舞剧《红梅赞》充分、有效地利用了音乐、声响、舞台布景、化妆、道具等手段，表现、烘托出了一台真正具备现代性特点的"红色经典"大型舞剧。尤其是音乐，该剧的音乐采用奏鸣曲式，把交响乐、民族乐通俗地融在一体，注重从中国传统音乐和现代音乐中提炼出新的乐队语言，将极具震撼力的音乐又涂抹上特色鲜明的个性化色彩，在增强舞剧的感染力、升华舞剧的主题上下工夫。其中，以采用感染力强的电子合成吹管和交响乐队结合的音乐最为突出，具有浓烈的悲剧色调，它在赋予了舞蹈以灵魂和生命力的同时，也给舞蹈演员提供了更为广阔的表现空间。

为了表现白色恐怖的"威压"气氛，剧中还专门设立了四个黑衣人反派人物，用以代表反动势力对革命党人的残酷迫害，他们各自留着不同的发型，从外观上给人一种刻毒、残暴的感觉。这里没有"写实"性的表现，而是用了象征性的手段，那四个黑衣人的装束都不同于国民党兵，在舞台上符号式地形成了与正义、真理、美好、信仰的对比，造成了强烈的舞台反差效果，极大地烘托了渣滓洞中革命者的坚强意志和忠贞信仰。

森严壁垒的铁棍围墙与斗雪傲霜的红梅构成了鲜明的色调对比，红梅的赞歌把带着勃勃生机的希望和革命的前途唱响。"红梅花儿开，朵朵放光彩""红岩上，红梅开，千里冰霜脚下踩，三九严寒何所惧，一片丹心向阳开。"

舞剧《红梅赞》是"红色经典"赋予人性化的现代性意识的重新演绎，

在沟通“红色经典”与当下审美趋向的过程中“历史沉淀”的精华如何被今天所承认？老一辈与新生代的“代沟”怎样被填平？它不单纯是审美的“代”的差异，也是“经典”改编中艺术本身的灵魂是否获得了继承和发展的衡定，舞剧改编和各种剧种相互间的借鉴和改编都亟待一个走出“成规惯例”，做出观念创新的姿态。

第二节　思维的宽领域跳跃

1　转变美的时尚

当大街上的少男少女把头往上一甩，漂亮的小嘴一噘随着蹦出一句“去你妈的”脏话时，你还会感到不自在吗？那是他们在模仿韩国电视剧《我的野蛮女友》中的镜头，他们甚至会把自己本来就有的文雅、讲礼节崩碎了而来了个时髦野蛮，这是他们心中的时尚，是他们追随美的脚步。

电影、电视剧是青年男女、也是少男少女们梦中向往的世界，那里的男女主角就是他们镜像中的自我，有几个有远见、有非凡鉴赏力的神童可以从中跳出来呢？你看电视剧中的人俗吗？他们是目前韩国中最最受人崇拜的偶像，你背离了他们，有了自己的观念而排斥他们，你就俗，不管你如何有个性、如何充满智慧。

看来艺术确实有它的魅力，现实里如何美丽的东西也抵不过电影、电视中一晃而过的短暂镜头，生活里构筑长久的、时间锻造出的好的品性会在艺术形象的打击中刹那间倒塌，形象美还是被艺术统治的，艺术统治到哪美就被承认到哪，艺术不到的地方，美的本身得不到很好的传播。

其实就美的本身也是时代的服饰，她是贴附在时代上的人的感受。每到夏天女孩子都热衷于减肥，以苗条、纤细为美，可我国古代的唐朝就以丰腴为美，当时的时尚造就了我国四大美女之一的杨贵妃，非洲一些国家的女子有的把金银饰品从鼻子里穿过去，她们以为那才是美，如果谁的鼻子是完好无损的那肯定会教人笑话的，你认为那不美，就应该是你的问题了。

其实电视剧《我的野蛮女友》也反映了一个深刻的美学观念，那是反传统的、是倡导青年人舒展的本能的颂词，它不让你拘谨、不让你紧箍头脑看东西而是把自由镶嵌到你的性情中，想让你想到哪做到哪，把全身的、全内心的东西都释放出来。当下的文化和艺术倡导批判的意识，也让美转变了时尚，韩国的电视剧随着本国经济地位的上升也跟着红了起来，他们的音乐也是这样一种趋势，谁知道还会有什么样的艺术形式会再领美时尚之风骚呢？

2　美在背景中的张力

谈桂林"广场雕塑群"的艺术时空观念。桂林"广场雕塑群"是镶嵌在美丽如画的桂林山水之中的一道格外绚丽宏伟的"艺术景观"，它首先从空间上打破了传统的室内摆放陈规，也延伸了广场雕像"独立"的概念，以群雕式风格、各异的面貌展示在幻化般现境与时空文化的无限想象之中，调动了欣赏者以多种通感情绪的酣畅淋漓的审美激动。她是一种专门的雕塑艺术，由她本身和她的背景一同承担着她的艺术创作，使雕塑获得了极大的审美想象张力。在雕塑理论上提供了一个重要的文化现象。

此前，在雕塑作品中背景的作用似乎是被遗忘的概念，无论是近代法国的新古典主义、浪漫主义和现实主义"作品"，还是欧洲的多元化现代雕塑，乃至西方具有深远传统的肖像艺术与现代超级写实主义雕塑艺术相结合的产物——英国蜡像馆陈列，以及我国雕塑家王朝闻、韩美林的"杰作"，都是在一间屋子里或某一个广场空间中孤立地矗立着的，一座雕塑就是它的作品本身，而非再有其他的功能。

欣赏者只能就这部作品的创造力和技法去感受它的价值，它的背景或是蛛网成片的破墙，或是广场中赃物堆积的"公共视野"，"雕塑艺术"在尘污中"受虐"，经受着背景的"丑化"。单就广场雕塑而言，广场雕塑筹划者把建筑费花完就再也没有他的责任了，似乎雕塑家也已对如此"作品"驻足的家园早就形成了稳固的"家脏惯例"定式。

坐落在我国最富盛名的西部山水城市桂林的大型"广场雕塑群"正以现代化的文化视角把一个全新的美的观念面向全国和全世界敞开。"她"坐落在桂林这座幻化般美丽的山水城市，情不自禁地就把人带入了一个山水怡情的超常态愉悦和审美境界中，"桂林山水甲天下"的传颂会一下子使人入境，高高耸立的"象鼻山"和它脚下碧流汩汩的漓江会把人带入大自然的无比美妙和无限遐想之中……手扶清浪细波，便触到了电影《刘三姐》中刘三姐洒落在水中的动听的"音符"，掀起了她的串串歌声。当你也划船来到她经过的地方，是否感觉得到当年拍摄电影的摄影机镜头对准的就是此时的你呢？这个效果是桂林"广场雕塑群"穿越我国历史时空的背景张力。

桂林"广场雕塑群"汇集了我国和全世界众多的雕塑艺术大家和名家的"经典名作"和"现代力作"，在同样背景之下合展了世界雕塑艺术与中国山水自然的珠联璧合，是天才的艺术融入自然魂韵的二度"巧夺天工"之笔。她已然被赋予了丰厚的艺术生命营养，像人体和一切生命体一样，沐浴着亚洲中国大地最美的山水酿造的雨露，饱享着温和的金色阳光。

外国大家、名家作品，创作并永固性摆设在这里如同他（她）们的"子女"在这里"出生""安家"，与中国艺术生命同处，他（她）们可以让我们看作世界友善"牵手"的一个象征。亦或是全人类永久不散的美世界中的"家庭聚会"。在山那边、江那岸，他（她）们的父母（雕塑家）还日日夜夜怀揣相思，举目眺望他（她）们的骨肉生灵。

桂林"广场雕塑群"在塑造美的艺术实践中沟通了中国与世界的文化交流，东西方艺术风格可以相互借鉴和取长补短，中西双方也能通过艺术经验的传递获得生活理解和精神的共振，从而在更深远的意义上实现了现代性背景下由雕塑艺术的想象力而创造出的人文精神奇迹。

桂林"广场雕塑群"无疑是桂林游览区中的一道绚烂的景观，在旅游学上注入了更多的文化因素，随着人们生活水平的不断提高，在旅游业越来越发达的今天，中国与外国的互相游览，互相往来的机会也在逐渐增多，它必将给旅游业、商业盈利、政府税收、文化交流、提高人们的文化修养等带来诸多方面的益处，是全面增强人们素质的良好渠道的开拓。

在高雅文化和普众文化这对矛盾之中，一直伴随着各种争议，当庙堂文化与广场文化的说法一出来，从中国封建文人到"五四"精英的"启蒙者"再到当下文化人的理念当中，也始终存在着高雅与通俗之分，文学中有明显的高雅文学与通俗文学之分，电影大多可以被看作是具有通俗效用的艺术形式，歌曲与舞蹈在歌剧、舞剧中被列入高雅的行列之中，在流行歌曲和现代舞中对此做了明确的通俗之分。美术和雕塑艺术从始致终都被看作高雅的"殿堂艺术"（庙堂文化），与通俗的普众文化很难同日而语，首先就是画展和雕塑展从场所来讲就是殿堂式（庙堂式）的，展出要在美术馆进行，前去观赏的观众绝不是家庭妇女和民工，绝不是普通的退休职工、老翁幼童。尤其是雕塑，若不是人体肖像，非知识分子以外的人会说（她）看不懂，你拿现代派、抽象派、意识流等对待没有相当艺术修养的人，真是等于和他（她）说外语，艺术家和观赏者无法进行沟通和交流。

把雕塑从"贵族"的变成"平民"普适性的欣赏文化形式，没有"广场"这样的公众媒介做"牵引"，是很难实现的审美期待，桂林"广场雕塑群"也是审美普及教育中收获奇效的一次"壮举"。桂林"广场雕塑群"的出现打破了雕塑艺术欣赏中的高雅与通俗的界限，她广阔的背景世界为欣赏者的审美趋向做了充分的欣赏准备，同时为之融入了丰富的创造性的欣赏想象，使之在更大的艺术空间中获得自由的"徜徉世界"。

雕塑从室内到室外"广场雕塑群"的建立从形式上看只是一个场所的变更，其实质是雕塑艺术的一次巨大跨越，这中间的作用先是雕塑艺术场所变更的结果，是一赌"墙"的拆解。雕塑从室内搬到广场，中间没有了室内的"墙"，似乎像艺术在拘谨中、在局限中解放了、放飞了。就单个雕塑从室内到广场而言，这样的广场雕塑很早就有，我们甚至可以把这一现象追溯到中国古代、追溯到世界各地上古的历史之中去。就中国来说，各朝代的庭门前雕塑、皇帝墓场道旁的"伺卫"、北京昌平县道口背向北京城的"骑着马的李自成雕像"及名人的墓碑等都是早已具存的，国外最典型的"自由女神像""贝多芬雕像""断臂的维纳斯雕像"等都是较早就立在那里的"雕塑"。

桂林"广场雕塑群"的意义就在于她是"群雕"，并且是矗立在桂林这样的山水城市中，如果我们看到的这些群雕是在一个荒芜的孤岛上、或者是哪一个贫穷出名的小山丘之中，它的意义和价值就完全变了，就全然没有这样一种美感效应，即便是世界一流雕塑家的杰作也好，由于她的背景平平，或者她的背景不具备人文地理的优越，这个群雕也是没有什么可称道的。"广场雕塑群"同样的一件"作品"，她的背景是起着绝对性作用的，她是一种专门的雕塑艺术，由她本身和她的背景一同承担着她的艺术创作，这是雕塑从室内到广场的必要前提和审美张力所在。

桂林这所城市由于她的山水秀美，地理独特，还带来了她的很多优美传说，由于一部《刘三姐》电影的拍摄，刘三姐的传奇色彩，把现实和传说中的美妙故事都带到了这个城市之中。这里少数民族的生活情趣以及对美好生活的向往和追求都随着原有的离奇故事涂上了新的"神秘色彩"。

神秘和传奇是艺术的重要质素，桂林是创造艺术的最有得天独厚优势的生活源泉，是"广场雕塑群"最有发挥艺术想象力的背景"衬布"。"她"给我们带来的欣赏容量是无比丰富和博大的，如同这个刘三姐的一曲山歌给我们唤响了"雕塑广场"汇同一场"交响乐"的辉煌的、"视听加想象"一体的、多种通感的"多维立体篇章"。

桂林"广场雕塑群"的出现到目前为止还只是人们意识中的一个观赏看点，并没有在理论上认识"她"的重要性，既没有在雕塑专业上的理论发现，也没有在普众性的审美中获得必要的正视，其实"她"是一个十分重要的文化现象，是雕塑艺术的一个里程碑的树立。

3　改编与抄袭

作为创作原著给我们提供了什么？

作为创作，原著不管是小说还是电影还是其他，它给我们提供的只是新作品的启发和思路。原著不该成为作品的成品和模子被第二次复写。如果复写或"尊重原著"它就不应该被称作创作，只能叫抄袭。当然电影抄袭小说是一个历史合理的惯性。严格意义的电影导演不应该蠢到这种程度，没有思想、不会创作的导演，和只会改头换面的编剧也是属于把长篇变短，把文字转换成镜头的低级工匠。

在中国，在世界小说名著改编电影也是电影的"辉煌"历史了，多少电影导演借助小说家而发迹。改编也是创作，改编不等于全盘照搬，尊重原著的提法本身就是个错误的概念，小说名著可以以视像的形式作为阅读材料，但已不是艺术创作了，只可以叫做小说影像阅读，毫无创新的电影小说只能让观众失望，让观众在对照小说中倒胃口。

小说作为电影的表现内容，作为电影的蓝本本来也是艺术上的一种借鉴，是可以的。绝大部分电影导演基本上就是依靠小说过活，整天拱在小说书摊里翻腾，找到一本像样的赶紧再去求一个剧作家帮着改编，这看着也属于正常。靠电影编剧写出一部好电影剧本的事情还不多，当然这也是剧作家逊色于小说家的现状。

不仅是小说，电影、戏剧、曲艺都可以借鉴到电影里。借鉴作为一种新创作的作品只是一个过程，是创作的中间环节，不是从头到脚，从开始到结尾的全部动作。借鉴形式还是借鉴内容，借鉴主题还是借鉴风格，世界上允许有两个看是一样的同行的动物和怪物，但要看它是不是好看，或者给谁看好看。给一个阅读者看了小说再看同名电影的人看过直摇头，这里的改编者就显得弱智了，电影或者电影导演只拍给儿童看的非儿童片子的成人电影，看过还没咋让他们感觉好玩，就只有个别的智障儿童看到了银幕上有人影晃动就拍手，这种借鉴的东西就真是浪费胶片了。

改编必须有创新，这是改编的原则，一点创新，多点创新，或者更多的，主题、内容、形式、形象、风格、主旨、寓意、观念、时空、影射，等等。局限地看人家的东西好就拿来，有一点喜欢，也不知道好的究竟，搞不清人家何以这样的表现，就生吞活剥地放在自己家院子，捂在自己家的酸菜缸里，过几天就拿出去当自己家的东西出来卖，这叫改编吗？

电影抄袭小说。已经成为故习的东西能不能改变，电影导演不以为然了，他们的第一个动作就是找小说，压根他们就没有幻想编剧可以直接编出什么好玩意出来，主要是中国没有好电影编剧。好的都在小说界里，说起来也够寒碜的了。编剧也是一个队伍，每年数以百计、数以千计的人在忙忙活活地写剧本，就是弄不出好玩意出来。各个小说只要出版都有希望改编成电影、电视剧，因为，电影、电视需要得太多，自己写出来的影视剧本实在是太少，小说层出不穷，就在小说里解决吧，也只能如此。这样烂小说也进入电影、电视剧改编了，小说的烂也比影视剧本没有的好，东西匮乏的程度所致。

编剧们实在是写不出来，脑壳空空如也。连旁白都要抄进去，一个字也不改，一个字也不会改。编剧这样一个职业实在是很好，太好，真的可以出名，还可以赚钱，还可以满大街炫耀，也有机会碰上这一届评委睡觉起来画错勾，得个什么奖。

编剧队伍庞大又专业，考表演系长相不行，考音乐系不懂五线谱，编剧系有指标不能不招够数，否则艺术院校收受学费受损，必须完成指标，实现学院整体创收和全面、全方位培养艺术人才计划。包括艺术院校的招生老师都自命不凡地觉得编剧这门艺术，可以其他东西什么都不会，会编剧就行，但什么知识都不具备，编什么呢？从资料来看，国外的艺术院校编剧系都不是这么录取的，中国特色的教育什么都可以标新立异。

诚然小说家和好的电影编剧未必一定是院校培养出来的，甚至大师、更优秀的小说家和编剧并非上过大学，苏联的高尔基、中国的鲁迅也都不是文学科班出身。中国当代作家王安忆、铁凝、陈忠实也没非要在院校过一下筛子，或者到艺术院校让"铁匠"打打再出炉。但他们并非素质很差。

写作才华，创作天赋不是就写作一点成就的，优秀的作家必须是有创作能力的人，发现和创造的天赋决定了他们能否成为文学艺术创作人员。

艺术院校编剧系的招生培养模式误导了电影、电视编剧的发展，蹩脚的导演只会找科班出身的编剧，导致了他们的作品低下、低能。导演看不懂，就听编剧系的人胡侃一气，影视界混乱的非专业现象，促使一批批闲钱投到电影、电视剧的制片当中去，烂电影、电视剧盛演不衰。

编剧出身的都去抄小说，身份也不要了，身价也不要了，不仅自己写不出来，而且抄来的快，大不了赔里点版权钱，不是自己的东西扣除个百分之几还是剩的多，编剧不就是为了挣钱和出名吗？

如何抄法，人物身份变一变，木匠改成铁匠，再把铁匠的小说抄一遍，就割下来一块肉别人看不出来吧。山西改成陕西，差一个字可差了十万八千里，谁还能找来。想得便利，说起来这一个字也不太费事儿，愿意听混就混它个球去吧，文学艺术就那么回事，你抄我来，我抄你，天下文章一大抄。

好的东西抄不来，本来也没长太好的眼睛，当然辨别不出来，精华都被遗漏，凑满篇幅，一集稿费一万，交了稿就结账，当然大腹便便的老板来买单。抄得支离破碎请多担代，因为实在时间太紧，还差不多是两三家剧组的百忙编剧。原因是已经做了好多个电影、电视的编剧了，属于多产编剧。

电视剧抄经典电影长篇电视剧《红岩》（由电影《烈火中永生》改编）《林海雪原》（由电影《林海雪原》改编）《铁道游击队》（由电影《铁道游击队》改编）《红日》（由电影《红日》改编）《小兵张嘎》（由电影《小兵张嘎》改编）《野火春风斗古城》（由电影《野火春风斗古城》改编）《洪湖赤卫队》（由电影《洪湖赤卫队》改编）《平原游击队——李向阳》（由电影《平原游击队》改编）《小城之春》（由电影《小城之春》

改编）《51号兵站》（由电影《51号兵站》改编）《渡江侦察记》（由电影《渡江侦察记》改编）《地道战》（由电影《地道战》改编《地雷战传奇》（由电影《地雷战》改编）《兵临城下》（由电影《兵临城下》改编）《秘密图纸》（由电影《秘密图纸》改编）《战火中青春》（由电影《战火中的青春》改编）《永不消逝的电波》（由电影《永不消逝的电波》改编）《一江春水向东流》（由电影《一江春水向东流》改编）《上海滩》（由电视剧《上海滩》改编）等。经典电影几乎被全部改编，一个也不给剩，编剧们实在是头脑溜滑，没长创作的细胞。

中国电影、电视剧编剧不会编剧，看别人的东西好就想拿，除了抄袭不会干别的事。原来非常经典的电影，到了他们手里出来的电视剧里就变成"二"了吧唧的玩意。个个磨磨唧唧，啰里啰唆，水裆尿裤。

4　影人身份与形象重心

姜文的"我"与张艺谋的"它"，在中国电影史上姜文、张艺谋都无疑占据着重要的篇章，他们的艺术成就代表着中国一代电影人的追求。

在我们已经拥有了大量文字记述他们业绩的时候，还有一个重要现象存在于他们两个人身上，而至今没有得到阐述和深入研究，这就是姜文在形象上所表现出来的明显的"我"的印记和张艺谋在银幕上展露其中的耀眼的"它"的标志。

姜文总是在形象中把"我"，通常是由他个人扮演的角色凸现出来，这是由于他作为演员的身份所决定的。姜文是学表演出身，他的意识中通常想的就是形象的塑造，"我"就必须在镜头面前突出出来，而且是需要精彩的表演。张艺谋是学摄影出身的，改行作了导演，他是从摄影的美感中和导演的感受中把握形象，他的思维习惯不同于姜文那样不停地想着把表演做到什么份上，而是要把一个整体的电影形象体系在作品中传达出来，这样一来姜文的银幕艺术与张艺谋的电影必定表现出不同的风格和形象重心。

姜文作为演员，可以说他的每一部电影中的表演在今天说来都是成功的，就整个一部电影不说，在这部电影中他的表演都很好看，这与他的表演天赋是不能分开的。姜文的表演带有强烈的个性，不管是有精神追求的王启明（电视连续剧《北京人在纽约》），还是委诺听命的李莲英（电影《大太监李莲英》），以及复杂难解的溥仪（电影《末代皇帝和皇妃》），姜文总是镜头中最生动的聚焦点。尽管每部片子中都有其他演员出演，但那些人确实都作了陪衬。不管摄影镜头从哪个方向、来自哪个角度，戏总能被他抢来。由于他在影片中的表演，这个电影、电视剧就很好看、很有内容。张艺谋不同，虽然张艺谋在挑选演员时非常上心，甚至竭尽全力，可那演员在他的电影中确实还只是一个道具，他没有把戏都给演员，而是连同那景物中的色调、光影、角度一同通览过去。

姜文则尽可能在电影的全部中把演员推到镜头前，活浮雕似地进行刻画。他的眼神是有一种内容的，有时故作眨眼动作，反复表演，有时夸张地憨声憨气大吼，这都是他的表演偏爱。姜文不仅在他作为演员表演一部电影时是这样，在他做导演时也如此，他关注最大的仍然是演员的表演。他导演的第一部电影《阳光灿烂的日子》就在威尼斯电影节获得表演大奖，而且获奖的夏雨是个以前没有学过表演、没有演过电影的非职业演员。夏雨在《阳光灿烂的日子》里的确演得非常成功，作为导演的姜文把他最具天赋的表演才能在电影中传授给了夏雨，虽然说整个一部《阳光灿烂的日子》从摄影、美工再到电影风格都很美，但最好的还是其中的表演。

由于影片主人公马晓军塑造得成功，一个少年性朦胧、性冲动的天性美在表演中生动地表现出来，才使得这部电影的诗化格外明显，它带着少年的憧憬和健康一起呈现了出来，演员的表演在这里是起到了重要作用的。夏雨的相貌极像姜文，姜文是按照自己的相貌去找电影主角的，其实他还是在表演自己。除了夏雨，这部片子中的另一个扮演马晓军童年的演员也长得极像姜文，也是姜文刻意费神寻找的，这是一个重要的现象，是姜文作为演员自我珍爱的心理现象，这和他追求形象中的"我"的心理是相同的。

演员爱自己，这太重要了，他想的是塑造形象，是在"我"的基础上表演。个人的自然条件很大方面决定了演员的表演效果，作为演员必须有"我"的强烈意识，姜文这方面是很突出的，其他演员也应该在自我、自我珍爱方面具有相同的心理趋向，必须意识到在"我"的先天条件基础上进行形象创作，这就是电影、电视等表演艺术不同于小说、诗歌、散文等语言艺术的最大区别，表演艺术一定要创造出演员发挥表演特长的广阔天地。

姜文在周晓文的电影《秦颂》中找到了那个扮演他的少年时代的小秦始

皇，这也是姜文强烈自爱的印证。那个小姜文不仅外貌酷似姜文而且气质也颇与他相像。

张艺谋则不同，他是把整个电影看作一个形象，演员是其中的一部分。我们看张艺谋的电影，除了他的演员是有魅力的以外，他电影的色调、光影、镜头感等，构成了诸多因素的"它"，以与演员同等的影响力让你受到感染。张艺谋的电影是明显的摄影的美、色调的美、和人物性格的刻画等凝固在一起的视觉性的东西，是好看的画面和好听的故事组合成的一种形式。

他在《大红灯笼高高挂》中把中国封建社会的统治意识、权利专断统统用画面钉在电影里，把中国的旧风俗加以创造、粉饰，然后流水似的演绎出来，造成一种绚烂的旧时代文化景观。他那俯拍的辉煌的房脊一字排开，仿佛形成一道威严的走势，好像要把这里的秩序一直贯彻下去，这里只有老爷的私欲横流、蠹烂，直到他枯老僵死，而不顾其他的生命和青春的存在。颂莲旺盛的生命力，强烈的、难以抑制的女性欲望和嫉恨如仇的心劲也只能在森严的大院里呻吟和被淹没，她的命运最终没有逃脱精神崩溃的结局，成了一个疯子被毁掉。电影放映到这时，观者仍然不会感到作为演员巩俐的表演与电影庭院中森严的景物，哪个所占的分量更大。

其实从电影语言来讲在表现人和景物时所占的比例和镜头的距离以及镜头停留时间的长短来看，它所揭示的意义是有很大区别的，表现人物镜头多一般是突出人的描写，而表现景物或场景镜头多通常是强调环境的作用和力量。

在人和景物分量多少的偏重描写上可以形成两种电影美学观念。张艺谋在《大红灯笼高高挂》中着重表现和揭示的是权利意识和统治秩序对人的压迫，它的电影符号化很明显、很醒目，那一排延伸的房脊和它眉毛似的红艳、辉煌的大灯笼在此片的电影符号中就大于这里的人物形象。不仅扮演颂莲的巩俐如此，就是连代表封建统治秩序的大老爷扮演者，北京电影学院资深的表演系教授马精武老师，也充其量从电影的开头和结尾只被照了几个背影，不了解此片拍摄内幕的人也根本就不知道那是我们敬爱的马精武老师的背影。

当然，据说当时拍电影时没有打算这样拍，期间也拍了他的正身，后来在修片中被剪掉了，是无意中创造了电影摄影的神奇，甚至它成了张艺谋、该片摄影顾长卫的摄影风格，成为彰显俩人美誉的佳话。

姜文能不能为了他的电影，像张艺谋那样把注意力转移到他的景物中去，而减轻他的表演分量呢？他能否在他的电影中忍心用剪刀剪掉他的天才的表演？他在新片《寻枪》中的结尾处用了非常好看的两个连续的表情表现他寻回枪的快乐和解放的心情，构成了电影的绚丽光焰。《寻枪》影片中姜文把马山这个人物从丢枪到寻枪再到最后寻回枪的整个心理，准确、生动地表现了出来，其中的表演是极其成功的。想象一下，如果没有姜文的表演，那效果可能就大不一样了，姜文珍惜这样的表演，确实这样的表演也成了影片成功的重要标志。

姜文的电影非常看重其中的表演，他比一般的电影人在追求表演上要上心得多、严格得多，他导演的影片《阳光灿烂的日子》让夏雨在一个场景中拿着望远镜一次就持续了好几分钟，这样的电影镜头已经成了电影经典被记录在中国和世界电影史上。

姜文也是一个优秀的电影导演，他十分精通电影这门艺术，并且有着非常好的感觉。他同样追求电影中的其他成分，比如摄影、色调、光影、音响、美工等因素，但这些都没有表演更受他的重视。张艺谋是让观者的视域把他摄影机所到的部位全部浏览、放逐在观者的内心世界里。这样电影在张艺谋那里是人与景物构成的诸多艺术形象汇聚的综合产物。

姜文的电影确切的说应该是人演绎的艺术，是艺术中人的表象与内在的解读。

姜文的电影与张艺谋的电影构成了两种电影观念，这个背后似乎挑起了以往曾经争论过的话题：就是电影是表演的艺术还是导演的艺术，这么多年来似乎定论已不能更改，那就是理论界说的电影是导演的艺术。在这个观念体系里演员被说成是工具，只有导演才能得心应手地演绎出好电影来，这在电影如何诞生中是应该能说得通的，甚至一句话也能武断地解释，没有导演就没有电影。导演可以按照他的意图去构想影片，他想怎么拍就怎么拍，他想找什么演员就找什么演员，可是电影艺术总得有人演，演员是第一不可缺少的因素。导演想找什么人演就一定能找得到吗？肯定的说，不可能尽如人意，电影区别于其他语言艺术就是因为有演员把形象定型在电影的表演中，没有好演员就构不成好的电影艺术，如果没有好演员电影不成其为电影，只是导演手中的废品。

电影应该有两种风格沿着各自的路径发展。一种是姜文似的突出演员表演的美的形式，另一种是张艺谋似的融汇综合美的电影。此外，还应该有更多种形式和风格出现，电影就是一种视听艺术，它可以偏重于不同的角度调动观众的审美和兴趣。

姜文的"我"和张艺谋的"它"是一种电影人的心理现象，它构成了电影的两种审美景观，开拓出了电影的两种发展路向。它的电影人心理现象对电影人研究提供了重要的方法论资源。它所构成的审美景观，为电影性质的确定作出了丰富的补充。

第三章 历史进程中的观念变迁

文学作品的成功与体育里的竞技项目完全不一样，它没有统一的标准，好像，体育项目里拿着标枪、铁饼的成绩跟一百米跑来比一样，它比不出来，不是一个衡量标准。文学作品的好与不好完全可以同时被认定，一部作品的评价可以被说成最好，也可以被说成最差，也完全可以不在同一个历史时期被分辨。中国古代文学作品的四大名著《红楼梦》《水浒传》《三国演义》《西游记》被誉为名著都是在它成品后的时代里追认出来的。批评家能否有这样的眼光呢？

专业的理论评比能力就需要有专业史的扎实基础和鉴别的功夫。凭什么给一部作品投上一个赞同票，又凭什么说三道四指责一部作品不好，就是在专业史中说话，这个比那个好，那个不如这个。这部作品好于从前的哪部作品，逊色于什么样的表现力。

第一节 后时代的传统变形书写

1 宋美龄的婚姻是个情感标价

婚姻是有价的，情感也有价，如何称量呢？宋美龄算一个可参考的案例。以往对宋美龄的研究绝大部分都停留在其政治立场的阐释上，锁在

"党史"和"内参"中，远没有形成学术整体的共享话题，从斑驳的形象介入，在情感和个性中解读宋美龄，她将对人类的现实生活产生有益的影响，在人类学、社会学、心理学、日常情感学等领域都将构成颇多的发现线索和想象的作用。

把宋美龄作为一个形象勾勒在风景中，她会有各种颜色释放出来，鲜艳照人，选择各个角度看，也色彩纷呈，她自己也变成了风景。"亮大纲却好，只为如此，便有斑驳处。"这是《朱子语类》卷一三六中写到的句子，亮：指诸葛亮。"月光是隔了树照过来的，高处丛生的灌木，落下参差的斑驳的黑影。"这是朱自清在《荷塘月色》中的美文。《朱子语类》是朱熹与其弟子问答的语录汇编，它其中说到的是诸葛亮有缺点（斑驳）；《荷塘月色》中，朱自清是描写月光的美态（斑驳）。我们用两者结合的方法来描述宋美龄，能够较为准确地找到她的真实生命轨迹。

人类的情感是极其丰富美妙的，很多现象中的描述其实并没有表达出她的准确涵义，甚至还远远没有接近她的要义。发现和解读宋美龄的性格和情感对人类的现实生活影响是十分有益的，情感资本构成了宋美龄的化身，她的一生都在这个概念里运作。

虽说同是一个家族中的成员，也都以美人被提及，但姐妹中的性格却是迥异的，宋美龄性格属于外向的魅力型：机灵、活跃、自傲、支配欲强、好胜心切，这是天生的，她自幼娇生惯养，十分任性。三姐妹中，父母最受宠爱的就是宋美龄。自幼养成的性格，贯穿了她的一生，她的重大行动都受到了它的影响。

人们的谈话对象是分开论的，说起宋氏三姐妹大家最熟知的是她与宋庆龄、宋蔼龄同嫁了中国历史上政界的、商界的显赫人物，是中国的三个第一夫人，但宋美龄所嫁的被人戏剧性地描述斑驳了许多，因此她更具有传奇性、神秘感。如果以爱情为标志把宋庆龄说成是真纯、圣洁的象征，那么宋美龄就属于惊艳、诡谲的那一种，有点像雨后的彩虹，色彩斑斓。宋庆龄像梦在醒后的美好现实，宋美龄更像还没有醒的梦，本身就不是现实里能够看到的东西，但偏偏这就是她。女人爱做梦，宋美龄的梦颜色瑰丽。

不能用女强人述说宋美龄，但她是争强好胜的，尤其是婚姻也非要跟人比个高低。宋美龄一生都裹在这个梦里，镶嵌在蒋介石的生涯之中，主宰着她的命运。宋美龄的名字永远都同蒋介石连在一起，这是她形象斑驳的起因，也是结果和评说的敏感话题。离开了蒋介石还怎么去生成对宋美龄的美谈呢？

特立高蹈，显赫婚姻作陪。宋氏家族的成员本来就与平常人家的不同，女人不仅漂亮还各个聪慧过人，全部拥有个人抱负，评价她们是女杰可是一点都不言过其实。一般的女人都渴望嫁给强于自己的男人，宋美龄这样一个出生在大家庭里的旺族女子，从小孤傲任性，又受到了西方良好的教育，她怎么肯嫁到一个俗人的名下呢。

霍曼斯在他的价值命题中说："如果某种行为的后果对一个人越有价值，那么，他就越有可能去重复同样的行动。"[1]宋美龄在蒋介石的身上找到了印证她欲望中的指向，在同属社会高层人物当中，价值标准更为明显而集中，在婚配上中国俗语也有"门当户对"一说。当年蒋介石向宋美龄求婚时，遭到了宋老夫人和宋美龄的哥哥宋子文、二姐宋庆龄的坚决反对。宋老夫人认为，蒋介石是个军人，她不愿意将如花似玉的女儿嫁给一个武夫。蒋结过婚，还生有子女。此外，蒋介石不是基督徒，这也是她不能容忍的。

宋氏家族中，只有大姐宋蔼龄独具眼光，赞成这门亲事。她觉得蒋介石是一个能成大事的人，把妹妹嫁给他，将来会有享不尽的荣华富贵。于是，她请来宋子文最为佩服的国民党元老谭延闿劝说宋子文，使他改变了态度。

《宋家王朝》一书中说：美龄自小是一家之霸；孤芳自傲，无人敢惹她。她生性超然脱俗，精力旺盛；她崇拜勤奋的大姐；当蔼龄发号施令、处理家务事时，美龄总是在一旁细心体察，仿佛艺徒，准备将来取代大姐当家的角色。宋美龄的任性和大姐宋蔼龄的作用导致了这桩婚事。

在宋美龄的眼里蒋介石是迷人的，一见钟情执意嫁蒋，曾是宋美龄秘书的张紫葛写了一本名为《在宋美龄身边的日子》的书，其中道出了许多鲜为人知的内情。他在书中写道："宋美龄曾批驳有关她与蒋介石结婚的一些传闻，她说她1922年在孙中山家第一次见到蒋介石时就被对方迷住了，'他远比我二姐夫（指孙中山）英俊'。两人一见钟情，当即互换了电话号码，

---

[1] 这是霍曼斯在《社会中的交换与权力》（1964）一文中提出的5个命题中的一个命题。

其后便开始鸿雁传书，感情与日俱增。不管宋庆龄及母亲的反对，宋美龄跟定了蒋，她说'至于蒋介石和我结婚是为了走英美路线，那更是天大的笑话……'"

时间是一个很好的证词，1922年至1927年，仅仅5年时间，蒋介石的地位发生了神话般的变化。1924年5月，蒋被任命为苏联帮助建立的黄埔军校校长。1925年3月12日孙中山逝世后，国民党内部发生激烈的权力之争。没有多久，蒋被提名为国民党中央委员会主席（由他暂委张静江代理）。同时，蒋的北伐计划得到正式批准。在此期间，授予他紧急处置权力。英美一些报刊把蒋介石吹捧为一位"最年轻的革命领袖"。美国《时代》周刊以他为封面人物，全世界各主要国家纷纷建立"蒋介石档案"。这种大肆宣传使宋美龄也为之芳心不安，大有所谓"美女爱英雄"的意味了。1927年5月，在宋霭龄的撮合下，宋美龄与蒋介石同游金山、焦山，交往10余天，蒋介石终于获得了宋美龄的欢心。蒋介石的获得是在一个追求的过程中完成的。

有一份党史资料这样介绍了宋美龄，宋美龄在结婚仪式的宣读誓词中说："我宋美龄情愿遵守上帝的意旨，嫁你蒋中正，从你为夫。从今以后，无论安乐患难康健疾病，一切与你相共，我必尽心竭力爱敬你、保护你，终身不渝。上帝实临鉴之。这是诚诚实实应许你的。如今特将此戒指授予你，以坚此盟。"蒋介石自然为有这样的夫人而沾沾自喜，在他与宋美龄的婚礼上，也以同样的誓词回赠了宋美龄。蒋介石的表决心是爱情成功的继续延伸，作为他这当然也只是一个中间过程。

1943年宋美龄的那次著名演讲可以与她的才华评价同时凸显出来，罗斯福的夫人陪同宋美龄至国会，宋美龄原仅计划向众议院发表演说，但副总统兼参院议长华莱士之邀向参议院"说几句话"。宋美龄在参议院的即兴演讲不时被掌声打断，有时会有近5分钟的掌声。在众议院的演说更是爆出了历久不歇的掌声。[1]这个喝彩的荣誉连男政治家也少有出现过。

宋美龄的影响是广泛的，美国新泽西州的一位家庭主妇，寄了1张3美元的汇票和1张上海男童在火车站哭泣的剪报至白宫，要求代为转给宋美龄，送给那位在火车站哭泣的小朋友。这是宋美龄的国会演说经由收音机转播全

---

[1] 据新华社供本专稿。

美，打动千千万万美国人心田的最佳证明。宋美龄成了人类美好情感的传播大使。

宋美龄的意义还有很多没被充分采挖，"人类心理是'不可渗透，充满歧途的热带雨林'。可以想象它的生命力。而这生命力来自它的原始，它的诡异，它永远不可能被开垦得丰富。"[1]宋美龄走过106个春秋，生在19世纪，走过20世纪，步入21世纪。宋美龄不仅走过了满清末叶、民国启建、军阀混战和日军侵华，亦经历了两次世界大战，更见证了冷战时代的降临与消失，以及两岸敌对关系的解冻……她有与生俱来的聪明、美丽与手腕，加上孔宋家族的强力支援与美国背景，使她在权力、财力与魅力的交织中，成为中国近现代百年史上最有争议与影响的女人。她可以作为女性中的一个永久话题在各个时代和重要历史时期被随时提及。

宋美龄，她不是一下子能说完的单色美人，在历史的风云际会中光芒四射、瑕瑜互见。宋庆龄是宋氏三姐妹中最有正义感的人，在她的感受中可以领略宋美龄的真实本色，当宋霭龄1904年离开上海去美之后，宋庆龄和宋美龄就成了一对分不开的游戏伙伴。那时她家住在上海虹口一座自建的花园洋房里，有围墙环绕。宋庆龄虽是姐姐、又比较沉静，但她同妹妹常常不顾父母的禁止，偷偷溜出园门到乡间旷野去玩一会儿。宋庆龄负责照看小妹，有三年时间实际上担起了父母的职责，而宋美龄也爱她的二姐。在以后10多年时间里，她们之间没有显示出任何裂痕——她们不仅是同胞姐妹，又是知心朋友。

1915年，宋庆龄打算不顾父母的反对同孙中山结婚，她写信给还在美国上大学的宋美龄，希望得到她的同情和理解。有一种说法认为，年轻的宋美龄是这个家庭里唯一赞成这桩婚事的成员。[2]可以想象宋美龄的识人标准和了不起的个性主见。

宋美龄在舆论中很多时候单独作为形象浮在蒋介石的上面，宋美龄把在蒋介石身上所牵连到的"不雅"的东西荡涤了出去，形成了自身的独立，

---

[1] 詹妮特.麦康姆语。詹妮特.麦康姆，《纽约客》专职撰稿人。引自严歌苓小说《扶桑》后记。

[2] 本段部分取材于一篇中文文章《庆龄和美龄》，载《演讲与社交》，北京，1986年第3期。又参见曹云霞著《宋庆龄与宋美龄》，载香港《镜报》，1981年第4期。

在家庭和政治上保有一份不受外界病垢的"洁地"，所有在外交场合下的举动，她既是正义的也是爱国的，连同她的服饰都在打扮着这个形象和气质，爱己与爱国浑然一体。

在公共场合和重大的仪式上她最喜欢穿旗袍，象征着一个中国人的出现，代表了一个黄色种人的骄傲和尊严。宋美龄对服饰也十分地讲究，她的超大型衣橱里的旗袍堪称世界之最。宋美龄有一个专业的裁缝师张瑞香。一年365天，张瑞香都在不停地只为宋美龄制作旗袍，大约每两三天就可以做好一件旗袍。可令人费解的是几乎每件新旗袍做好之后，宋美龄都只是欣赏一番后，就命人拿到自己的衣橱里妥善保管，从没见她再穿过一遍。看来她对服装的考究和珍爱可不是其她女性可以同日而语的。

把宋美龄作为学术对象而终观之，她让我们今天得到更新的启示是什么呢？第一作为女人，她定把自己的婚姻当作第一要紧的事，即便女人一味地要成就伟大的事业也不会抛开婚姻和爱情的，除了历史上极少数的女性像武则天、慈禧、撒切尔夫人、朴槿惠等一心当政的女人外，绝大部分女人即便有从政的抱负也不愿放弃爱情，她们喜欢温情的保护和被爱，女人是在这个感受中成就各种事业的，阴阳组合，夫唱妇随形成生命的基本旋律，传颂人类的辉煌乐章。

作为妻子无条件地为自己的丈夫尽忠尽责，在宋美龄的身上有明显的海南人特点。海南女人的品性是高度善良的，本分是她们的秉性。这一点在现在的海南人中也更多地体现出来了。关于这一点的形成，应该说是宋美龄一家，包括宋庆龄和宋蔼龄也都如此，是由于海南的地域习惯改变了她们。这一方面是当地的风俗所致，另一方面应该是与她们姐妹对爱情追求的执著形成了必然的联系。宋氏三姐妹嫁的都是中国最有名的人物，孙中山、蒋介石、孔祥熙。三个姐妹嫁的目标这么集中的确很不寻常，而且他们都不是处于父母之命。相反在她们的婚姻中几乎都是遭到家庭极力反对的。宋庆龄的婚姻遭到了她父亲宋耀如的强烈反对，宋美龄的婚姻遭到了宋庆龄的极力反对，但父命和家族的阻挠并没有阻止她们的脚步，她们还是按照自己的愿望追求和选择了爱情与婚姻，执拗的个性和血亲形成了对抗，自我主张和家长的意志出现了严重的抗衡，如果说宋庆龄选择了美好的感情归属，找到了一个伟大的人物，民族的英雄，那么宋美龄的爱情又是什么呢？

　　宋美龄的伴侣能用什么来说明呢？她与姐姐宋庆龄的爱肯定是不一样的，但她的选择也是光辉夺目的，因为蒋介石毕竟是当时国民党的最高领袖，蒋介石的光环盖过了他本人，外显的作用富有张力，宋美龄同样找到了她的满足和荣誉感，不寻常的女性已经不能使地位和名声低于自己的人来陪伴，只有那些能在地位和精神上做她们统治者的才可能出现在她们的生活里。宋美龄把女人的日常心理以生动的事例在显赫的身价中集中地表现了出来，而且她又是以女性最重要的以身相许的姿态显现的，让她的生活添加了色彩，具有传奇的意味和功能，留给后人以不尽的想象和启发。正因为，宋美龄是个情感的标价，女人的概念才变得多姿多魅，那些拿起来就嫁的女人也当然需要总结一下历史女性了。

2　阿Q提供的人性标本

　　借以这样的问题，我们从现代性谈起，关于现代性的概念从在西方产生之日起就众说纷纭，莫衷一是，它是一个"内涵繁复""聚讼不已"的扩散性语词。自传到中国来以后，它的根性不仅处处现出移植的伤痕，而且，由它斜生出来的虚枝和旁叉也日益繁生盛衍。本文探讨的文学现代性不想作汪晖先生《韦伯与中国的现代性问题》[1]那样的就现代性理论及理论的关系去论证和说明，也回避孟悦女十《中国文学"现代性"与张爱玲》[2]的就某一个作家的作品中所呈现的现代性因素的分析，同时绕开了王德威先生《被压抑的现代性——晚清小说的重新评价》[3]对现代性源头的挖掘。

　　现代性的精神何在？笔者认为现代性不仅仅是说明现代存在的东西如何，并对此加以评价。它也不是谁来制约谁，什么西方现代性对东方文化的侵略，什么把东方文化纳入西方的一统化。这种不带思考的结论和由结论返回论据的实施者本身就都是反现代性的狭隘"退守性"。

　　现代性概念首先应该是个开放性的标志，容纳、吸收、辨识、扬弃、批判、提炼、认定等才是它的应有质素。现代性应该是"确认此事规律"的一个科学名词。它应该是向前发展的具有新的时代标志的"现代趋向"意识。

---

[1]　王晓明主编《批评空间的开创——二十世纪中国文学研究》。

[2]　同上。

[3]　同上

在3000年人类历史中，在文学萌芽、诞生、成熟、发展的世纪长河中，文学现代性是提炼人类可贵精神的参照系，是确认人类共同意志的人文支援。马克斯·韦伯谈道：社会秩序的形成是"目的——工具合理性"（Purposive—Instrumental Rationality）与日俱争的强权侵犯，"理性的胜利没有带来预期的自由，却导致了非理性的经济力量和官僚化的社会组织对人的控制"。社会科技和经济的发展没有形成与之相应的人的精神的发展，反之导致了"繁荣景象中的人类异化"。文学现代性应该是反异化的界标，只有在这个意义上文学现代性才有它的自身价值。自15世纪以来，现代性一词对现代（或者当下）来说一直是以贬义的面貌出现的，直到20世纪以来它才洗心革面，换成了褒义的字眼。其含义实际上等同于完整的（Improved）、另人满意的（Satisfactory）和有效率的（Efficient）。虽然如此，现代性还没有归位到它的"本席"。哈贝马斯以黑格尔的《历史哲学讲演录》（*Lectures On The Philosophy Of History*）为例分析说，现代性概念是一个时代概念："新时代（New Age）是"现代"（Modem Age），"新世界"的发现、文艺复兴、宗教改革等发生于1500年前后的历史事件成为现代与中世纪的界标。

现代、中世纪和古代的历史区分形成于现代或新时代失去其编年史意义之后，古代和中世纪现在是作为"新"时代的对立物而出现的。如果说基督教世界的"新世界"意味着将要到来的未来世界，那么世俗的现代性概念则表达了未来已经开始的信念：这是一个为未来而生存的时代，一个未来的"新"敞开的时代。

在这个意义上，标志新开端的界线不再是当下，而移向了过去，移向了现代的开端。这个在1500年前后的开端是在18世纪的历史过程中被限定的，并构成了一种以现代为立足点的、把历史作为总体的历史意识。"新时代的诊断与旧时代的分析相互依赖"，现在被当作是迈向未来的一个过渡，新时代以其与未来的关系而同过去区别开来。

作为一个总体历史进程的历史现象由此形成，在这个历史形象中现在就是一个持续的更新过程。革命、进步、解放、发展、危机和时代等至今仍然流行的关键词，一方面以这种历史意识为合法性的基础，另一方面又使得现代性不再能从别的历史获得标准，而只能自己为自己制定规范。[1]

哈贝马斯的收获是，他找到了"现代性"中最有生命性的"'新世界'的发现"，但却还是陷入了黑格尔的旧哲学辩证法当中，他强调"现代性不再能从别的历史获得标准，而只能自己为自己制定规范"，把"新世界"从历史道路上抽空，直接把它送到了幻想中的另一个"理念"的构筑中去了，待这个"新世界"尚未形成和形成过程中，它的又一个新"新世界"又把它否定掉，这样无休止地用一个理念否定另一个理念，曾经已分享着光荣的"历史"和"新世界"都将成为现代性的对立物直楞楞地老旧成"废墟"，一个丧失进步辩证法的"新世界"制定规范，它的生存空间，在当下看来，历史、现代、未来都是一片漆黑，并在漆黑中寻找那个"新世界"。

哈贝马斯的观点应该加以修正，"现代性"因素不可能全部在当下时间的未知领域，大致区分可以有三种现象是成立的。第一种是在历史中一些已经建立起来的人类文明并已经给人们带来"福音"的文化遗产，在当时是人类宝贵的精神食粮，在历史的河流流程里可能仍然沉淀出它的新时代价值。这是我们在众多文化遗产中筛选、获得的具有"现代性"因素的一部分文化资源，是历史留给我们的，也是我们的智慧创造的精神产物。它可以纳入进行时现代性的一部分，并可以依据此精神寻找现代性新的再生点，从而拓展面对当下和未来的"现代性"广阔空间。第二种是在已存历史中仍有人们尚未发现的"现代性"因素，我们应该把它挖掘出来。第三种是被误写和误读的"现代性问题"今天仍以讹传讹，"把白说成黑或把黑说成白"，我们应该把它纠正过来。

这三种情况均可以在阿Q以及鲁迅身上找到印证。阿Q是鲁迅小说人物中塑造得最为成功的一个典型。他的"精神胜利法"是"人性弱点"的一个艺术标本。阿Q形象的完成，标志着鲁迅文学使命中的最高成就，鲁迅在日本留学中途弃医，返回祖国从文，他自称目的为"暴露国民的弱点"（《伪自由书·再谈保留》），"写出一个现代的我们国人的魂灵来"（《集外集·俄文译本<阿Q正传>序及著者自叙传略》），揭出痛苦，引起疗救的注意（《南腔北调集·我怎么做起小说来》），或"开出反省的道路"（《且

---

[1] 转引自汪晖著《韦伯与中国的现代性问题》。

介亭杂文·答<戏>周刊编者信》）。他面对国人的灵魂"哀其不幸，怒其不争"，并以启蒙主义的"思想革命"精神贯穿始终，以"补偏救弊，反躬自省"的批判态度为其根本宗旨。

阿Q是他笔下最卑微、最轻贱的"国人的灵魂"，同时构成了他最集中批判目标的"靶子"。读者沿着评论家和学者的指引把他送到了"盲目自尊、自轻自贱、欺软怕硬、自欺欺人、十分健忘"的展览现场，让"国人'看客'"在他身上吐完唾沫之后，又让"国人'政府'"把他像拖死狗似地拖到野地里"毙"了……还没完，鲁迅自己说，他之所以要写《阿Q正传》是因为要"画出这样沉默的国民的魂灵来"，并且说"'我还怕我所看见的<阿Q>并非现代的前身，而是其后，或者是二三十年之后'"。[1]

"最初人们也都是这样去理解阿Q的：小说开始连载时，沈雁冰（茅盾）就指出，阿Q是"中国人品性的结晶"；直到20世纪40年代人们也依然强调阿Q"是中国精神文明的化身"。[2]

这就是说，无论是1920年代的启蒙主义思潮，还是1930年代和1940年代的民族救亡思潮，都提出了"民族自我批判"的时代课题，阿Q也就自然成为"反省国民性弱点"的一面镜子。人们发现阿Q的这种"精神胜利法"是中华民族觉醒与振兴的最严重的思想阻力之一，鲁迅的《阿Q正传》正是对我们民族的自我批评"。[3]

1950年代至1970年代末，新中国成立以后，人们强调要求对文学作品进行阶级分析，于是阿Q就被视为"落后的农民"（或"农民"）的典型，关注重心也发生了转移。首先强调的是阿Q是未庄第一个"造反者"，一位批评家这样分析阿Q"土谷祠的梦"："它虽然混杂着农民的原始的报复性，但他始终认识了革命是暴力"，"豪不犹豫地要把地主的私有财产变为农民的私有财产"，并且"破坏了统治了农民几千年的地主阶级的秩序和'尊严'"，这都表示了"本质上是农民的革命思想"。

小说后半部对阿Q与辛亥革命的关系的描写也引起普遍重视。批评家认

---

[1] 鲁迅著《集外集·俄文译本<阿Q正传>，《鲁迅全集》第7卷，82页；《<阿Q正传>的成因》，《鲁迅全集》第3卷，379页。

[2] 立波著《论阿Q》，原载1941年1月《中国文艺》（延安）第1卷第1期。

[3] 钱理群，温儒敏，吴福辉著：《中国现代文学三十年》（修订本）48页。

为鲁迅是"从被压迫的农民的观点"对资产阶级及其领导的辛亥革命进行了深刻的批判。毛泽东也多次提醒人们要吸取假洋鬼子"不许（阿Q）革命"的教训。

1980年代初的思想解放运动中，人们又从《呐喊》《彷徨》是"中国反封建的思想革命的一面镜子"的观念出发，重读《阿Q正传》。尽管关注的重点并无变化，却给予了完全不同的意义解释：强调的是阿Q造反的负面："即使阿Q成了'革命'政权的领导者，他将以自己为核心重新组织起一个新的未庄封建等级结构"；辛亥革命的教训也被阐释为"政治革命行动脱离思想革命运动"，忽略了农民（国民）的精神改造。这样，阿Q就再一次地被确认为"国民性弱点"的典型。

近年来，在"改革开放"的大背景下，人们开始转向对"阿Q精神（性格）"的人类学内涵的探讨，并做出了另一种分析：阿Q作为一个"个体生命"的存在，几乎面临人的一切生存困境：基本生存欲求不能满足的生的困恼（《生计问题》）、无家可归的惶惑（《恋爱的悲剧》）、面对死亡的恐惧（《大团圆》）等，而他的一切努力挣扎（《从中兴到没落》），包括投奔革命，都不免是一次绝望的轮回。人只能无可奈何地返回自身，如恩格斯所说："他们既然对物质上的解放感到绝望，就去寻求精神上的解放来代替，就去寻求思想上的安慰，以摆脱完全的绝望处境。"[1]并借以维持自己的正常生存，在这个意义上，"精神胜利法"的选择几乎是无可非议的。但这种选择又确实丝毫没有改变人的失败的屈辱的生存状态，只会使人因为有了虚幻的"精神胜利法"的补偿而心满意足，进而屈服于现实，成为现存环境的奴隶。这样，为摆脱绝望的生存环境而做出的"精神胜利"的选择，却使人坠入了更加绝望的深渊，于是，人的生存困境就是永远不能摆脱的。[2]

鲁迅正是对这一生存状态的正视，而揭示了人类精神现象的一个重要侧面，从而使自己具有了超越时代、民族的意义与价值。[3]阿Q的现代性特点是

[1]　恩格斯著《布鲁诺·鲍威尔和早期基督教》，《马克思恩格斯全集》19卷，北京：人民出版社，1972年版，334页。

[2]　汪晖著《"反抗绝望"：鲁迅小说的精神特征》，收《无地彷徨》，杭州：浙江文艺出版社1994年版，184—419页。张梦阳：《阿Q与世界文学中的精神典型问题》，陕西教育出版社，1996年版。

[3]　钱理群，温儒敏，吴福辉著：《中国现代文学三十年》（修订本）50页。

什么？若像专家们所说，是每个时代的"愚昧典型"。只有在"人类学内涵的探讨"上，"借以维持自己的正常生存，在这个意义上，'精神胜利法'的选择几乎是无可非议的。但，……只会……进而……却……更加……"。到最后的结论：阿Q一无是处；"精神胜利法"是各个时代超越民族、地域意义的"愚昧象征"。此观点笔者不同意。

鲁迅的思想是复杂的，他的家境和个人经历对他的世界观形成有着重大影响。由于优越的出身，使得他对弱者一直抱有蔑视的"势利"，这一点，他远远不如毛泽东质朴，虽然他晚年在认识上有所"醒悟"。鲁迅的"战斗锋芒"往往是"枪口迷向"的，他的"文艺""提倡文艺运动"（鲁迅：《鲁迅全集·呐喊·自序》）炮击目标全是"社会下层嘴不会说，手不会写的无辜者"。

在他最风光显赫的所有日子里，他的社会身份都是以"文艺旗手""政府官员"的面貌出现的，鲁迅也抨击梁实秋、陈西滢、周作人、胡适等人，在和他们论战中表现自己的"绝顶聪明"。鲁迅的聪明是不容质疑的，与阿Q等构成了天壤之别。他与论敌的论战过程是他"生存"的必要甚至是仅有的"对策"，不然鲁迅无法再是鲁迅，他的笔下阿Q活动方式也是"生存"的必要。

《阿Q正传》的现代性意义是塑造了两面形象，文本中塑造了阿Q；文本背后塑造了它的作者鲁迅。他们的精神实质都是"生存哲学"意义层面上的。只是阿Q是"生存"两极中最低级的那一端；鲁迅是其中最高级的那一端"而已"。

在我们考察作家的时候，往往只注重了一般作家，而忽略了"伟大作家"的"狭隘隐情"，我们还应该知道，伟大之人，也有相当的比例中是由于狭隘的酵母所生，并有"伟大的格言：聪明者最卑贱，卑贱者最聪明"的提醒。

笔者不提倡把鲁迅说成是"可杀""可灭"的曾经出现的"文坛怪声"，鲁迅的伟大是无疑的，他给我们留下的精神财富是那个时代其他人所不曾给予的，但笔者不能苟同也没必要不去面对鲁迅的"人格瑕疵"，面对的目的仍然不是为了"批判"而是更大地发现他的价值。

如果说那是"缺陷"，我想到不如换成说"生存自然"更好，这是对鲁迅和阿Q都能成立的解读。这是最表面的一层意义的再现。它的另一层，来自欲望要求而导致智力的下意识表现倒应该归属与"对策"的效用，阿Q只好靠"以去掉内质的第一，秀才也是第一聊以自慰""以姓百家性中排序第一的'赵'字来借祖宗点灵光""抓虱子比胜""假想中被打了嘴巴，当成是儿子打老子""调戏小尼姑以发泄未死的'性欲'"等，最后"不得不去按法律规定画圈，在谁都一时反应不过来的'顾面子'上划（画）个圆满"，让后人在唾贬"精神胜利法"到精疲力竭之后留个"勇者"的"圆满"。

鲁迅的生存实质也和阿Q毫无二致，他在交不完的、连串的"华盖运"中，"《呐喊》""《彷徨》"和"孤独（《孤独者》）（写小说）"和"苦闷（翻译：《苦闷的象征》）""《论"费厄泼赖"应该缓刑》（写杂文）""《死后》（作散文诗）""《坟》（作写在〈坟〉后面）"之后来个"大团圆"结局，留给效仿者一面"旗手"的"旗帜"。

鲁迅是伟大的，笔者这样说不是颂扬他的伟大人格，而是赞叹他本人生存能力中的"高超技巧"。他本来开始就没有设想让文学成就自己的伟业，在他以优异的成绩考取日本留学生时，他是想用"医学救国"的，不管他个人如何解释他是怎样走到文学道路上来的，抱有多么大的理想和"革命觉悟"与使命感，他留学的结果在专业上来说是"中途辍学"，没有学成。他在留日履历上不具备郭沫若等人那样冷眼一看就多一层镀光，而非得加上几张副页说明才能介绍出他的"弃医学文"的"格外伟大"。鲁迅没有上过文科类大学，也不能与其他留洋的胡适、朱光潜、钱钟书、林语堂、梁实秋等摆弄"资格"，但他的《狂人日记》《阿Q正传》《药》《孔乙己》《祝福》《伤逝》等小说，以及《三闲集》《南腔北调集》《花边文学》《而已集》《集外集》《集外集拾遗》《准风月谈》《"丧家的""资本家的乏走狗"》（《二心集》）等杂文又是《野草》（散文诗）；又是《朝花夕拾》散文，真乃好一个辉煌的"业绩"。

从1920年起，北京大学、北京高等师范学校等6-7所学校相继聘请他为教授和讲师，他在中国小说史上的学术研究也取得了显赫的成就，亦有与创作同相辉映的"大手笔"之威。在整个文学界他的名气可谓"如日中天"，连文学大家的沈雁冰、郑振铎等都要在组织《文学研究会》的讨论中尊他为指导老师；后来的《浅草社》《春光社》《沉钟社》，就自自然然地把他当作前辈和导师了；他还与几位朋友创办《语丝》周刊，发起"未名社"和"莽原社"，以致被视为文坛上的一派领袖。

每到晚间，他的会客室里便有青年人围坐，热切地望着他，希望能听到中肯的教诲。[1]鲁迅不愧为"文学天才"，的的确确，大文学家郭沫若、大学者胡适、朱光潜、钱仲书等都不能与他相提并论。鲁迅无师自通，值得同时代人和后人"须仰视才见"。鲁迅本人也该"高高在上""不可一世"，鲁迅成就背后的勤奋精神是人类的精神楷模。

他的壮丽格言："横眉冷对千夫指，俯首甘为孺子牛"是他履历表中的又一个加副页的说明，是伴随"革命"的一个"伟人口号"，如果鲁迅真的像他所说的那样，他应该沿着《一件小事》的感动，进一步重新凝视"国民性"的阶级性质朴和潜在力量。由于鲁迅的灵魂是绝望的痛苦的，从而他看透了"启蒙"对阿Q等是没有结果的，"他的独特是在另一面，那就是对启蒙的信心，他其实比其他人小，对中国的前途，也看得比其他人糟。即便是发出最激烈的呐喊，他也清醒地估计到，这呐喊多半不会引来什么响应；就在最热烈地肯定将来的同时，他也克制不住地要怀疑，这世界上恐怕是只有黑暗和虚无，才能长久地存在。是命运造就了他的这种独特之处，而"五四"以后的历史更将证明，这也是他的过人之处。"[2]

但鲁迅没有结果的"启蒙"为什么又一直作为他奉行的"使命"呢？"多疑""尖刻""刻毒"是中国现代文学中只有鲁迅才拥有的骂名，也是鲁迅独自拥有的"赠誉"。这是因为他和阿Q的活动性质也是一样的，他也要"生存"，阿Q的生存轨迹上是"下等人的法则"，鲁迅的生存轨迹上也已注明了"上等人的法则"。

1911年七月在鲁迅已经辞去绍兴府中学堂职务后，十月又遂应府中学堂学生的请求，回校暂管校务，十一月又担任山会初级师范学堂监督；1912年二月辞去山会初级师范学堂监督一职，应教育总长蔡元培邀请，去南京中华民国临时政府的教育部任职，八月任北洋政府教育部佥事，兼第一科科长；1925年八月十四日他因支持女子师范大学学生运动而被教育总长章士钊免去

[1] 王晓明著:《无法直面的人生——鲁迅传》，上海文艺出版社1993年12月版。

[2] 同上。

教育部金事职务；八月二十二日他向北洋政府平政院递交诉状，控告章士钊免他职务是违法的，1926年一月十七日北洋政府平政院宣判鲁迅"控告章士钊"胜诉，同时恢复了他的教育部金事一职。

鲁迅十分看重自己的社会地位，用心保护着自己的"政府职务"，这和他只作大学教授是截然不一样的，新文化运动旗手、首席作家、大学教授再加上"政府官员"，那可不一样了，他的情结中有必须保住他的辉煌地位的强烈需求，他无法承受寂寞，对此他付出的代价是昂贵的。

鲁迅同样是生活在不能独步一世的现实世界中，"文人相轻"，互相嫉妒、诋毁，也同样是"文学……"选择了他，在当时那种"水货的学历势利"面前，先是出来一帮自吹自擂"学贯中西"的"学衡派"代表，南京东南大学教授梅光迪、胡先骕、吴宓等举着《学衡》杂志的牌子，摆出"昌明国粹"的架势来吓唬他；随后是天才的郭沫若化名以"杜荃"，在创造社的刊物上骂他是"封建余孽""二重的反革命""法西斯主义者"；[1]陈西滢转弯抹角地讽刺他"挑剔风潮"；成仿吾骂他"有闲、有闲、还是有闲"（鲁迅：《三闲集》序）；林默扣了他一顶"花边文学"的帽子，说那下面"往往渗有毒汁"（鲁迅：《花边文学》序）；教育总长章士钊以"结合党徒，附和女生"的罪名，撤了他在教育部的职；不仅学术权威、文坛领袖、政府要员骂他，连站在革命队伍里的共产党组织中的"左联"重要的4位领导人也来向他"进攻"，斥责他是"右倾机会主义"，是"戴着手套的革命家"；[2]"学匪""学阀"（姜华骂他）。社会接着就是文坛上"乱作一团"的"学术""问题""主义""思想""艺术""人生"等的"文人混战"，这不仅没有成为鲁迅的"从文"的负担，反倒为其所用，正巧借此发挥了他的特长。那些一天天憋在书堆里读死书的人怎么会有他头脑的机敏，他真是如鱼得水，大有一番"取经路上"扮演孙悟空的淋漓尽致地"表演"，把手中的笔变化成了"金箍棒"，现代评论派、鸳鸯蝴蝶派、第三种人、梁实秋、林语堂等，什么文学社团、什么文学权威都是他的论战对象，他在文章中指名道姓"骂"过的，就有上百人之多；与其论战的重要人物，

---

[1] 杜荃著：《文艺战线上的封建余孽》，《创造月刊》，二卷二期。

[2] 冯夏熊著：《冯雪峰谈"左联"》，北京：《新文学史料》一九八〇年第一辑。

也有二三十人。仅与梁实秋相互论战的篇目就有130多篇，这不仅在中国现代文坛和学界史无前列，在世界文坛和学术争论史上也是极其罕见的。

鲁迅在骂人中给他的论敌起的绰号也是千奇白怪，他用文字表达还不够，有的还得画上符号，比如他骂鸳鸯蝴蝶派写的"净是男女间的三角关系"时只有再在上面画上个"△"才算解恨。

鲁迅不愧为"战士"，他的战斗精神是不知畏惧和退缩的，他在文坛上出色地实践了毛泽东的军事思想"保存自己，消灭敌人"。在文坛以外的人都以纯洁、美好的向往和梦境般的憧憬阅读文学作品，并抱以仰望之情对待文学家和学者，文坛内幕他们当然是不知道的，鲁迅深刻地感到那是个大"染缸"。这一形象的描述在"文革"中得到了充分的写实和论证，为了保护住自己的生存和生命，互相揭发、写别人的假证，也写自己的假证，大作家、大理论家们，都出来拿同行的头颅换取自己的苟活、或升迁。一帮文人成了高级的"看客"，汇同了阿Q死前赶来围观人群的同等效应。那么，阿Q等和"看客"们芸芸众生的"愚昧""麻木"之人，就是"下人"吗？就是"国民性"的"劣根性"使然吗？

这些堂而皇之的"知识分子"们就不是"国民性"的"劣根性"……吗？"知识分子"们不停地喊："启蒙""启蒙""启蒙"，这帮"整人也整自己"的"精英"扮演者，有什么资格去"启"别人的"蒙"？鲁迅是带着"启蒙"的志向走到文坛的，他"启"了众多"下人"的"蒙"，深刻地"启"了阿Q的"蒙"。

阿Q就是在这样的生活现实困境中一方面承受着"维持生命"的煎熬，另一方面承受着鲁迅等"精英"们"启蒙"的精神鞭挞。在这种现实中我认为只有阿Q的"精神胜利法"是支持他活下去的"救命稻草"，强烈地自我安慰是生命用以延续的"活着的可贵精神"。他像余华小说《活着》中的福贵那样，在命运无情地摧毁中寻找自己生命中的"灵魂"，如果放弃了"精神胜利法"，他的反向答案就是"下人们"集体自杀。

我想在余华频频获得国际大奖的背后可能正是这种作者、读者、评委们一致的心中所向吧？然而，倒是鲁迅在民国六年那个冬天的时候，接受了一次"车夫"的启蒙，众多的知识分子还没有这种自知之明，鲁迅真诚地敞露了他内心中真正的"善良情怀"，他的小说《一件小事》让我们感动，他的

《故乡》能让我们回到童真的质朴，我们在阅读完鲁迅全部的时候，才看清了他的"伟大"和"可爱"，到此，我们都应该抱以"善良""宽广"的情怀来看待阿Q等角色，以及鲁迅，以及"文革"中在高压下迫害过自己同志，有过"过失"的作家和批评家及其学者。

阿Q的强颜作笑是无奈的，巴金等知识分子在"文革"中写了同志的"诬信"是被逼的。鲁迅对阿Q等的"刻毒"也是那个特定时代在鲁迅性格中所铸成的精英意识的"局限"。

自从有了人类社会，中国和各个民族就都客观地存在着各种阶层的人，阿Q等和鲁迅是两极上的具有代表性的两种人，他们活着和生活的方式是有着天壤之别的，文学艺术中呈现的世界是其中本质上真实的一部分，有的和生活真实吻合，有的依然方枘圆凿，甚至相反。作家的出身、经历、智慧、审美倾向都可能导致对生活本质的误写，鲁迅对阿Q等以及对"精神胜利法"的批判是"精神上的误写"，当时以及后人的"唱和"是对此的"误读"，它的原因是：一、由于鲁迅的权威作用所致；二、由于政府的宣传构成的错误导向；三、由于旧中国落后而对"国民性""劣根性"的盲从总结，（其主要根源在腐败的政府而非民众）无枪的阿Q等只能以"儿子打老子"聊以自慰，在阿Q想"革命"时假洋鬼子不准他革命，阿Q只能画圈等死。这个无奈之举与当时"进步组织"让鲁迅回国，"刺杀清廷走狗"的"送死"（后遭他拒绝）是"同命鸟"的照面。

阿Q和鲁迅都承受着命运对自己的迫害，只是它涂在人物脸谱上的油彩对鲁迅用了"红色"，对阿Q用了"黑色"。他们都无力取得 "抵抗'异化'的彻底胜利"，只有在"保护自身"的现状下"自娱自乐"地承受生死两端的极限。

无论是19世纪二三十年代，还是三四十年代，还是1950年代，还是1970年代，还是1980年代，还是1990年代，还是21世纪，阿Q精神即"精神胜利法"都是阿Q等能够活下来的心理依据和精神支柱，如果这样，以往和现在的现实世界中贫困以至濒临绝望中的人就不会死，老舍等人民艺术家也不会撒手人寰，投湖自尽。

阿Q的"精神胜利法"是鲁迅错写出来的鲁迅"原意反叛"的珍贵的精神财富。它是属于鲁迅赐给"再生阿Q"等的"逃生的出口"，鲁迅也从此方法中经营生存的价值。它标志着生命的两极：另一方在"社会上层"，另一方在"社会底层"。

3 狭邪小说的改装与变迁

改狭邪小说为"身体写作"。狭邪小说是专写妓女与嫖客之间情感纠葛的作品，"身体写作"大多是作者以第一人称"我"的情感叙述和"性"过程演绎，在称谓上虽构不成妓女与嫖客，但它提供的视点是一样的，不是妓女，作妓女一样的身体展演，时常受政府公安部门按"妓女"的身份抓捕，并且较之"妓女"的各种生活现状有过之而无不及，狭邪小说在描写男女性交往的同时，带有缠绵的情感畅达，"身体写作"不作情感上的表白，只有身体的欲求和变态的歇斯底里。把现代生活中的浮躁和空虚发泄在性上，附着在纸面中，作者的"我"大多都是个"无业少女"，几乎可以列为没有文化的一类人当中去。和中国晚清狭邪小说中妓女们的"酒诗填词作雅"，"才子佳人成趣"构成了鲜明的优劣对比，中国晚清狭邪小说在书商为赚取"所得"的同时，作者和读者还有幻想进入"爱情"的空间，书中的大量描写还蘸着眼泪，中国当代文坛的"身体写作"已经把人的心理挖空，就剩下一个和人体挂图差不多的身体，并且尖叫着要中国人和外国人一起来才叫"刺激"。

女人和男人就是"毛片"中的身体机器，可怜的"身体文学"还在这其中寻找"美感"？作者喋喋不休地重复构成了小说的叙述篇幅。中国晚清狭邪小说的作者由男性变迁成中国当代文学中"身体写作"的女性，而且还得冠以"美女作家"的称谓。由男作家到"美女作家"的出场，登台，是中国传统"性"观念的巨大转变在文坛上的反映。从中国晚清狭邪小说的出现到"身体写作"标志了中国一百多年来"性"观念的发展历程。

从狭邪小说始到"身体写作"的社会化反映，主要不是文学自身的发展问题，而是社会付诸文学承载多种社会意识形态的一个集中的窗口。媒体的作用相比晚清更加具有驱力效应，由官方电视台、广播、报纸、刊物和盗版的刊物共同组成了一个媒介群体，而且他们彼此之间相互利用，借助声响，趁机炒作。能公开的官方媒体在可公开的程度上大作文章，"美女作家"、杂志编辑、出版商机敏地与国家政府周旋、费尽心思钻空子。由于这些与中国晚清社会相比风险更大，投机性更强，因而它调动读者的好奇心程度也就比晚清社会时期的更强，被关注的程度也就更高。

从中国晚清狭邪小说到"身体写作"历史性地形成了以文学的形式挑战"社会问题"和"道德问题"的人文叙事。对于"性"和身体的认识，从人类社会开始到文明的21世纪，社会各个阶层、民间不同观念和政府都有各自的态度和阐释的较大空间。中国晚清狭邪小说的故事发生地点都是在"妓院"，当代文学中的"身体写作"的小说情节渲染地大都在现代化都市的娱乐场所。晚清狭邪小说的产生地域城市从作者到故事大多在上海、苏州、杭州等地，当代"身体写作"的作者和"作爱场"大多都在上海。

上海、苏州、杭州这些从晚清以来就视为文明的大都市和繁华都市在商业社会的概念中是文明的，在文化和人们的生活追求、生活习尚上是否也代表了文明？"性"和身体的展示以及强调"性"的资本性作用是不是文明的标志。

从事实上讲，当时的妓女已经是世界其他国家现代意义上的妓女，她成为一种受国家法律保护的职业女性。妓女的出现是与人类的生命和生命同时的性行为同时产生的，因为性行为构成了人的日常性伦理。雅典的妓院由政治改革家梭伦开设，大概在公元前594年后，（比中国晚50年左右）。学者们对"性"的态度也不一样。徐兆寿谈道：英国著名的性心理学家霭理士在他的名著《两性与社会》中说道："娼妓的起源，由于宗教的习俗。"性交是神圣的，有神力的，男女性交意味着人口繁衍，五谷丰登。所以他们经常在祭神的盛大节日里，在神前性交，以祈求神灵保佑。这就需要有一群女子为了祭神而在神庙里专司性交，以祭拜神灵。这种女人，就是"圣妓"。也就是说，是由于宗教的需要而产生了妓女。刘达临认为：文明社会的娼妓制度是以钱来换得性满足，而野蛮社会的娼妓制度则是为了宗教。

"身体写作"相对表现妓女生活的狭邪小说对社会文明状况和文明程度的揭示从作品女主人公身上来说可以与管仲谈到的"娱乐"相对照，但这里获得"娱乐"的对象，已经由皇帝转到一个特殊的阶层——城市极个别的精神空虚者，卫慧和棉棉的女主人公都是这些既没有头脑也没有审美能力的少女，她们是"城市资本"和"外来资本的衬物"，是供个别财产私有者发泄性欲的工具，而且她的女主人公是不自觉地乐此不疲和"疯狂"的。

4 《抗日战争》：民族魂的不屈抗争

张笑天83万字长篇小说《抗日战争》上、中、下三册以隆重出版发行。这位多产的、才华横溢的作家、电影编剧还在20世纪70年代的时候就已蜚声文坛和银幕上，他的长篇小说《爱的葬礼》、中篇小说《公开的内参》及他作为编剧的电影《开国大典》都是名噪一时的经典。这次他倾注大量精力写就的这部长篇小说《抗日战争》则是他对抗日战争中无数中华英雄的招魂，这个魂是整个中国的民族之魂。

小说以宏大的抗战叙事为背景，以乔家兄妹在抗战中对共产党和国民党的不同政见和归属为发展线索，最后又以殊途同归为结局表现了他们在不同的斗争环境里丰富的、血肉丰满的艺术形象。作品中有众多的抗联英雄：张学良、冯玉祥、吉鸿昌、杨靖宇等，还把敌我双方高级领导人一同写进书中，毛泽东、周恩来、邓小平、蒋介石、陈布雷、戴笠等。

乔家兄妹是作品中主要描写的人物，乔参天这个张学良手下的得意干将，一心向往全国同心抗敌，他忠心耿耿，威武不屈，赢得了众女子的芳心，崔萍、方岫、苗春都爱他，妻子崔萍死后，方岫一直抚养他的儿子童儿，他本想与方岫结合，可他的弟弟乔参霄也爱上了方岫，他为了成全弟弟，与曾经救了他命的同样深深爱他的东北长白山姑娘苗春结了婚，乔参霄是共产党部队的高级将领，他同样是一位值得托付的有志男儿，可他在与方岫结婚不久就战死在了疆场。

乔参天的大妹妹乔参云是一名东北大学的学生，为了抗战也自觉地加入抗战的洪流中，他的男朋友宋悦南成了一个可耻的叛变求荣的软骨头，被她处死了。乔参天的另一个妹妹乔参雨苦练功夫，杀死了连日本人带汉奸200多人，成了威镇一方的"长白女侠"，后来她为了抢回抗战英雄杨靖宇司令的遗体遇害了。

乔家兄妹个个侠肝义胆，壮志凌云，代表了中国人抗战到底的决心，作品把他们家族的命运与民族的、国家的命运连到一起，生活气氛同战争气氛紧密相溶，战斗的激情塑造着他们的个性，国家的利益维系着他们的生命，他们为祖国的解放而忧患、为祖国的命运而献身，生为祖国儿女、死为祖国英魂。

小说用浮雕似的笔法刻画了他们清晰的风貌，这里的全国上下男女老少都是血性之躯。张学良轻信了蒋介石，在日本兵进犯东北之后他没有及时举起抗战大旗就成了历史罪人，他的内心是痛苦的、委屈的，乔参天等人在身边给予他力量，也给予他信心，在他发誓要一洗耻辱，与蒋介石分道扬镳抗战到底的时候，这个力量是他和他的爱国将士和人民一起聚集在一起的宏大力量，那个历史上传为佳话的赵一荻小姐和于凤志女士的珠联璧合也只有在抗战的意志下才可能有一个完整的匹配，崔萍、方岫、苗春同爱一个乔参天，不正因为他的爱国情怀所致吗？

这是一部具有艳丽画面的作品，血与火是它的主色调，你看到的每一个抗联战士都宁可在战场上战死而不愿意做亡国奴，吉鸿昌临死时大义凛然、视死如归，死也要站着死。杨靖宇英勇顽强与敌人拼杀，一直打到没有子弹为止。巍巍的长白山回荡着英雄的悲壮歌声，滔滔的松花江流不尽对烈士的怀念，中国东北浩瀚辽远的土地都生长着复仇的种子。八年抗战抗的是什么，是对敌人的仇恨，是对挣回国土的意志，是不被人欺负的志气，是誓死为国捐躯的豪迈气概。

这部小说告诉我们"抗日战争"是不容忘记的，它是我们的羞辱史，也是我们的光荣史，在它的身上永远镌刻着怕死鬼、卖国求荣者的丑恶行径，永远镌刻着中国人不可侵犯的凛然士气。一个国家、一个民族靠的是一种精神，这种精神就是支撑我们生命的原由所在，抗战八年，它锻炼了我们的意志、培养了我们的韧性，在今后的日子里不管再发生什么重大事情，只要有了它我们的光明就会出现。

张笑天在作品中所歌颂的英雄群像都用醒目的名字刻记在高高矗立的丰碑里，在让革命的后代走近他们的时候，哪一个名字都会唤起大家的景仰之情，哪一个都是鼓舞我们追求希望的召唤。

第二节　人性的历史时期变形

1　打不过一个女人的战争

发表于《十月》2001年第五期的胡学文中篇小说《乡村战争》没有硝

烟烽火、格斗搏杀，它不是你死我活对垒，它不属于历史上任何一场军事行动，而是山间中感叹幽怨的一段长吟，激荡在我们心里的一阵狂跳，它是男女之间的缠绵纠葛和渗出血滴的情感演绎。

石匠和柳小叶初中毕业就好上了。他俩钻进了莜麦地，刚想做他们想做的那种事，就偶然被观察灾情的县、乡领导撞上了，柳小叶咬定石匠要强奸她，法院就判了石匠一年的徒刑。此后两人已有十年未曾见面，可整整十年，石匠竟然无法忘掉她，他已与红枣结婚。可是，他总是拿柳小叶和她比，他感到她的胸是瘪塌塌的，没有柳小叶吸引他。柳小叶在石匠的记忆和想象中是那么的根深蒂固。

柳小叶已经两次在公众面前背叛了他，除了这一次外，还有一次是上初中石匠写给柳小叶一份情书，因为这件事让柳小叶的同桌发现了，柳小叶把这封情书交给了老师，羞得石匠无地自容。后来柳小叶两次去监狱看他并问他出狱后娶不娶她时，他愤恨地、发誓似地回答不会再娶她，那态度是真的，她毕竟让他受那么大的屈辱，并吃了那么多的苦，可随着时间的消逝，恨在石匠心里渐渐地淡下去了，思念却油然滋生，在柳小叶又来到他身边之后，他当年未泯的爱火又被吹起来，重新燃烧了。他与柳小叶终于完成了他们当年未然的初爱。他们欲火焚烧，柳小叶先是打败了石匠的媳妇红枣，在柳小叶不知不觉中已把红枣打得惨败。

石匠不用说是陷进去了，他完完全全成了柳小叶的俘虏。尽管他是打石的、浑身硬邦邦、性格硬邦邦。棋又天生下得好，无师自通，可他就是征服不了柳小叶，柳小叶让他怎么样他就怎样，整个一顺服的姿态。柳小叶总要跑到山下来找事和他在一起，偶尔柳小叶不来他就丢了魂一样，柳小叶让他用石头为自己凿个像，他就认真地凿起来，他把她的两个乳房凿得又大、又丰满，他的脑袋里全是她，被她占满，他是用生命来凿她的像。

柳小叶在大城市闯荡了几年，她见的世面多了，从前她在乡村时就有一种大胆开放的观念和习性，如今她又是个曾经有过家、生过孩子的女人。她的观念和表现就更加放得开，这次她回到棋盘村，那个石匠应该是她最留恋的人，看来她不是无情无义，虽然她当年指定石匠强奸她，但也不是非要害石匠，那是她本能保护自己的辩词，她就是这么一个平平常常、简简单单又有些自私的人，没有什么境界和修养，想爱就爱，凭着感觉，她也不是坏人，这次她与石匠的野媾也可以说是对他的一种回报。

可是柳小叶是复杂的，也很不好惹，她为了和乡长黄九向秃子要回五千块连本带利的借款，就找了两个能打架的小伙子威胁秃子把钱要了回来。

黄九和老圪蛋都任柳小叶随便摆弄，柳小叶让他们怎么做，他们就这么做。黄九宁可按柳小叶的计策，让老圪蛋把他打得满头是包而没有怨言，他相信柳小叶的鬼主意，能帮他这个乡长解决村民的经济困难问题。老圪蛋听柳小叶的话是想摸她的奶子，柳小叶为了达到她为乡民弄钱的目的，可以闭上眼睛让她根本不喜欢的老圪蛋胡乱摸个遍。柳小叶就是这么一个人，柳小叶可以轻松地打败这里乡村的人，可她得付出代价。

柳小叶很聪明，她为了让棋盘村的人吃上饱饭，设计了一个牵动全村的"阴谋"，把村长、乡长、县长和全村百姓都调动了起来，她想要回应该属于棋盘村的钱，用的是村长与村长、村长与乡长、乡长与县长之间的矛盾，利用这些地方官的弱点，对他们进行攻击、利用和耍弄，达到了她的目的，也让他们出丑。她的美丑观念与当官的不一样，她不认为自己的粗俗和放荡不好，对别人的鄙夷和红枣的讽刺不以为然，她认为她喜欢石匠就去和他挑逗、就去找他做爱，没有考虑这么做后果怎样、应该不应该，相反她倒觉得当官的没有骨气丢人，欺负老百姓可憎，让她打心眼里看不起。

柳小叶为村民搞钱，自己并不看重钱，她会粗俗地骂上一句："钱是甚？是狗屁！"她行侠仗义，这是她的道德标准。柳小叶很有经济头脑，她利用石匠为凿像，想到的是石像能卖多少钱，进而她想到棋盘村上的大石头做的棋子，又想到整个棋盘村。她果然把这些原来看似不值钱的东西统统卖掉变成了钱，她到外面与人联系买主，开发这里的石头资源，她的愿望实现了，也救活了棋盘村里的人。

柳小叶伤害最重的是红枣。占据了红枣的男人石匠，红枣妒忌她，她妒火中烧，忍不住和柳小叶骂架。但红枣骂不过柳小叶。柳小叶和红枣是一对情敌，但在红枣肚子里长瘤要手术没钱的时候，还是柳小叶最先想到她，把钱通过石匠借给了她，柳小叶有着很重的同情心，这给红枣带来了极大的安慰。因为红枣害怕自己没钱手术治不好肚子里面的瘤就不能和石匠做爱了，她担心没有办法和石匠相爱，柳小叶就来钻这个空子。当柳小叶借钱给他们做手术成全了他们夫妻的时候，红枣也感动起来。

《乡村战争》中柳小叶的形象是复杂的。石匠本来是个下棋高手，可在日常生活里一次次输给柳小叶，他输了一次又进入第二次输的开局，然后再走到第二次输局，然后再照输局走下去，一直到最后。这不是石匠的智力问题，是柳小叶的另外一种力量在起作用，石匠把他的精神向往寄予在她的身上。他整个人被她占据着。她不用对他做什么就吸引他，因为这里有他们之间发生过的"历史痕迹"，他只是看到她、想到她，就发生作用。

柳小叶不是贤惠、驯良的女性，不会有什么东西感动石匠，让他舍不得离开她，相反她几次让他难堪、受苦，却还是放不下她。这倒可以从相反的方面、从柳小叶个性中找出答案。柳小叶是开放的，她不受任何束缚，性格中很真地表现她的习惯。与石匠有着若即若离的交往。柳小叶调动了全村人的力量，甚至村长，老圪蛋，黄九，都在她的掌玩之下，她能做到让一大群汇集到临近村村长林文生的门前，完成她的战略，曲乡长也在无奈中被领进了她的圈套。

她一个女人能在棋盘村呼风唤雨，筹划着这里的生灵全部，这一定是有原因的，那就是她对这里的百姓有着割不断的感情并愿意为他们做事，虽然说她身上还带有常人不具备的、可怕的坏东西，曾对石匠不义，又有些恶习，无意中伤害红枣，成了第三者。可正是这样一个乡村女人，却还存留着对百姓的同情，宁可自己让不爱的人胡乱蹂躏而完成一个对全村人都有利的行动，她要比那些应该对村民操心而没有去做反倒一天天只想自己多吃多占的村长们、乡长们、县长们好得多，和那些表面道貌岸然而却极端自私自利的人强上百倍。

她的某些不雅的举动背后却站着一个圣洁的愿望，她发自内心地要棋盘村的村民过上好日子，她要利用石匠、老圪蛋、黄九、林文生、曲乡长这些人，来实现她的愿望，这样一个与周围人反差极大、个性极其突出、任性和自信的女人，自然她会让石匠陷进去，再陷进去，当石匠知道他心爱的一锤一锤精心凿完的石像被她卖了的时候，他要疯了。他气愤至极地喊到"我让你赢，我让你赢"。的确，柳小叶是赢了，石匠在喊的同时，是对他输给柳小叶后气急败坏的发泄，可是他还正在输，那是他对柳小叶雕像爱的表示，是他爱柳小叶深切透骨的流露。这就像他当年因为柳小叶被判了一年徒刑一样，当时是恨她的，可是随着时间的消失，这种恨会一天天变小、消失，爱又会掀起他的欲望，让他不自觉地再次陷进去。

石匠是极其痛苦的，又是十分幸福的，他的真爱寄予了对一个人的向往，这和他的日常生活及生命是紧紧联系在一起的。柳小叶赢了石匠，也赢了棋盘村，她的"鬼精灵"、个性加上她身上特有的女人味让她在这个村子里有着相当大的影响力，石匠从头到尾输了个透，他这样的结局，老坷蛋、黄九、林文生、曲乡长们也是如此，整个乡村战争打不过一个女人。

2　可贵的冲动

电视剧《北京青年》在框架里跳出，三十六集电视剧《北京青年》是一部思考型的电视剧，它提出了"重走一回青春"的概念，具有反生命规律和反传统的深刻寓意。谁不留恋和怀念自己的青春，但青春毕竟是太短暂了，重走青春势必要付出更大的代价，它不仅需要勇气，敢于失败，还要与旧有观念与势力进行搏斗，处在青春时期的青年还感觉不到青春的真谛，中年人感伤它的短暂即逝，老人们更是望洋兴叹。

青春就几年吗？我们能否让它把脚步停下来，我们有没有勇气用眼前的牺牲换取一个新的青春。让我们实现自己更浪漫的生命体验和追求。上一辈的狭隘和偏见以及体制的顽固势力必须由青年的行动去打碎，青年是我们人类的希望，行动力在这一代人身上怒放了更壮丽的生命。

可贵的冲动从钉死的楼房、方格办公间、从秩序中喷发出来，即使挫败过也活得值得，即使遍体鳞伤也全心欣慰。它让我们成长，它让社会苏醒，它是一个新生命的重新诞生。

由常琳、孙建业编剧，赵宝刚、王迎导演的赵宝刚电视剧青春三部曲的收官之作《北京青年》早已在多家电视台热播过，其评说各异，褒贬不一，这既是打破以往传统的制作所致，青年、青春的话题敏感，对青春的认识和体验也由剧情提出了挑战，谁都将拥有或曾有青春，但不同的青春殷花残叶，大相径庭，天才俊杰的青春早已名声远播，走进繁华。常人、普通者的青春还在途中和泥潭里跋涉呢。就在这"死路"里是否还有另一条从开始或现在就该选择的新路？谁曾想过、谁曾尝试了、谁曾奋力走进去。谁来拯救生活中普通人的命运？没有！而且传统、习惯、世俗严格保守，壁垒森严。

何东是跳出陷阱还是吃饱了撑的。何东和权筝走到婚姻登记所，在即将宣布人生大事告成的时候他退出来了，这个混蛋的何东他玩弄了权筝的感情，当然权筝和她的家人都要抡起胳膊揍扁了这个非人的畜生，权筝说："咱俩在一块都三年了"。三年了，都给了你，你说扔就扔吗？这个的确是权筝的控诉，言之凿凿，但何东就因为这个就要付出一生的代价，一生的牺牲吗？

"没有爱的婚姻是不道德的"（恩格斯语）。婚姻到底是什么？是两个异性的人在一起过吗，如果是这样那满大街把一个长头发和一个短头发的往一块一堆不就是千千万万个夫妻吗？现代社会和原始社会都还没有这么简单，高级的动物，人是有审美和感受能力的。深山里的大兵看到哪个女人都是美的，因为那里就一个异性，那是健康的身体生理自然使然。

何东的父母没有给他树立好的婚姻榜样，何东的妈妈变得磨磨叨叨，失去了女人的韵味。蔡特金写过这样的话："妇女在琐碎的、单调的家务上弄得疲倦不堪，她们的体力和时间都浪费掉，她们的心眼儿变得又狭窄又消沉，她们的心跳得有气无力，她们的意志变得薄弱。"[1]何东的爸说：婚姻剩下的就两个字"咱忍、咱熬"。

原来婚姻是找罪遭。但不是所有的婚姻都这样，正像世界上没有两片相同的树叶一样，那千古传唱的故事《梁祝》、现实里的爱情典范也都不是忍和熬过来的。一见钟情、举案齐眉、心有灵犀、搀扶到老谱写了人间的男女和美、生命乐章。显然何东并没有获得这样的爱，当下现实的感受里他面对的真是要像爸爸说的那样，去忍、去熬。有了一点觉悟的人都会设想，现在都这样不开心，到十年、二十年、三十年、四十年、五十年、六十年……这样忍下去、熬下去，好人也得熬残了。精神的会导致身体的，身体的还会反过来影响精神，身心交瘁，就是因为有了这样的婚姻，若是一个人还不至于这样。若是理想的婚姻那该是幸福的生活了。

何东会由于种种原因与权筝相爱、热恋，但当初还是经母亲给介绍的，并不是自己的选择。经人介绍的对象和婚姻介绍所的也不乏成功之例，但何东的这个不在其中。爱情有可能和希望找到最好的，干嘛要从其次。一个人的自由干嘛要找负担。

---

[1] 蔡特金著，马清槐译：《列宁印象记》第81页，[J]北京，生活。读书。新知三联书店，1954年6月第1版。

何东也许再找不到比权筝更理想的爱人，也许自责会导致一生愧疚，也许还会重新获得升值的权筝再聚首。世界上的一切都不是定数，爱也不是定数，未来是谁都无法准确预测的，要赢得起也要输得起，你斤斤计较，孜孜以求，难道除了爱就没有别的了吗。得到了又如何，失去了又如何，人陷入了自设的怪圈。任何一个有价值的东西都是跳出原有的界地，人类向前，科学发展都如此，全世界人类天天制造数以万计的失恋、被抛弃、情杀、争风吃醋都是失去自我、程度不同的自轻自贱所致。在对方的眼里你不如他（她），才被抛弃，男女之间的爱依然是价值的衡量，男才女貌要对等，人是发展的，爱和感情也是变化的，它相当于一个二次函数的变量，中间轴的两边是对称的。誓言和殉情都不是对症下药，誓言是真的，但是此时此地的，它经不起时间的推敲。殉情是自贬的行为。常人同情弱者，情人青睐强者，爱和善本来也不是同义语，更不能用作爱情的武器。

爱情是吸引是砰然心跳是给予是自觉的忠贞和眷守。但爱情绝不是强迫和抢夺，更不是一厢情愿，对于男人，爱情只是生活的一部分，不是全部，一个把爱情当做一生全部的人必定死于爱情，或被爱情所抛弃或因爱情而失去其他和整个失败。俄国诗人普希金、中国电影理论家唐纳就是例子。

"公务员不当去当服务员，何东够蠢的了"，他还是有病？是生活中的一个最主要目标事业对于男人来说应该是比爱情更重要的，是第一位的。不理想的爱情可以放弃，不如意的事业同样可以弃之如敝屣，公务员、悠闲的岗位有什么值得稀罕的，贪官也是公务员，悠闲让你闲得肾疼，还不如到外面锻炼锻炼了。工作一天能看到四十年的无聊，瘫痪还行，好人非弄个并发综合症不可，而且受人使唤，没有前途。想贪污，进监狱。想升官，没钱送。一辈子当差使当什么公务员啊，何东辞职也是对的。何东要重走一回青春，冒险，但也值。

什么是青春？一个二十几岁的年轻人很少在青春时期就成功，绝大部分的人也不是青春决定未来，靠青春期的荷尔蒙丰富，热血沸腾，敢打敢拼但也莽撞、冲动，青春脱离了幼稚但还是不够成熟。生活是体验之后才获得的，它的可贵之处就是对未来的征服，尽管是在迷雾中的突围。青春若老成和保守，甘拜下风、等待被风干就没有什么值得炫耀的了。

在传统的判断里，丢下了铁饭碗可就面临着失业，现在人们把公务员看作是铁饭碗，但那些有成就的人可不都是在铁饭碗里捞粥喝，何东将来失业怎么办？看看中国的劳动史，人力车夫、力工、瓦工这些劳动人民也没有几例是饿死的，既然这样饿不死，还怕什么呢？在原有的工作单位，不是也只图个没饿死吗？好到哪去了呢？发工资是物质的所得，还有精神的呢，快乐是精神的还是物质的，快乐自然在脑子里不在馒头里。

还有胆识，没有胆识的人也不会成就大事业，连打江山都如此，不敢上战场和刺刀见红，早成了阶下囚了，诸葛亮的空城计也是有两手准备的。人大不了一死呗，不成功便成仁，掉缸里也是死掉河里也是死，死之前，活着就要轰轰烈烈，这才是青春的箴言。

丁香是另外一个基因体还是冲动的随从者。何东、何西、何南、何北哥四个若是冲动的毛小子，丁香就是被冲动引上路的理智型的随从者。

何西与父亲同就职于一家医院，也与何西父子同医院的父亲同事又是何西的上司看上了何西，要把自己的女儿丁香介绍给他，可何西看了丁香的爸爸，用基因学的理论判断她爸爸丑，女儿一定很丑，很不情愿见面，但又碍于面子，还是去看了，这一见就爱上了丁香。丁香属于另外一个基因体，丁香是上一辈基因的异变，她是改变定论的一个新标本。

"事业好不如嫁得好"看来也不是至理名言，嫁给谁算嫁得好，是嫁给台湾富少还是嫁给高官还是嫁给电影明星？你做个小鸟依人他会腻的，你做个贤妻良母他在外面偷情。嫁给武大，潘金莲不要，你也相不中。那你嫁谁呢？不嫁还不行，男人有生理需要女人也有，女人有依附感是天生的本性，做个女强人那就与爱恋远一点了。丁香说："这男人二十七还青涩，咱们女人二十七就是个剩儿了。"那怎么办呢，丁香也把事业放到重要位置上，她可以独立，"当然，这不是让我们自卑，我们任命，是让我们活得更主动，更快乐一点。"她在劝说权筝的时候告诉她我们女人要对自己好一点，"得把自己像皇后一样供奉起来，别再用他们男人的寡情，他们的分手来伤害自己"，快乐一会儿是一会儿，当然了你非要用永久一辈子去衡量，你用自己的尺子去量别人对你的爱，量不上啊。

丁香说："性、恋爱、婚姻只占男人生活中很小的一部分，可是我们女人却把它当成了我们的全部，我们也有自己的事业，我们也可以把它当成我们生活很小的一部分"，"学着别让爱这点破事给自己添堵"。她在开导权筝引用了香港言情女作家张小娴的一句话："她说想要把一个男人留在你身边最好的办法你让他感觉随时都可以离开他"。这就是女人的价值和魅力，你越怕他离开他越是要离开，你越是非他不可，他就认为把你牢牢拴住了，拴住你他再去找别人，你拴住了他，他就属于你了。因此，爱情是个最不讲理的东西，最不通情达理的尤物。出轨的男人大部分不是因为妻子不爱他，而是太爱他，觉得你离不开他，黏着他，让他成了负担和累赘、拖油瓶，因此，他开始看轻你，开始讨厌你，你的神秘感也没有了，吸引力渐渐消失。

这样说起来爱情到底怎么处，两个人的事情，肯定不是两个木头的问题，两个异性间的相处肯定不是同性之间的感受，爱是一种特殊的审美。因此制造美点才是走对了路，怎么制造呢，就是独立的成分，异性之间光是爱还不够，要有人的基本素质和优秀的品性，世界上不是一个人你非要可一棵树吊死？世界上不是只有爱情，你干吗非要只死于爱呢。你所牺牲的一切对方没有感觉你值吗。丁香又引用了台湾女作家三毛的话"自己也是另外一条生命"，女人不要想到你要依附谁。你这条生命要成为大树，树根坚固，树枝茂盛，郁郁葱葱，女人的青春也就不只是十八了。在现实里有保持长久青春的杨澜、赵雅芝……

何西执著追求丁香，丁香在他的追求过程里感受爱的滋养，丁香长时间吊着何西，她端着、绷着，是两种收获的前奏，一种是因感情受挫后的谨慎，害怕再度陷于被抛弃的境地，但收获了对方的不舍追求。另一种是敢于放弃的后退，是追求中的欲擒故纵，增加了对方对她的神秘感和高看，也铺厚了爱的基础。她在拒绝何西的时候并非不爱他，而是要在对方不知晓的时候巩固这种爱，无疑丁香是个聪明的女人。不仅科学需要聪明，做其他事情需要聪明，恋爱并获得美好的爱情仍然属于聪明人的专利。

丁香在给权筝治病的同时也在给自己治病，她说："你晕，你以为我不晕啊，我比你还晕呢"，"我终于找到了一个跟我一样同病相怜的朋友"。权筝说："就是你之前那个沈（昌）。"丁香说："别提他，提他我胃疼。"权筝说："你是心疼吧。"丁香说："为他心疼，太不值得了。"丁香现身说法，过去是教训也是经验，融入到她做医生的药方里。丁香的说辞不完全是痛和经验还有这之后的骨气，看来爱情没有了这个还真就要被人给甩了。对方是可爱，否则不会爱，但那毕竟是过去了，那一定是好，但，它变质了，你走不出对他的认识，走不出自己，也就走不出烦恼和悲伤。

"咱们只能爱自己爱的，坚决不爱自己不爱的。"丁香的话中是你曾经爱的今天已经不复存在了，但你为什么还停留在陷在不是你爱的昨天里呢？你的爱和以前的幸福是他当初爱你的结果，他不爱你了，你还去爱他做什么呢？爱一个不爱你的人，想一个不爱你的人，把爱幻想在已经消失的往事上，你不是自讨苦吃吗，一厢情愿、单相思有什么意义呢？对方对不起你，你干嘛要把自己伤得千疮百孔呢？对方不要你了，你就自杀，没有他你还活不了了，那假使以前你们没有过爱情，你们没有相遇过，此前你不也活过来了吗？权筝说："那你让我撒手？"丁香讲："你不撒手可以，前提是你别伤害自己"，爱情也是一种价值的比衡，出了问题就是不对等。马克思和恩格斯都很重视美国杰出学者摩尔根的科学预见。他说：人类的婚姻家庭"一定要随着社会的发展而发展，随着社会的变化而变化。它是社会制度的产物，它将反映社会制度的发展状况。既然一夫一妻制家庭从文明时代开始以来，已经改进了，而在现代特别显著，那么至少可以推测，它能够有更进一步的改进，直至达到两性的平等为止。"[1]

丁香说："你喜欢他，你认为得到他你就会幸福，但现在反而让自己弄得那么痛苦，不就违背了你幸福的初衷吗，人活着首先要为自己负责，负责让我们这辈子都幸福。"再说了，全世界就剩下一个他了吗？他是地球上的冠军啊，是你把他无形地拔高了，其实，他也很一般，也很垃圾。

丁香尽管聪明历练，还是被青春的冲动所征服了，丁香终于被何西的鲜花、殷勤所打动，她也跟去重走了一回青春，她走向了与何西一路的青春路，成了冲动的随从。她在悟性开启之后赢得了两个人的追求，每天送花的何西和前友沈昌，但她也遇上了情敌任知了。怎么办呢？任知了是病人，能和她剑拔弩张吗？还用得着出手吗？她只要不给她治病就行了，但丁香以一个女性的善良和爱的本性，在痛苦和自我搏斗中更高地修缮了自身，她依旧用医生高尚的职业精神千方百计给任知了治病。任知了病好了就是她的劲敌，因此她也做好了放弃何西的准备，丁香在后退的过程中再次向前，让何西不仅钟情于一个女子丁香的美貌，更离不开了丁香的美德，丁香在冲动和

---

[1] ［德］马克思、恩格斯著，中共中央马克思恩格斯列宁斯大林著作编译局译：《马克思恩格斯选集》第4卷第79页。［J］北京，人民出版社，1995年6月第2版。

理性的光辉中成了一块完美的赌石。

3　人性的变异与哀痛

美好在追求中丧失。在当代社会转型过程中，经济资本在日常生活中的意义愈来愈重要，特别是在生活相对贫困的农村，为了生活，他们不得不离开土地，向城市涌入。无数农村青年告别了自己憨厚、体弱的父母，带上自己从小到大的积攒，满怀希望进了城，他们渴望在这里劳动、生活，可是现实的残酷不仅使他们初始的愿望落空，而且也让他们的种种美好丧失殆尽。

尤凤伟出版的长篇小说《泥鳅》就用流畅的语言形式对目前出现在中国社会的这一群体——打工者群体现状进行描摹和述说，披露了一卷卷含冤带血的身世档案、摄录了一幅幅无辜刻罪的群体画像，深刻地回答了当下人们普遍关注的社会问题，即打工者群体的命运归终。

女性：美的沦落。《泥鳅》中有三个重彩描绘的美丽、善良的女性，她们以各自的美出现在生活里，又以不同的不幸展现出悲剧性的人生结局。

陶凤是这部小说男主人公国瑞的未婚妻，她与国瑞相处多年，情投意合、彼此相爱。国瑞先来到城里，陶凤晚他一年到达，当两人都到了城里之后，国瑞的愿望是早一点和她形成事实上的婚姻，这样她就不能从自己的身边走掉了。可是摆在国瑞面前的首先是住处不好解决，他几次想在别人不在时把陶凤留在他这里住下，可几次都没有如愿以偿。陶凤又是个传统型的女人，她不情愿在结婚前与国瑞发生夫妻关系，因此她也在极力地躲闪着国瑞的请求。在国瑞的眼里她有些拘泥，有些放不开，国瑞难免也对她抱有一点埋怨和不满，但他十分珍惜这样的关系。正因为这样他更加觉得陶凤是那么单纯、那么纯洁，那么需要别人关心和照顾。他把她看得要比别的女人重要得多、珍贵得多，她是他情感中最最不能割舍的部分。

陶凤具有着中国传统女性的诸多优点，她美丽、善良、淳朴，不仅不去迎合别人，坚持自己的做人态度，而且她有属于个人的独立生存意识。她不顾条件多么艰苦，毅然做到努力争取机会，好好打工，这对一个从农村到城里打工的姑娘来说是十分难能可贵的。她的爱情标准是和现实生活联系在一起的，她首先把能找到活干看得非常重要，在这个基础上再去谈爱情，她换了好多工作，经过种种波折和碰壁最后找到一家女子健身俱乐部打工，做了服务员。

有一天一个女顾客换好了游泳装正准备下池，发现墨镜忘在背包了，让她把她的背包拿过来。陶凤在去拿背包的时候，脚下被一个东西滑了一下，她身体一趔趄，背包脱手掉在了地上。这时一个活灵活现的男性生殖器模型从背包中滚落出来，展现在众目睽睽之下，引起了全场一片哗然。女顾客觉着无地自容，她先是愣着，然后就像疯子一样去打陶凤的耳光，一口一个婊子、妓女地骂声不止，接着又从地上拣起那偌大的生殖器模型在陶凤的两腿之间来回做羞辱她的动作，幸好女老板闻声赶来才把她从淫威中解救出来。陶凤已陷入神经恍惚之中，女老板为了满足那个女顾客的刁蛮，拢住她下次再来，把陶凤开除了，并让她当天下午去商场，为那女人买一个新的生殖器模型。陶凤去了，她在几乎是噩梦般的状态中把那东西买了，连零钱都不等找就往回跑，蹬上了一辆公交车，过了几站身旁腾出几个位子，她把那东西放在上面，等下车时，她迷迷糊糊地把那东西忘在了车上。下车后警察追她，她真以为犯了罪，没命地跑，快到门口时摔倒了，没等爬起来警察已追到眼前，她举起双手，两眼翻白，她疯了。

在社会转型期，经济资本的压迫导致了人与人之间的关系发生了重大变化，"钱"似乎成了唯一重要的东西，为了"钱"和个人的私欲什么事情都可能出现。陶凤的女老板明明知道陶凤没有错，但她觉得她与那个女顾客相比，那个女顾客能给她带来更多的经济利益，她所要关心的是这个俱乐部能挣多少钱，能挣谁的钱，在陶凤或者像陶凤这样的人与她的顾客发生矛盾时，她不必费心处理，一句话把她的职工开除掉，既省心又省力，既讨好了顾客又教训了员工，顾客还可以源源不断地来，她的生意还可以安安稳稳地做。像陶凤这样一个纯真女性的悲剧说明了什么？……

《泥鳅》呼唤着一种声音是送给全社会的，那就是拯救人的良智……

蔡毅江的未婚妻蔻兰是一个善良的、普普通通的农村妇女，她有着众人一致的情怀，坚守着不变的道德操守，她与未婚夫一起进城，就是想永远夫妻团圆，共享快乐人生，可是厄运从天而降，她的未婚夫在给别人搬家中挤伤了生殖器官，她为了挣钱给他看病，在万般无奈的处境下背着他委屈地做了妓女。

伤愈但丧失了性功能的蔡毅江没有去理解、同情她，而是增添了对她的嫉恨和嫌弃，甚至认为她就是做妓女的货，进一步逼着她去卖淫，她不同意，他就打她。她十足地成了出卖灵魂和肉体的妓女。他不停地往家领男人教她接客，有时一次就领回两个。他折磨她的精神，赏玩她的苦痛，他也在这其中自虐着、麻醉着自己的心理疤痕，他是在用一种扭曲的方式向人歇斯底里地控诉着丧失了生殖能力后的状态。而寇兰既在替未婚夫承担着内心的痛苦和折磨，又在忍受着自身的煎熬和厄运。

寇兰作为人的形象已经是残破不堪，她作为妓女的化身实在是属于廉价的冤魂在游荡。她是个不得不做妓女的妓女，她未婚夫是一次性被废掉，她是一次次被侮辱、被踩踏、被摧残，她未婚夫是生理上的缺欠，她是心理上的残疾，她成了一个供男人们玩弄和泻欲的工具，她的精神在肉体的屈忍中被啄蚀，在无奈中被强奸，丑恶拷打着她的操守，夫权监控着她天性的自由，她的日常生活好像一潭浑浊、发黄的泥塘，白天和夜晚都鸣叫着如同野蛙的哀鸣，我们只有在了解了她的全部生活之后才能更深地感受到她的痛苦和孤独所在。

作者在描写她的时候突出了她与她其中的一个哑巴顾客的交往过程，他们连性前交易都得写在纸上，不然哑巴就不懂她的意思。当她不再干这种事情时，她走投无路了，她在第二次，也是最后一次来到她曾服务过的哑巴家时，她说："大哥我和你说完话，现在，我走投无路了，想在你这儿借住几天，不知会不会给大哥添麻烦，能留就留，不能留，我就走。"哑巴一边点头一边在纸上写："留、留、留"，又写"你想走也不许你走"，寇兰不由自主地流下了泪。寇兰的身世向我们敞露了一个更加丰富的社会下层人们的生活境况，使我们可以近距离地关注他们的凄惨命运，唤起我们情感深处的共鸣。

小齐是在另一个层面丧失了自己的美好，她从乡下一来就当了按摩女郎，她是想快点挣钱好将来自己开个店做老板，发展个人的事业。为了这些，她出卖自己的身体，按摩女郎的顾客是不管他好不好，也不管他漂亮不漂亮，讲不讲卫生，不管自己喜欢不喜欢，她会忍着一切心理上的排斥情绪和她配合下去，一天天地做下去。

小齐爱国瑞，可就是不能和他在一起，因为她觉得自己配不上他，她的按摩女身份，宣告了她将没有真正的爱情，她所作出的献身，不是爱情的盟誓和肉体伴随灵魂的升华，而是摧毁爱情的日常行为延续。她在献身中苟活，在献身中屈身，她的职业形式表面是红灯绿柳下的粉黛色光，实质上她的日子狼狈不堪，她常常为交不起房费而到处搬家、流浪，也为付不上电费和水费而发愁。

她深深地爱着国瑞，又无法向自己爱的人表白爱意，耻辱的身世如同她的出身一样再无法更改过来，痛苦只能像影子一样跟着她，走到哪里带到哪里。当小齐在作家艾阳那里谈到国瑞时，她与艾阳作了如下的一番对话和表示："我记得你劝我洁身自好，不要下水，可我……"艾阳心里很难过。"我要说艾哥，我没醉不是说醉话。"小齐又喝了一口酒："人都知道好歹，都不想堕落，可我们这些人谁能给一条平坦的道走呢？""我，我想去看……看国……哥，我喜欢他，我……知道……他也喜欢我……艾哥……你喜欢我……你直……直说……钱NO，NO……"

艾阳把国瑞被处决的消息用电话告诉了小齐，出乎意料的是这遭小齐没哭，他本以为她会哭，并打算不放电话，一直听她哭下去，直到停止哭泣为止，但却没出这种情况。不仅如此，小齐还告诉一件意想不到的事，她说她已买到两百万冥币，一百万给国瑞，另一百万替国瑞给他的爹娘（已死），听了小齐的话，艾阳的视线模糊了。小齐又说天黑后她就打车到郊外去烧冥币，问国瑞的家在哪个方向，艾阳哽咽地说"东，东方"，说完挂了电话"。

我们应该如何看待今天的妓女，妓女这个名词历来是与坏女人联系在一起的，从古至今只要一谈到她们，就被说成是道德败坏、污水，是社会的毒素，大家把她们当作堕落的标本，被示为低人一等的下贱女人的代名词而被人唾弃。妓女是有多种情况的，寇兰和小齐都是厄运和生活所迫不得已而为之的社会最底层的受害者，面对她们我们能想到什么呢？是社会的龌龊还是人性变异的悲凉？

蔡毅江：畸形的生存状态。蔡毅江进城后到一家搬家公司打工，他站在搬家的车上，当司机看到红灯急刹车的时候，他的睾丸被车上的家具猛地挤了一下，他的患处开始流血不止，当一群哥们把他送到医院时，正赶上一个叫黄群的女护士值班，她听说是男性生殖器受伤，立刻装出道貌岸然的样子，拿出连看都不敢看的姿势，躲到远远的地方去了，另一个当班的大夫跟没看见一样，没有把他当回事。蔡毅江因耽误了抢救而成了失去生理功能的废人，他所在的搬家公司本来应该为他报的医药费也不给他报，从此他痛苦不堪，开始自己糟蹋自己，强迫妻子去做妓女，并一天天地促成了心理变态，不仅拿妻子施虐，还去找那个护士进行报复，他求哥们把她用电话骗了出来，说她的家屋子里溢满了水，当她回家时就让他的哥们给强奸，然后又杀掉了。

他对她的报复是她对他的态度成倍的加码，这里不能简单地说成是蔡毅江的品质恶劣，蔡毅江已经是个没有正常人的理智的人，他身体的残疾导致了他心理上的残疾，他成了里外畸形的人。他的行为看上去一方面是对着两个大夫的，是出于维护原始正义，有仇必报，惩罚坏人。另一方面是对着自己未婚妻的，是一种病态的心理使然，这样的内心使他发展得越来越向恶魔的方向靠近，最终使他变成了黑社会的老大。

蔡毅江的形象变化有些像老舍《骆驼祥子》中的祥子，他们起初都是很好的青年，由于外界的挤压和迫害，最终变成了一个无恶不作的人，但蔡毅江不完全等同于祥子，他变坏的结果比祥子大，祥子没有去坑害别人，甚至去杀人。蔡毅江的形象意义构成了两个方面的批判：

一方面是对女护士虚伪意识和那个男大夫丧失人性的批判：作为医生，治病救人是天职，他们一个是戴着假圣女、假修女面纱的女妖，另一个是穿着大褂的禽兽，他们亵渎了人应有的善良本性，置别人的幸福安危于不顾，不懂人的是非和美丑，即无知又无聊，她和上文提到的把陶凤逼疯的人是一样的，她们都是残害人的精神的十足刽子手。

另一方面是对蔡毅江变态心理的批判：作为一个人，身体的健康是极为重要的，每一个人都渴望自己有正常人的生活，可没有了健康，出现了意外就丧失了意志，甚至采取极端的行为，那也不是人应该持有的态度，他用杀人的方式报复了仇人又来糟蹋自己的未婚妻，从而导致了行为和心理的双重犯罪。蔡毅江的归宿是被司法机关宣判了死刑，最终拾起的是一个破碎的悲剧结局。

《泥鳅》的作者尤凤伟在描写蔡毅江是如何犯罪的过程中用了大量的笔墨，作了精心细致的刻画，他从一个健康人突然变成了一个废人时心里表现出了极度的痛苦，"只剩下国瑞一人时蔡毅江哭泣起来，哭得十分伤心。国瑞握着他的手，心沉沉的却无话可说。如果是伤了腰板手脚之类，也不难安慰，可蔡毅江伤的是男人的'根'，不说传宗接代也牵扯着一生的幸福。"

作者在表现蔡毅江受伤后的情形时，把哥们和那两个失去人性的医生作了对比性的描写："国瑞把他背进了急诊室。不见有医生跟进来，国瑞让小解留下照看蔡毅江，自己和王玉城寻大夫。走廊上不见大夫就敲门，一个门一个门地敲，全部敲不开，国瑞急得团团转。"谢顶大夫放下饭盒又走到水池边洗手，共打了三遍肥皂才算把手洗完。国瑞看他要吃饭一下子急了，央求说大夫有个急伤号请你去看看吧！谢顶大夫仍不回应，用小勺往嘴里喂饭""这时进来一个三十多岁的女大夫，手里擎着一个西红柿，进屋就直奔水池去洗""国瑞出门的时候女大夫就吃起西红柿""两个大夫眼睛看着、耳朵听着病人和他的哥们的一切，一边谈论着是买福彩还是买体彩，一边说着黄色笑话。那女大夫甚至说'我见了你们这号人就恶心'""国瑞和他的哥们四处借钱，三千一百、四千……"。

农村青年的质朴和善良与两个城里大夫的虚伪和丑恶形成了两种鲜明的形象对比，农村青年的纯洁天性受到践踏和嘲弄，这是以往小说中不常见到的文本现象。以往农村题材小说大多表现的是农民阶级与地主、富农阶级等的矛盾冲突，以及农民心理的狭隘意识在生活道路上带来的阻碍和影响和社会运动对农民的命运所起到的作用等的描写。

小说《泥鳅》的描写直接把农民与城市的状况联系在一起，把农村青年的命运在城里的遭遇述诸笔端，敏锐地反映当今历史条件下所面对的重大社会问题，深刻揭示社会转型期经济资本给人们带来的精神上的负面影响，积极参与社会大变革中的思考，并尖锐地指出了社会和人身上所出现的种种弊端，帮助社会和人改造和纠正不合理的现实，促进人类文明程度的发展。小说的批判意识是十分强烈的，它选取了几个方面的典型淋漓尽致般地书写，把蔡毅江的事例拿来作里外变形的方式进行描摹，具有卡夫卡式的深刻的现实批判寓意。

国瑞：寻求的梦境带走了未醒的冤魂。《泥鳅》的男主人公，相貌像走红的电影明星周润发一样的国瑞带着所有农村青年的全部美好幻想进了城，他真想在这里寻到好梦。他的城市生活是有着前后过程的，刚来时，他处处碰壁，住无住处，活儿也找不到，想和女朋友发生性关系也遇到了种种困难，一是没有房子，与别人合租同住，找有空隙的机会也不好找，偶尔有过几次，女朋友还推迟着不同意，他真是着急上火，心里发焦。在他万般无奈的时候，好运戏剧性地从天而降，先是天上掉下个吴姐，她在他生活最困难的时候，借了他过河钱，又在他生理饥渴之时把成熟、多情、貌似天仙的美女龚玉介绍给他，让他如同坠进了辉煌的宫中后院一样，开始做了"王子"。

他与玉姐由交易的买卖关系开始，逐渐演绎成缠绵悱恻、浪漫消魂的世纪之恋，他们倾心投入的真情真爱像小观片室里的实验电影一样，是那么地具有探索意义和新奇的观赏美感。

玉姐是个已婚的成熟女人，她有更多的情感体验和身体经验，在眼前的这位酷似电影红星周润发的身边异常显得楚楚动人、妩媚生辉。她是个上流社会的权势要人，是腾达公司宫总经理的太太，她的身边都是一群围着她转的、专门为她服务的侍从，她有无数资产，可以任意支配自己的花销，想怎么样就怎么样，连一市之长的黄市长都和她熟得像一家人一样，她每到一处，都要住最豪华的宾馆，里面的布置要达到她的审美标准，符合她的爱好和情调。

正是这样的一个人，她的夫妻感情是不尽如人意的，丈夫权势过大，身边美女成群，很少能有时间来过问她，她难免在情感上孤独、寂寞。她委托小吴（国瑞的吴姐）为她找年轻、漂亮的小伙子，而且是处男，和她为伴，陪她一同过夜，使她的精神能重返憧憬的幻境。国瑞的外形条件都合乎她的要求，她没有嫌他低贱的出身和不雅的地位，而且像男客对待小姐一样同等付费，她一次要给他好多钱，这些钱足可以使他变成一个有钱人，他亲切地称呼她为"玉姐"，他们不停地一次次做爱，忘我销魂，连他们事先的朦胧铺垫都做得如诗如歌，玉姐风情万种的女人态，配上她俏皮、调皮的情夜絮语把国瑞的整个精神给淹没了，玉姐用"鬼子进营"来描述他们的情感轶事，上演了一部现代的伊甸园浪漫电影。

此时的国瑞早已把自己从乡下邀来的爱不释手的未婚妻陶凤忘得一干二净了，与玉姐同处的那一刻能使他忘记世间所有的人。在他离开玉姐，个人独处的时候，他思念玉姐，在玉姐不能如期赶到的时候他采取着自慰的方式，以此履行着男人的生活规律，表现着一个健康男人的旺盛生命意识。

这时他又能想起陶凤来，陶凤给他的是另一种美的情感，而且他们的相爱同样是带着强烈的吸引的，他来到城里就想和她住在一起，他想尽办法，绞尽脑汁盼着与她一道生活在一起，如果没有玉姐的出现，国瑞可能会为陶凤而相思、恍惚、惆怅呢。在国瑞有了钱之后，他想到要为陶凤买好东西，国瑞最后的死也是为陶凤看病，挪用公司财务账款而导致的结果。他一有空隙就到精神病院去看望她，给她安慰，在看到她病情发作时，他的痛苦程度也和她一样重，他等待她出院后好把她接回家。

陶凤的心里始终装着他国瑞哥，从在乡下到进城，现在她更需要他了，他来看她，她就好一点，他不来她就病情加重。国瑞是个有着质朴情感的青年，他厚道、老实、待人真挚，对谁都讲义气，在感情上也是如此。他不是拥有了玉姐这个性情中人后就变得疏远陶凤，而是更加心疼她，处处为她着想，可能正是由于他的为人善良，他除了得到玉姐、陶凤的爱，还使小齐对他暗暗产生了爱慕之心。小齐对他的痴情丝毫也不逊色于玉姐和陶凤，以至于又有报社新闻记者漂亮、性感的蓉蓉如醉如痴地真情投入，国瑞是掉进了"女儿国"了。

此时的国瑞已是宫总一手扶持起来的国隆实业有限公司的经理，他的地位、风度、外表都可以和城里的人一比高低了。国瑞的城市梦想就要全面成为现实。国瑞的梦还在不停地闪烁着幻化的眩影，看来一切事物都验证一个真理，物极必反，乐极生悲。当国瑞还浸泡在幸福和得意的迷宫之时，他的厄运到来了，他被传讯到公安部门，法律以他非法占用国隆实业有限公司一百万元贷款的罪名宣判了他的死刑，他被玉姐的丈夫宫总暗算了。

至此他还没有醒悟是怎么一回事，他还在为与玉姐的情感纠葛而感到对不起宫总矛盾着呢。国瑞毕竟是个生活阅历和经验都很浅的青年，他没有把现实社会的复杂一面看清楚。他的单纯、幼稚始终也没有使他在梦境中醒悟过来，以致他死前都不知道自己是怎么死的，死前还要与临刑的罪犯们对齐，这一点倒颇有些像鲁迅笔下的阿Q，阿Q临死前是在纸上画个圆圈，他生怕画不圆。国瑞是个屈死的鬼，他虽曾有过一段辉煌的往事，可也毕竟是英年早逝，他的死是不公正的。

《泥鳅》中的所有男女角色都以悲剧的命运结局，它向我们提出了一个深刻的社会问题，这就是农村到城里的打工者的出路在哪儿？他（她）们是就这样下去，还是再也不要来了？回答的结果肯定两者都不是，农村青年需要进城，城里也少不了农村劳力，这就需要全社会的人给予他（她）们支持和帮助，给予关心和同情，《泥鳅》中人物的命运也许以后会出现光明。

4　人性的丑恶展览

莫言长篇小说《檀香刑》大胆运用民间说唱艺术表现形式，把普通市民到刽子手到县官一直到上层统治者的内心肮脏的东西按照社会地位等级从小到大一步步从浅到深挖掘下去，一块一块翻腾出来，让人性中丑恶难堪的东西挂满橱窗，尽相展览。

"杰作"一章中这样写道："师傅说，凌迟美丽妓女那天，北京城万人空巷，菜市口刑场那儿，被踩死、挤死的看客就有二十多个。"凌迟刑本来是一种对人惨不忍睹的刑罚，据说有一本《秋官秘集》中介绍这种在人身上割肉的刑罚，把凌迟分为三等：第一等的，要割三千三百五十七刀；第二等的，要割一千八百九十六刀；第三等的，要割一千五百八十五刀，不管割多少刀，最后一刀下去，应该正是罪犯毙命之时，这样的刑罚能引来全北京市人像看戏一样看行刑和受刑，这和鲁迅先生当年在日本留学时看到的外国人杀中国人而中国人去看热闹差不多，只是这里是中国人杀中国人，它的场面也比那残忍多了，它更丑恶、更卑污。

"不仅如此，当那受刑的美女的耳朵被割下来时，这群看客去抢那个耳朵上的耳环。""人群如痴如醉的观众就如汹涌的潮水突破了监刑队的密集防线，扑了上来。疯狂的人群吓跑了吃人肉的凶禽猛兽。""师傅见势不好，风快地旋下妓女的另一只耳朵，用力地、夸张地甩到极远的地方。疯狂的人群立刻分流。"

莫言笔下观看凌迟的市民百姓状况，尽管有北京万人空巷的说法，但这肯定不是百姓的整体写照，一个凌迟场面的看席上也容不下全体北京市民，只能用它来形容当时的观众之多。作品中说："面对着被刀割剐着的美人身体，前来观刑的不论是正人君子还是节妇淑女，都被邪恶的趣味激动着，凌迟美女，是人间最惨烈凄美的表演，师傅说观赏这表演的其实比我们执刀的还要凶狠。"

这些洪水般的观众，贪婪、淫秽的目光和尖利、怪异的叫喊为刽子手高超美妙的执刑技艺喝彩，刽子手手拿一把杀人刀，用娴熟、灵敏的刀法有节奏地展示着他比野兽还恶毒的发酵的灵魂，他不知疲惫地、顽强地抖落着他心里的肮脏屑片，从垃圾堆里窜出的野狗和苍蝇被他全身的气息吸引着。

刽子手赵甲本来也是一个乞丐出身，当他能用这样的"活"混饭吃的时候，杀人也便成了一种职业，刽子手也敲盆击鼓混进了队伍里，成了工作人员，而且还美词镶金地叫做刑部大堂的，他升迁到首席刽子手。刽子手这样一个行当，却也列进了三百六十行当中，三百六十行，行行出状元，赵甲也要当个顶尖的、名噪一时的状元，而且还要光宗耀祖。他的人性是扭曲的，脊背阴森发凉，那执刀的手柔软灵活，像是天生的这块料，心是什么颜色已经看不清楚了。这样一个人已经完全失去了人性，当他行刑前，脸和手抹上白鸡血，就如同戏剧演员画完了脸谱就入了戏一样，他已经不是他，刽子手已经不再是人，他变成了一个禽兽，一个恶魔，他从灵魂中最阴暗的地方，伴随着邪气一起出场，他的行刑表演就是禽兽本性的示众。

刽子手是为国家效劳的，他是惩罚震慑臣民的工具，是为维护统治阶级而专门设置的国家政权的机器，指使他的是统治者，他的丑恶根源是统治者。统治者设立了一套刑法，这里面直接指出，其中的统治者是袁世凯，在袁世凯当皇帝的那一百天当中还设立了檀香刑，袁世凯怕洋人怕得要命，却想出了那么多惩罚自己臣民的酷刑。

小说进一步揭露和控诉了国家最高机关的罪恶，也道出了政治是个什么东西，这些对付百姓和异己的各种刑法，以及刽子手们都可统称为政治，罪恶的灵魂归于罪恶的政治。这是作品深刻寓意的升华，檀香刑比凌迟刑还厉害，他要把一根长约五尺、宽约五分的紫檀木材放在油锅里炸，让它变得柔软一些，然后从人的谷道钉进去，穿进胸腔里的肠胃，最后从肩头部穿出来。受刑的是唱猫腔的戏子孙丙。

孙丙是因为带领村民打德国侵略者而受刑的。德国鬼子侵略中国，并强奸中国民女，孙丙的妻子小桃红被他们调戏并扒光了衣服，孙丙组织起村里的百姓，教他们武术，和德国鬼子拼，这本来是中国人捍卫自己尊严的正义之举，但却被袁世凯镇压了下去。袁世凯怕洋人报复反抗，千方百计地对本国人施手段，一副卖国求生的软骨头相暴露无遗。他利用知县沽名钓誉得来的威信来抓捕孙丙，孙丙成了大清朝国律的罪犯。

知县钱丁一直与孙丙是一对冤家对头，知县钱丁是谄媚朝圣、愚弄百姓的高手，他与孙丙斗是演戏中斗，尽管孙丙是唱猫腔的当地名角，美貌超群，曾迷倒过无数女人，可他斗不过知县钱丁，知县钱丁不管是美貌还是计策都是孙丙无法相比的。他先是让孙丙和他"斗须"中输掉，让孙丙当众无地自容，孙丙不仅输的是他的美貌面子，他还输掉了尊严，变得一个在众人面前抬不起头、在知县面前受尽侮辱的人。

知县钱丁长年与孙丙的女儿孙眉娘要好，钱丁是个有内室的知县，孙眉娘也有丈夫，但他们欢愉用尽、风流无遮，孙眉娘的肚子里已经有了钱丁的骨肉。以演剧为生的美男孙丙也演不过当地知县的政治把戏，钱丁不知骗取了多少百姓的信任，还让孙眉娘这样好的一个女人服服帖帖地主动做了俘虏，连同她那颗心一起跟着被缴了械，甚至让她也受了侮辱。

孙眉娘被人嘲笑，为见知县钱丁，一个人爬到知县家里的树上，沾满了一身狗屎。本来是天性中爱和浪漫化身的眉娘却被挂在了树半腰和狗屎一起做了展览。《檀香刑》把酷刑当戏演，有意让丑当作美来表现，夸大它的丑，让美戴上丑的标记，渲染丑对美的摧毁。

小说借鉴了拉美魔幻现实主义和象征主义相结合的表现手法，对人性的丑恶本质进行了深刻、彻底地揭露，它是通过赵小甲这个人物在文本中亦真亦幻地表现出来的。赵小甲明明知道他的妻子孙眉娘和知县钱丁通奸，他不但装聋作哑地装作看不见，还装疯卖傻地促成他们的美事，把孙眉娘攀上了知县大官当作荣耀。

赵小甲让孙眉娘到知县钱丁身下铺着的老虎皮上拔根虎须给他，他好拿来作为验证自己的妻子真身到底是什么。当孙眉娘满足了他的要求时，他拿出虎须看出了他的妻子孙眉娘是个大白蛇；更看出了他爹刽子手赵甲是黑豹子；知县钱丁是白虎精；四个县丁都是驴。他们根本就不是人，在虎须的魔法下他们个个都现了原形，个个都露出了禽兽的本相。他们既然不是人，也就干不出人事，他们不是人也不可能有人心。"状元刽子手"、显贵的知县、张牙舞爪的一群县丁原来是一帮混在人群里的恶魔，是一帮凶狠的豺狼。

赵小甲的形象能让我们联想到鲁迅先生小说《狂人日记》中的狂人，他有与狂人一样的发现，可他又不同于狂人，狂人是有觉悟的，他看出了"吃人"，并最后喊出"救救孩子"，赵小甲没有，他却更加"坚定信念"地发誓要子继父业，实现自己成为震惊大清朝顶尖刽子手的"远大抱负"，这样的人物心理超出了我们的阅读经验，让我们陷入了"马原的叙事圈套"，从而又从另一个层面在对赵小甲的叙述中对人性的丑陋作了更深一层的批判。

莫言的长篇小说《檀香刑》在阅读上不具备给人美感的作用，反倒让人感觉阴森、压抑、胸前郁闷，但它有强烈地促人思考的驱动效应，能使我们清醒地看到人性中那些丑恶灵魂的游走和它所带来的阴影及灾难，它的意义所在是从反面竭尽全力地呼喊人性美好的凸现，让它张扬一股更大的力量；占据心里空间并把所见的恶魔赶走。

第四章　新材料的发掘

在世界一体化的进程中全球化文化意识已成一个开放的态势呈现着它的丰富性和复杂性，文化时尚把传统的概念打破，纷纭变换的思绪都带着清风飘落在书页里，回荡在广场中，精美的言辞、跳跃的理念、华丽的音符梳洗了时代的风情，继承和出新无疑是汇成这个载体的丰厚滋养，它发出和扩大的思想之声不断传播，它的大胆无羁会令你心灵为之震撼。

文化的热点化成热浪像追踪的彩云缠绕你的激情，挽着你的臂膀邀你进入它的脉搏，感受它的血脉流淌，抚摸你不止的心跳。在思考的长廊里我们会放纵地穿越屏障把智慧的光辉照射到旷野无边的草原，并溶进你生动的现实生活空间，它激发了我们的想象，活跃着我们的神经，进入新世纪的哲理思辩。当下的心灵意志明显地标志着对旧成规的冲击，这是我们必须清醒地认识到的现状，思想界、知识界应该把最敏感的呼声记录下来，准确传送它的声音，清晰复写它的状貌，作为捧摘的果实献给大家、献给今天的文化。

第一节　猎取文学艺术涉及的对象指向

1　被文学遮蔽的文化现象

关于翊翎《把绵羊和山羊分开》小说现象。批评家可以与各类学科的学者们商榷。由于小说《把绵羊和山羊分开》是文学，它其中大量的社会学、历史学、政治学、心理学、伦理学的现象被遮蔽了，它的这些成分比文学的大，也比文学本身更有价值，文学学者们忽略了它的存在和光芒闪烁，文学以外的人文学者们巡逻在自己的家门口，更没有奇思异想旁骛遗弃到外面的家珍，我们应该把这样的遗憾减少一点，重新鉴定一下文本中最有意义的沉淀，检省属于我们自己在学术研究中的过失。

长篇小说《把绵羊和山羊分开》用不伦不类的风格、随意不羁的语言似乎就把学者、教授们给将住了，权威们、名家们纷纷在大学召集研讨会，硕士研究生、博士研究生跟着导师分析、发言，又喊着本篇作者翊翎，愿意陪伴她坐着飞机满天飞，参加各种讨论会。会上会下旁征博引、唇枪舌剑，好不热闹。

当让作者本人作评的时候，作者却说他们说得全不对，大家只好沉默、面面相觑，在尴尬中定一下格，作家和评论家一同的精神晚宴就算这样画上了删节号收场了。

当学院领导和师生们把作家送上飞机，学术研讨会又开始了：《把绵羊和山羊分开》到底写的什么意思，在课堂上分析不完，课后做作业，一时间全国的文学杂志社、报社一摞摞的什么"解读""浅析""初探""试谈"之类的"研究论文""学术批评"堆积如山……

全国核心期刊、省级重点期刊都敏锐地抓住了这次重要的文坛现象展开讨论，编辑、发表了一些很有见地的论文，这无疑是对当下文坛上出现的这部重要文本的有益导读，可是当我看完这些论文总觉得有些东西没有说出来，总是感到有很多遗憾摆在面前，学者们仅从自己的研究方向出发，寻找小说中与自己有关系的课题内容方面做文章，遮蔽了文本蕴含着的丰富而复杂的文化现象。

小说在文学中是最具有多方面反映人类状态的一种语言形式，尤其是长篇小说，由于它的篇幅较长，因此它比诗歌和散文都能更全面、更丰富、更生动地表现社会和人生，小说如果只体现文学上的意义，只注重在形式、技巧、语言上搞创新，搞"纯文学"上的净化，"并成为文学拒绝进入公共领域的借口，这时候，这种文学主张就会显现出它的保守性。若默认它是一种有益无害的写作。这种默认就正暴露出纯文学的尴尬境遇。"[1]小说是文学艺术的一种，它的主要功能是以审美为目的的，但在文化日益发展、学科不断交融的今天，小说的能指范围正在一天天扩大，现在活跃在电视剧领域里的朝廷戏、反腐戏，它的影响力也远远超过了它在银幕上作为文艺形式的功效，马克思在评价巴尔扎克时认为他的小说《人间喜剧》在反映资本主义社会的金钱关系和人与人之间的关系上要比全部的经济学家、社会学家揭示的内容还要多，我国古典名著《红楼梦》就是一部活龙活现的清末史，我国古典名著《三国演义》不仅是一部文学名著，还可称它为一部珍贵的军事史书，文学反映社会是从艺术上描述人间的社会学，它又是细致刻画人的人学，它全面地展示社会，是个包罗万象的文化世界，文学的形式是艺术的，文学的内容是无所不包的整个宇宙万象，文学的功能在表现美中体现它的意义，在复杂纷繁的世态中塑造和构筑美的形象，文学获得了社会和历史方面的收获既是文学的本分也是文学的意外所得，这是说文学必须以美的形象感染人，它可以是简单的线条似的勾勒形式，内容上的单纯可以构成欣赏的快感，但丰富的内容无疑是艺术的更为高级的审美层次，它必须要依靠生动的社会内容和细节的凝铸而最后形成。它所直接描绘和述说的以及辐射出来的亮色和光焰都是文学殿堂里的辉煌照耀。文学的伟大功绩不能忽视它的辉煌所照耀的部分，一定要把它和辐射它的载体一同眷留在人类的文明之中。

主体要求对文明的拒斥。翊翎的长篇小说《把绵羊和山羊分开》中的主人公小侉子是特殊环境中的一个特殊典型，但她却是"文革"中的一个普遍例子。一个正处于智力发展阶段的十二三岁的孩子，竟极端排斥对书本知识的学习，她宁可去喂猪、喂鸡、去做饭也不肯按老师的要求写作业，她没有必要每天拿着书本去遭那份洋罪，因为社会给她提供了可以吃得饱，也可以穿得暖的生活空间，那会做数学题的学生和不会做数学题的学生是万事一样的待遇，做数学题的结果是什么，是遭罪；会做数学题的学生得到的是什么，是零；不会做数学题的学生得到的是什么，也是零；得分的多少是相等的，这是社会得分；还有一个心理得分，会做数学题的加上了一个负分，是心理不平衡分；减去了一个正分，是轻松分。而不会做数学题的减去了一个

---

[1] 蔡翔《何谓文学本身》（《当代作家评论》2002年第6期42页）。

负分，心理不平衡分，加上了一个正分，轻松分，小侉子是后者，是得便宜的小孩，普通的小孩都有一个共同的特点，他们在自己家不愿吃饭，可一到别人家就和那家的孩子抢饭，觉得那饭格外的香，其实那饭可能远不如自己家里的好吃，原因是吃了别人家的饭，他（她）占了便宜。喜欢占便宜是小孩的本能，这个来自一己的东西是什么？是弗落依德的原动力？还是文明的对立物？ 在国内、国外的辩论会上不是已经事先预定好的真理叫你去从头走到尾，而是评委拿出个题目，设定一个正方一个反方，抽签决定辩题的正反方，谁会说，谁说得好谁是胜者，在辩论场上真理没有标准，真理的标准在辩论中以不确定的技巧和机遇产生。

《把绵羊和山羊分开》，作者用一本书来分它，分完的结果给学者们留出一堆乱麻来，这样看来学者们的众说纷纭、莫衷一是也就不足为怪了，你拿弗洛伊德和人类文明来打架，谁能打过谁呢，其实他们的胜负很难由各自的力量来决定，如果就把结果寄托于他们本体的力量上，那简直就太不聪明了，他们只是各自的两种力量符号，一个理论家不懂得集群的概念那未免太遗憾了，因此他们都要调动一个群体，鼓动一个阶级，起来高喊真理口号，政治家是这个过程中的产物，当他的胚胎形成的时候政治就诞生了，它伴随着枪杆子一同说话，用刺刀挑着一个真理，这是真理的真正出生地，是它名副其实的可注册的籍贯，《把绵羊和山羊分开》中的小侉子和她对知识的对抗就是在这个红透（红代表着革命）了南方和北方，又让这红色染遍了江河和高山的家乡里诞生的茁壮的生灵。

小侉子的发育和成长是把一个健康的身躯和头脑退化到一个四肢壮硕、不长头脑的怪胎，她得到的滋养是无产阶级文化大革命的阳光和雨露，她可以把广阔的田野和课堂连在一起，把全然不知的宇宙当成空中舞台，然后放声高喊"一个直角三角形有三个直角"。

当你听到这样话的时候就会觉得好笑，其实任何语言的生成也与其他事物的生成一样，都是那个环境的产物，小侉子的形象当时一点也不会引起别人的笑话，你说她可笑，你才可笑呢，谁在那时低头学习谁就是傻子，"臭老九"是什么时候说的，教授越教越瘦是什么时候说的，知识越多越反动是什么时候说的，资产阶级反动权威是什么时候说的，那是风头正劲的"无产阶级文化大革命"的矛头所向，是党报《人民日报》、党刊《红旗》（现在的《求是》）杂志上写的，和中央人民广播电台里喊出来的，还有《文汇报》《光明日报》《解放军报》这些全国最权威的报纸，以及全国各地的省报、市报，全国各类大小杂志和各种各样的传单上、黑板上、墙头上都印满的口号。

小侉子并不是一个人的个性突出的典型，而是一个时代症候的突兀，像她那样的大大咧咧、咋咋呼呼的举动，和满嘴的俏皮嗑，倒活像一个木偶剧里的主角，她尽可能去和造反派的身影印和，如果有个模子是做造反派的，他就会躺进去让它卡出一个来，自笛卡尔传统哲学的主体性观念开始，本来"是一种可以避免的错误"，虽然它构成了"人的解放和成熟历程中的一个阶段"，但"这一阶段的内在缺陷现在已经变得非常明显了"。[1]

在少女幻想的妙龄时分，她也渴盼绚烂的花季，穿梭在她眼前的是造反小将黄帅、杨玉莹，交白卷大学生张铁生，那看解剖、看吊死人那样过瘾，不也是一种英雄的冲天气概吗？小侉子有来自社会的无比强大的伟力支持着她，甚而它几乎成了一种无坚不摧的狂飙，可以横扫一切牛鬼蛇神，把他们打翻在地，再踏上亿万只脚，咬牙切齿发誓，定叫他们永世不得翻身。小侉子和那些臂上带着红卫兵、红小兵袖章的天不怕、地不怕的铁姑娘们还显得温文尔雅多了，可是这种来自装满豪气的对知识的拒斥，却婉转、艺术地悠然上演了一出成功的爱情悲剧，这个时代造就的女主人公手拿一把柔软的"无知利剑"，朝着她老师的智慧开进，直到把一个聪明绝顶的数学天才，变成一个为了爱而搭上了生命的灵牌，喜城中学让全国名牌大学的高才生都变作死鬼的冤魂在这里排队，这里的精英都"自杀"身亡，这是愚昧对整个文明的盲射，这里是收尸的墓穴，它把科学家和学者挂上大学的牌子一起统统埋葬：江远澜、于拙、白个白、石垒垒、海伦、侯大梅，北京大学、清华大学、复旦大学、厦门大学……

这些一个个自杀死去的人似乎并不该采取自决的方式离开人世，好像他们也完全可以像其他一些人一样一天天吃饱饭、苟活着挨下去，可是他们是有思想的人，他们有做人的尊严、理想和抱负，他们中的人都采取各种方式追求美好的未来，他们怀着期待却等待落空，他们的各种正当要求都遭到拒

---

[1]　多尔迈著:《主体性的黄昏》[M].上海 .上海人民出版社1972年版。

绝，尊严被人戏弄，人格受到践踏，他们抬不起头、直不起腰，人不是人鬼不是鬼，活着比死还遭罪，死是他们对命运的屈服、对真理的放弃、对未来的绝望，死就解脱了一切。

文本中没有细致描写他们死前的情绪，阴沉沉的气氛包围着他们，寂寥的天宇与无边的荒野连到一起，整个空气都渗满了畏压，这就是他们不得不离开的人间世界。

小说的风格不是现实主义的展现，倒有些寓言警示似的意蕴，其实现实的状况要比这可怕、残酷得多，在那个向资产阶级反动权威开战的年代，哪个研究所、大学里没有被打得遍体鳞伤、死去活来的"臭老九"，被打死的、忍受不了跳楼的、投湖的不计其数，在作家当中就有数不清的人被迫害致病和自杀身亡的：张中晓被迫害成重病，之后含恨而死；沈从文自杀未遂，精神受到极大的创伤；陈翔鹤无法忍受苦痛致死；邓拓以死抗争；傅雷自杀；巴人致疯致死；赵树理含冤辞世；老舍投湖等。

《把绵羊和山羊分开》把知识分子和革命人民从阶级上作了彻底的分开，革命人民是工农兵，没有知识分子的份。无产阶级要革资产阶级的命，就要革知识分子的命，这是他们的中国革命阶级的符合马克思无产阶级专政下继续革命的伟大理论。他们自诩为是忠实的马克思主义真理的捍卫者，他们的革命行动是保卫红色政权的最最伟大和光辉的革命创举，这是中国也是世界上独一无二的专打国家财富创造者的思想独创，他们要阶级斗争年年讲月月讲天天讲，不给阶级敌人以喘息的机会。

喜城中学自然逃不出森严壁垒的全中国的钢铁长城，天网恢恢疏而不漏，这里的"臭老九"想做漏网之鱼那真是白日做梦，比登天还难。红卫兵、红小兵在行动上把他们打倒，无产阶级在他们思想上要将革命进行到底，要永永远远、彻彻底底消灭他们。

《把绵羊和山羊分开》里一连串的教师自杀，虽看上去没有夸饰的描写和阴森的气氛渲染，似乎死者和活着的人都不以为然，这正说明统治阶级暴政的成功，政治家们活干得漂亮。因为他们已经教育了全国上下的老百姓，对阶级敌人要像秋风扫落叶一样残酷无情，他们是死有余辜，畏罪自杀，他们自决于人民、自决于党。

小侉子对知识的对抗表现出社会对文明的拒斥，革知识分子的命是为她扫除障碍，当她戏弄自己老师的时候她像过年一样开心、痛快。当一个国家和一个政党向"资产阶级知识分子"清算、开火的时候，政治野心家也是凭着个人的主体意志对文明的拒斥和摧毁。

小侉子只是一个十二三岁的少年，她并没有什么成熟的观念来作出革命与反革命的判断，而只能和舆论靠近，跟着影响走。她看见别人斗反革命，就觉得老师没什么可怕，不尊重教师，也不去尊重知识。少年的不懂事，是因为年龄小，还属于生理上的幼稚表现，"文革"政治运动则是心理驱动使然，是国家领袖导演的、被我党政治野心家利用并精心策划的拉向历史倒退的悲剧上演。童言无忌，通过小侉子我们清楚地看到了"文革"历史的真实面貌，一个原版的政治裸身后院。

在自掘的坟墓里葬身。小说《把绵羊和山羊分开》以江远澜为对象，用文学中的主角身份、教师的神圣称谓、科学家的崇高地位、数学的高深境界掩盖和淹没了社会秩序对人性的吞噬，遮挡了他在读者眼中的破败形象。小侉子是一块地，是一块不好开垦的盐碱地，社会给她抽干了水分，让她暴露在风沙和雪地中，饱受侵蚀，土质的病菌在阳光的充足滋养下蓬蓬勃勃生长、繁殖，江远澜这位全国名牌大学毕业的数学硕士、数学家、中学教师就是自觉自愿开垦这块地的憨厚农民，他是尽职尽责、全心全意的，他先是用教师责任感布置她做作业，命令她必须去做，小侉子获得了与他捉迷藏的待遇和机遇，她和他玩得异常开心，弄得他洗不上脸、吃不上饭，并始坝出老鹞子抓小鸡的狼狈，最后自己掉进了"鸡窝"被她反锁在饲堂里，老师成了学生的囚徒，一只快要饿死的瘦绵羊。

老师奈何不了她，学校奈何不了她，小侉子完全是一副"胜利者"的姿态，一个阿庆嫂似的时代英雄，她与要推翻"资产阶级教育制度"的红卫兵、红小兵造反小将的阶级立场是一致的。她干得、玩得很别致、很有创新意味，老师可以仍然关在鸡窝里，应该先给小侉子发个突出贡献奖，让她再接再厉，继续创新，然后在全社会发扬光大。这也是一种教育，是无产阶级的政治教育，从而使她"拥有一个相对自足自治的空间，这使它更为有力地削弱了其他社会机构对青年的规范"。[1]让她在"可爱"、好玩的言行中甩

---

[1] 安吉拉·默克罗比：《后现代主义与大众文化》[M]，北京：中央编译出版社.2001.222-223页。

开膀子阔步前进，畅通无阻。至于她的老师饿没饿死，对她来讲丝毫也没有放在心上，为了逃避做作业她撒谎肚子疼，又说奶奶死了，一周就死了三个奶奶，又改嘴说死的是福儿奶奶，她的房东。她甚至偷她老师的钱，出去买一堆东西吃，自己吃不完再叫上别的孩子一块吃，她厌恶学习，嘲笑老师，也是一种时尚，当时的造反英雄所迎来的不是同学们一双双羡慕的目光吗？"班级环境是潜移默化地影响学生思想品德和心理的一种经常性的重要因素，马斯洛和明茨的实验说明了这一点。"[1]当她给自己的老师江远澜起个外号叫阿尔巴尼亚时大家不也都来赞美她的发明吗？美国社会心理学家金布尔·扬认为："时尚可定义为目前广泛使用的语言、时兴式样、礼仪风格等表现方式和思维方式"。一个顽劣的秉性套上了"天真、活泼、小聪明的花环"在她的脑袋上晃来晃去，还神奇地激发了江老师身体的力比多[2]因素，这应该是文学的另类角色的创作，很勉强附着在同样具有审美思维的科学家身上。知识分子的精英意识和启迪性的觉悟也一同在小姑娘面前进入了分不清主客体的羊群里，而且也像绵羊一样面得一塌糊涂。

也许因为江远澜数学研究的职业关系，养成了他对各种事物的认真态度，他在与小侉子的接触中已经情不自禁地爱上了她，而且不知回头，他写了好多情书，他的爱意表达也与众不同，那是一个数学家的恋爱方式，他的第一封求爱信是这样写的：

"1+2+4+16+32+64+128+256+512+1024+2048+4096+8192+16384+32768+65536+131072+262144+524288+1048576"……$2^{322}+2^{323}$"。当他把这封信交给她的时候，他郑重地说："这道题是我的求婚书，请你收下。"他又说他像李治完成《测圆海境》，王恂完成《授时历》一样完成了这份求婚书。小侉子说他告诉她这道题用去了他近一年的时间。

对小侉子的爱夺去了他宝贵的科学研究时间，一个非常优秀的科学家、数学奇才在科研赛跑的轨道上脱了轨，江远澜被丘比特的爱情箭射中，又步入了普希金的后尘，让爱烤糊、烧焦了。他做了一个梦"……江远澜不敢睁眼……繁星迅速变成锐利的五爪海星，游到小侉子身边，他想喊叫时，嘴变

---

[1] 班华、陈家麟：《中学班主任实施素质教育指南》，南京师大出版社1999年版140页。

[2] 力比多（libido），即性力。这里的性不是指生殖意义上的性，泛指一切身体器官的快感。

成了墙，他眼见小侉子一脚踩了上去，如同踩在一排排刀刃上，顿时鲜血汩汩，小侉子用变了调的小鸟的叫声呻吟，呼救，瞬间小侉子的血便流尽了，人死了。""小侉子已经有一周没来了，昨夜的梦让他有了烦透了的感觉。江远澜把这个梦记在了小侉子的作业本上，他很狡猾地不说这个梦是他的，他让小侉子谈谈对这个梦的感想，小侉子说'屁感想'。"

江远澜被一片痴情包着的心被她仍进了灰堆里，他大她二十七岁，他思维发达、成熟得很，她才是个十二三岁的小孩，还没有发育好，还不懂什么是爱情，他对她谈情说爱就是给瞎子看花，对牛弹琴，他无可奈何、一筹莫展是自找的。

在今天看来，他的视野实在是太小了，太狭窄了，他的生活环境和想象空间只有学校和小侉子，他除了生活和专业研究所需的必须品，再也没有别的东西所用，也没有别的地方所去，他所认识的女孩就只有喜城中学的学生，这以外的人他可能一个也不认识，也不想认识。假使他有机会和可能结识另外的女孩，像当今人的交往，江远澜很可能是美女们蜂拥追抢的梦中情人，他的孤寂生涯也许从来就不会出现过。

当时知识分子卑微的社会地位，决定了不会有更多的人看中他，愿意嫁给他。现实生活中处在与他同样环境的数学家李蔚宣当时就没有人肯嫁给他，后来他找了一个农村姑娘结了婚，当江远澜以真诚的心去找小侉子父母以求他们理解、支持时小侉子的父母不仅没有那么做，反而认为他另有企图，不配做为人师表的教师。他自讨没趣，他觉得只要发誓对他们的女儿好，能给他们的女儿幸福就可以把他喜欢的人领到家，他不知道父母对女儿有多爱，是怎样爱的，他们的期望有多高。除此他还不懂社会的舆论和法律，他到处与人说他强奸了小侉子，想用民间婚俗的习惯来促成世俗的认同。因为他听说一个男人和一个女人有了男女关系，生米做成了熟饭就可以永久在一起，社会就允许了这男人的请求，达到了他的目的。他把自己地位降到最低，连名声、荣誉感都不要了，想把别人示为活着最大耻辱的生活作风问题戴在自己头上，当作下贱人的地洞钻过去都没获放行。这一切是社会的种种秩序把守、封锁的结果，江远澜在这里，在这个包围圈里一步步为自己设立障碍、挖陷阱，最后把自己埋葬在其中。

江远澜的科学家崇高地位让人忽略了他作为知识分子所受的精神迫害，

正由于他是有思想的人，因而他的心里痛苦更大，一个盲从者和一个愚昧者不会有被剥夺思考的感伤，只有有辨析能力的人才会感到精神统治对人性的摧残是何等的野蛮和残酷。尽管这样他仍然是不醒悟的，他没有感觉得出社会秩序对他的逼迫，依然认为仅仅是"感情需要痛惜，需要挣扎，需要沮丧，需要犹如类似英国数学家G.Hardy曾有的所谓'忧郁的经历'"。甚而直到可怜地离开人间，像项羽一样遗憾地谢世，如同阿Q之死可悲可叹。最终他的科学家的伟大形象被阴影遮挡得密不透光。

文本其他方面给解读其中文化现象带来的障碍。小说《把绵羊和山羊分开》是写一个数学家和自己学生的恋爱故事，因此在解读文本时容易放弃对历史的关注而把注意力集中在师生恋的小说模式中，如果小说企图从这一点入手，写两个历史人物，重复新历史小说的叙述，这篇作品就如同抗战时期对祖国领土沦丧，人民被欺侮而你毫无反应的感觉一样，似一个没有血性的人在"纯文学"中无病呻吟，也没有什么可议论的价值。因为本小说的可读之处是对历史的确认，所以若读者不小心在平时消遣时拿它仅作爱情读物的参考，视它为泛滥在电视剧中男女之间的吵吵闹闹就降低了它的品位。

作品写了一个典型的少年小侉子的成长经过，但我们不能置她的所处社会、历史背景而不顾，与今天的小姑娘一同看待，如果她果真是当下的生活主人公，那么她的形象价值是需要重新评判的，她身上所反映的内容就更加复杂，在教育学上她可以作为一个案例为学术提供其他方面的营养。

文本中蘸满笔墨表现一个数学家，大量的数学言语占据篇幅之中，充满了科学的神圣气氛，书中的每一节开篇都是新颖、深刻的数学问题，很有新意、很有一种神奇的意境灌注其中，由于它没有形成对愚昧的抵抗作用，而是以教师一个个的死掉作代价，客观上批判了"文革"带来的灾难，突出暴露了知识分子的受害现场。但它隐晦的语言叙述，让读者偏离了它的深刻寓意所指的方向，失去了分析和理解教育及其知识分子对文明对世界未来的意义。而在主人公江远澜身上去找笑料和乖僻的影子，造成形象上对科学家的亵渎，甚而描写他的不卫生、迂腐都直接产生了对社会文明和进步对抗的文本效果。这与我们所知道的国内数学大家陈省身、熊庆来、华罗庚、王元、潘承栋、侯震挺、杨乐、张广厚、李蔚宣、谷超豪、苏步青等不能形成相容一致的对比，曲解了数学家本真的面貌。并且，削弱了作品的本质内容和艺术审美功能，而滑入了调侃、趋俗的书写游戏之中，虽看上去独树一帜、特立独行，实际还是没有跳出整个文坛"故意做秀"的大圈。

本小说书名"把绵羊和山羊分开"（*Separate Sheep From Goats*）这句话典出《新约·马太福音》第25章32-33节。耶稣说，审判日就要到来，那时，"当人子……万民都要聚集在他面前，他要把他们分别出来，好像牧羊的分别绵羊、山羊一般；把绵羊安置在右边。"右边的绵羊往永生里去，左边往永刑里去。恩格斯在《反杜林论》中强调"把人类分成截然不同的两类，分成人性的人和兽性的人，分成善人和恶人，绵羊和山羊这样的分类除现实哲学外，只有在基督教里才可以找到。基督教一贯地也有自己的世界审判者来实行这种分类"。恩格斯批判宗教学的人类划分法，人的社会意义要比这深刻、复杂得多，政治学应该是它的标准注解，小说《把绵羊和山羊分开》仅从肤浅的层面上把绵羊和山羊分开，把好人和坏人分开，从而淡化了它的批判意义，也把小说的气氛从严酷过渡到温和，导致弥漫了全篇的阅读盲点。

《把绵羊和山羊分开》虽然写的是"文革"和"知青"时的故事但它不是通常意义上的"文革""伤痕文学"和"知青文学"，它属于"文革"和知青生活中被遮蔽的生命中的真实记忆，小说的氛围被阴气笼罩着，喜城中学里不断地发生教师自杀事件，莫名其妙地出现了一大堆死者名单：于拙、白个白、石垒垒、海伦、程老师、侯大梅。这里的老师看不出有一点生气，虽然他们都是全国名牌大学毕业的精英，可到了喜城中学他们各个变得沉寂无语了，除了能让我们看到他们中一些人接二连三地自杀，就再也没有别的了。然而，小说中的男主人公江远澜不同，他是追求者的身份，他的数学梦从他上大学到现在一直没有醒过，缠绕他的是《数学真理中的层次结构》《存在在费马猜想和四色问题之后的存在》《关于希尔伯特的清单的清单》等一些问题，他遨游在其中，也乐在其中。他是一位全国名牌大学数学系毕业的硕士，是一名数学家。现在让他当中学老师，他就一心朴实地做着老师的工作，他的学生小侉子是叫他最最头疼的学生，这名十二岁就插了队，十四岁又随"教育回潮"的大潮作了中学生的少年真是什么也不懂，你问她一个直角三角形有几个直角，她就干脆地回答有三个，是哪个英明的教育家提出的"教育回潮"搞不清楚，看来这个提法确确实实是太重要了。

可又是谁提出了"读书无用论"的呢？"教育回潮"把小侉子从农村抽

了出来，"读书无用论"又把她的心引到了别的地方去了。她不愿意看书，不愿意思考，数学不好不是她智商有问题，恰好相反她聪明得很，她的俏皮话比谁说得都带劲，她的恶作剧会让你哭笑不得，她竟然能把她的数学老师给锁到屋子里叫他出不来。一个老师的恋情就在这时奇迹般地发生了，他爱得如醉如痴，昏天地暗，她呢，却什么感觉也没有，一个十四岁的少女还没有把爱这样的意识深入到她的幻想中，在她接到她的数学老师江远澜的情书时她开始表现出了属于她的优势，她用不放在心上的态度一下子就把江远澜击垮了，大大咧咧本来就是她的常态，她什么都不用做，也不想做，面对数学老师的求爱她可以用"屁"一类的语言来回答，这样江老师怎么受得了？江远澜陷入了深深的痛苦之中，他自言自语道，爱原来是这么折磨人。

数学家的爱情是这样的吗？爱都有什么阻碍？江远澜行为怪癖，没有生活自理能力，除了数学上的天赋，他是样样都不行，在年龄上他大小侉子二十七岁，爱情应该是没有年龄界限的，一个数学家完全懂得这个道理，可小侉子懂吗，社会世俗允许吗？"文革"是什么样的时代，那时一般的夫妇年龄差距是上下不差一两岁，而且主流文化提倡无产阶级生活方式，反对资产阶级生活情调，文艺舞台上的形象都是鳏寡孤独的替身，爱情题材的文艺作品也不会被审批过关，受到精神牵制的爱情就是男女之间的革命战友关系。

江远澜是越轨的，在那样一个把男女关系的名声看得比祖宗都重要的年代，他是何等的可贵，在世俗都鄙夷的视线里他不怕，只有他是算得起英雄的。《把绵羊和山羊分开》确认的就是这样一个记忆，小说的价值也在这里，如果历史不好言说，那是正常的，因为历史是统治阶级寻找、利用的政治工具，写在历史中的很有可能不是真实的，如果爱情难以说清，就需要用生命的体验把绵羊和山羊分开。

2　为何《橘子红了》与《激情燃烧的岁月》都红了半边天

电视剧《橘子红了》热播后《激情燃烧的岁月》又烧红了半边天，两个电视剧不是表现同一个主题。《橘子红了》是对传统爱情的反叛，是兄弟间为了一个女人的争执和恩怨的纠葛。老大和老二是同父同母的亲兄弟，女主角是老大的三太太，可她偏偏与自己的小叔子好上了，而且有了孩子，老二是哥哥抚养大的，他们过早地失去了父母，哥哥对弟弟恩重如山，弟弟也尊重哥哥，可是爱情没有阻挡住弟弟去爱哥哥的女人，他是背信弃义的吗？当弟弟与哥哥的女人要离开这个家，自己去寻找生活出路的时候，他们俩都可以把享受和安逸弃置一边，他们在一起就有说有笑，离开就想念无比，爱是道义还是两性的吸引呢？女主角为了她与丈夫弟弟的孩子送去了性命。它诉说的是男女之间的事，是把两性的吸引换成了可作爱情主题的主调，用形式论证了爱情的本真，澄清了她的定义。

《激情燃烧的岁月》是什么主题？石光荣是一名战场英雄，可他忍不住平淡的生活，他爱褚琴也是军人的爱法，他抱着她跳舞，就说我想让你做我的老婆，弄得一个花骨朵般的大姑娘羞得脸没有地方搁。他和人跳舞是个找老婆的入口，他哪里会跳舞，上去就踩人脚，笨手笨脚的哪里是浪漫的料。可他找的是俏丽、可爱的褚琴，是人人想要的搞文艺的女兵，他们是没有了国内战争，却有了家庭战争，国内太平，他们是天天打。石光荣的军人举态在屋里院内处处展现，他种上了蔬菜，还弄上了大棚，妻子褚琴嫌他身上有大粪味，捂着鼻子说他臭，还说他不洗澡，他反驳说，这与你有什么关系，她说怎么没有关系，你和我住一张床啊。尽管这样，褚琴还是离不开他。

《激情燃烧的岁月》表现的是一种精神，是对那个激情岁月的留恋，它告诉我们最可贵的东西是不容易忘却的，石光荣的可爱形象会像我们身边看似习以为常，其实是时时影响人的情感依托。

《激情燃烧的岁月》是怀旧电视片，它是流金岁月里的梦中回忆，这里主角身边响起的号角，带着我们生命中不灭的憧憬、燃烧不熄的激情。

3 文学的误读

已获得茅盾文学奖的上海作家协会主席王安忆和她的获奖作品《长恨歌》告诉你一个教训，你可千万别趟到这个道德"雷区"，你看《长恨歌》中的王琦瑶死得多凄惨呢，因为她曾经是个大上海的交际花。那么一个风情万种的漂亮女人，最终也得把情欲化为食欲，她要熬尽痛苦，耐尽寂寞，硬陪着四个情人把黑夜吃到白昼。不然就得像潘金莲（施耐庵、罗贯中古典小说《水浒传》中的淫妇象征典型）那样去杀人犯罪，把个不中用的武大郎毒死，才好和那淫欲欲焚的西门庆一泻身体的风流。

曹禺《雷雨》剧中的繁漪是与养子的乱伦形象；俄国伟大的作家列夫·托

尔斯泰开始把他《安娜卡列尼娜》中的女主人公安娜卡列尼娜写成个丑陋不堪的荡妇，作者实在不愿说假话，而写成现在这样的俄国上流社会的女人，本想让她活得好一点，可还是不得不让她走到她真实的归终，带着往日的浪漫憧憬、眷恋和理想，现日的屈辱、痛苦和遗憾惨死在车轮底下。

就留日学子郁达夫的《沉沦》以及其中的主人公形象而言，现代文学权威理论家和学者以及大学教科书的评价是："性的苦闷的自然主义的描写过多。其中有些描写并非是表现主题所必须。"[1]什么是性的苦闷主义？没有生命中生理的健康发育和它连带着的异性性别的存在就没有苦闷了，把有性别的从低级到高级的生命都阉割了，学术上的"主义"也就彻底胜利了。

以文学为冠冕的道德家要以此为生，并以此为辉耀的权威。其实谁都知道这也不是他的发明，我们国家的第一个奴隶主到一代一代世袭下来的皇上祖宗不就是拿这个来愚弄百姓？来"整治"百姓的吗？他们不是要比我们资格更老吗；那三纲五常、三从四德中间不就夹着一个贞洁烈女牌吗？

在文学里"性"是分等级的。因为文学分等级，有高雅文学和通俗文学，高雅文学中地位位于领导级别的"性"所带来的家庭以外艳史是领导人更像人，那是他们的浪漫豪情。从而也就区别开百姓来了，领袖们是"神"，他可以有婚外的性，把他的可亲和可近做了既真实又诗意的点缀，是作者和文学作品中的成功的浪漫趋向。

"性"，尤其是婚外性行为，对伟人、领导人和名人来讲是浪漫，对常人、老百姓、无业游民来讲是堕落。这是文学给性内容作出的丰富解读，是艺术世界的高明之处和艺术家的天才鉴别。这样写作的作家也是奴性的。

通俗文学标准可以降低，农民、工人、无聊妇女、无业游民以及妓女都可以是主角或者充当作品中的英雄。比如：中国近代社会中大量的都市狭邪小说就是最突出的文学性创作。从创作于1848年的《风月梦》算起，可考的就有40余种，代表作主要有《品花宝鉴》《海上繁华梦》《九尾龟》《海上花列传》《花月痕》《青楼梦》等。

狭邪小说的概念是作品以妓院为主要表现场所，乡绅嫖客往往充当男

[1]　《中国现当代文学史》教材中频频出现这样的评价。

主角，妓女是女主角。男女间的缠绵恋情构成了他们之间的主要生活交往，"性"是作品的升华点，作品多以章回体形式出现。

鲁迅先生对狭邪小说论道："唐人登科之后，多作冶游，习俗相沿，以为佳话，故妓家故事，文人间亦著之篇章"。其描述多为诗文华丽，美酒伴歌，醉卧青楼，风流遗世。张爱玲就曾把《海上华列传》等狭邪小说列为对她影响极大的书籍之一种。尽管这些作品的男主角地位已由以前的穷书生变成了及第上榜的"秀才"一类的光宗耀祖之人，但和这些男主角"配戏"的女主角都是些贞洁牌上找不见的妓女，因而，这类小说也只能叫做通俗的，即便鲁迅先生用了"以为佳话"这样总结性的评语，它也终究没有在中国以及世界文学之林找到一处属于自己的"绿地"而多以"黄色"类分。

"文革"中铲除"封、资、修"文艺，首先铲除的就是这些性质的作品。从有人书写文学史那一天开始，就把它列为专表现"性"描写方面的"另类"，使它只能挤在文学宫殿神圣的一角列席，无论是权威性的大文学理论家还是研究中国文学通史的学者，甚至是世界文学史学家，还是专门研究中国近代文学史的专家都没能也没敢把这个通俗的"性"类小说挪到"正常"的位置上。

上溯到古代小说的《金瓶梅》，把它搬来搬去，几经遭"淫秽"溅喷之后，还是在文学史上给了它一个不咸不淡的说法，它的文学精神到底在哪？一片缄默和哑口。

"五四"以来的现代文学，从丁玲的《莎非女士日记》到郁达夫的《沉沦》，在它们遭遇报刊批判和社会综合舆论唾骂外，他们作者自己也来打自己嘴巴，无论是在作品中还是自己的"表白"叙述里。

丁玲的《莎非女士日记》中的女主人公有这样的心理旁白："我看见那个鲜红的，嫩腻的，深深凹进的嘴角了。我能告诉人吗，我是用一种小儿要糖果的心情在望着那惹人的小东西。""我把他什么细小处都审视遍了，我觉得都有我嘴唇放上去的需要。""然而我心里在想：'来呀，抱我，我要吻你咧！'""当他单独在我面前时，我觑那脸庞，聆着那音乐般的声音，心便在忍受那感情的鞭打！为什么不过去吻他的嘴，他的眉梢，他的……无论什么地方？""我忍不住嘲笑他们（指毓芳和云霖）了，这禁欲主义者！为什么会需要拥抱那爱人的裸露的身体！为什么要压制住这爱的表现！为什么在两人还没睡在一个被窝里以前，会想到那些不相干足以担心的事？我不相信恋爱是如此的理智，如此的科学！""我就从没有过理智。"丁玲借助莎菲女士的口说出了此情此景中女求爱者的心声，这在当时中国现代文坛上也算是个大胆之举，但她接着又写道："难道我去找他吗？一个女人这样放肆，是不会有好结果的。何况还要别人尊敬呢。""我了解我自己，不过是个女性十足的女人……我要他无条件的献上他的心，跪着求我赐予他的吻呢。""这种两性间的大胆，我想只要不厌烦那人，会像肉体融化了的感到快乐无疑。但我为什么要给人一些严厉，一些端庄呢？"[1]丁玲是以"汝不可主动"的道德律令来作为伦理底线的防守；郁达夫干脆在小说《沉沦》中"性"的书写后面自己喊叫："祖国呀祖国！我的死是你害我的！你快富起来！强起来罢！你还有许多儿女在那里受苦呢！。"（摘自郁达夫小说《沉沦》）[2]郁达夫也在公开的场合辩解我不是那样，小说里的主人公和我本人不是一个人，我不那样；丁玲女士也的确真有此事地为自己的《莎菲女士日记》"犯规""宣泄小资产阶级情调"写过无数次的"悔过书"吧。他们的目的只有一个吧：保住现有职务和职位，再洗还自己一个干净的名声。

　　茅盾是一个善于描写女性的高手，可你看他写的女性是什么？"性"是什么？是他文学家兼文学理论家的评说和批判，"性"在他的笔下是放荡和交际花。

　　文学的"性"描写应该扫描到当代文学或者当下文学了，今天的文艺政策可算作"开放""宽松""大度"，"性"这个以往的"禁区"，这个"污秽之地"作家可以写，可以在刊物上发表、也可以出书，可以有一批批的有眼光的文学批评家、评论家、专门家、学者、教授对此施展才华，展开学术交流，于是有了"身体写作"，有了名噪一时的"身体写作作家和美女作家"卫慧、棉棉、陈染、林白、海男、朱文、阎连科、九丹、虹影，等等。还有一些正在走红线上的"发展中作家"。可他们书写的"性"是什么呢？"性"这次可算回到了它的自身，是属于身体的了，但是，它却是心理

---

[1]　丁玲短篇小说《莎菲女士日记》1928年发表，后收入短篇集《在黑暗中》，人民文学出版社，2007年7月出版。

[2]　现代作家郁达夫的短篇小说集《沉沦》是中国现代文学史上第一本短篇小说集，1921年发表，华夏出版社，2011年6月出版发行。

扭曲反映在身体上的发泄。

陈染、林白用"性"的符号来企图打碎男权中心论，最后把"性"在女性中抽出来，表现的是由"性"而造成的生活秩序的混乱，而且导致她们无奈的呻吟从一己的帷幕中弥漫到整个女性命运的归终。晚生代的卫慧、棉棉把身体的宣泄搬到精神以外去浸泡，让肉体充塞了没有灵魂的反抗，她们强调的西方后现代叙述策略和"削平深度，回归平面"的立场，实质上就是一场酒后的迷失。移民文学作家的九丹和虹影，一个写漂洋国外的中国女人，出卖肉体；一个把中国的三角恋爱搬到国外展览。

平民文学中的"性"文学，连题目都是"低级"的，星竹的中篇小说叫作：《游戏》；熊正良的中篇小说叫作《我们卑微的灵魂》。朱文可算作还好，写到了"性"在人身体上的生理属性的客观需要和坚持捍卫自身意志的执著，但遗憾的是，他在规定的目标以内又不知不觉地划到了"弹道"以外去了，你从头到尾看他的作品，就知道这仍然是个为"性"正名的"假证"，他的男主人公除了满街串巷地找不愿回家的老女人或者丑女人，就是到休闲一类的地方和地下职业"准妓女"过一下身体的隐，互相都是找不到灵魂去向的那一类。"性"在当代文学和当下文学作家的笔下还是一片"污水潭"，和改造前的北京龙须沟差不多，又脏又臭。

爱情描写中无性之爱是整个中国文学的特色。翻开中国文学史能登大雅之堂的小说、诗歌、散文、戏剧、电影、相声、曲艺等等，只要能算作文学艺术的，只要能和"文学""艺术"贴上点边的，都视"性"为"瘟疫"、为洪水猛兽。

"性"与爱情分离，最能编造爱情虚幻的台湾女作家琼瑶也就只能借爱情之名义，絮絮叨叨，如果说中国内地还有"文革"中文艺工作者被"整"的余悸，台湾可算作"政策宽松"了吧，那么为什么身在台湾的作家也表现得如此"余悸"般畏缩呢？看来还不是政策的问题，而是作家自己陷于道德规范的"余悸"所致，还是那个宋明朱子理学发展成型的"存天理，灭人欲"的知识分子"根系"的衍生。

活跃于1970、1980年代的我国极具名望的女作家张洁的短篇小说《爱，是不能忘记的》就把这种无性之爱上升到了"刻骨铭心"的柏拉图境界之上。作品中作为女主人公的作家钟雨一次也没有和男主人公有过身体上的接触，然而她却感到：似乎已在精神上和他日日夜夜相撕磨"就像一对恩爱的夫妻""因为她爱过。她没有半点遗憾"。（摘自张洁短篇小说《爱，是不能忘记的》）[1]你说这是爱情的感受呢？还是爱情的反向加强，以致是爱情的受虐？

我们可以拿"文革"时期的地下文学——张扬的长篇小说《第二次握手》作为象征，来概括我们国家文学艺术的"纯洁性"。作家笔下的爱情可以形象的比喻为一对热恋男女的手与手的接触和亲近。爱情是分阶段的，在火一般的爱情发展过程中，在爱情如胶似漆、难舍难分即将来临之际，就要迅即把快要身心相引的男女中随着美好的情愫和健康发育中的身体活命的细胞掐死，"爱"在这里一定要用电影术语："切"，来转换镜头，"情"此时必须以道德土话："掐"，来把火熄灭。文学家"费劲"，隐藏在地下阴暗之处的道德家"费心"。这是文学执行者和道德领袖的从属和支配关系缔造的行为效应。

爱情是这样的吗？家庭的生成和人类后代的不断繁衍以及人种的进化和提高是这样的吗？人的情感是这样的吗？文学的最可贵之处是真实，作家一个个造假，并也跟着来假扮道德家是为什么呢？他们怕的是什么呢？是为了在社会上、在人群中立足，害怕社会道德不怀好意的、肮脏的嘲笑、冷眼、诽谤和孤立。

笔者最最同情作家的违心"创作"，只有如此，才能维持住自己的"饭碗"，才能保护住自己的"身份的镀光"。写到这笔者想起了知识分子的"启蒙"，身为作家的知识分子，从中国近代到现代到至今，从梁启超、蔡元培、陈独秀、李大钊、鲁迅、胡适、周作人，到今天的知识分子都不停地喊："启蒙"，近代到现代的知识分子有那一时期的启蒙重点和重心，也较好地完成了他们的启蒙任务，而今天知识分子的作家天天都在喊："启蒙""启蒙""启蒙"，然而"启"了多少"蒙"，又被人"启"了多少"蒙"？

既然已经用现代化的目标作为启蒙的方向，既然已经将文学作为通向世界的人的交流的工具，并且又那样热衷地去写"性"，为什么不还"性"一

---

[1] 张洁：《爱，是不能忘记的》，作家出版社1997年版。

个真实呢？在指责完之后，这时我又要反过来替知识分子说话了。现在我来谈知识分子的苦衷，顺着他们扭身别头看下去的目光再来看一下社会对他们施加的巨大压力，2001年3月我们惊讶地在中央电视台、各省市及地区电视台新闻节目和全国各大报小报上的媒体暴光——发生在陕西省泾阳县的"荒唐处女嫖娼案"中看到了由"性"引发的对受害者麻旦旦人体和人的心理的摧残效力。对这一事例，笔者认为："社会对'性'的蒙昧和由此带来的人性丑恶的趁机发泄"。此话题也回应了身为作家的知识分子是如何被社会邪恶和肮脏的心理所启蒙的。

第二节　对历史存疑的推断

1　在新的学理高度重新确认狭邪小说的价值

价值重建与20世纪中国文学研究。由于文学观念、道统观念、主流意识、历史成因、权威定说等种种原因的阻圈，狭邪小说的价值至今处于严重的遮蔽状态，不仅抹杀了一个时代的文学，而且为文学研究的道路堵满了屏障，简单地判定近代小说没有好作品，致使无法形成中国文学整体观的肯綮确立，其实恰恰相反，这正是一个视而不见的藏金居多的宝贵"野矿"，一但拨开历史荆棘，它闪烁的光点就会照耀迷途，近代小说中的狭邪小说以"性资本"的方式呈现，感悟性发挥小说空间出场的社会化、时代感功能，最早触电现代性敏感问题，反讽、销蚀城市工业现代文明，强烈消解爱情幻影，放大男女关系背面痛创，提炼生发"性""性资本"和欲望的酵母作用，观照人类终极命运，打碎文学功利性藩篱，廓清文学本体内涵，为文学史分期划定提供科学依据，撼动权威性成说。狭邪小说在生命意义探讨上也呈现了一个更好的追问生命目标的开放性文本，它的价值不仅存在于现行社会里，还远在可供深入挖掘的社会未来进程之中。

狭邪小说以至连带它那个时期的近代小说都在文学史上路遇贬讽或被旁置鄙俚，文学史界和文学评论大家都在相当长的一个历史时期视全部近代文学没有好作品，众口一词复千人睥睨，甚至于让国内整体文学史学科点难以命名，或者把它放在古代文学里或者把它放到现代文学里，近代文学无法独自站立躯身，狭邪小说更是不能混同风雅之列了。

鲁迅评价狭邪小说"虽意度有高下，文笔有妍媸，而皆摹绘柔情，敷陈艳迹，精神所在，实无不同，特以谈钗黛而生厌，因改求佳人于倡优，知大观园者已多，则别辟情场于北里二已"。[1]无疑他认为狭邪小说模仿《红楼梦》墨迹，效颦大观园妍媸。他又说："然自《海上花列传》出，乃始实写妓家，暴其奸谲。"[2]

"狭邪"两个字就不是什么好的字眼，它可以作为主人公的代名词也可以是小说风格的外化。鲁迅以《红楼梦》比照狭邪小说，他对《红楼梦》的评价是："《红楼梦》是中国许多人所知道，至少是知道这名目的书。谁是作者和续者姑且勿论。单是命意，就因读者的眼光而有种种：经学家看见《易》，道学家看见淫，才子看见缠绵，革命家看见排满，流言家看见宫闱秘事……"他在《中国小说史略》中专列一章《清之人情小说》评价石头记，在众说纷纭中，独拨迷雾，大书标目曰"人情"小说，"此诚首创而不刊之论，可谓一针见血，入木三分，对于后四十回的评判，更是极有意义的真知灼见"。

"至于说到：《红楼梦》的价值，可是在中国底（的）小说中实在是不可多得的。其要点在敢于如实描写，并无讳饰，和从前的小说叙好人完全是好，坏人完全是坏的，大不相同，所以其中所叙的人物，都是真的人物。总之，自有《红楼梦》出来以后，传统的思想和写法都打破了。它那文章的旖旎和缠绵，倒是还在其次的事。"但小说《红楼梦》写的是大家族的盛衰，文学表现在社会史料和政治倾向上沿袭前习，中国家族式的、家长式的传统观念在隔山隔地的不同领域统治中束缚着文学的表达，以致这样的壁垒封锁了中国的开放意识，影响了民族发展的进程。

从1840年五月鸦片战争开始，随着帝国主义的大炮，中国开始沦为半殖民地半封建社会，中国的世界性现代性大门也被打开了，国人中有识之士梁启超、康有为、严复、章太炎等都已不像死人的君主只把眼球挤成豆光，光

---

[1]　鲁迅《中国小说史略》。

[2]　鲁迅《中国小说的历史变迁》。

顾自家院子里的那一块田地，包括鲁迅自身也是，否则孝顺的鲁迅何尝不留在家里守候鳏寡孤独的母亲而跑到日本去游了一回呢？他们都不仅把目光放大到社会，甚而都眺望到国外，狭邪小说的表现空间把中国传统小说的家族叙事旧套、侠义伸张模式、单纯的爱情小圈子里的幻想框架统统打破了，重新建立起了一个社会联系的文学在场，提供了血肉生动的灵魂游走的图画。

文学是什么，到现在所谓现代作家都还有懵懵懂懂的糨糊搅在里面，今天是文学为人生，明天是文学为艺术，再折腾数日，文学又为救国、为政治，等等，纭纭不休。首先文学为什么什么，想要干什么什么就不是艺术的质性，艺术是自然真实的流露和表现，真情实感是她的特点，过分直露的功利性直接扼杀了艺术本身，茅盾的文学主张和创作就是一个典型的例子，郁达夫的性苦闷很好地表现了人的本能作用，本是很深刻的成功的感性哲理性小说，却非要"狗尾续貂"地加上一句"祖国啊，这都是你害地呀，你快强大起来吧"。[1] 结果，画蛇添足，前后搭不上拢，让读者张不开嘴也合不上牙。想为东风送歌，却被吹歪了嘴。

海派狭邪小说感悟性地发挥了传统小说的叙事结构。以"穿插藏闪"式的独特艺术结构搭建了小说表现风貌与现实世界同轨一向的通路，韩邦庆在他的狭邪小说《〈海上花列传〉例言》中提出："全书笔法自谓从《儒林外史》脱化出来，惟穿插藏闪之法，则为从来说部所未有。"虽然作者对自诩的这种"穿插藏闪之法"发现一说存有不实之嫌（《红楼梦》的网状结构已形成了"穿插藏闪"的笔法）。但"穿插藏闪"在空间上把从家族式的叙述搬迁到欲望逐流的社会大千舞台倒是对《红楼梦》等艺术表现形态的重大突破。虽然这个成就不能完全归功于小说，它主要是社会现象生成的始因，但它无疑是已从人的灵魂上运笔表现艺术，这时的狭邪小说也不是学者认识中普遍意义上的休闲娱乐品，《九尾龟》中的康己生有五个姨太太，两个姑太太，两个少奶奶，恰好是九个人。这九个人又恰恰都是风流放荡的坏子，康中丞因此而得"九尾龟"的辱名。其中表现章秋谷是以嫖客身份遇世的成功，他显然带有执拗的人生功利性的刻痕。"宁在花下死做鬼也风流"无论如何也归类不到休闲上去。老鸨把她的倌人聚拢到她的羽翼之下，形成了新

---

[1] 郁达夫《沉沦》。

的社会家庭结构细胞，倌人也在贫困的家境中一下子变成了走红的妓女，在大都市的霓虹灯中销蚀了传统的良家古训，让个人的身体成了资本，不仅可以赚钱，甚至还能对自己看不上的"瘟生""敲敲竹杠"。倌院成了最资本化的一个场所，并且它超出了一般意义上的公平交易的基础，倌人不是一视同仁地接客，标志她们职业身份和品性的是享乐、放纵和敲诈。在大都市现代性文化工业中这种由资本的胚胎催生的性资本的生长和交易过程，镌刻了人的身体本能的爆发、扭曲和变形，近代社会的妓院描述了欲望最终导致的恶果，构成了肉体欲望对精神内质的侵蚀和瓦解。

晚清狭邪小说的殿后之作《九尾龟》在狭邪小说中占有重要的地位，曾引起过诸多评论，法国琼·杜瓦尔专门写了"'九尾龟'是色情文学还是'暴露小说'"（赵鑫虎译）评介这部书，肯定它"预示了二十世纪十年代（1910年代）的虚构小说，即写情的"鸳鸯蝴蝶派小说"的问世"。国内著名学者陈平原先生也著文"说《九尾龟》"，分析研究此书，在"几乎众口一辞认定这《九尾龟》就是'嫖界的指南，花丛的历史'，说此书立意在警醒嫖界中人"[1]中陈平原先生也花费一番笔墨为《九尾龟》确立解读"指南"，着重分析了该小说的类型特点和写作风格。

小说《九尾龟》的中心人物章秋谷起初离家旅行只是为了寻求一个对他的抱负不构成阻碍的意中人，并从中获得幸福。章秋谷的原配夫人张氏虽貌像算不上丑陋，但"性情古执，风趣全无"，与他的"相貌俊豪"、"才华意气""谈词爽朗"显然构成了趣味甚远的心理拒斥，在寻求意中人这样的异性当中，性意识自然是保留在其中的。章秋谷的求索目标很明确，他直奔青楼馆院，"性"的本能性欲求在他不断接触的倌人中日渐增长，伴随而来的便是对"性"资本的认同。

2 "性"资本

小说《九尾龟》第一百三十七回写道：章秋谷所言"……嫖客虽然有几个钱，堂子里头的规矩却一毫不懂。该用钱的地方，他不肯用；不该用钱的时候，他又偏要乱用。用了无数的钱，倌人身上却没有一些儿好处。

---

[1] 摘自陈平原的小说《九尾龟》。

比不得那些嫖场的老手，用的钱一个一个都是用在面子上的，即闹了自己的名声，倌人又受了他的实惠，明明的只用了一千块钱，给别人看了却好像用了三千、五千的一般。要是你做了倌人，碰着了这样的两个嫖客，两下比较起来，究竟你还是巴结那（哪）一个的呢？"。[1]青楼馆、嫖客、妓女都是关系化了的资本标志，青楼馆中的老板或老鸨要挣钱的；嫖客要有钱、有好相貌和好功架（小说《九尾龟》中的提示）；妓女的长相、技艺和知名度都是可标价的资本。性欲的本能作用不可能在青楼中随意、自在的表现出来，嫖客步入青楼，必须得像武术之人比武一样在此施展功夫，嫖客身上也浑身是贴满"资格"的标签，如果用众口一词认定的《九尾龟》就是"嫖界的指南"，那就可以进一步地说这个"指南"正是对"性"本能欲求的资本确认的指明。

小说《九尾龟》由以章秋谷为中心的主要情节和以康己生为中心的次要情节两部分组成，以地方官吏康己生为中心的次要情节又分成了两个部分，第一部分（79—81回）只用了三回篇幅叙述了康己生的童年时代、上学和在江西现任中丞官场生活的开端。第二部分（115—127回）篇幅较长，注重用笔，叙述了康己生"九尾龟"绰号的由来和他从中遇到的被嘲笑。康中丞与九个太太之间就已经构成了复杂的关系，康中丞靠有权、有势、有钱，供养了她们，九个太太，凭借她们的姿色背着他在外面和自己"相好"的勾搭，吊膀子，在这种"关系"中首先暴露了"资本"给康中丞放荡不羁的好色欲造成的"晦气"，甚至连他的儿子都看不起他，以至他的儿子也勾引起他的老婆们来。小说《九尾龟》的次要情节部分把"性"本能欲求中资本关系所带来的后果直接送到了"污水潭"，它的中心情节向读者展开了这种关系化的过程，虽说它叙述的是章秋谷遇世的成功，但它其中强调的入青楼的资格，也分明是告诫你不是"俊美之像、侠义之胆、能屈能伸之身者"莫入"。狭邪小说表面表现出的是性欲在家庭以外的一个开度的自由和放荡，但能操"指南"随意过往之人，并无几例。

中国古代、近代文人从书中的自我走向官场，在社会关系中重新确立自身地位，其间也传布着他们的官场发迹、治国为民的功劳和各种腐败，随着

---

[1]　小说《九尾龟》第136回。

城市化社会的发展，在上海、苏州、杭州、南京等繁华城市的妓院中间亦有文人墨客的风流韵事流传到民间，这完全是社会风化作用造成的结果，在当时文人、地方官吏、商人出入青楼并不是一件可耻的事情，甚至还有蔡锷与小凤仙一类伉俪的种种逸闻美谈点缀，青楼促成了文人标榜情趣的另一种街中景象。

把书中塑成的"秀才"转变成立足于社会关系中的阐释者是文人们的义务，同时它也是文人们自身情感和才华展示的过程。但在商品社会中当女人和"性"都充当了资本因素之后，"性"的资本关系就更加复杂起来，权力欲、金钱欲都随之卷入到它的旋涡之中，文人被置身于现实社会的滚滚红尘。在各民族文化发展和世界文明的进程里，文学和人类相伴，共同编织着生活的梦想，以往的文学作品中爱情总是牵动人们美好愿望的寄托，忠贞的男女恋情会唤起人们对生活的向往，文学中的"性"描写本来是应该与恋情同步构成作品色彩的，但狭邪小说带给我们的并不是这些，它是"嫖界的指南"？还是对嫖界中人的"警醒"，两者都不是爱情小说所指的"幸福"所在。

尽管它直录欲念的青楼风情，诗酒作乐，但它的背后总是有一个为"欲"而作的"奸猾"，和为"钱"而笑的"妖艳"在拼命地周旋着。狭邪小说更多地呈现了人与人关系的繁杂和混乱，尤其表现在把男女情爱上的关系变成了欲望的角逐、邪恶间的争斗。把欲望膨胀的男女之间在关系资本中筑成了一道"真情"的鸿沟，使"情"不再成为慰藉的依托，而是"魔法"的"衬物"，"情"完全被拆解成欲望的载体。狭邪小说清除了情爱小说的梦幻，打碎了"男女之爱"的框架，暗示着由"力比多"生成的欲望导致了人与人各种关系中相互较量的一个资本价码的疯狂叫板。

其实人类无限畅往、执著追求的爱情从一开始就不是单纯的，当一对男女相爱，这种人与人的关系就建立起来了，传统说法中的"男才女貌"本身也带着"资本"代价的标准。爱情随着社会化趋势的扩大，相对单纯的情感表达也渐渐掺进了更大的价值成分，女人一张漂亮的脸蛋其实也并不仅仅是天生的质素所能说明的，知识、教育、家庭背景等的内容都已经刻在了里面，甚至还包含着遗传的更大因素。狭邪小说对爱情、男女之恋的梦幻神话以貌似"使人羡艳"的浮华超前地被解构掉了，她以小说文本的形式破解了一个人们向往已久的虚幻寄托，在智力上形象地描写了爱情、性、欲望都不是"单纯"的美好指向，随着人们交往关系的扩大，智力和知识的不断增长，爱情、性、欲望都将在资本的关系中被融合、被规定和被重新确立为新的标准和价值，爱情"天长地久""白头到老"的寄词在此将被理解为是首创者清醒的担忧和虚妄的盼望，这个朦胧的意象将随着人类的工业化和城市化的发展越来越明朗化、明确化。

城市化的发展给"资本"拓宽了道路，也给"性资本"造出了新的生成空间，妓院是"性"资本的生产工厂，妓女是象征性的产品，它都是有标价的，是利益或利润的代名词。城市化的各种关系，宦官之间的利益纠纷、商人们的相互倾扎、文人墨客的闲赋游逛自古到今也还很少不牵扯到女人身上，因为女人在某种程度上构成了男人的一个完整的生活"场域"，常人们一般由家庭构成这样的联系，这除了生理上的需要外，还有心理上的欲求，当一个男人在外面工作一天后，他回到家里，总希望能看到妻子和儿女在等他，甚至出来迎接他。当男人对家庭温暖的重心移到家庭以外之后，情感欲望得到了滋生，妻子、儿女很难无时无刻获得某一个男人的一贯亲情挚爱的倾注，一个生理、心理正常的男人会与社会亲和成另一个"在场"，从而获得他在工作环境的舒心和快乐。

人不是没有生命的"机器"，人是感性的接受者和被接受者，智力的作用、情感和欲望的产生和发展是和生命活着的表现同时并存的，人在社会工作，因此情感和欲望在社会重生是"社会的自然"，社会上的种种吸引和诱惑属于人的正常反映，所谓"近朱者赤，近墨者黑"是物理的现象，而非什么道德所能划定的界限，道德没有能力贬低自然的存在，这样一来，一切由自然（社会自然）反射成的、各种关系导致生成的生理反映、心理欲求就移置到了在社会工作的文人、官吏和商人身上，他们的情感和欲望的过剩溢出和各种贪欲的滋生是人的原欲的量化增加结果，它构成了一个更加极端的"欲望疯长"。

在城市化的社会中，这种欲望的满足和社会活动能力形成了一致性，欲望得到的越多越可以同效显示社会人的功能。青楼从另一方面成了显示"成就者"社会上亮相的一个窗口。社会各界、各路人到青楼汇聚，能进来者就非街市上的等闲之辈。他们之间也有个高下之分的评攀，《九尾龟》中的中心人物章秋谷能在纷繁复杂的社会中穿梭自如，在青楼上上下下把方方面面摆平，得到倌人的爱慕，自然算是嫖客中的能人，他除了帖玉掖香，占倌人们的便宜，还可以指着鼻子骂方幼恽、刘厚卿、方子衡这些不中用的"瘟生"。

章秋谷在征服妓女的"战例"中获得了一种他认为强于一般生活中人和其他嫖客的资本和资格，这种资本和资格给他的生活带来了另一种在社会"混世"的得意情绪的享受。它把侠义小说中英雄的仗义豪侠之气搬到了章秋谷的身上，不仅显示了他这个"平康巷里的惯家"，还让他充当了"烟花队中的侠客"。他对妓院中的敲诈和行骗极为不满，并指责"堂子中近来的规矩，更是日趋日下"。

他帮嫖客方幼恽讨回银票和戒指，并好意相劝，让其返乡，别再重涉烟花场。在张书玉讹诈刘厚卿时他也出面解围，同样劝其远离欢场，指出这里的"龌龊"。在钱向秋被官绅祁祖云欺负得将要自杀时他侠义相救。在恶少金和甫侮辱陈文仙时，他打抱不平，并以娶妾的方式将其救出深渊。到天津出游时他用银子帮助了月芳从良。流氓王云生给仙人设陷阱，受到了他的惩罚，同时劝导流氓王云生的同伴李双林从良。

章秋谷的行侠使义同样可以印合在他的嫖客角色的资本上，小说作者这里虽然是对传统侠义小说写作手法的惯用，但它从人的心理结构上为它的主人公形象找到了一个立得住的注释。在这里侠义之气和"性"的欲望、情之所求找到了侠义小说的文学文本依据："英雄与美人"，只是它把侠义小说中通常由侠客救美，美人追随侠客，到最终侠客离开的过程描写和结局都给弄翻过来了，变成了这里的嫖客在妓女中追逐，而且求得个三房五房，六姜七妾。侠客在这里的演绎功效只是强化了男女之间的亲昵关系。

章秋谷在嫖客之间仗义行侠，期间并没有忘了欲望和本能的发挥。在这里行侠和嫖妓是不矛盾的，行侠是人格的辉印，嫖妓是本能的标记。道德在这里是反过来讲的，它似乎是说本能的东西不应该和道德扯到一起，本能的东西是道德的，或者说压制本能是不道德的，他在追求和表现他的"正义"，甚至为"色"不惜让自己的侠气抹上点黑，他引诱良家女子五小姐、乘人之危霸占楚芳兰，随处惹蝶，风流不羁。他没有在学问上树立文人的榜样，也没有在政治上求得"功名"，却在世俗观念的所谓"堕落"场中与官场中人角逐着"人生"的"价值"，信奉并求索着另一种"人生意义"。

　　他的生命现状决非意识中的"堕落"，而是"清醒"的目标升攀。我们在分析狭邪小说中把注意力仅仅停留在"'嫖界的指南，花丛的历史'，说此书立意在警醒嫖界中人"，把狭邪小说示为与"暴露小说"同等地位上那显然也是不够的，若仅仅把它说成是"色情文学"，本身而已就更加"肤浅""短见"，而缺少发现力了。

　　从文学和社会以及生命意义的探讨上狭邪小说都提供了可具挖掘的广阔余地。首先在文学上讲，狭邪小说，与这一类作品突出"性"的表象形式，与文学正宗的写情形成了对抗。粗略地看，写情与写"性"似乎相像，其实两者大相径庭，情的源头在生命的牵挂上，情感构成了充实和丰富的人生内容，在血缘关系中情是天然的亲近属物，父子（女）之情、母女（子）之情、兄弟姐妹之情融合着家族的欢乐，民俗中的"香火"继承把情连结在"种"的生命延续上，情在一些家庭中支撑了全部的活着的"意义"，它能带来种种预设不尽的欢乐、克服种种意想不到的困惑和苦难，甚至心甘情愿为情而死，并以此为无限快乐。师生之情、朋友之情、同志之情同样寄托了人的生活理想和追求，为人的生活意义增添了无穷的乐趣。

　　"性"虽说在情上有相连的情感范畴，但，它的源头在"阴阳"的生理属性上，它所系的对象是有众多的排他性的，正常的"性"交往，是在男女对象的相互之间，并且它以人的自然属性排除了直系的血缘关系，也不在血缘关系之外的各种友情等情谊之中，成熟的"性"意识在男女"性"发育成熟以后，是属于阶段性的情感表现形式。情，在以血缘之亲的结构中带有天然的情感属性。"性"意识的发生带有更大偶然性因素的男女相遇之后的状态，"性"交往可能使男女双方甜美如蜜，也可能致使双方形同陌路，甚至反目为仇。

　　"性"能导致情的产生和发展，也会把情变成"空"，佛学的终点就是这种"情空"的全部注明，因为佛学的情是和"欲""欲望"连带在一起的，《红楼梦》中的贾宝玉就是艺术文本中的一个最高的人的情空"标本"，它是由异性的"性欲"和儿女情导致出家的情的"终曲"。

　　法国琼·杜瓦尔先生评价《九尾龟》"预示了二十世纪十年代（1910年代）的虚构小说，即写情的'鸳鸯蝴蝶派小说'的问世"也是错误的，琼·杜瓦尔先生把《九尾龟》中的"性"和欲望的描写同"情"的描写混同起来，把注意力倾注在传统小说写故事（史实小说）和写情（虚构小说）的区分上，从而作出了《九尾龟》为"预示了……写情……的问世"。琼·杜瓦尔先生的局限是在小说的发展阶段上艺术对情（这里指男女之情）的笃信的误读和误解，自然从我国古代东周时期的《诗经》："关关雎鸠"到莎士比亚的爱情诗、爱情剧以至世界文坛上都充满了对爱情的歌颂和传唱，发展到现当代文学，爱情给人们的期待值似乎越来越大，如果按琼·杜瓦尔先生所说写情的"鸳鸯蝴蝶派小说"也是由于《九尾龟》的写情影响所致，那么可以说专注写情的"鸳鸯蝴蝶派"同样陷入了情的陷阱，这一派小说家并没有领会到《九尾龟》的真谛所在。

在文学作品中情的认识上犯了对它所包含的情的代价、"性"资本的忽略的错误，还没有把情和"性""性欲"在性质上分开，因而导致无法意识到"性"资本的社会作用。把情的表现仅仅归于单纯的感情描写上，从而削淡了对情以及与之构成一体的"性""性资本"在情感中作用的真实面貌的再现，最终失去了文学作品对情感作用的深度探索，并构成了由它所带来的"幸福"背面的"不幸"的认识盲点。爱情随着城市化的发展将越来越把它的"背面"的东西呈现出来，"性资本"中的一系列问题都将给文学的爱情表现形式带来更斑驳的色调。

狭邪小说触及了人的敏感神经，性的社会化资本，是资本中一个重要现象的揭示，同时也是人的本能、情感、欲望、道德、世界观、人生观以及社会综合状态的展现。海派狭邪小说把殖民地化的特殊地域上海和花花世界的大都市镶嵌在宰割意志和放浪欲望的网结上，客观地表现了文化侵略与本土文学的撕扯，西方享乐主义向东方诗学传统践踏犁撅，不仅歌楼舞榭词韵昏眠，靡靡之声踏起，而且文人名士以沾腥溅荤为标志招摇过市。

妓女倌人的服饰不仅是只为了遮寒溢艳，甚尔是品牌的炫耀，可想在那个中国历史的近代社会里就骤升了商品符码的代价，这是现代性表现的一个重要标志。服饰和倌人互映广告效应。服饰把身边的倌人衬托得更妖冶摇曳，倌人给服饰的价格照得更亮，设计、生产、出售倌人"明星"服饰的老板可以把它再提升一个价码。狭邪小说在社会学意义中构成了文学抵达社会纵深的淋漓的描摹。是文学自身功能不期而遇的精彩表演。

文学有对各个学科领域、各种社会现象形象表达的特有功能，文学的形象表现是在全人类所有问题中对人的穿过表层的透视和诊疗。文学本来就有这种其他学科不能也无法代替的特性，以现在中国古代史、中国近代史、中国现代史、中国当代史来全权替代中国文学的各个分期也是不科学的，它无法将文学研究深入下去，当下就文学史分期的众说纷纭中有一些学者提出了以文学的现代性作为新文学或者现代文学的衡量标准，如果这样，狭邪小说的意义就更大了。

《海上花列传》发表于1892年（韩邦庆在他创办的中国第一份小说期刊《海上奇书》，由《申报》馆代售，而他的小说《海上花列传》就在《海上奇书》上连载）。比标志中国现代文学开始的第一篇小说鲁迅的《狂人日记》早26年。《狂人日记》发表于1918年5月15日。它不仅冲击了中国现代文学史的上线划分，把中国现代文学的确立向前推进26年，引起对鲁迅等权威地位的撼动，而且对于中国文学史的分期讨论和研究将从文学的本体上澄清文学的本色，科学地廓清它与政治、社会学、人类学以及与其他各个学科领域里的本质上的不同和相互之间的必然联系。

《海上花列传》受到鲁迅、胡适、刘半农、张爱玲等的赞许。被看作是现代都市通俗小说的开山之作。刘半农在《读<海上花列传>》中说："假如我们做一篇小说，把中间的北京人的口白，全用普通的白话写，北京人看了一定要不满意。这是因为方言作品有地域的神味的缘故。"而在《〈吴歌甲集〉序》中，胡适则显得非常遗憾地说："我常常想，假如鲁迅先生的《阿Q正传》是用绍兴土话做的，那篇小说要增添多少生气啊！"狭邪小说以方言入住文学是艺术形式抵达真实和增强文学色彩的重要因素之一，这不仅是个发现也是值得发扬光大的小说语言功能性的探索。

狭邪小说把男权和女权主义的描写都上升到一个前所未有的地位上。它是用"性资本"的获得方式揭示的，男权、女权这种本身就带有性别标志的话语必得和"性""性资本"联系到一起，男权的膨胀和女权的变态变形都是以"性别"资本的变化为前提和起决定作用的。而且，我们从中充分地领略到了城市化和工业化在人的阶层中所造成的更大分化。人的广泛社会交往拆解了家庭的凝聚力，狭邪小说过早地预见了家庭的危机。《九尾龟》书名的由来就是康中丞家有九个老婆，九个老婆又个个在外面吊着膀子，家庭给康中丞带来的是生活的苦恼、名誉的毁坏和事业的下坡路。章秋谷看不上自己的老婆，干脆就不要家了，他四处招风惹蝶，家就是个身世履历中曾经有过的一个"符号"。《九尾龟》中写到的23个妓女中从良的只有3人，只占10%多一点；借嫁"涊浴"者4人，占20%；骗他人钱财者11人，将近50%；《海上花列传》所写妓女30人，成为夫妻者仅2人，不到10%，28人无归宿，占90%以上，即便有情的三对（李漱玉与陶玉甫、周双玉与朱淑人、王莲生与沈小红）也好梦未长；《海上尘天影》中16位妓女3人从良，不到20%；《海上名妓四大金刚传奇》中所有妓女无一真正从良，拒绝从良并与下流人物仆、优、马夫有勾当；《海上繁华梦》24妓仅2人从良，90%以上的妓女不言婚嫁，偶尔言嫁必是"涊浴"。《海天鸿雪记》11位妓女2人从良，却是匆匆论嫁不见真情；《梼杌萃编》中16位妓女5人从良，占30%，却无一对是欲长久交往而娶的。《九尾狐》中干脆就没有从良之妓，胡宝玉、月舫皆是以我需要为中心，前者交往13士，后者交往80士，却没有一位有情者，甚或有玩弄男性的表现。《续海上繁华梦》12妓中7人借嫁"涊浴"，4人再多次嫁人，婚姻已成了招财游戏。[1]在现代化的社会中狭邪小说对家庭危机的预见是在城市化过程里显示出的，是在物质增长和人的欲望增长以历史规律的演进方式被书写和被证明的。

在生命意义的探讨上，狭邪小说仍不失其成为另一种生命态度的典型标本。《九尾龟》中康中丞家存九黛，九个当中争先偷人。章秋谷相貌非凡、才华出众，却偏爱青楼，一半是侠客一半是情种，一生寄满追求，他将怎样告诉别人"性资本"和由此带来的本能、欲望的呈现方式呢？他的角色是否给现代化的城市带来了更多的连带性的现象思考呢？人的本能应该发挥还是克制，欲望给人类带来了无穷的创造力，也业已造成了相当一些人命运的苦痛，道德要给"性"的评价范围确定什么样的规范和开辟哪些空间？人类文明是在社会的发展中建立起来的，也许我们今天的有些成规是错的，文学的作用应该用形象探讨生活的幸福和价值。狭邪小说为我们呈现了一个更好的追问生命目标的开放性文本，它的意义不仅存在于现行社会里，还远在可供深入挖掘的社会未来进程之中。

---

[1] 据侯运华统计。

3 思想在世俗里的眼泪

如何看豫北的诗歌感悟，"想起平原上有缺点的少女/不幸的守夜人一声不响/在深深的夜里回想隐秘的情欲/而情人们春天般退去/如今只留幸福的灯盏/时时照亮空空的头颅"（《守夜人》）这是豫北诗歌中的表达，这是思想在世俗里的眼泪，诗是什么？诗是才子的过于敏感在现实里的无望呻吟，当然我们也可以视毛泽东的豪迈气概化为沁园春《雪》、郭小川的《向困难进军》以及贺敬之的《回延安》当作好诗来看，但就诗的质性来讲，心灵的隐秘和诗人惊奇的发现构成了诗歌有别于其他艺术的直白表达。诗是进入人情感世界的虔诚使者，她会把一个天真般的纯洁和天才般的智慧领进闪光的诗行，在鉴别美的激情中对无奈的世俗哭泣。因此诗人往往与美对视，却又永远不能相守一家。美与思想的差距导致诗人的苦恼，最优秀的天才诗人总是出众的才情徒撒到无血的荒漠上，人间理想在现实里飘落，顾城与海子都是把痴情赋予给美的"祭品"。

豫北本身是位历史学研究生，他比顾城与海子更多了一层思想的厚度，一个二十几岁的青年有这样的思想深度和天才般的才情的却是难能可贵的。诗句构成人各方面学识的呈现，豫北读大学时是位理科学生，考取的却是历史系研究生，而且他向往着文学的殿堂，怀抱着整个人类真理的探索欲望，精神和感情重叠了他生活的脚印。"如果你愿意/只要你愿意/我们将一起/写诗、行走/行走、写诗/写诗、行走/……（《在长兴岛上》）"

诗人所使用的语词"写诗、行走"、"行走、写诗"，完全是他习惯的思维动势，只有有思想的人才能做诗人，只有有丰富情感的人才能把深刻的思想幻化为诗，"文革"中"十亿人民十亿诗人"所出的"诗集"是顺口溜，革命家都写诗，也只是"口号"而已。抱着爆破筒和端着机关枪写诗也属于拿错了工具，英雄和诗人在气质上各有天地，英雄应该具备诗人的情怀，但诗人的写作状态必须规避到心里的田园，诗人是敢于表白的英雄，诗人要有敢于敞露心迹的"无畏"和真实，诗歌到任何时候都是少数的天才的表达世界，是别于普众灵魂的发泄和对美的追求表现出的感伤。

诗歌的感伤是美丽的，是情感表现方式的一种艺术用笔。如果没有了她，诗意血肉中纤细的毛孔就看不见了，大度的、豁达的性格其实也可以用没有感情来替代说明，感情都是"计较"的，是深藏在心底的条分缕析的"铭记"，诗歌应该是有"怨"的涵义在其中的，它是溶解在诗句的留白中的，"怨"抒发着情感的美丽、思念的缠绵，是情感的追求与追求对象的错过和"离轨"，没有"怨"，可能诗人就消失了，因为顺从的情爱会导致伊甸园的重逢，从此也带来诗感空间的弥合，最终拧干了诗自身。

"你黑发披散/噙满夜色/你长醉不醒/是在哪阵风中/青春漫长/苦难漫长/你迟迟不归/流浪何方/幸福漫长/孤独的岁月/布满手掌/树林深处/幸福的人儿/往日甜蜜的嘴唇/散落何方/散落何方？/诗歌的房屋空荡/清冷酒杯一宿未眠/寂静河岸上/柳枝摇曳/月光流淌/而如今你在哪个远方/你在远方的哪条路上/双眼含泪/荷月而去/此时故乡村庄正含情脉脉"（《夜晚，幸福的人儿》）。

大度、豁达如果交给诗人就变成了"遗忘"，反之诗人就开始走向情感的"缺血"和创作的渐次枯竭。

诗人与和尚、道士等出家人构成了人情感上的两极，一个在世俗中向情感注入血液，另一个向流血的静脉捆扎，豫北的诗是血液营养在旺盛生命中的流淌。"捧起圣书/如同第一次/全身流淌、野蛮的血液/我力大无穷并无限幸福！/头颅太阳般升起/仿佛看到远方/看到远方充满苦难和幸福/遥远的路程/仿佛美好/在空无一人的河岸/我们空声歌唱生活/——青春是病啊！/我们曾病得很深/痊愈后/我们准备好了：/走向死亡/走向重生/走向黑暗/走向光明"（《柳树是绿色的猫》）

当我看到这样的诗句，就忍不住想告诉众多的写诗者什么叫诗，这就叫诗，"——青春是病啊！"是的，诗人就是"幸福狂"的特殊人，普希金、顾城、海子都是这一类人，是人类的情感精英，是人的希望和活着的目的、目标的向导。在人这个最高级的动物中她的情影和为你而生的笑魇引领了你的顾盼，激荡着你的生命，仿佛新生活送来的岁月花香。

诗人的幸福和苦难都与爱连到一起，只有诗人的生活是一刻也离不开感情色彩的，一个情思就支撑了整个生命大厦。对一个建筑师来讲，设计一个高楼要用上多少吨钢筋和水泥，在他看来它是绝对坚固的，而对诗人而言不同，一丝真爱的感动，一往情深的死灭都可能带走他的生命，他的生死观完全可以归属一刹那的冲动或者无法整治的归去和复活之势，诗人的成就是用高净度的血和生命筑成的，诗人与生命是互换的。诗人的脆弱身躯是一个伟大的灵魂，豫北的品性与诗人的血液重合在一起，有生命就有美丽的诗句，人与作品共同流向艳丽斑驳的彼岸。

4　生命的叹息——文学艺术家自杀研究

艺术家自杀之死是其一条无法逾越的"情感障碍"，也是我们难以面对的一块"认知盲区"，但它同时也是我们深入分析作家心理不可排除的"事实陈述"，是研究艺术家创作情感冲动的万万不可忽视的重要入口。超于常人的情感和情绪带来了艺术家们的事业辉煌，同时也铸成了他（她）们的日常困惑，"过激"和"越轨"不仅成就了他（她）们大胆的"艺术想象"，也构成了他（她）们在现实生活常态中的"孤独"和"心理躁动"，过高的心理追求和不协调的外界冲突，使"天才"的心性在徘徊的刹那间以"冲动的激情"上演了悲剧。

在人类流淌的文明长河里，汇集和跳跃过一簇簇晶莹和斑驳的浪花，那便是艺术家们捧给我们的精美之作，这些杰作有的是人生深刻的启迪，有的是孩子般天真的凝望和喜悦的心里述说，它告诉我们生命的意义，奏响我们生活的乐章，但是当我们心潮澎湃、激动不已的时候，却万万没有想到，这些杰作的主人，已经远离了我们，告别了我们的期待，走向永远的不归之路，他们自杀了。当我们怀念、叹息这逝去的生命的时刻，我们总要说这不应该。

我们几乎是在悲痛中窒息，在我们苏醒的过程中，善良的本性让我们去同情、去抚慰那孤寂的灵魂，现在我就在这种感受之中，冷静地敲打自己的神经，长时间地停下脚步，认真地问问自己：他们为什么要走，为什么？这样的问题总该有人回答，无论是从人的良知上还是从艺术家心理分析上它都具有实际意义和理论上的价值，尽管在每一个艺术家突然撒手人寰之后都有大量的分析文章见诸报刊和杂志，可那在笔者看来还大多是属于社会性质的分析，远没有达到接近事实真相的本质，笔者下面的分析也一定不是准确的答案，但笔者相信这是一种正确分析艺术家自杀的途径，笔者希望能为这样的途径提供一条线索，以待于我们把这样一个特殊现象最终找到一个良好的回答，从而，为艺术家本身和社会做出我们一份应有的工作，此篇也让笔者作为对这些亡灵的祭奠和悼念。

前言：呼唤亡者的名字，怀念逝去的英灵。

学者王国维：投湖而死。

诗人顾城：在新西兰寓所用斧头砍死了妻子谢烨，同时自缢身亡。

诗人海子：卧轨自杀。

女作家三毛（中国台湾）：在寓所洗手间用腿袜套住了脖子，采用了传统女人化的告别生命的方式。

画家文森特·梵高（荷兰）：饮弹自杀，枪响毙命。

作家山岛由纪夫（日本）：以日本帝国主义的武士道精神切腹自诀，挑战生命。

作家川端康成（日本）：口含煤气管，一睡不起。同时用此种方法自杀的还有西方女诗人：普拉斯、塞克斯顿。

德国剧作家：克莱斯特饮弹身亡。

诗人朱湘：纵身投江而死。

诗人闻捷：自开煤气，坐椅面对死亡吞噬。

香港演员翁美玲：服毒药并口吞煤气飘然辞世。

小说家：莫泊桑（法国）：用手枪和剪纸刀三次采取自杀方式，最后毙命。

作家：杰克·伦敦（美国）：在自己身上注入过量吗啡，昏厥致死。

诗人叶赛宁（苏联）：切腕死于暖气片上。

诗人马雅可夫斯基（苏联）：子弹穿过心脏毙命。

作家奥拉西奥·基罗加（乌拉圭）：吞服安眠药，长眠未醒。

斯特凡·作家茨威格（奥地利）：服超剂量安眠药致死，其爱妻艳妆打扮同死于身旁。

作家亚·法捷耶夫（苏联）：酒精中毒致死。

作家厄内斯特·海明威（美国）：大量饮酒后饮弹身亡。

作家何塞·玛利亚·阿尔格达斯（拉丁美洲）：开枪自寻短见。

死因分析一：完美的精神追求在现实里飘落

诗人顾城在美丽的急流岛用斧头砍死妻子谢烨又用绳子套住了自己的脖子，在两个尸体旁置一角之后，如画的风景已不再艳丽，湛蓝的海水溅满了血腥，凄惨淹没了这里的浪漫。"顾城事件"传到国内之后，文学界和读者先是惊讶，然后是惋惜和谴责，一男二女的隐居故事也传奇般流传出来。对于诗人顾城，种种评说不绝如耳，"顾城有精神病史""顾城道德败坏"……口诛笔伐，我反对这种声音，我觉得这种评说太简单、太教条化。

顾城用斧子砍死妻子谢烨，这种行为是残暴的，也是恶毒的，但并不是残暴和毒恶都是由于残暴和恶毒的动因所致，正像历史上的武则天亲手掐死自己刚出生的女儿，她说她生不逢时。武则天是处于政治的远大抱负，不得已付出了掐死自己亲生女儿的代价，这是惨烈的，是痛苦至极的自我残暴，因为她视女儿如自己的最爱，因此，这等于是她对自身的残暴。可能有人会说她可以放弃做皇帝的愿望，留下自己的女儿，或者自己去死，这是常人的心理，和政治家的意图不在一个思维层面上。还有革命烈士"狼牙山五壮士"，他们为了不让敌人俘虏，拥抱在一起之后，一个个跳下了悬崖。"八女投江"的八个新四军，为了民族的气节，为了不让敌人侮辱，手挽着手共同走到江心，集体壮烈赴义。

顾城砍死妻子既不属于图财害命，更不是世代冤仇的报复。顾城妻子的死是顾城爱与性的期望的终结和绝望，我们也许永远无法准确知道他杀死妻子的确切动机，因为他和被害者已死，谁都不能开口说明，最知情者顾城的情人英儿了解的事情最多，会给我们分析这一案情提供宝贵的资料。

笔者认为顾城杀妻是武则天杀女式的、是转移在别人身上的自虐行为，是他的爱无法持续而为之。这个判断可以说在顾城也同时自杀中得到了印证。笔者从顾城诗中看出的是他的纯洁而善良的天性，那是如同童稚般的期盼和仰望，他在《一代人》中有这样的诗句："黑夜给了我黑色的眼睛，我却用他来寻找光明。"

顾城很小的时候，父亲诗人顾工就被打成"右派"，同父亲一样，他心灵遭受了极大的打击，13岁就随父亲下放到农场，做过木工、搬运工。像他这样一代人，政治运动中经历的苦难，给他留下了深刻的心理记忆，他的追求是带着一种对别人的关怀在里面的，他写道："我想在大地上\画满窗子\让所有习惯黑暗的眼睛\都习惯光明。"（《我是一个任性的孩子》）

顾城在生活中同样有着纯洁和完美的爱情向往和追求。他的感情世界是丰富的，也是反传统道德的，他有妻子谢烨，还有情人英儿，他们一同在急流岛生活、度日，阳光和海水都喷洒在他身上，他有细腻的心理感受，也爱女性身体。他把妻子和情人的感情都放在内心中去体验、去欣赏，从她们的心灵到她们的肉体的全部。

顾城作为一个诗人，他的精神追求一定不是现实生活中那么容易满足的。当常人有了妻子以后，她们的生活就步入了程式化和公式化，走向平淡，正常地上下班，一起吃饭，爱情一天天就被亲情成分所代替。而顾城不是常人，他有妻子，但并没有停止对另一个人的爱，情人进入一个人的生活就改变了他初恋的执著专一，他的情思动荡起来，妻子和情人是他从男人的感受体验女人的另一种世界。这其中难免没有苦恼，就算两个女人都是观念和性意识解放的人，三人相处要比两人相处难得多，也复杂得多，一方面情感的快乐升华着他的生活，另一方面与两个女人的同居也会搅起他的烦恼，顾城原本就脆弱的性情，怕也没有太大的承受力使他来擎住因此而带来的一切重压。再有，顾城与妻子、情人的恋情是否也有曲尽意绝的哀叹之声？让他终于感到了生活的无聊，导致他砍死妻子而后自缢身亡。

他砍死妻子正是爱她的原因，不然他可以与英儿逃离急流岛，或者一个人一走了之。他爱她又不能恢复当初的爱恋，越来越坏的情绪搅乱了他的梦幻，心理的苦恼和烦乱大于他的梦幻虚影，然而他又无论如何也摆脱不了眼前的生活现实，他活着已经感到呼吸紧张，在万般的折磨里，他采取了和生命对抗的行为。

作家三毛的死，也是美好憧憬在现实中破灭所致。她与荷西有着同样妙不可言的恋爱和同居。那样的生活滋润着她的生命，呼唤着她的写作灵魂。当荷西意外死亡之后，她的生活理想倒塌了，她一天天陷入孤独和寂寞，在一个温暖的天气里，她用腿袜自缢，追赶荷西的亡灵而去。

诗人海子，亦是为完美的精神追求而献身，他是一个真正的诗人的灵魂，在考取了北京大学法律系之后，他却热衷于诗歌写作，而且痴迷程度近于发狂。他创作了数量惊人的诗歌作品，包括短诗、长诗、诗剧，还有一些札记。他最著名的两首长诗《五月的麦地》和《麦地与诗人》，分别抒发了对民间的理想。那是一个"乌托邦"的寄托和天堂上坠落下来的苦痛："全世界的兄弟们要在麦地里拥抱\东方、南方、北方、和西方\麦地里的四兄弟，好兄弟\回顾往昔\背诵各自的诗歌\要在麦地里拥抱。（《五月的麦地》）""当我痛苦的站在你的面前\你不能说我一无所有\你不能说我两手空空\麦地啊，人类的痛苦 是他放射的诗歌和光芒！（《麦地与诗人》）"

海子在诗歌中所描绘的现实，一直没有走到他的面前，他所渴望的麦地太神奇、太幻化，当这完全不可能成为现实时，他的生活失去了意义，不知他是徘徊了许久还是一念之差，绝望的哀鸣把他送入了呼啸而来的车轮底下。他冲撞着我们的情感屋脊，引起了我们长久不息的全心哀痛。

死因分析二：用死的代价换取身后的慰藉

世界上许多诗人、作家、画家都用一生的追求来成就个人的名誉。这个过程就是从生到死的全部。他们有相当多的人在活着的时候，才华不被人发现和认可，太多的失望和打击，摧毁了他们敏感的自尊和脆弱的自信，也破坏了他们的耐性，致使他们不愿再等下去。这些人都是为文学、为艺术而生的人，没有了文学和艺术上的成就感，也就失去了生活的乐趣和意义，他们活着是痛苦的，生不如死，带着对生命的叹息，对不公的蔑视和那种壮志未酬的遗憾，抛弃了人世，走向灵魂的安宁，他们或者是死不瞑目，或者是绝望地紧闭双眼，做了屈死的鬼。可是就在他们的死讯刚一传来，印着他们名字的著作就一本本问世了，像是他们的追悼者，也像他们的殉葬品，一气摆满了橱窗，他们退回来发黄的底稿变成了名著，他们痛苦挣扎的痕迹被释放成逸事传闻。

一个伟大的作家、艺术家从此诞生了，仿佛一轮红日冉冉升天。他（她）照亮了尘世，也照亮了幽灵。自杀死去的诗人、作家、画家，至今作品都比较出名，例如画家梵高刻苦作画，活着的时候，他的画只售出一幅，是卖给一个荷兰同行的姊妹，价格只有几美元，尽管他的画是属于理想王国中的辉煌长廊，那有闪烁瑰丽双眼的星光、有被微风梳理的树叶、有荡出歌声的露天咖啡座、还有大片大片的金色麦田和它们"昂首望见"的向日葵，可这些都被冷落在一角，黯然失色。然而，梵高死后艺术爱好者就一哄而上，把他的画抢购一空。今天他的作品每幅价值达到5万美元以上，不少上升为天文数字。

诗人海子也是如此，生前他热爱、迷恋诗歌如生命，放弃所学专业，改行写诗，但四处投稿，不被采纳。才华毕现却无人发觉，海子的一腔热血一次次化为冰冷的僵液，当他最后一封退稿信寄来的时候，随着也夹来了魔鬼的招魂。如果说眼浊的编辑部和出版社没有发现一代天才的光芒，那是文学艺术界的悲哀，如果说只有死才能换来作家的英名，那这个代价是大得太过残酷了。这也许是最壮烈的悲剧之美。这是另一个意义上的舍生取义，在这里名誉和名望是大于生命的。生命的流程过早地在中途脱离了轨道，脱离了时间的纬度，只在成就的一点上深深地打上标记，化作了永恒。

死因分析之三：用死亡的方式解读生命的终结

诗人、作家等艺术家一生从事文学、艺术创作，表现人生，他们写人活着的过程，也探索人死去的方式。一个优秀的、伟大的作家、诗人、画家应该是对死有着深刻的理解，他们很多人在作品里，不断地写人的命运，不断地叙述作品中人物的死亡，这里有一些是带着美的形象留在文本中的，死亡的结局具有悲壮之美，令人回味。在记录死亡的过程中，他们对此加深了这样的记忆。作家的自杀之死在日本成了一道奇特的文化景致，它一度成为日本文坛和世界文坛之迷，对此日本作家川端康成还曾多次申明反对并厌弃作家自杀，更为奇怪的是川端康成最终自己也选择了自杀之路，1972年4月16日，他在荣获诺贝尔文学奖三年之后，口含煤气管自杀，他的死再一次震惊世界。

诗人、作家等艺术家把死看作整个生命的组成部分。在他们一生的艺术创作中，也同时进行着自身的创作，比如人格的树立、观念的确定、生活方式和生活习惯的选择，都在一天天培养着、变化着、成熟着，在完成了文本创作的同时，他们自身创作也同步进入了最终时刻，众多的日本作家选择自杀方式了结生命，应该是有着民族渊源的军国主义传统和武士道精神，日本军人战败后在战场上剖腹自诀，那是对天皇的效忠和个人自尊的誓举，作家自杀除了这些因素，还可以加上更为复杂的心理分析，它应该是和艺术生命联结在一起的浪漫产儿。

诗人、作家等艺术家是否也在选择一种他认为最好的死亡方式？把有限的死看作永恒的生，并把死的形式烘托出神奇的光焰，让灵魂化为不朽，形成他创作的尾声——"死亡创作"，汇同他一生的创作辉煌，构成他作品的完美结局，这种"死亡创作"是他欣赏的美，使他能把最后的精神羽化为仙，定影为彩虹。

第五章　社会空间的文学艺术精神描摹及透视

从文学与文化学相结合的视角，探讨文学艺术与社会的关系，旨在浮现出一个有灵魂的真实世界，为未来人类心理和精神提供一个可资借鉴的参照系；对人在社会的活动做了客观的分析和论证；把人性中的种种表现和影响做认真地剖析。

从1892年现代性在文学中的发生作为叙事点的开始，一直延长到新时期的文学行为，讨论一个多世纪的文学现象和社会人典型，把文学与社会紧紧联系到一起，对社会各个阶层的人做精心地描摹和归类。

把人当做标本，把每一个生命都看成是一个独立的个体，因此揭示了人的存在的丰富性，每一个人都不可能重复另一个人，人的个体形成了自己的生命轨迹，这样，社会就变成了一个整体多元的组合。

把人大致地归下类，但这个类群也是一个多样并合的驳体，是一个斑驳体和另一些斑驳体的不同组合，用这样的方式来阐述社会、阐释历史和预测未来，让人在世界中自然形成他的运行方式，也让政治、法律、军事、经济、哲学、文学、艺术、科学的影响创造新人，把文学从国内向国外延伸出去，考察世界人类共同的理想和愿望，寻找出未来可能的生命途径。

以文学艺术分析社会问题，是以文学形象破解历史人物以及当下人的心理、感受在更大的范围内展现。亦是使一个空间物化的东西人化，借以沟通社会的经脉。

第一节　精英意志的创造类型

1　宋庆龄的爱情与孙中山的革命理想同频率共振

宋庆龄作为一个杰出的政治历史女性，她的爱情与理想给了人类以更多的启示，其现实意义不只在对杰出人物的认识上，也存在于普通人中间的共识中，具有情感标本的示范性，形成了更宽泛的学术价值。无论从她追随孙中山的革命足迹，以及作为冲破封建家庭观念，还是作为红颜的顾盼知音，她都是一个女性生命的多彩风标，不仅飘荡在革命的旗帜下，也染尽生命意识的丛林。

伟大情感启发了人类观念的普遍认识。维柯[1]通过描述人类婚姻的发生学起源，具体说明人类最初的宗教感或社会意志如何在想象性创造活动中发生发展。从理论上把人类创造世界行为的共同发生学源泉表述为天神意旨，同时解读天神意旨的人类心理发生学秘密。维柯开辟了人类文化哲学的新思维方向，预示了后来黑格尔哲学的巨大历史感和马克思主义哲学的历史唯物主义的诞生。维柯把人类最初的心智功能表述为诗性智慧，其重要特征之一是强烈的主观创造性质。维柯开辟了后来康德、黑格尔为代表的德国古典哲学认识论和马克思主义认识论的辩证思维规律，甚至开辟了现代西方哲学的思维路径之一。[2]

维柯把人类创造世界的行为表述为神学的发生源属于唯心主义的哲学范畴，但他把婚姻以及其中涉及的情感介定作为解释人类创造活动的重要动因是有它深刻的逻辑基础的，而且人类以及动物、植物的所有生命因核都涵盖在其中。婚姻和情感、爱情的作用无疑具有揭示人类感念和人类发展的可靠能力，同时，婚姻和感情、爱情具有从概念本身延伸到其他观念的解释

---

[1]　维克是近代意大利著名学者、西方历史哲学和近代社会科学的先驱。他的著作得到马克思的重视和肯定。

[2]　马小朝：《论维柯〈新科学〉的人类文化发生学和人类认识方法论启示》，载《兰州学刊》2006第十期）。

功能。

宋庆龄作为一个杰出的政治历史女性，她的形象主要被定位在新中国成立后的国母上，且大部分的宣传都集中到追忆她当年如何跟随孙中山先生进行革命斗争以及以国母的身份从事儿童事业和慈善事业。这样一个人物印象显然把她很多性格的活性淹没掉了，其实宋庆龄作为一个杰出女性她的这些都是过程后的结语，人的价值并非是这些生命的结局、退休后的总述和晚词。

从生命学的意义上来讲，不管是谁，他（她）的生命价值在于促成他（她）不凡灵魂呈现的心理机制、动因，还有那瑰丽的情致感觉。宋庆龄这个杰出的政治翘楚、非凡的粉黛如果仅仅从国母上平板木讷的赘述，不是有感炮之老叶，味同嚼蜡吗？国内外学界以及我国党史专家对她的研究到目前为止还仅仅停留在这个狭小的感受之中。

从几个世纪的风云人物到现代性人们意识的革命，宋庆龄都不该原地固留在这个范围之内。笔者前面的叙述中也对她的"革命"和"高尚"做了重新的论证，但，这只是她伟大的一面，宋庆龄本身的意义是多重的，而且，那些多重中的现实性会给我们更有价值的学术性的启发。

爱情与理想的结合。宋庆龄单就对孙中山先生的爱情心理具有超尘拔俗的独特品质。作为也是大家庭中的千斤小姐，她的爱情追求应该是有更广泛的巡视空间和挑选范围的。但是当她的姐姐宋蔼玲离开作为事业上的辅助者孙中山后，她就义不容辞地接替了她，作了接任的孙中山秘书，而且，她是那么的投入和专注，以至把它幻化成自己的生命陪伴。

就宋庆龄的学识和情感秉存程度应该说是绝对出众的、超于常人的，女性在爱情上的表现，更能直接地映现她的精神整体，志同道合最容易成伴侣，孙中山与宋庆龄就是一个很好的例子。作为一代革命先驱，孙中山得到了不少挚友的支持，宋庆龄的父亲就是其中的一个。1913年八月，"二次革命"失败，革命派在国内失去了立足之地，大多随孙中山流亡日本，宋耀如一家更是举家迁避扶桑。

从美国读书归来的宋庆龄到日本与家人会面，终于见到了她所敬仰的孙中山，并开始接替父亲和姐姐的工作，于1914年9月起正式担任孙中山的英文秘书。这是在患难中生长出来的爱情：革命失败，心灵的创伤和流亡海外生活的孤寂，孙中山在宋庆龄的帮助中得到了补偿；而宋庆龄追承孙中山革命的愿望得到了满足，并发出了这样的肺腑之言："我的快乐，我唯一的快乐是与孙先生在一起。"这遭到宋庆龄父母尤其是母亲的坚决反对：他们的年龄相差27岁！1915年10月，在得知孙中山已与前妻离婚的消息后，22岁的宋庆龄冲破父母的"软禁"，赴东京与孙中山成婚。

他们的情深谊笃，令人感动。1922年6月16日，广州发生陈炯明兵变，在危难之际宋庆龄把生的希望留给了孙中山："中国可以没有我，但不可以没有你！"而1925年3月11日孙中山弥留之际，特别嘱咐儿子、女婿要"善待孙夫人"，听到何香凝保证尽力爱护宋庆龄之后才放心。短短10年聚首，胜过人间无数。此后，宋庆龄孀居终生。

宋庆龄在孙中山身上所呈现的状态是一个逸出现有实态和共泛时态的心理表述，她的灵魂是超越的，已经不再是一个平凡世界的女子，她的情感世界的构成机理应该是以生命的一世作为代价和思考的，并非一次世俗上的结合和完婚而是一个多彩的精神洗礼和仪式。

宋庆龄的爱情表达是一个已有爱情模式后的新感知的浮现，孙中山比宋庆龄大了27岁，在那个年代这是两辈人的观念。当然，宋庆龄留学于国外，受西方的影响颇多，也有了新的世界因素的作用，但就同辈人当中从她的家庭到她的本人，先天的和后天的优势随便在身边俯略一下也不乏有众多的英才朗俊之士倾和迎娶。可这些在她看来已经远远逊色于人类的"质"的概念了，她眼前的孙中山既作为独建于不同的类属凸现了出来，应该看到非凡和革命都成为他的质点，成了宋庆龄心中所系的航标，他会领着她走向自身的目标，走向内心的迤逦和理想的彼岸。在爱情中她的真谛是建立在吸引的前提上，最终的向往是心理最高的愿望。

海南人滋养的性情女性。无论王勃恭维阎伯屿，还是都督贤德，都说物华天宝、人杰地灵；又据说乾隆某次微服私访受了气，却不清查当地吏治，只说穷山恶水、丑妇刁民。元末明初大学者叶子奇在其《草木子·钩玄篇》[1]说的更绝，"夷狄华夏之人，其俗不同者，由风气异也。状貌不同者，由土气异也。土美则人美，土恶则人恶，是谓风土。"宋庆龄出生在海南省文昌

---

[1] 叶子奇（明）著：《草木子》叶当时与刘基/宋濂并为浙西著名之学者。

县，由于宋庆龄相貌俊丽，于是国内人就有文昌出美女的说法，生长在文昌的女子都脸上有光彩。一个地方的水土、空气、养分等各种自然条件和资源一定会影响到这里的人的生活状态，形成他们的独特地域风貌。宋庆龄身上到底有多少东西是属于海南赐予给她的呢？

俗话说："一方水土养一方人"。上述古人谈到的都是地域与人的关系，地域文化与地域心理是一个集体性的概念，身居当中的人势必都要带上它的痕迹和烙印。宋庆龄的海南地域文化影响在什么地方？海南相对于全国来说是工业化开发较晚的地区，到现在有的地方还属于没有进入工业化社会过程，但宋庆龄的地域标志应该有海南与上海、国外三个地域的综合属性。因为她还在上海和美国受到了中国和世界最发达地区的教育，因此说宋庆龄的地域文化影响是多方面综合的。但我们在这里也应看到她身上的一些突出的个性特点，是属于海南女性共有的地域禀赋和精神。

法国政治哲学家孟德斯鸠谈到：炎热国家的人民就像老头子一样怯懦，寒冷国家的人民则像年轻人一样勇敢。[1]气候会影响人们的生活方式，进而影响到人们的思维方式和性格。不同地域的自然环境、文化环境、历史背景和社会发展状况都有所不同，这样一个综合的环境对人们心理的形成和发展有着重要的影响。

从海南的现代女性生活习惯来看，温柔与恬淡是她们的地域天性，海南女人很具宽厚待人的美德，尤其对自己的丈夫有种奉献的精神，无论生活中是怎样的情状，她们都要默默地劳作和支持男人，习惯性地过着她们的日子。这一点海南女人都有，宋庆龄身上也是存在的，在爱情上她把它精致化了，变得与观念形成一体，融到了细腻的爱情感觉当中。

宋庆龄的海南女人禀赋在一个受了高等教育、经历了西方进步观念的影响之后形成了在本土跨年代的超越和向俗世冲击的演进。这一点在当今看来尤为具有革命的预见性和前瞻性。我们都知道当今世界的爱情理念早已与旧年代不同了，随着一些杰出人物的不断呈现，爱情的年龄界已经大大打开了，打破了传统的观念和局限，这一步是一点一点，一个一个事例逐渐迈出来的。

---

[1]　孟德斯鸠在《论法的精神》中的一段话。

有个别的带动，才发展成稳定的认识，认可的观念，时代的认同，让首位华人著名物理学诺贝尔奖金获得者的杨振宁找了小他58岁的翁帆。跨越两个世纪，在两个伟人身上，把人类东方大国的爱情观拉到了一个现代的意识上，伟人把常人的生活过程改写了一遍，把伟大的情感表述向前推进了一大步，让爱情这个人类共有的追求打破了时间上的延宕和拘囿。

当今的名人中又有金庸VS林乐怡：漂泊半生终于找到"小龙女"年龄差距：29岁。它的意义在于对观念的认识，人对任何东西都不能恪守在原有的状态和程度上，我们可以说它的力量存在于伟人的生活范例当中，但做出巨大成就的最终应归于有代表性的杰出的女性，是她们承载着最终命运的归属。就宋庆龄来讲，如果说国母能表现她的伟大，还不如说，成就了国母的过程更加伟大，不仅如此，国母作为女性的精神力量，不是她成就了国母那一天，而是在她的绚烂、富丽的少女的青春的身上，只有这样的起因和契机才是她的原动力，才是她生机孕育的情致显现。

地域的真实意义诠释宋庆龄的地域深层影响。弗洛伊德[1]以揭示了人的精神结构而享誉于世，他认为："人的精神生活包含两个主要部分：意识的部分和无意识的部分。意识部分小而不重要，只代表人格的外表方面，而广阔有力的无意识部分则包含着隐藏的种种力量，这些力量乃是在人类行为背后的内力。"他还作过一个形象的比喻，说人的精神结构恰如一座冰山，其露出的1/8是意识部分，而淹没在水面以下的7/8是无意识部分。也就是说，无意识属于人的心理结构中更深的层次，是人的心理结构中最真实最本质的部分。他的得意门生荣格继承了他的学说，并对他的无意识的构成内容作了全新的修改。荣格认为，无意识有两个层次："个人无意识和集体无意识"。对此，他也有一个形象的比喻："高出水面的一些小岛代表一些人的个体意识的觉醒部分；由于潮汐运动才露出来的水面下的陆地部分代表个体的个人无意识，所有的岛最终以为基地的海床就是集体无意识。"

作为一个地域的人物来说，它的意义还不在于他或者她是出生在这里，

---

[1]　西格蒙德·弗洛伊德（Sigmund Freud，1856年5月6日－1939年9月23日），原名Shlomo Sigismund Freud，奥地利男精神分析学家，犹太人。精神分析学的创始人，称为"维也纳第一精神分析学派"以别于后来由此演变出的第二及第三学派。著作《梦的解析》《精神分析引论》等。提出"潜意识"、个人无意识、集体无意识及"自我""本我""超我""俄狄浦斯情结""性冲动"（Libido）等概念。

而是他或者她在此生活后的影响，延续性地形成她的地域禀赋。我们客观地讲，宋庆龄就关于出生地的问题做表白，她代替不了地域所形成的作用，宋庆龄祖籍在海南，是否可以说海南的人就具有政治的或者说是革命的种性呢？笔者的回答是不定性的。因为地域不会诞生思想，地域文化、地域禀赋才是影响这个人的重要因素。他（她）生活的时期是起相当作用的。当他（她）的事后影响给了这个地区以印证这个地区特征的话，那他（她）出生地的作用就显现出来了。这是"集体无意识"（弗莱的理论）的作用。"所谓集体无意识，简单地说，就是一种代代相传的无数同类经验在某一种族全体成员心理上的沉淀物，而之所以能代代相传，正因为有着相应的社会结构作为这种集体无意识的支柱（弗莱的解释）。"英国学者鲍特金（maud bodkin）认为："人类情感的原型模式不是先天预成在个人的心理结构中的，而是借特殊的语言意象在诗人和读者的心中重建起来的。所谓原型并不能看成是某种遗传信息的载体，同语言符号一样，它也是文化信息的载体形式。在重构人类情感经验方面，它有着不可替代的作用。这即是一种社会性遗传。""集体无意识是人类心理的一部分，它可以依据下述事实而同个体无意识做否定性的区别：它不像个体无意识那样依赖个体经验而存在，因而不是一种个人的心理财富。个体无意识主要由那些曾经被意识到但又因遗忘或压抑而从意识中消失的内容所构成的，而集体无意识的内容却从不在意识中，因此从来不曾为单个人所独有，它的存在毫无例外地要经过遗传。"

宋庆龄是集体无意识的一个被辐射者，地域的禀赋养育了她的身心。地域还可以生发出想象性，个体无意识也可以反过来作用于集体无意识。就宋庆龄来说，一个杰出人物或者伟人的宣传是扩大的，连带着他或者她的全部，与她有关系的一系列的整体收纳，笔者认为就她的出生地来看是一个因素的考证，但我们都感到了自己家乡人的成就给了我们荣誉，我们当然也要珍惜这个荣誉，而且是非常珍惜的。那将是这里的人应该如何让这个身边的人在感到了也是自己更为熟悉的人给我们更大的影响，让榜样成为我们学习的目标，成为我们的精神楷模。

两个美学上的所指——美丽与伟大的结合。这里是说宋庆龄与孙中山的爱情范式。在宋庆龄的爱情追慕里形成了美丽所折射出的非凡选择，即是对理想的更高憧憬，如果把宋庆龄的爱情全部归纳到革命的体系里，只专事于她的奋斗生涯的研究，光注意到了她的主义一方面就会把她由此而来的更多的文化意义抛到一边，因此我们说她将会丢失掉由宋庆龄所呈现的人类普遍高贵灵魂的捕捉和探索，宋庆龄是个案例，是对情感演绎的一个性别化的学术问题，但她是在革命的形式中体现出来和被展现的。

宋庆龄无疑是个革命者，但她青年时期的爱情向往不是由革命所能涵盖全包的，对于任何一个女性来说，爱情势必都是最最重要和执著的，宋庆龄的爱情体现在与孙中山的身上，她的冥灵之源与根慧是对伟大人格的一个向往。在更具知识的女性中，除了她自身所应有的优越条件外，对另一个人的所求，即对自己心上爱人的希望应该是更加带有理想色彩的。孙中山的远大抱负，在为了一个民族的利益而奋斗的形象中已经把全部的人类光辉纳入自己的工作和使命里，宋庆龄在与他长期的工作和生活接触过程中将滋生出自己对他的好感和爱意，在一个生活里程里已凝固成排除一切的旧有观念，他成了自然无挡的吸引。

宋庆龄是无限幸福的，她的情感是极其伟大的、超越世俗的。通过宋庆龄与孙中山的爱情可以把爱情定义为双方不受年龄的局限，爱情本身具有自己独立的地位，甚至可以说爱情是跨越时空的。这在中国历代的皇帝身上是这样的，有的文学艺术作品亦作出了这样的描写。在现实的世界里有不寻常的人做出了示范，其中较多地出于更加杰出的志士和女杰以及任性的至爱者当中，他（她）们超群拔俗。

爱情与文化观念的进步。宋庆龄的爱情表现也是文化意识的一个重大进步，她超越了将近三个时代，她打破了传统的婚配僵化情态，让爱情在人间更广泛的境遇中获得了解放，让有情人跨过了一个观念的鸿沟，创造出了实现自己理想、命运和幸福的选择空间。宋庆龄与孙中山的爱情结合并非一般性的意义，由于宋庆龄的爱情她给今天的文化除了历史的党史的贡献以外，对现有的人的意识发展也是一个非常好的例证和模版。研究宋庆龄不仅是历史的发现也是现实的感悟，是学术上的一个不能放弃的重大开掘点。

对女人来讲伟大能带来美丽的美感效果，这不是一般的美丽，在我们看来，人的美不完全是相貌的作用，心灵的纯净美好是最为重要而且是起决定作用的。在小说《简·爱》中女主角Jane有这样的独白："你以为，因为我贫穷、低微、相貌平平、矮小，不美，我就没有灵魂，也没有心吗？——你想错了！我的灵魂跟你一样，我的心也跟你的完全一样。如果上帝赋予我财富和美貌，我会让你难以离开我，就像我现在难以离开你一样。上帝没有给我那么多，但我们的精神是平等的，就像我们的灵魂穿过坟墓，站在上帝面前，彼此平等——本来就是如此。"[1]Jane不屈从于世俗的压力、个性独立、追求美好，敢于面对真实的自我，心地纯洁、善于思考，"她生活在社会底层，受尽磨难，她苦难的生活遭遇令人同情。她蔑视权贵的骄横，嘲笑他们的愚蠢，显示出自强自立的人格。"

宋庆龄有Jane这样的女性情结，她的独立意识更具一个卓越女人的意志，然而，宋庆龄是美貌的，是美丽绝伦的，她的完美是上帝赐予的，是建立在美丽和伟大之中的，是二者的结合。宋庆龄是女性独立自尊的标本，也是女性想象中的目标。我们能更多地跨越一个世俗的判断标准，直接领会到她给我们带来的启示。

马克思在关于人的理论中创设了理想的"人的形象"，他说："人应该是民主制度下的人，应该是追求现实幸福的人，应该是自由地自觉地活动的人，应该是全面发展的人。"在我们人类发展的步伐中作为人都应该是有理想的人、自由的人，作为女人美丽只是一个方面，从美丽走到伟大，是一个杰出女人的轨迹，社会上的人不能都成为伟人，但我们应该具备伟人的某种素质和心理，应该有被伟人的感染和感动，向他们学习，有人活着的境界。宋庆龄为我们树立了人理想中的目标，让人活着有希望和有意义。

2　宋耀如女子教育理念对中国传统观的逆反驱动

宋耀如作为近代知识分子和支持中国革命的仁人志士对女子的教育理念不仅是宋氏家族的一个章节性组成，更应在单个案例的深究中提高其学术品质。增加历史文化作用的前瞻性价值考量和现代性发现的意义。宋氏家族教育经培养下的 "宋氏三姐妹"的智慧成长、事业发展、理想追求是对中国教育失去高度的深刻提醒，是当下主流媒体舆论导向和文学艺术中女性庸俗形象改写的参照系。把女子教育与子女教育分开是教育学中性别分辨的必然方向，能够抵达女子教育的准确度与深度，建构最佳的研究体系。

---

[1]　选自英国19世纪著名女作家夏洛蒂·勃朗特的小说《简·爱》。

　　作为一个广为称颂的家族群杰"宋氏三姐妹",她们的父亲自然会成为人们仰羡的目标。中国大地山川城乡,广袤一隅谁人不知"宋氏三姐妹"。宋庆龄被尊为国母,宋美龄身价高蹈,宋霭龄又入显达富人府。这个家族中仅有的三个公主各个独占花魁,她们的父亲当然也就被衬得如白云托日,辉耀升天了。随着"宋氏三姐妹"的传奇被日益演绎,辗转成趣,宋耀如这个名字也进入了民间街头巷尾的盛议和学术的探究醒题。但经年流转,就宋耀如的女子教育理念的解说总是没有跳出中国传统范式里轶闻中的偶然一例,没有形成深度的研究趋势和意向。大不了帖上一个"中西方开放式教育的楷模""大家族里的启示"等一类敷衍浅薄之说,构不成文化性的深刻发现。

　　中国能否再度产生"宋氏三姐妹"似的佳丽女杰,从历史的标本学角度判断是极其艰难的。但就如何塑造女儿的道路上,如果只在一个"偶然"的概念上徘徊复唱,其实也就丧失了宋耀如女子教育理念的挖掘和再探讨的意义,流俗于一个神话传说了。

　　任何一种现象的出现总是有它的因果根据的,对于一种理念和精神的讨论是延续和再生其影响价值的可能性和可操作性,就宋耀如女子教育理念和结果的成功最具思考的是其对中国传统观的逆反驱动。中国固有的观念突破不了自身,它是影响中国式女子教育经验的一堵障碍,也是宋耀如女子教育理念学术研究的深层厚坂。

　　宋耀如女子教育理念对中国千年古代精神文化的批判。中国传统观中最早强调女人是约束的态度,先是"女子无才便是德",宋耀如的话是:培养孩子做"超人",做"伟大人才"。他说:"只要100个孩子中有一个成为超人式的伟大人才,中国就有几百万超人,还怕不能得救?现在中国大多数家庭还不能全心全意培养子女,我要敢为天下先。"[1]他说的孩子当然女子是纳入其中的。

　　"女子无才便是德"[2]出自明代人陈继儒(眉公)《安得长者言》一书中之语。"女子通文识字,而能明大义者,固为贤德,然不可多得;其他便喜看曲本小说,挑动邪心,甚至舞文弄法,做出无丑事,反不如不识字,守

---

[1]　摘自《史客1201·一脉》。作者:萨苏。金城出版社。出版时间:2012年2月1日第一次印刷。

[2]　(明代)陈继儒:《安得长者言》(浙江孙仰曾家藏本)。

拙安分之为愈也。陈眉公云：'女子无才便是德。'可谓至言。"女子实乃阴凹，自汇阳尘即是"德"，德自生"得"之道。如女子多才，常自以为是，妄自染尘，然以女阴之弱缺，反而不易有得，滚染逾多，失之逾多，不得盈满，甚自伤累。

反之，侍候阳尘，静待阳尘温化之，而以尽虚空即自得满盈，盈而动，再失财尘，故"女子无才便是德"。是德有道，女子之道是学会艳色自己，放低自己，以泪相勾，牵引阳尘，如是释然，还需空无宁静，空方能盛，静必能饱，如是为妙。女少即为"妙"，造字亦如是。

所以女子之德：会打扮，尽虚空，善居下，懂流泪，能安定，持女德者"得"！"负阴抱阳"即是，所以阴欲抱阳，其身必先为负，为空。抱阳染尘生财，去阴得阳，阴阳平衡即得"生"。

然女阴弱身，积尘重负，多行不利。升腾前行，更要学会放手与施舍，方能自在自如。此许是男女阴阳智慧之道！

宋耀如的女子教育理念打破了女子有才就失德的偏见狭隘说辞，把女子有才在污尘中拔出，又赋予了她一个"伟大"和"超人"的希冀。又把她放到社会，与男人一起承载了一个共同的责任，不仅还身于自我的尊严，还矗立在普通的凡人之上，把庸俗与崇高在性别生命中做了人格意志上的划分。

宋耀如把自己的三个女儿送到学校读书，而且送到当年受各国影响最深的大上海读书和发达的西方国家接受高等教育，我们都知道，处在"宋氏三姐妹"的教育时期可是父亲宋耀如身在海南，海南的教育习俗可不是培养孩子，甚至女儿读书，那真是古人的滥调"女子无才便是德"，而且海南还不如它呢，海南的教育比全国其他地区的都要落后十万八千里。

"父母在，不远游，游必有方。"[1]这是《论语·里仁》中，孔子这位大圣人所言。父母在世的时候，不出远门去求学、做官，万一要出远门，必须有一定的去处。这里"方"指一定的去处，不让父母担心的去处。中国的古老的传统习惯，父母健在，子女不可远游。子女守候在爹娘的身边，早晚请安，问寒问暖，尽其之孝道，使年迈的双亲在晚年能够含饴弄孙，其乐融融。另外，那个时候通信交通很不发达，常年在外的人，捎个信儿回家去都

[1] 摘自《论语·里仁》。刘宝楠著：《论语正义》卷5，第82页，诸子集成本，上海书店影印，1986年。

很困难，一旦做了他乡的孤魂野鬼，痛断心肠的是家乡的二老。所以，父母守住儿女，盼他们平安，儿女守住父母，盼他们健康。就这样，孝敬父母就不远游，墨守成规了。这是众多人的理解，但人们总是看到前部分却忽略了后面的那句"游必有方"。这句话有两层意思，就是若要去游历就一定要有去处，并且告诉父母你的去处再出去好让父母安心。

宋庆龄读的是美国佐治亚州梅肯市威斯里安学院，宋美龄读的是美国韦尔斯利女子学院，宋霭龄读的是美国乔治亚州卫斯理安女子学院。在宋耀如的眼里中国大儒大思想家孔子的眼光显然是短见的，子女教育观是庸俗的。宋耀如的教育理念与常人对比自不用说，与圣人比肩亦是高高矗立。

宋耀如女子教育理念的来源基础可以到他生活的地域中寻找，他作为海南人有效地吸取了海南地方文化的精神营养，找到了培养女子可效仿的地域民族基因。

"宋氏三姐妹"出生成长的年代当然还没有撒切尔夫人、朴槿惠、英拉等当今的女国家领袖，但宋耀如的家乡海南已经在很早以前就诞生了一位伟大的女领袖冼夫人，她生于梁武帝初年，是南北朝岭南地区俚人领袖，高凉郡（今广东西南部一带）俚人。"俚"为壮族古称之一，故冼夫人为壮族人。冼氏世代均为南越族首领。她与高凉太守冯宝结婚，佐冯宝平息广东地区汉越冲突，增进民族和解，并招引海南岛各族部落归附梁朝。侯景之乱时，夫人率兵击破高州刺史李迁仕，并与都督陈霸先联合，平定广东叛乱。冼夫人保境安民，被南越族尊为"圣母"。陈朝建立后，夫人即率众归附陈朝。后隋文帝出兵南下灭陈，岭南未附。杨广命陈后主致书夫人，使其归隋。夫人始知陈亡，乃派人迎隋师入广州，广西各地亦闻风归附。从此岭南地区全部归隋朝。及后文帝册封冼夫人为谯国夫人，中华人民共和国周恩来总理曾赞誉冼夫人为"中国历史上第一位巾帼英雄"。宋耀如凭借自己的阅历和知识水平以及对当地历史文化的谙熟，释放眼力，冼夫人应该是他比对自己女儿的一个榜样。当然中国也有武则天这样的皇帝，以及民间故事中传颂的花木兰这位闺中侠女，如果把武则天、冼夫人、花木兰算在历史女杰中，"宋氏三姐妹"就是现代女杰了。如果撒切尔夫人、朴槿惠、英拉等被称作国外女领袖，那么"宋氏三姐妹"就应该是中国国内女领袖，当然对外国人来说她们也是国外女领袖。而且应该再附加上她们的身份，配以性别中的阴柔之美，她们是女杰中的"伟人夫人"角色，属于女杰中的一种更符合女性性别标记的标本。

宋耀如对女儿的期待是对中国当下女人标准的超越。宋耀如对女儿的期待是对中国当下女人标准的跨时代性超越，旧时期的宋耀如对女儿的教育和培养凸显了他精英贵族的显赫，今天的中国教育意识反倒逆行生长、退化。中国当下民间有个流行的三种人命名调侃："男人、女人、女博士"。女博士就是第三种人中的怪人，被拿来取乐的对象。看来中国古人的见解并非信口开河，传到今天的传统依然顽固不化，对于女人第三种人评价虽不是"女子无才便是德"的品性评判，但也没看出她的附属身份有多好，第三种人跟不像人、不像女人被列入近似词和同义词的词类当中。

今天年轻人找对象，小伙子还不愿意找比自己强的人，似乎女的学历高、地位高都觉得自己受压，让自己喘不过气来。媳妇差才显得丈夫好，才老爷们。老婆低才突出掌柜的高，伉俪相抗，华山论剑，要找个不如自己的人相依为命。缺乏自信，没有底气，在女杰、才女中早就看出自己是个武大郎，新社会，进步的21世纪的文明康庄大道上，一帮矮子男人叹息在自己婚姻大事的擂台上。

遍布都市小镇的婚姻介绍所、全国热闹异常的什么"非诚勿扰"节目一批批一波波的美女出镜登台，鲜花朵朵盛开，剩下的还是女博士一类的孤芳，大龄女增多，高学历女增多，女博士更多。

小伙子都想找漂亮的女孩，学历低点，没有学历没问题，还有什么要求和限制吗？那还是女博士不要。

中国似乎早就不是崇尚知识和学问的时代了，尽管科学和文明都在进步，都在朝着世界一体化方向迈进，但就别让女才人走进自己的家门。现在尤其是中国可能没有谁再讲居里夫人的故事了，连以前疯传一时的"文革"时期地下小说《第二次握手》里的丁洁琼，后来成为留美核物理学家的琼姐也没有谁知道是谁，要说欣赏女人嘛，现在的男人是这样，小姑娘们也如此，一色的小女人范儿。中国眼下不赞美女子的才华，女明星并不是智慧和头脑天赋发达，仅仅是长的漂亮，影视明星、模特，或者出名就牛气，木子美、芙蓉姐姐、凤姐她们是佼佼者，弄潮儿，她们后面还跟了一大帮粉丝和屌丝。

贪官们找情人也不像中国古代皇帝找妃子和女才人那样苛求，还要会作诗，懂书画，只要是女的漂亮下属最好都给他留着。原杭州市副市长"许三多"找了90多个年轻漂亮女孩去发泄情欲，其余的就是找名人。贪官都找情人，但没有把才女列进去。

家长们在送女儿上大学时都抱着殷切的期待，等到大学毕业都一次次打电话让回到父母身边，哪怕是小城市、县城都催着回来，没有什么鸿鹄大志，谁要说让自己的女儿事业有多大发展都显得没啥意识了，上幼儿园、上小学、上中学，一直到读大学都呵护得鸟抱雏鹰，一到大学毕业就说了一声"嫁出去就完事了"。剩下的日子不外乎做饭、生孩子呗。

当今的女人在婚姻观上也极其落后，不是自己如何发展事业，构筑家庭，而是依赖在男方身上，有房有车就结婚，否则免谈。到了结婚年龄自己的一切就全归于老公了，完全丧失了自己，悲戚复悲戚。

近几年个别地区的女孩连大学都不上了，有的就上到初中毕业，当下国人的女子教育观念非常世俗和落后，与国际接不上轨，更远远逊色于早年国人中目光远大的宋耀如父亲、卓越的子女教育家。

宋耀如家族式的教育经反衬了当下中国官方女子教育观在高度上的跌落。作为一个国家的教育导向，政府方案、教育部政策、主流媒体的提倡和宣传部门的直接传播都负有不可推卸的责任。中国教育从幼儿园到中小学、大学都没有把女子的教育开发到应有的地位和程度上，就"宋氏三姐妹"的传奇也只是在民间和相应的党史和敌对党国民党中的有关材料中被提及，似乎她就是一个被孙中山、蒋介石、宋子文，以及蒋宋孔陈"四大家族"牵扯的彩绳，作为"宋氏三姐妹"的精神财富仅仅作为这样一个临时扮演的角色显然没有发挥到她精神的应有高度，就相关的"宋氏三姐妹"纪念馆、专题景区也只做了她们的生平事迹介绍，并没有太有价值的精神文化采挖，"宋氏三姐妹"已经成为历史，但历史的光辉不是当时当世一次可以辨别清楚和发现的，她有待于后世纪的思想做透彻的分辨和应用。"宋氏三姐妹"的更大存在价值怎么可能漂浮、停留在以上仅有的表面观影中呢？宋耀如当时的影响就已经让同辈人和同时期人刮目相看了，这样的历史文化是偶然吗？"宋氏三姐妹"很可能空前绝后，但中国到了今天就再也没有类似的效应和人类标本出现吗？如果那样，只能是历史和文化的倒退。中国教育没有发现的能力和延续发扬传统的能力，也没有破解个案的科学态度。

宋耀如在宋庆龄婚姻上的态度、宋庆龄在宋美龄婚姻上的态度都可以构成一部家族浪漫情史和故事集。宋耀如对女儿爱情的选择做出了父辈意志的前后调整和负有责任心的估计都是非常可贵的思想资源情节。作为长辈的和晚辈的情感、思想交汇，宋耀如的女子教育观还有在其教女育女观念体系中的扩大，在"宋氏三姐妹"婚前和婚后的遥远路途中她们的父亲教育效果在不断地呈现和发光，宋耀如女子教育理念是个有待在更多材料和笔墨不断弥补上去的开放式课题。

中国教育缺乏的正是一个国家最需要的精神探微，整个是一个没有女子概念的大帮哄式的教育模式，空喊教育，男女混同，没有性别意识，一味地强调普及性教育，大众教育，都上学，都不是好学生，除了国家认定的公办校一本、二本还有民办的三本，各种职业学院、技工学校等，没错，但没有教育品质。

电影电视剧，尤其是电视剧个个女主角傻乎乎地出场，戚戚哀哀地退场。从女学生到家庭妇女，从小姑娘到老妪个个张嘴举止都婆婆妈妈、粗俗不堪，就表现平民，似乎平民的女子的脑袋里都只有柴米油盐酱醋茶这么几个记号，有意打造结构滑突突没有沟回的大脑，小说、影视编剧、导演把傻、和蠢、俗都写给了、拍给了中国女人。

拜金主义、低俗追求、出名搞怪、唯爱那点破事就是中国广大的女性，大喊大叫、大打大闹，自身杀人。

还有孝道，中国过分地宣扬了孝道，"常回家看看""常打打电话"，洗脚倒水，把父辈和晚辈的关系也局限在家庭琐事当中，曲解了父母对儿女的精神寄托，降低了子女的回报质量，生命品质在日常陈述中被删减，情感精华在细节里被荡出，中国式女子教育在父女对照中两失败。

标题结语：

一、宋耀如的家族女子教育高度应该提供给中国教育部作为开发的项目。

二、宋耀如的家族女子教育品质是改观当下中国主流媒体俗文化和平庸女性艺术形象的参照系。

三、中国各宋耀如、"宋氏三姐妹"故居、纪念馆、展览馆、博物馆、景区提升宋耀如女子教育理念的学术性采挖和深究，避免缺乏立体性的表面解说，增加历史感的前瞻性和思想发展的再度呈现。

四、宋耀如女子教育与子女教育分别研究，增加性别探讨的教育学分类。

3　在虚幻界度里供奉真实高贵的灵魂

罗范懿小说伟人书写达到的境界。伟人传记小说在中国作家中尚未形成严格意义的作家体系。中国现当代文学史上一些流派和主要倾向的作家如："京派""海派""东北作家群""山药蛋派""美女作家""身体写作"等都有众多人承当。由罗范懿、叶永烈、二月河的专事伟人传记小说写作事实上已经构筑了中国当代伟人传记小说的阵营，但他们仍不能以一个流派命名，因为三作家的创作虽都写了伟人，但各持一端，三足鼎立。他们所写的人物，对伟人的认定标准、书写立场、文笔风格都相去甚远。但就他们的影响而言，中国当代作家的伟人传记文学已然成了文学史的一个学术现象，不可忽略，对于探索人类精神的形象描写，伟人当然更具典型性和特殊性，不管文学是以书写常人为目的还是书写非凡的心灵为使命，伟人都不能排除在文学之外，而且伟人也是人，与常人有共通之处，伟人和常人共同建立了人性的标本，自然，伟人是文学写作不可忽略的必要关注对象。

伟人的文学形象应该如何表现和阅读，他（她）给文学及文学史带来的是什么启示，这里就罗范懿的伟人传记小说所达到的境界展开讨论。

罗范懿是一位多产作家，先后出版十余部长篇小说、两部电影文学剧本及两部文集。他的伟人传记小说更格外引人关注，《马克思》《列宁》《马克思传记故事》《恩格斯传记故事》《列宁传记故事》《牛顿》《诺贝尔》《麦哲伦》《轮椅上的总统》已由人民出版社和香港、台湾等地出版社相继出版和再版，港台已再版四次，总发行量逾数百万册，不仅成为文学青年爱不释手的佳卷，也成为大中专、中小学课本的必选教材和出版社获猎的目标，1999年的中华读书网公布了他的《诺贝尔》一书旋风搅活港台书市，稳占当年小说评比魁首，2012年他的《马克思》《恩格斯》《列宁》又一次被国际文化出版公司再版印刷，且引起外文版的翻译和出版，越南、美国等国家都掀起了对罗范懿伟人传记小说作品的购买热潮。

在中国社会信仰危机的当下，主义与科学与理想都伴随时尚的替换变得江河日下，难再登场，然而，罗范懿的伟人传记小说却悄然走俏，独领风骚，它绝不是来自政府的号召和主流媒体的宣传，亦不属于某种小说流派的兴起和推动。近些年中国文坛和影视屏幕开始热衷于古装戏，各朝各代皇帝都粉墨登场，各种戏说野史垃圾杂污，泥沙俱下。中国历史在文学和艺术中见不到一个灵魂的干净地方，争权夺利、血腥奸佞、人尽其恶，美丑不辨。罗范懿的伟人传记小说一洗传记体污秽，在喧嚣和噪声中获得清醒的辨认，用世界伟人的金辉普照纸面，呈现了人类的皓洁天空，准确蘸笔于生命的两大追求，人格的完善和智慧的发展，马克思、恩格斯、列宁、罗斯福、牛顿、诺贝尔、麦哲伦矗立在篇中，他们均闪耀了人格和智慧的两面光芒，悬挂起理想的旗帜，庄重地在字迹里铺陈了人性的精美标本。

　　文学抵达心灵的笔力深度。在文学的广泛视野里最能伸展笔力的是小说，电影、电视次之，由于演员的表演能力相对艺术真实高度存在的局限，诗歌只是一个灵魂的描摹和幻化，它的主要功能是想象的灵性，不在塑造上。散文的上乘之作更多的是作者自身的创作跳跃。但小说能否达到作家希冀的世界，尤其是对人的书写预想就是作家的能力问题了。用什么方式写，包括怎样的语言和节奏等也是作家面临的攻克目标。自然科学如数学、物理、化学、生物学、医学等领域里科学家的贡献是他的发现能力和证明发现的能力。社会科学如哲学、文学等主要是创造精神的能力。自然科学是解决物质方面的、社会科学主要是解决精神方面的，但也需要探究人类物质和秩序等等，但就社会科学与自然科学相比主要的任务是能寻找到人类生命所需的精神幅面，小说是承担这一使命的主要表现方式。就小说体裁而言，想象能力及想象后的完成创作能力是构成小说成就的关键。

　　传记体小说应该是为真实的人迹心理提供了可供借鉴的真人模特，但真人模特的心理世界并非可以X光透视，人类杰出的楷模标本都有可能在外相的显现中被遮蔽、被遗漏。罗范懿的伟人传记小说架构在真实形象和想象的人物心理采挖之间，最大限度地通过生平事迹的线条勾勒释放想象，浓彩重绘，泼墨铺写，塑造了血肉丰满的人物形象，形象演绎出可靠的心理逻辑和再生想象的空间感，还原其真实的内蕴经脉，建立起外表活动到心理世界具显的立体生命标本。

　　《马克思》爱的颤音一节中写道："燕妮病了，病了很久，年轻时的丰润、漂亮只能依靠想象了。她的病一直没有得到确诊。1880年以来常卧床不起。怀疑是肝癌。"马克思去卡尔斯巴德矿泉疗养地的道路被反动政府切断了。1878年以后，身体也经常出毛病。完成《资本论》第二、三卷才真正成为这对老夫妻的"医病良药"。（罗范懿著《马克思》《国际文化出版公司》2012年8月第一次印刷，第176页）。

漂亮与爱是燕妮的资本与权力，也是马克思作为人的欣赏力的对象和情爱快乐，但爱与获得并没有成为单一的取向，燕妮当然不是马克思情感的全部，爱情与他终生所追求的理想和使命构成了伟人的马克思，燕妮和资本论以及马克思更多的社会科学发现和论断的陈述是镶嵌在马克思生命里的完美合璧。不同于凡人的马克思也绝不会在获得他钟爱以往的一个人身上而停止脚步，他的更远大的爱是对人类的探索和发现。

罗范懿在写到这里的时候，燕妮的美丽和爱已经升华到一种象征，美丽不会在一个人身上永久停留，像世界上最美丽的花朵也要凋谢一样，她是一个生命的时段记录。但花期灿烂的昨日已经在她的欣赏对象身上刻下了永恒的记忆，她是给有灵魂和头脑意识完善的人准备的，她精心的装扮已然不是稍纵即逝的流星划过。

燕妮的美丽和爱给了马克思的《资本论》和后来所有理论发现的充实内心和灵感以及对未来世界认识的决心。在一个还不是彻头彻尾的宗教徒身上，爱情或者好感情和生命的感受是同步的。作家把人性中最美丽的情感与一个人的伟大抱负怀揣成一个合成的晶体，把爱和志向在感受的过程里熔铸诞生成另一种新爱的符号，是常人和伟人的感受共锻的金子路面，可以让两个人永远地走下去，也可以引来无数投掷的目光，见证这种由人的更纯度的质性所造设的精神画面。

在常人和伟人之间永远存在一种无法逾越的鸿沟，这正像人类的标本一样就没有一个是重复的。伟人和常人是建立在两极上的标本，不管是出身的基因关系还是后天教育成长的结果，他们总会在人的各个方面各种征兆中表现出来。但伟人的生命基础痕迹都与常人相差无几，《恩格斯》"上帝就是思想"中他是这样写恩格斯的："'祷告吧，弗里德，我的孩子，因为你读的东西无论对于你父亲还是对于上帝，都是没有用处的。'爸爸说。"

"爸爸，我也替你祷告吧！愿上帝宽恕你所做的一切！""有一次，弗里德这样坚定地说。这个回答就像一记耳光惹起了父亲的狂怒。他从这个角落跑到那个角落，又大叫大喊跑到楼（里）去。""夫人，快来，夫人！您怕是没有想到吧，您儿子竟说出如此亵渎神灵的话。"（罗范懿著《恩格斯》《国际文化出版公司》2012年8月第一次印刷，第26页）。

他与常人所习惯的共用元素是相对一致的，吃、喝、睡、性，等等，但就这样的常人过程伟人在选取它的习惯和程度上早已大相径庭了，它可以生成上千种、上万种模式，一直到无数个标本，这就是作家所要展示的创作能力的空间，形成他创作力量的可能性。有能力发现它的存在，还要有能力表现它的存在状态，形成它存在意义的思考深度。

小说中存在着高雅写作和庸俗写作的区别，这还不仅仅是审美认识和风格导致的，也是能力的问题，从人的天赋意义来说，庸俗写作者缺少高贵的质性和判断的灵感，像高级的生灵和低等的动物之分，虽然他本人毫无感觉，还麻木到自命不凡，他的致命弱点是发现不了更高级的生命内蕴，作为一种生命，尤其是人类，上帝和自然界所赋予我们的生命造体成分是及其丰富的，就每一个人的细胞组成是高级和神秘的，他有生命的生命生理功能还有其更重要的功能，有的是附着在表面的，还有更精美的东西不是生理简单的表露，其呈现的方式和展开的程度是靠高级的基因和修养以及专业特长的能力发掘和推动的。

庸俗的作品是过于简单的低能奇产儿的泛生。我们用罗范懿的写作范例来鉴别写作能力的高下，就传记小说的写法，同样是写人的生平、事业、追求，但何以选择角色，什么样的形象原型可以或者有资格入笔？当然奸臣、流氓、刽子手都可以成为文学形象，但我们总不是在艺术中感受被戏弄、被强奸、被屠杀。文学里的丑角只是一种反衬和警示，文学最终要看到的是我们渴望的原始正义和换来美好生活和希望的形象，小说创作不会是以丑作为目的的写作。这个作家的心里也清楚，问题是他们辨不出美丑来，找不到界限的画线终究在哪里，写写就陷入了个别标本的劣质上去了。由于没有天赋中的高贵，也没有更好的审视眼睛，文笔成了他们的恶性的发泄桶，罗范懿的小说敏感、清晰地鉴别于清泉和混沌之间，像《圣经》里提到的把绵羊和山羊分开，高蹈圣洁的灵魂书写，笔端随精神探究到极限。

在塑造人性美的程度上尽显作家的才华。看见丑恶的东西是相对简单容易的，世俗的东西都摆在大家面前，随意间窜行人世，发现美的东西是需要有发现的眼睛的，通常大家看见的什么花草、美人并不是文学意义上的发现，文学中的美是一个过程，是美的更深意义的生活流露，带着生命本身的含义。但生命是一个认识的概念，并不是直观地看到一个活的东西，缺乏思维的眼睛只能看到他的最浅显的表层，文学写作要成为不断采挖的心灵探秘，美是这其中的内核。

人的精神境界是重要的人的品质中的贵物，罗范懿的写作是在这样一个层面上进入和展开的人物书写，他的起点一开始就高于别人，他的工夫是下在对更深的人物境界塑造上，那些涂抹在外表的胭脂和装扮已经很不在他的视野之内了。托尔斯泰说："人生的价值，并不是用时间，而是用深度量去衡量的。唯有燃烧的物质方能燃着别的物质，同样，唯有一个的真正的信仰与真正的生活方能感染他人而宣扬真理。"[1] 一部传记作品可能选取的材料和角度是多方面的，按一部长篇小说的容量选取是靠眼力的，剪裁也要靠眼力，由史料的一点扩写出繁多的文字更需要有非常好的想象功能和杜撰的天赋，还有那最高境界的精美之处，细微的把握和描摹足以见出作家的笔力深度和高超所在。

把交融的部分写好。罗范懿的小说人物都是品质和智慧的结合体，这看似很容易表达的地方，其实很难睿巧梳理，要么写成一个道德家，要么写成一个天才。从灵动的文学塑造和文学史上讲道德家和天才都不是进入文学境地的可贵形象，因为，文学本身是一个超越制度和社会秩序的精神想象，现有的道德感大部分不是深度追求的思想未来，因为社会树立的道德模范是通行社会的普遍标准，可以千篇一律地一刀切出来一群一成不变的榜样和众多雷同的社会楷模。

他们的道德可以是灵魂的高贵模式，没有色彩，也可以是一个没有灵魂的禁欲者和社会牺牲品，或者是一个死的魂魅，尸体摆放的道德家，社会道德模范可以承担政府舆论工具的玩偶和奴狗，是为狭隘的统治维护一己私欲的殉葬品，往往社会的道德楷模是一个虚假的捏造的假人。文学里不需道德家，他（她）的灵魂是高贵的，无需作家刻意写他（她）的禁欲和束缚，他（她）自觉情愿地深爱他人，天性中给别人快乐，不做社会宣传，没有功利

---

[1] 《托尔斯泰传》。

色彩。

　　天才更不用塑造了，生就俱来的头脑发达，是另一个大脑构造的模型，在文学里没有塑造的空间。天才们都谦虚地讲，但也实事求是，认为是"百分之九十九的汗水加上百分之一的灵感"。即使这样只写他们如何努力就可以了，"上帝就是思想！"真正的上帝是虚构的。

　　他（她）信守了这句格言，并意识到宗教越来越束缚人们的精神，束缚人们去开创新道路。

　　"弗里德15岁那年，爸爸就在给妈妈的信中，对他的教育表示极大的担忧……""难道你以为怀疑会使人的精神变得高尚吗？难道宗教没有给你提供一切吗？你这个忘恩负义的人。"（罗范懿著《恩格斯》《国际文化出版公司》2012年8月第一次印刷，第27页）。

　　文学加注天才的写作是一个奋斗和传奇的过程，它首先是有故事的事例，超于凡人，再润笔于文学。奥古斯丁[1]说："信仰是去相信我们所从未看见的，而这种信仰的回报，是看见我们相信的。"罗范懿的写作避开了这两点道德家和天才的直观照相，把人类最好的品性标本和天赋中的人性闪光点捧出，在所到达的高度和能到达的境界寄托了文学无限渴盼的未知，文笔伸展中向前向上探寻，破解了崇高也打破惯律，是一个人的质朴足金的形象创造。

　　也把伟人看作常人，平凡若尘，也把伟人真的从内心里供奉为伟人，高山仰止。人的品性里应该有两样有价值的东西不该忽略或退化，一个是敬畏之心，另一个是羡慕之心。正是这两样东西促使我们努力和进步，作者和小说中人物正是在这样的关系中建立前行基础的。

　　《恩格斯》"红球之谜"一章中写道："比宁鲍尔威老头庄重地脱下礼帽，在礼帽里放了三个台球——两个白色的，一个红色的。摸着白色的就算赢了，摸着红色的就算输了。再过几分钟，乌培河谷的整个南德意志的最大企业就要分成两半。""然而，这个新一代恩格斯的大孩子，又一个弗里德里希，无论爸爸怎么在头顶上挥舞着手杖，自己却决定、选择了这个——红

---

[1]　奥古斯丁（Aurelius Augustinus，亦作希坡的奥古斯丁 Augustinus Hipponensis，天主教译"圣思定""圣奥斯定""圣奥古斯丁"，公元354年11月13日－430年8月28日），古罗马帝国时期基督教思想家，欧洲中世纪基督教神学、教父哲学的重要代表人物。

球"！（罗范懿著《恩格斯》《国际文化出版公司》2012年8月第一次印刷，第32页）。

没有高贵的心灵就无法表现高贵的心灵，这是杰出作家区别于一般作家的品德心理条件，天生没有的东西要他写出来这是不可能的，作品的境界也是作家的境界。罗范懿不仅具备这样优秀的作家心理，还更长于这样的境界写作天赋，它构成了作家的双重意识和写作水准，我们即可在《恩格斯》的篇什里阅读见出，在感动中体悟，也在感动中拾得，作者与作品中人物浑然为一。"这仅仅是开始，几乎在十年间——直到1861年，恩格斯按照马克思的要求为这家美国报纸写论文达120篇以上，当然，马克思的手稿由他翻译成英文发表则是在外的。这些文章，有的被德纳作为社论发表，作为编者，因是与马克思的约稿，也就根本没考虑出自于何人之手。油灯下辛勤耕耘的恩格斯从来没有在《纽约每日论坛报》上署过名，编者和读者都在欣赏'马克思'的一篇篇力作。"（罗范懿著《恩格斯》《国际文化出版公司》2012年8月第一次印刷，第117页）。

恩格斯的品质是我们人类的宝贵精神财富。罗范懿的这几行文字叙述自然流畅，没有加进任何铺垫和烘托，把现实生活中的两个人送到读者面前，让他们的境遇遭际任意流淌，但打动我们的却是两个凡人的日常交往中两个伟大灵魂的活动。

关于恩格斯应该如何认识和书写，这是考验作家眼里和辨识力的时候，他是伟大的无产阶级导师、理论家，还是马克思的亲密朋友？在对无产阶级理论的贡献和朋友的情谊上完全可以这样去看他，但作为标本理论的衡量中世界已经有了马克思，而且恩格斯是并列其中的，他的单独标本意义在哪里呢？

恩格斯的精彩书写，不在马克思的并行叙述里，而是并行中逸出的人格境界，马克思与恩格斯的伟大人格必须由恩格斯来说明和论证，马克思可以是被烘托出来的，也可以是被衬托出来的，这是一个真实人性的朴素表露和伟大的生命化身呈现。

没有恩格斯，也没有马克思，以及马克思主义，恩格斯承载了马克思生活和成就的重负以及情感力量的另一股外力。马克思有燕妮的爱情，还拥有了恩格斯的友情，在完成《资本论》以及其他学术论著中马克思的情感内心是丰富和充实的，尤其在那样一个写作状态里，支撑马克思思考、研究和写作的是恩格斯的伟大灵魂。罗范懿正是抓到和感悟到了这样一个形象，笔迹伸向了恩格斯的全部精神世界。这样的人格应该是全球再很少可见的了。

恩格斯的内心构筑不仅是建立马克思学说的品性基础和力量，也是消解政治、权利中丑恶、贪婪、自私、妒忌的唯一珍宝，他金子一样贵重，水一般的干净如洗。这样的表达是罗范懿达到人的认识的境界程度和创作表现力的实力展示。

与二月河、叶永烈两传记小说家构成系统性与批判意识。中国当代作家中专事人物传记小说写作的主要有三位，即罗范懿、叶永烈、二月河。叶永烈笔墨集中在毛泽东、成立"四人帮"等人身上，是对中华人民共和国成立后国家领导人主要是对毛主席领袖事迹和思想的歌颂，并且反写了江青等"四人帮"的罪恶行径。二月河则感兴趣于杜撰康熙、雍正、乾隆等中国帝王。叶永烈与二月河的传记作品也曾一度引爆文学和艺术市场，但二者的书都存有思想界和史学意义上的众多缺陷，罗范懿的人物传记正本清源，与叶永烈构成批判性的伟人继承性，一改了二月河判断上立场的混乱思维。

在中国马克思列宁主义毛泽东思想是意识形态主流，罗范懿写了《马克思》《恩格斯》《列宁》，叶永烈则写了"红色三部曲"——《红色的起点》《历史选择了毛泽东》《毛泽东与蒋介石》，从革命思想的排列上应该是叶永烈继承了罗范懿，这个其实没有逻辑上的道理，但马克思列宁主义在前，毛泽东思想在后，毛泽东是继承和发展了马克思列宁主义，开辟了走中国特色的社会主义道路。就罗范懿的三本书而言，《马克思》《恩格斯》《列宁》是革命理论和革命政权的缔造者，在有阶级的社会里政权是最高的人类利益和象征，不管有多少人疏离和鄙视它，这个国家和世界，这个地球上必得有人管理和主持。你消极的也罢，不情愿的也罢，都要在它的统摄之下。事实上恰恰相反，正是为了这个地球上的一隅，苍凉的一角还是豪华遍地，多少帝王将相为之抛头颅，挖心肺。野心家、阴谋家、大奸、恶坏都抖擞全身解数，粉墨登场，竞相比试。

世界和中国不光是法西斯和帝王的，茫茫的大地上还存活百姓、弱小的生灵，你再与世无争，归隐桃园也要受到体制的管束和朝廷的专政，因为你逃脱不到地球以外去。马克思、恩格斯等革命导师都是站在无产阶级一边的，他的内心是为劳苦大众的，是全心全意的，马克思、恩格斯的一生都是在没有权利的岁月里度过的，与社会下层人们息息相通。叶永烈书写的毛泽东也写了《为人民服务》，他打起了马克思主义的旗帜，是列宁主义的拥护者。

文学并不是政治，更不是歌功颂德的吹捧和奴性写作，但文学离不开政治，正如鲁迅所谓"生在有阶级的社会里而要做超阶级的作家，生在战斗的时代而要离开战斗而独立，生在现在而要做给与将来的作品，这样的人，实在也是一个心造的幻影，在现实世界上是没有的。要做这样的人，恰如用自己的手拔着头发，要离开地球一样，他离不开，焦躁着，然而并非因为有人摇了摇头，使他不敢拔了的缘故。这是不可能的。"[1]没有政治意识的文学，在任何社会历史时期都属于低层的写作，文学应该感受政治给普遍的人类生命以福祉和幸福，它构成了现有政治的批判意识和清醒的未来精神方向。

列宁说："……没有一个活着的人能够不站到这个或那个阶级方面来（既然他懂得了它们的相互关系），能够不为这个或那个阶级的胜利而高兴，为其失败而悲伤，能够不对于敌视这个阶级的人、对于散布落后观点来妨碍其发展以及其他等等的人表示愤怒。"[2]伟大的文学是政治的反省和社会腐败同期的批判，它所建立的目标和空间是未来政治抵达的彼岸，出色的优秀的政治家必须是文学的知音和心胸宽阔的文学批评者和欣赏者。在这一方面马克思是、恩格斯也是，罗范懿的传记小说把一个够资格歌颂的革命伟人以合规的身份注释在文本中。

反动腐朽的政治也需要文学，那是为他们粉饰太平，供他们声色犬马的，是欺骗百姓的一剂快针和一道中药，以保证他的政权不被篡位，它后面附加的三纲五常，宪法吏治就漏出破绽了，正是从这个意义上讲，高尔基才把作家称为"阶级的耳目与喉舌""阶级的器官""阶级的感官"。[3]欺骗术是统治阶级一贯必用的"治国方略"，以前的御用文人是被逼的为朝廷服务，被看中的文人如果不从就要被杀头，如果已经获得翻身解放的文人还是这样甘做奴才就太没有文人以及人的骨气了。

---

[1] 鲁迅《论"第三种人"》，《南腔北调集》。

[2] 列宁：《我们究竟拒绝什么遗产？》（1987年底），《列宁全集》第二卷第471页。

[3] 高尔基《论文学》。

二月河的帝王写作就陷入了这样一个失去立场判断的陷阱里，首先，作家殊不知为什么孙中山、谭嗣同、毛泽东、周恩来都要推翻封建统治，创建新中国，毛泽东主席在延安文艺座谈会上的讲话中说："要求广大文艺工作者首先要解决立场问题，即站在无产阶级的和人民大众的立场。对于共产党员来说，也就是要站在党的立场，站在党性和党的政策的立场"。"文艺要为人民大众服务，使文艺成为团结人民、教育人民、打击敌人、消灭敌人的有力武器。"[1]中国的帝王不能用伟大、人格品行高尚来形容，首先他们的政要朝纲就是统摄百姓的，酷刑、株连九族还能算作是道德典范吗？

中国历代皇帝三宫六院，后嗣成群就必将导致纷争乱党，争权夺位，从登上王位到执政期间都要铲除异己，滥杀无辜、阉割才俊、屠戮百姓，没有人性的政权也要歌颂吗？

不仅二月河，持续不下的中国电影、电视帝王腐尸充斥满屏，不仅混淆了视听，也误读了历史。二月河属于低劣灵魂的传播者，作品将人的晶莹所存荡尽。

在以往伟人无主的混乱写作里，罗范懿、叶永烈、二月河三人作品已经把中国的世界的伟人小说划定了一个清晰的系统，三人形成了各自的写作范式，立场、审美、判断，三足鼎立，伟人的概念、伟人的书写范围、伟人的表达方式俨然成了一个学术的关注点。它不仅可以解读历史，还可以参照未来，更是伟大灵魂的探索之路。

文学是要传递到世界的，作家的观念也必须是现行比较下世界的最好人性发现和表达，中国的某一方并不能代表世界，即使说政治家周恩来可以代表，却不是昏君败将都可来充数，品性中的垃圾不能永久主宰社会，"崇高是伟大心灵的回声"。[2]伟人的书写应该也必须是伟大的灵魂和伟大的思想，这样进入文学的形象才能真正成为其自身的意义。文学的灵魂标本要在全体人类中寻找，马克思、恩格斯等能代表人类的精英供奉在文明史中，文学和作家有不断过滤文学杂质的使命，把误写、误读的文字纠正过来。罗范懿的传记小说出版、多家海外再版客观地校正了中国帝王小说和帝王影视形象的

---

[1]　毛泽东在1942年5月在延安文艺座谈会上的讲话，1943年10月19日在《解放日报》上正式发表。

[2]　古希腊朗加纳斯语。

本相认识，是引导受众者的一个智力的开启和刚正人格的竖起。

小说的娱乐性并非儿童拼图和无聊的搞笑，也不是作品的卖点，更不是用来哗众取宠，小说的娱乐性是作品中放松的情绪和流畅的程度，是跃动感快慰的一种。在历史小说和普遍艺术中历史的真实性是严肃地看待事实的基础，戏说和翻案也必须首先遵守人的品性主旨，文学和小说不是写事的热闹，无稽的编造不可以淹没真实的人性，事与人之间，人是主骨，事是附着品，颠倒人事的位置首先失去了文学的立意。歌德[1]说过："关键在于要有一颗爱真理的心灵，随时随地碰见真理，就把它吸收进来"。文学必须从人的意义上展开和发展，一直到探索到他的无穷。马克思在谈到人的发展时提到"偶然的个人"到"有个性的个人"[2]的升华过程，人的全面发展学说是马克思主义的核心内容和最高价值定向。

罗范懿的传记小说把马克思、恩格斯、列宁的普通人性以文学形象重新做了塑造，先抛却笼罩在他们头上的伟人光环，让他们走下神坛，饱食人间烟火，以常人的视角介入，与品读作品的平凡庶民同呼吸共命运，借鉴性批判地在文学人物中比较，在其生活、奋斗的环境中磨砺上升，直到最终完成他们的人格歌颂，这个漫长悠久的历史经历和复杂的情态丰富了伟人形象，加固了伟人从品格到理想到信仰的渐次树立，是一个整体马克思主义观的小说文本书写。它给我们的感受馈赠是伟人与常人在平等的人物中出现，在人性和智力发展的履历中跳出，在美感和艺术里放光，在作品的品评中跃为上乘。

4 塑造时代与叙事时代的错位

谈当下电视剧改编红色经典电影的退化现象。当前电视剧改编红色经典电影蔚然成风，但改编者付诸屏幕上的电视剧实效却是凸显了"经典"的退化，观众从中看不出新艺术的魅力甚至超越，反倒捉襟见肘，破绽百出。它的症结就是塑造时代与叙述时代的错位所致。

---

[1] 歌德：约翰·沃尔夫冈·冯·歌德（Johann Wolfgang von Goethe）（1749 – 1832）是18世纪中叶到19世纪初德国和欧洲最重要的剧作家、诗人、思想家。

[2] 马克思、恩格斯：《马克思恩格斯全集》（第一卷《德意志意识形态》）中共中央马克思恩格斯列宁斯大林著作编译局编译，人民出版社出版。

编导演都不得"经典"的精髓，缺少对艺术的独到领悟，在对"原版"的皮毛上狂拼憨劲，硬塞多余的情节，却找不到精神的所在，弄出满屏幕"克隆"基因不足的"变形人"。把追求变成了庸俗的表白，理想被现实解构，信仰在世俗中淹没，解除文艺的镣铐跳舞，却脱离了历史时代的政治话语和精神主流，用叙述时代的意识表现塑造时代的主题，把个人化的欲望复制到崇高的审美范式里，英雄角色都是啰啰唆唆的大嘴英雄，豪言壮语都加进了肯德基味，主要人物从姿体语言、道白到气质都是一个地地道道的俗人，却又以英雄的姿态复现，真是糟蹋了原版又自贬了角色。经典不像经典。

改编从意图上是可取的，是想继承和发扬经典，并重现经典的魅力，但结果让观众大感遗憾。电视剧改编的原则是对原创有所超越，或者是美学认识上的、或者是文化观念上的等等，否则改编没有意义，改编的效果重叠了原创，甚至不如原创就露出对比状态上的"劣势"了。就已经出台的当下改编电视剧均不如原创。

长篇电视剧《红岩》（由电影《烈火中永生》改编）《林海雪原》（由电影《林海雪原》改编）《铁道游击队》（由电影《铁道游击队》改编）《红日》（由电影《红日》改编）《小兵张嘎》（由电影《小兵张嘎》改编）《野火春风斗古城》（由电影《野火春风斗古城》改编）《洪湖赤卫队》（由电影《洪湖赤卫队》改编）《平原游击队——李向阳》（由电影《平原游击队》改编）《51号兵站》（由电影《51号兵站》改编）《渡江侦察记》（由电影《渡江侦察记》改编）《地道战》（由电影《地道战》改编《地雷战传奇》（由电影《地雷战》改编）《兵临城下》（由电影《兵临城下》改编）《秘密图纸》（由电影《秘密图纸》改编）《战火中青春》（由电影《战火中的青春》改编）《永不消逝的电波》（由电影《永不消逝的电波》改编）等。上述改编前的影片的确称得上是经典影片，都是我国20世纪30-60年代的优秀电影代表作品，这些影片代表了一个时代的电影观念，在美学上形成了一个时代的中国似的电影风格，标志了那个时代的"精神形象"，同时影响了我国几代人（观众）的精神追求。但它们的电视剧改编都造成了原创的退化，症结就是塑造时代与叙述时代的错位所致。

意识形态是塑造时代的精神主旨。原创的"塑造时代"风尚是艺术主流的产物，就艺术本身的特点来讲，主流并非产生优秀作品的良好土壤，向一个方向倾斜的艺术首先是缺少独创精神的质素，是阻挡艺术想象空间的"隔墙"，但"红色经典"电影的超常发挥，在"镣铐下的舞蹈"中，都执掌了艺术的真谛，释放了属于艺术本质的"灵魂"闪现，"英雄形象"以时代的符码镌铸在银幕上，汇同了当时历史状态下人们的精神所求和信仰，银幕形象以"神秘"的色彩唤起了观众的日常情愫和梦想，经典电影构成了人们的重要精神生活。

电影和观众心理沟通了共同憧憬的时代经脉。因此电影明星也占据人们的向往和想象空间，明星效应造成了与电影的良性共振，银幕和电影明星都产生了奇效的"神秘光环"，令观众们崇拜和神往。

真实是艺术的生命根基，虚假的、撒谎的艺术是令人反感的，因此当下的经典改编有假大空的流俗不经意间随处探头，主要人物从肢体语言、道白到气质都是一个地地道道的俗人，却又以英雄的姿态复现，真是糟蹋了原版又自贬了角色。

改编的"红色经典"找不到背景，不知道这东西是从哪里来的。"红色经典"是一个时期的文艺，它分属于一段历史的艺术记忆，这段历史包含的是这个时期的全部，你失去了它或者是给它换上几个零件就已经不是它了，拿现代的制作意识和制作手法去仿造古文物，鉴定出来的也是假货，还是得被一锤子砸了。

文学艺术是意识的产物，"十七年"（1949—1966）的"红色经典"是新中国的艺术，是毛泽东时代的意识形态体系的文艺现象。中国历史在经历了历代皇帝、王朝之后，从孙中山的探讨改良到毛泽东一代革命家组织全国的民众开展武装斗争，从红军、新四军、八路军到中国人民解放军的军队建设和战争，用流血和牺牲换来的红色江山，期间的的确确出现了数不清的革命志士和英雄，对革命的总结和庆祝，对新世界建设的唤起和新的思想政治工作以及精神鼓舞都需要有历史的革命传统教育和宣传，"红色经典"是国家现实主流的自然表达意愿和心理，也是国家最高领导人和民众的呼声。那时的"红色经典"完全是当时的真实表达，也是应该被提倡的。

表现历史、歌颂英雄和无产阶级使命联系在一起，与全球无产阶级化社会主义制度和意识形态相一致。现实背景的整体气氛影响文学艺术，全民族的亢奋和热情在寻找英雄的形象，在当时不可能是别的艺术表现，也不可能形成别样的滑稽的或者是调侃的或者是谈情说爱的艺术情绪。

新中国成立，国家的一切宣传必须为国家服务，还有肃反的任务，国内仍有大量的特务盗窃党和国家情报，破坏社会主义建设，台湾的国民党也在准备反攻大陆搞复辟，美国等西方势力也在以仇视和破坏的目光注视中国这个新的社会主义国家。因此，"十七年"的一切文艺与电影只能是国家的舆论工具。

电影制片厂是国家的，所有电影出品当然受国家控制。就是到了14–17世纪欧洲的文艺复兴倡导艺术和科学的时代，艺术看上去是归位到自身上来了，其实它也是新兴资本主义势力为了摧毁"黑暗的时代"、教会、宗法制的一场革命运动，它的目的性、阶级性也不是消失了，仍被文艺主体所占领，而且是阶级意识的更集中表现。新中国鲜明的无产阶级立场在艺术中形成的形象就是塑造，"他"必须和资产阶级形成强烈的对峙，形象不成为高大的、完美的，就构不成革命的力量，就无法摧毁"他"的敌人。塑造的艺术是强大的精神武器。须是革命人民的信心和斗志的抒发，须是感动百姓的可歌可泣的时代赞歌。塑造的艺术与塑造的时代是紧密相连的，创作者和欣赏者都被感召在那个大的氛围之中，"十七年"文艺和当时的观众在同一个理想的感染下共震，共同追求的集体话语淹没了个人一己的小我。审美是在融入红色经典的革命精神沸腾之中的状态，是物我两忘的审美效应。红色经典释放的是共产主义精神的曙光，她要在全世界获得解放，苏俄是我们的榜样，全世界无产阶级联合起来，社会主义国家都有红色经典的艺术形式。1917年俄国十月革命从马克思主义的理论指导到新政权的建立，产生了列宁等一代伟大的无产阶级革命英雄，世界上第一个社会主义国家的诞生带来了全球性的希望，因此，在社会主义国家，艺术也随即进入了英雄的时代，苏联由此而推出了《列宁在十月》《列宁在一九一八》《难忘的一九一九》《革命摇篮维堡区》等演绎英雄的影片。中国的红色经典影片也是在伴随着1949年10月新的红色政权——中华人民共和国的成立而产生和发展的。影片充分表现了中国革命与中国人民此前所经历的艰苦卓绝的奋斗和血与火的战争洗礼。

电影制度也要归于国家话语权之中，1951–1953年上海8家民营电影公司并入国家的上海电影制片厂。苏联电影与中国电影在电影国产化的当时是政府领导和管理下的制片机构，从前苏联的莫斯科电影制片厂到中国的几个电影制片厂，八一电影制片厂、北京电影制片厂、上海电影制片厂、长春电影制片厂，还有同时期的社会主义国家电影制片厂也都是国家所属。国外的如朝鲜的朝鲜艺术电影制片厂、朝鲜二八电影制片厂、阿尔巴尼亚的新阿尔巴尼亚电影制品厂等。

建立一个新制度，必须要有一代人或者几代人的付出和牺牲，英勇、无畏，敢于献身的英雄形象就在此诞生了。为革命事业的彻底解放，共产主义的伟大目标是无产阶级追求的目的所在。"十七年"电影把理想和信仰在文艺的表现中释放到最大限度。

托尔斯泰说："人生的价值，并不是用时间，而是用深度量去衡量的。唯有燃烧的物质方能燃着别的物质，同样，唯有一个的真正的信仰与真正的生活方能感染他人而宣扬真理。"[1] 有些台词已经成为经典，"人生自古谁无死，我能从一个贫苦出身的人变成让反动派害怕的人，我的生命能和永葆青春的无产阶级革命事业联系到一起，我感到无尚的光荣！""不要用眼泪告别，我们在任何情况下都要做到脸不变色，心不跳。""钉吧，竹签毕竟是竹子做的，共产党员的意志是钢铁。"（分别为电影《烈火中永生》中许云峰在就义前的肺腑之言和江姐在受刑和赴刑场时的表白）。"为了胜利，向我开炮！"（电影《英雄儿女》中王成在牺牲前的呼喊）"只要我的工作对党有利，让我做什么我都没意见。"（电影《永不消逝的电波》中李侠在接受任务时的表态）

理想主义在当下叙述时代的错位。改编的红色经典电视剧用叙述的形式丧失了回溯塑造的艺术，有很多精髓被抽空。崇高在日常中被冲淡，解除文艺的镣铐跳舞，却脱离了历史时代的政治话语和精神主流，用叙述时代的意识表现塑造时代的主题，把个人化的欲望复制到崇高的审美范式里，时间在空间上造成疏离，历史的宏大叙事与当下私欲的渺小拧在一起，形式上的小家子气构不成艺术的震撼。创作意识狭隘藏私，无法表现大的理想境界，塑造被叙述拆解，松弛与懈怠的审美表达撑不起英雄形象的外壳。

---

[1] 《托尔斯泰传》。

　　历史必须以历史的语境去表达，用今天的感受去复述，势必是方枘圆凿，不相匹配，不协调，1978年改革开放以来中国社会的主流价值发生了重大的变化，国家"以阶级斗争为纲"的政治观念转移到"以经济建设为中心"的意识上来，发展经济定调为社会主义初级阶段的主要方向和目的。同时结束"文化大革命"十年动乱，我国文艺从"伤痕文学"到"改革文学"，到"新时期文学"，到20世纪90年代的"个人性写作"，文艺的形式越来越从塑造走向叙述，主题从政治理想的国家"大我"回溯到个己的"小我"上来。从文学艺术的真正意义上来讲，表现个人性的文艺书写是正确的，因为文学与艺术的最终目的是表现人类情感的美和丰富性，集体和国家主题也只能是一个历史时期的产物，集中的主题不应该是文艺的永久性行为和再现式的重复。

　　"个人性写作"属于文学艺术走上了性格标本和情感类型化的叙事空间，书写类型中的身体写作、美女作家现象等把文学的集体意识扔到了更远的地方，让"十七年"文艺的精神又回归到身体上。因此，从文艺创作到文艺阅读和感受都把塑造和叙述彻底地分开，平民化和庸俗化在这个年代已经是定型的笔下思维惯例。没有理想在这个时代是正常的情绪状态，1980后、1990年后的新生代快餐式的生活方式和无目标、无信仰的生命感觉代表了当下的行为时尚，无厘头、世俗化充斥在日常行为和文艺的表现之中。

　　社会的整体意识也失去了对英雄、崇高的欣赏耐性。崇高是走向完美的过程，塑造是与崇高联系在一起的，如果塑造没有境界，便失去了它的意义，也塑造不起来。文艺作品中的塑造是有铺垫和情节相连的，它与主题有前后的一致贯通性。叙述的作用是在推动情节发展到高潮，以便更充分地在高潮中完美地呈现对形象的塑造。在"十七年"的电影中，叙事是对故事结尾的一个呈现力度的收束，它不是一般性的叙述形式的单面完成，只是做到有头有尾，这样的塑造是对信仰的追求和人格完善彻底性地讴歌。

　　奥古斯丁[1]说："信仰是去相信我们所从未看见的，而这种信仰的回报，是看见我们相信的。"塑造时代的叙述形式仍然是塑造的过程，而非以讲故

---

[1] 奥古斯丁：奥古斯丁（Aurelius Augustinus，亦作希坡的奥古斯丁 Augustinus Hipponensis，天主教译"圣思定""圣奥斯定""圣奥古斯丁"，公元354年11月13日–430年8月28日），古罗马帝国时期基督教思想家，欧洲中世纪基督教神学、教父哲学的重要代表人物。

事为目的。故事为形象服务，不是用形象去编造故事，让故事的生动、传奇、离奇去吸引观众，塑造的艺术恰恰是反过来的，以故事为人物服务，主要是为塑造的人物表现过程、寻找依据、做好铺垫。叙述是在整个故事终结之后再让全篇作品发生作用，塑造是在一个个情节中把主要人物推到一个点上，形成作品的爆发力，形象要放射出光辉，使英雄人物的精神塑造形成角色的震撼力。在英雄人物的形象理由中被说明的是对真理的认识和对真理追求中的可贵品质。

歌德[1]说过："关键在于要有一颗爱真理的心灵，随时随地碰见真理，就把它吸收进来。"经典电影中的角色表现的是时代精神，是灵魂的刻画，现代影视形式是代表编导的意志在镜头前"述说"，而恰恰现代影视的道白水平和能力又是最差的（故事叙事能力对比"十七年"文艺有所提高），无聊的对话充塞屏幕，废话、蠢话连篇，冗长的镜头前停顿（区别于电影长镜头）把俗气暴露得淋漓尽致。

形象在屏幕上树不起来，没有当时的电影意境，电视剧里的"战场"怎么看都是"自选超市"改造的，"地下党"是下岗职工被雇去的，环境和人都在"经济大潮"里溜跶。塑造时代和叙述时代的艺术形式转换不适合"经典"的演绎，塑造强调的是形象本身，叙述要做的是好故事的效果，"经典"时代需要眼神来"刻画"，需要心理的表达和高雅的气质，叙述时代是现代性理念的阐释，更多的是时尚对历史的重写，时尚恰好不是艺术所需要的精神的独立所在，你用平常心态去编排"激情"这本身就是方枘圆凿，变成了没有情绪，同样你以"松弛的表演"进入"敌战区"也是"农村片""赶集"的一个改编，上一个时代赋予的历史使命无法用下一个时代的节奏来"剪接"，历史是"协调"的回响，重现历史必须完全进入那个氛围里。

生活的真实给了艺术一个可靠的模本，失真的表现就是败笔，一部电影、一部电视剧代表一个时代的风尚，代表一个时代的精神意蕴，历史"经典"为我们奉献了一个时代特有的创作规律，其实20世纪50-60年代的、或者我们认为的"经典"是为我们提供了艺术经验的"真实""质朴""激

---

[1] 歌德：约翰·沃尔夫冈·冯·歌德（Johann Wolfgang von Goethe）（1749－1832）是18世纪中叶到19世纪初德国和欧洲最重要的剧作家、诗人、思想家。

情""信念"等，如果谈继承，就应该总结这些因素，用以服务于今天的影视作品，如果谈论"红色经典电影"改编电视剧，就应该在观念上有所创新和突破，用今天提高的认识和理解弥补历史的局限和不足，它不是一个电视集数的扩大概念，也不是重复，更不是世俗化对它的改写，改编的目的仍然是超越，多集的目的是丰富，用以重塑一个新的更加有生命力的红色经典银屏形象。

第二节　人性的标本遴选眼光

1　"性"言说

旅美华裔女作家严歌苓成名以来一直是读者群、学术界倾心关注和热烈讨论的兴奋点和焦点，她的小说作品很美，很好看，她所描述的小说世界总能把人带到一个让你流连忘返的艺术境地，她的作品是真正能让人回味无穷的那一种。关于她的作品学者们都有各自的解读和评说，严歌苓是大学讲台和研究领域很能引起争议、很能点燃气氛的正在走红的作家，大家对她的作品有一个大体一致的结论就是对人性的歌颂，学者们在她的作品评论上都有这类的赞词，相当篇幅中颇具精辟的论述。但就严歌苓做作家整体分析中感觉到她的人性关注是有更大的属于人的本性因素存留在叙述在场中的，这个本性的概念要比人性的大，其中有善也有恶有美也有丑，这种人的本性是以生命的存在形式来体现的，把生命中的自然因素当作一个非常客观的现象树立在生命体的活动环境空间。不仅如此，而且他（她）还扩散到非人类的动物身上甚至到有生命的植物身上，她的一篇短篇小说就起名叫《橙血》，她把已经从树上摘下来的橙子仍然当作有生命的动物体看待，把橙子的水分看成动物体中的血液，"她认为那是尚活着的果实，尚有体温，细胞尚在收缩或抽搐。""果实的色泽、光泽、质地使玛丽感到它犹如带细致毛孔的皮肤。"[1]

---

[1]　严歌苓小说《橙血》。

她是用有生命的呼吸来感受和关怀这个世界的，这是解读严歌苓、走进严歌苓内心深处不可疏忽的情感注释，而且我们一定要在此停留，珍视和收藏她虔诚地捧给我们的心灵馈赠，这个本性的呈现过程使我们看到跳动的心脏把鲜红的血液带着各种丰富的营养，活跃地输送到生命的每一个肌体里，让人遍览生命的本相，他（她）（它）那在金色阳光里的绚烂展现和飘动以及被遮挡中的阴影。

我们在严歌苓的小说阅读中有一种宁愿在少女小渔（严歌苓短篇小说《少女小渔》中女主人公）留在老头（严歌苓短篇小说《少女小渔》中人物）身边的那一刻也留下来的感觉，感受小渔也来感受老头。我们看到的是作者给我们展示的中国女孩在澳大利亚城市悉尼所表现出的善良本性。她也具体描述生命本性中的瑕疵，把它镶在民族历史的封尘中展览，使它在光照和风吹下羞愧地裸露亮相，然而她又像一个律师在开庭前严肃地宣读自己亲眼看到的案例，而后又情绪化地辩护他无罪一样说到："一个白种人和印度人的后代，一个有犯罪瘾的十九岁男孩。在我生命中，他什么都不算，他甚至不值得我把这事告诉任何人。"[1]

严歌苓是一个追求无限美好和极度宽容的女性作家，她的生命关怀融进了谅解的吸纳成分，她把人本性中的优质和劣质像看其他任何一种东西的态度一样来对待，认为有好有坏那是正常的，她会让这种好的和坏的同时在一个大白天里陈列出来，好的叫人围起来，坏的使人在他（她）的身边离开，形成艺术审美中的自觉效应。

严歌苓对生命的关爱意识促成了她把人类和其他动物世界的围墙拆开，共同组建了一个人与动物间可以互相关照的生命空间，动物成为人在孤独寂寞中的情感陪伴和精神慰藉，人对动物的爱护形成了人类情感关爱的延伸。她把狗当作人的好朋友，狗无论怎么样都不会对主人变心，你打它不给它吃的它还跟着你，它一旦认识了你就懂得要忠诚到底，你富贵时它摇尾和你一起惬意、享受，你落魄了它会来安慰你，别人都离开你时它忠实地守在你身旁，舔你的手、让你摸它。

马也是严歌苓最信得过的好伙伴，她会感到它身上的体温，她听得懂它

---

[1] 严歌苓小说《抢劫犯查理和我》。

的语言，在她曾经生活过的草原，她们之间有过日日夜夜的相伴，有过生死相依的患难之交。马在严歌苓的小说里生动地奔跑，在她的艺术世界里威武昂首，是她生命中的意志体现也是她的挺拔俊丽的生命象征。严歌苓对马所寄予的深情让她女性作品中的阴柔之爱像水一样蔓延流淌到了等待滋润的草地，她竟是全然一个母性的对舔犊幼体的庇护之身。严歌苓的一部长篇小说索性就把它的名字叫作《雌性的草地》。

严歌苓尽管有关怀动物的钟爱，但她不是把所有的动物都视为朋友，她把狗和狼放在一起来观察和考验，最终还是作出狼不能改变的吃人本性，即便它伪装了很长时间，即便人天天去喂养它、去感化它，它仍旧是天性不改的本性劣质的那一类，重复了血统论和遗传学的实验结果。

严歌苓文学上的重申，使她区别于一些庸俗的性本善的是非标准，用动物的本性暗示了生命世界里的复杂存在。这样的文学提升了人学的更高境界，有预言小说家的可贵精神贮藏在其中，确实体现出严歌苓是一位有着很高智商的真正具有学者型修养的作家。

性是人类赖以延续的物质基础，也是情感、爱、欲望的最高形式。弗洛伊德就把性当作人类的生存目标。1988年元月严歌苓创作完成了她的"知青性感小说"《雌性的草地》（长篇小说，《春风文艺出版社》1998年10月第1版，25.5万5000字），这时严歌苓30岁，是个成熟的女性，"知青上山下乡"这段历史已经翻过去十多年了，但那个时代的印记一直保留在她的脑海里，她从23岁开始写作始终都在寻找好的题材，她没有亲身作过"知青"，可那段历史是她多年不能忘怀的。

这篇小说的取材刚开始是她听来的一段传奇般的耳闻，那是1974年的时候，当时作者16岁，是个军队歌舞团的舞蹈演员，她随部队到川、藏、陕、甘交界的一大片草地去演出，听说了一个"女子牧马班"的事迹。第二年作者和另外两个年长的搞舞蹈创作的同事找到了这个牧马班，她们采访了她们，准备创作一个有关女孩子牧养军马的舞剧，1976年这个"女子牧马班"的事迹上了报纸，成了全国知识青年的优秀典型，她们虽然都是年青女孩，最大的才20岁，但个个的面容都是过早衰老的样子，她们的脸全部结了层伤疤似的硬痂，记者们叫她们"理想之花""红色种子"。在她们的事迹传出不久，跟着就传出来她们的指导员曾经在她们"上山下乡"的地方把这些

"牧马班"的每一个女孩都给诱奸了。

严歌苓的小说素材和创作灵感就是从这里获得的。小说《雌性的草地》把上述的例子搬了进来，又作了创造性的发挥，把草原的生活表现得生气勃勃、如诗如画，尽管那还是一望无际的荒野、人烟稀少，知青离开家乡不得返城，吃无饱餐、穿不挡寒，可她们有一个时代共同的信念，就是"接受贫下中农（牧）的再教育""做一个红色的无产阶级接班人"。她们也立下誓言要"永远扎根边疆""永远扎根草原"。

政治宣传、政治教育把她们塑造成了可以几天不吃饭几天不喝水也能照样干革命的时代英雄，但是姑娘们在静悄悄的夜晚都有害怕野狼出没的恐惧，茫茫的草原就只有这么一个有人群的女修道院般的集体，一群娘子军就只有那么一个"党代表"——她们的一只眼"指导员叔叔"，这个"指导员叔叔"并不是因为辈大被称为"指导员叔叔"而是他被姑娘们尊敬的标志。

"指导员叔叔"在她们害怕不敢睡觉时就会及时赶来给她们壮胆，在她们吃不上喝不上时，他会在她们盼望最急切的时刻用驾着高头大马的马车送来她们喜欢吃的米和面以及清澈的泉水。"指导员叔叔"已经是她们最大的指望和依靠。

"指导员叔叔"还有一手相当了不起的枪法，那真是指哪打哪，绝对弹无虚发，他手中还有一把没有钥匙的大锁，他竟奇迹般地把它挣了开，这表明了他有着传说般的力气。"指导员叔叔"只有一只眼睛，但这似乎已不是他的缺点，而且成了他好枪法的集中赞美，"叔叔"的那另一只眼睛是塑料做的假眼，他每到遇上紧要关头就把它拿出来或放到兜里或擎在手中摆弄，这也成了他珍贵的习惯动作，它在姑娘的视线中也不知不觉地转变成"指导员叔叔"的风度。

"指导员叔叔"先在她们中像样的找一个睡觉，接着再找一个看着也不错的继续他的这种生活享受，在他的眼里她们一天天都变得成了美丽的西施，他和这里的每一位姑娘都有了相同的亲昵关系。

"指导员叔叔"白天一天天领着她们"干革命"，晚间与她们共享欢乐。她们平时处得很好，时而有谁出来吃吃醋，来为争宠"指导员叔叔"而伤一下脑筋，在她们闷闷不乐、吃不香、睡不着的时候，她们早已把想家的心事忘得一干二净了。这时青春的发育渐渐地在她们身上苏醒了，到了这时她们才开始注意到自己，开始拿起镜子认认真真、仔仔细细地欣赏自己的五官和青春的身体，她们开始在意起脸上长了几个疙瘩，脖子有没有晒黑，她们此时终于恍然大悟地意识到远离喧嚣的城市有多么好，广阔的农村、广阔的草原竟真的是她们渴望已久的天堂和开放的伊甸园。

这里不存在什么男生女生不能说话的约束，"指导员叔叔"就是她们的男生，他是长辈的化身，和他之间有什么关系发生都属于正常，做得好呢就是孝顺长辈，或者是对领导的服从。她们也知道怎么样讨"指导员叔叔"开心，"指导员叔叔"有个嗜好，喜欢在嘴里嚼她们扎在头上的猴皮筋，他像品尝美餐那样在嘴里来回翻卷它们，是谁的他第一口就能辨别出来，哪个姑娘戴错了猴皮筋，把别人的戴上了，不用她们互相拣来拣去地辨认，拿来让叔叔在嘴里嚼嚼就是了。

小说中的"指导员叔叔"没有被否定或被贬低的意味，作品虽然描写了他的外貌是个有生理缺陷的人，但却丝毫没有丑化他，相反作者在行文中尚流淌着一种不经意的颂扬笔调。在中国这样一个几千年的封建传统国度中，在现有一夫一妻的家庭组合结构里，在"文革"的思想观念和意识形态的强烈主宰下，这种谅解和宽容的态度是怎么产生的，这种肯定和赞美又是从哪里来的？这无疑是在说明作者是从人的本性上去对待男女关系，从情爱、性爱的生命意义上去寻找她的合理性。

她的人性关怀是带有更大的母性特征的，母亲面对儿子和女儿是不会放弃对他（她）的爱的，永远都不会，她允许自己的孩子去解释、去说明自己的理由，去追求心中的渴望。这是严歌苓对长篇小说《雌性的草地》中男主人公的接受，这里除了观念上的接受，心理、情感的痴迷是她在小说中表达女性对男主人公性别层面上的本性的讴歌。

小说中更大的情感表达是这些女知青青春的绽放，她们的身体语言开始充实得有了内容，女人的身份因此才诞生了性别。小说里描写姑娘洗澡，展示她们身体的美，欣赏她们有弹性的亮泽的皮肤，还有她们匀称、丰满的躯体上流动的韵律，严歌苓在这里任性投入地写"性"，表现了一个女作家聪慧的悟性和质感。严歌苓在走上艺术之路的第一步是个幻想和理想飞翔的舞蹈演员，她最初美的概念就是身体，她的感悟能力让她自信地体察到人的身体、女性的身体是这个世界上最美的，她胜过所有的花朵和颜色，也胜过所有美的动物，不然，为什么中国历史上的历代皇帝都征兵用武来抢夺她，各种奸佞和伎俩都翻云覆雨来遮盖她，伪道学家用扇子挡上脸钻出个眼睛窥视她，强暴的流氓残暴地用野性的躯体蹂躏她，她知道弗洛伊德的实验比工人阶级的口号更接近结果的真实，她早就清楚那些撸胳膊挽袖子不爱红装爱武装的铁姑娘每天喊着"干干干""杀杀杀"不是女人而是时代改写妇女性别的一个标志。严歌苓曾经是个女兵，可她更怀恋军装打扮下的婀娜的姿态和妩媚的微笑，在嘈杂的政治学习里她耳边会想起《一个女兵的悄悄话》（严歌苓军队题材长篇小说，曾获解放军报最佳军版图书奖），女人最大的愿望是让自己漂亮而不是竞选总统，漂亮是她们终身的信念，中华民族从被压迫屈辱到解放的半个世纪，女人的最大悲哀是不知道雄性是她们的美还是雌性是她们的美。道德家嘱咐她们把裤腿放得再长一点，社会学家、舆论家教她们高呼口号，劝戒她们不能"温良恭俭让"，连自己的父母都不清楚叫自己的女儿往哪走，农村家庭中的女儿生出来就遭冷眼，那些父母讨厌她们，想叫她们还没出世时就戛然停下来，指望刹那间在宇宙中蹦出个"小子"（儿子）来，没有"小子"，父母把女儿的小辫子打开，把她身上的裙子脱下来换上一套"小子"的衣服，就把她当作"小子"了。说谁生个女儿谁都不高兴，说谁生儿子谁有能耐，谁生女儿谁没有用，没有出息。社会上没有女人伸展的舞台，全社会成了一个没有性别的社会，当然也没有"性"。社会阉割了"性"。这是一个惨烈的白色杀戮。严歌苓曾说："仔细想想，性爱难道不是宇宙间一切关系的根本？性当中包括理想、美学、哲学、政治，一切。"[1]

小说《雌性的草地》描写的是知青题材，"知青上山下乡"时正是我国政治运动十分活跃的时期，它和"文革"时间几乎是前后承接的，先是"文革"，随后就是"知青上山下乡"。"文革"的种种弊端在此时仍然显得非常明显，这时国家还是提倡政治第一，而且是工农兵占领一切，知识分子受批判，意识形态要求无产阶级向资产阶级实行全面专政，向资产阶级的一切发起总攻，社会宣扬继承革命传统，发扬雷锋精神，倡导艰苦朴素。恋爱也应该是革命的恋爱，革命的恋爱是不允许有浪漫和资产阶级生活方式出现

---

[1]　严歌苓小说《雌性的草地》序。

的，男女在公开场合拉手是要被说成有资产阶级思想倾向的，一般人不敢在这方面犯错误，班级有男女同学说话就会被大家起哄，当时一些书刊被禁止发行，一些电影被打倒，文学艺术宣传是八台样板戏占领舞台和银幕，而且样板戏的男女主人公都是鳏寡孤独者，男的没有妻子，女的没有丈夫，不管年轻人还是年老人一律是一个模式刻下来。这样的艺术本身就排解人性，歪曲人自身，它违背了人的本质规律，人是高级动物体、有机生物体，仅仅把人当作"干革命"的指定程序，人就成了没有其他，只剩下"革命"的符号。

"知青上山下乡"时期文学艺术是无产阶级的政治宣传工具，是手段，无产阶级政治是目的，无产阶级的使命是将革命进行到底，当时文学艺术的美是聚光灯下照射的工人阶级的铁锤和农民阶级的镰刀，加上人民解放军的半自动步枪，爱情怎么能搬上舞台，"性"怎么能拿到桌面上来说呢？说出来不脸红吗？这是资产阶级生活方式，是糜烂的生活作风问题，似乎无产阶级没有"性"，革命者的身躯也不是胚胎培育的结果，而是像孙猴似地从石头缝里蹦出来的。

"性"是资产阶级带细菌的堕落种子。不是无产阶级的"美"，而是资产阶级的"丑"，这是当时政治给"性"下的定义。D.H.劳伦斯说："性与美是不可分割的，正如同生命和意识与性和美同在，源与性和美的智慧就是直觉。""美是一种体验，而不是别的，它不是一种固定的模式或形象的安排。它是一种感觉、一种闪耀的，可以交流的'精致'的滋味，我的缺陷：是我们的美感竟如此的迂腐而钝拙，恰恰遗漏了其中的精华。"[1]

严歌苓首先述说了"女性性别意识"在中国历史过程中具有合理性的艰难，小说《雌性的草地》中一群姑娘来到草原后就是响应祖国的号召干革命，即便有停下来的时候也是围绕她们的集体转来转去，在没有"指导员叔叔"给她们"性"的启发下她们还是个个都蒙在性无知的愚昧状态里不辨性别的盲民。

从城里一共来的六个女知青本身都担负着艰巨的使命，她们要掌握的手中本领是放马，这个看着不难也不简单的知识技能中不仅是这些，还包括着喂马、训马以及一些草原人必须掌握和适应的生活基本习惯，比如学吃风干

---

[1]　D.H.劳伦斯《性与爱》。

的肉、夹生的饭；还得学野地睡觉、露天解手。她们就是在这样的生活里过着自己的每一天的，在单调的岁月中没有什么生命的色彩和浪漫。

给她们领头、教她们本领的"班长"是当地牧民姑娘柯丹，她的全名叫柯丹芝玛，她是个土生土长的牧工，小说中的她肩膀又宽又厚，罗圈腿又强又壮，说话声音很粗很硬，一有牢骚就去骂牲口，她很有主见，在一次偶然的事情启发下她刹那间想出一条稳定军心的绝招。每到这群知青有不太稳定的情绪或有人哭着想家时她就把那一帮姑娘叫来列成队，自己亲自大声点名，然后再叫她们挨个报数，这下谁都不敢排泄情绪和再哭再闹了。有一次屋外下雨，这种不间断的点名报数就果然持续到雨停天亮，柯丹惊喜地发现六个女知青被井然的秩序列成整整齐齐一排，睡得很有纪律很成队形，一张张脸都被雨水泡大了。

组织把这么一个"领导"安排在这里对她们实行"再教育"，不准她们有自己的思想和个性，发现了谁太有想法她就会有一种隐秘至极的冲动：她说："该把这个太有脑筋的人捆起来，用根鞭子细细地抽。就像多年前我父亲那样，把一个公开侮辱他们的汉人一点点抽死。"（严歌苓长篇小说《雌性的草地》第17页）

这群知青姐妹中有个大眼睛的女孩叫毛娅，很喜欢文艺，一天到晚想着要到哪个地方去扮演李铁梅（"文革"中样板戏《红灯记》中女主角），她一唱歌，柯丹就制止她，她再就不敢唱了，"毛娅明白班长烦她唱这类动人婉转的歌。其实柯丹是鄙视动不动就哭，无缘无故就笑，得意忘形就唱歌等一切女性恶习。谁从马上摔下来，她便及时指住她'哭、哭、哭'，那人必定一声不吭把嚎啕咬在牙缝里。"（严歌苓长篇小说《雌性的草地》第7页）

小说中的沈红霞是这篇小说中的另一位重要人物，书中写道："沈红霞站了好大一会儿，在同类和异类面前树立着自己。现在你已能看清她的全貌。你遗憾她不美，你认为她不具有少女特有的活泼秀丽。她一步步走向红马，你觉得她身姿似有所重复的那样失去轻灵，你没错，这正是我苦苦追求的效果。""还有不被你认识的、这张十八岁的脸已有她终将殉道的先兆。"（严歌苓长篇小说《雌性的草地》第10页）严歌苓在小说中态度非常明确地把女性身上所具备的男性或非女性生理及心理特征浓重地描写一番，而且用夸张的语言描粗，以引起读者对女性性别丧失的关注，严歌苓说：她用"这条生命线诠释了书中许多生命的命运——要成为一匹优秀军马，就得去掉马性；要成为一条杰出的狗，就得灭除狗性；要做一个忠实的女修士，就得扼杀女性。"

一切生命的"性"都是理想准则的对立面。"性"被消灭，生命才得以纯粹。这似乎是一个残酷而圆满的逻辑，起码在那个年代。"写此书，我似乎为了伸张'性'。似乎该以血滴血泪将一个巨大的性写在天宇上。"（严歌苓长篇小说《雌性的草地》代自序《从雌性出发》）作者是位很有思想和艺术造诣的女作家，她在作品的前面大肆铺陈女性性别意识丧失的同时就在这些人物中藏下了一个火种，等待它自己迎风点燃，她前面津津乐道地讲她们的故事就是想在后面否定她们，果然小说的讲述中她们的那种"雄性"的东西越来越不对劲了，班长柯丹也在"指导员叔叔"的眼里雌性化了，沈红霞也在"指导员叔叔"的说服、诱导下主动缴了械，开始悄悄地趁人不备时拿起镜子梳妆，把长长的头发打开，背着别人和"指导员叔叔"偷起情来，她的"旧人"向"新人"蜕变过程是个惊喜的震撼，是在"指导员叔叔"与她一刹那的"交媾"中盛典般完成的，她受宠若惊得甚至要昏厥过去，事后她还有些怀疑地去猜测"叔叔"是真的喜欢她吗？

"叔叔"像个"还魂"的救世主一般如同对这里的所有姑娘都发自肺腑之言一样地表示非常喜欢她，并让她感觉出自己如何如何喜欢她的程度。"指导员叔叔"还用同样的招数千篇一律地获取了老杜（杜蔚蔚的初夜权），致使老杜像经过了一次重生一样顿时伏在"指导员叔叔"的脚下感激涕零。

"指导员叔叔"当然在她们身上施展了很多高超的伎俩，他像皇帝一样享着艳福，家里还存个厚道的老婆，他对外人是相当狠毒的，当地人谁也不敢惹他，因为他就一只眼，他是有生理残疾的人，野蛮不怕死，在他那里什么讲理不讲理，他就是这个地方的恶霸。"这就是一方乡土世界中人的生存方式与行为方式，在此美与丑、善与恶、本能欲望与精神追求相互紧紧纠缠在一起，难以做出明晰的判断。""他悲悯的情怀与爱意，沉浸于藏污纳垢的纷繁、浑厚与清新中时，伴随着每一个生命的跃动，写下了曲曲动听的乐章。一个作家一旦在'藏污纳垢'的状态中看到生命自身的光辉，以审美的情怀去审视民间生活时，'藏污纳垢'就成了一种美的境界，具有了诗性的

特质。"（王光东先生语）[1]

小说对"性"的礼赞跨越了道德、伦理、政治的鸿沟，以人性的自然属性为她正了名，径直走到了她的自身。"性"的存在应该首先是"性"，首先应该认证的是人的男女存在现实，一味地把"性"斥之为祸淫或时刻把它钉在各种观念之中都是不客观或不科学的，"性"有社会性，也有自身性，"性"的美或丑是有多种层面呈现的，它属于生命体自身的范畴，而非假道学家的地下私藏品。

一个作家应该有说真话的勇气和责任感，不应该用政治的假声编造辩词，用太监的变态阉割本真，作家的素质必须具备真诚的表达立场和透明裸露的灵魂。严歌苓是真诚的写"性"的，一个作家如果还没有一个"性观念"的认识，起码不是最优秀的作家和伟大的作家。"性"是人类必须解释的问题，弗洛依德的几大本性研究著作强调"性"是人的原动力。"性"不仅是文学艺术必须研究的内容，同时也是各个知识领域要了解的常识，是人了解自己的基础。小说《雌性的草地》女主人公们对自身"性"的醒悟，是在拨开历史迷雾、在自身的情感经验中认清的，有对传统和历史批判的深刻寓意，至今人们对"性"的误解最大的责任是教育舆论反宣传的结果，背后有极其复杂的政治因素在起作用。

严歌苓对小说《雌性的草地》构思是相当严密的，其中对"性"的意识揭示是层层推进的，作品中一直有一个很有"性"意识的代表人物小点儿，她性感、青春、美貌绝伦，两只眼睛一只浅蓝色一只深棕色，看上去妙不可言。这是一个以"性"的美和其他方面的"瑕疵"连体的女人，她是个有乱伦、偷窃、凶杀行为的少女，以美貌的优势混入了女子牧马班。她与书中的另一位男子——小点儿的姑父（当地一位高明的兽医）通奸，她是个美丽、淫邪的女性，同时又具有最完整的人性，形成了作品中浪漫和犯罪心理的双层叠影，具有X光下的彩色透视效应，泛着红色的光晕，像母体里质感的生命原态，她活跃地调动起我们的思维神经，煽动性地撩发了我们发现和辨认珠宝的好奇心，促使我们去审视眼前斑驳的晶体，小点儿不仅做了对不起自己亲姑姑的事，而且不知回头，甚至有种愿意被姑夫强奸的愿望，等待姑夫协

---

[1]　王光东《现代.浪漫.民间》250页。

同她共同失控地越轨。"它表面上看，由于'辈分'的制约以及与此相关的伦理道德的规范，表现出超长的稳定，但其内部却蕴含着诸多不稳定的、破坏性的因素，因为规范是稳定的，而人的情感、欲望则是变动的。"（王光东先生语）[1]

姑姑在万般无奈下几经痛苦折磨最终找到的结果是自己多余，并在痛定思痛中默认他们（自己的丈夫和小点儿）是合理和道德的，她此时觉得他们相差二十几岁的年龄和相差的辈分是最合适的匹配，以至她内心扭曲地欣赏丈夫把小点儿托着屁股搂在怀里抱到马上，再远远地看着他们在云中飞快地飘走。

书中有一段描写是非常美的："女子继续向前走。惟有流浪能使她自主和产生一种不三不四的自尊。从她走进这片草地，她的命运就已注定。她注定要用自己的身体筑起两个男人的坟墓；她注定要玩尽一切情爱勾当，在丧尽廉耻之后，怀抱一颗真正的童贞去死。"

"她又干了一次。这样的深夜出走早已是失效的威胁。他有时也乐得放她一缰，为了使她更明白，偌大世界，惟一可投奔的，只有他瘦骨嶙峋的怀抱。"

"女子裹一下雨衣，把自己缩小。'这回我没拿你们的钱。'她忽然说，露出点泼劲儿。女子除下军雨衣的帽子，现在她的脸正对你。我猜你被这张美丽怪异的面容摄住了。"

"男人此刻下马站到她跟前。'莫闹了，小点儿。'他喃喃道'我没法，你也没法……'""小点儿看着他的下巴，看着他不讲话仍在升降的喉节。她突然想起这个跟她缠不清的男人实际上是她姑父。她试着喊了声'姑父'，感到这称呼特别涩嘴。"

"他莫名其妙盯她一阵，一下也想起她原是他的侄女。'那我走啦？这回我真没拿你的钱，回头幺姑会查点搁钱的抽屉。'他伸出一双胳膊，她看出他想干什么，忙又叫'姑夫！'"。

"于是，这个披军雨衣的女子潜入了草地，背向她的退路，背向她的历史。"（严歌苓长篇小说《雌性的草地》）这些精彩的描写把姑夫和侄女之

---

[1] 王光东《民间的当代价值——〈重读九月寓言〉》。

间"性"的美妙和诱惑力动感地摄入了镜头，它穿过了一切伦理羁绊，径情直遂地进入了性爱单行道，这种反传统观念的"乱伦"关系是什么？它应该形成两个层面的作用，一是社会道德伦理的反动，另一是性爱本质的宣泄。它的文本效果具有刺激读者猎奇心理的作用，但作者的意图决不仅在于此，决不是单纯地只为迎合读者的阅读兴趣为目的，此后留下的思考是沉淀下的"性"的本质，"这种'自由之性'不是源于某种理念的引导，也不是源于玄虚的心灵之思，而是源于生命的内在渴求和本性牵引，那里有生命的精灵在驰骋，自由、舒畅地宣泄自己青春的欲望；那里有生存的渴望在涌动，野性、洒脱地追逐着生之意义。（王光东先生语）[1]在没有其他社会束缚的责任面前性是真实的心理追求，在这里我们应该澄清"性"的有关道德和责任是社会学和人类学中所必不可少的成分，但扼杀了性别自身的存在，这个人类社会就是残缺的生命空间。

严歌苓为说明"性"的存在和延续的意义，进而在小说中用象征的手法设立了一个三十年前的青春遗迹，命名她为永远活着永远年轻的女红军芳姐姐，并且赋予了她永远十七岁的青春。其实那是个不远被遗弃的死人尸骨，雪白的头盖骨空空荡荡，她的希冀和使命是忠诚地等待她的男人，她将在有生命的世界里永远等下去，作者以红军的身份印证她的存在，自然有一种不怕吃苦和敢于牺牲的精神，她的坚苦卓绝的生命经历和非凡的忍耐力支撑着她的坚强信念，她还有衣领上的红领章和八角冒上的红帽徽，那是她革命身份的信仰标志。红军有二万五千里长征，有爬雪山过草地的光辉历程，这样的爱情等待，实现了她忠贞不悔的誓言，她像当年在党旗下宣誓要为共产主义奋斗终身，同时也坚信共产主义一定会实现那样寻找她的灵魂在这个世界的意义。

严歌苓对"性"的象征表现除了在小说中设立的两个男主人公情种和一名女红军芳姐姐飘荡的幽魂，还在"指导员叔叔"和班长柯丹的性关系中设置了他们的儿子布布，以象征"性"的代代相传，"性爱是毁灭，更是永生。"[2]"指导员叔叔"和小点的姑夫（高明的兽医）一个被狼吃掉，另一个

---

[1]　王光东《现代.浪漫.民间》245页。

[2]　严歌苓小说《雌性的草地》序。

渐渐病死在床上，男人的种子留下了布布。"肯定生命，哪怕是在最异样最艰难的问题上；生命意志在其最高类型的牺牲中，为自身的不可穷竭而欢欣鼓舞。"[1]（尼采语）布布的相貌与举动和"指导员叔叔"的一模一样，他站着撒尿的姿势简直就是一个小"指导员叔叔"，他长得很快，一眨眼就是个大人了，后来他的眼睛也剩下一只，枪法和他父亲一样准，他以顽强的生命留在了世上。

作品的寓意显然是对"性"、对"指导员叔叔"旺盛生命力的张扬，布布喝了好多种动物的奶，狗奶和狼奶，为了活就得适应各种恶劣的境域，与各种敌对势力作抗争，增加种类的生存抵抗力，布布不仅自身具有与牲畜一样的生存能力，还得到母性的关怀和庇护，班长柯丹毫不隐晦地承担起母亲的责任和义务，为护着布布，她母爱的本能疯狂地发挥着作用，力大无比的生理优势表现出不可战胜的保护力。

"性"是生理的还是道德的。"性"一直以道德的名义侵害公民的隐私，侮辱和戕害公民的声誉，把美好的"性"与黄色、淫秽、色情同混一潭，社会和文学世界找不到健康的、完整的生活自然，视爱与性分离，身体和堕落同伍，在日益文明的时代面前，美好常被污为"不洁"，肮脏的灵魂在"道德"的假面后致人性于死地。

提出这样一个荒唐可笑的问题，后面也将跟出一堆荒唐可笑的事情，企望能刺激一下根深叶茂的真理之树的捍卫者们，并让我们还在麻木之中的学者、教育家、道德家开始真正不用大脑思考问题。

"性"是什么？不懂生理学，也不懂语言学和修辞学等相关知识，就懂得把人弄个人不人鬼不鬼。把你的精神弄崩溃，"治"死一个是一个，发生在陕西省泾阳县麻旦旦身上的"荒唐处女嫖娼案"和类似麻旦旦的全中国数十起累累发生的案件就是"性"这个现代化导弹的普遍"道德教育"案例。我们除了在中央电视台和报纸上看到的这一伙伙脑袋上戴着中华人民共和国国徽，一肚子肮脏的假执法分子外，还偶尔在一些无业妇女嘴里漂来许多带有奥妙色彩的窃窃私语——某某和某某"媾和"了，正干"缺德事"呢。从假法律到地段老百姓的天罗地网，从"导弹"的巨大威力到"猫眼"下的窥

---

[1]　尼采。

视的"监督"效力已经给中国人规范了一条定义："性"就是不道德。虽然它听上去风牛马不相及，也欠修辞学上的逻辑。

2 寻找生命的慰籍

V·S.奈保尔小说《你说我要谁的命》是2001年度诺贝尔文学奖的获奖者有代表性的一部著名中篇小说。小说以"我"为叙事视角，对我与弟弟大友之间的情感、生活经历展开故事描写，通过"我"对弟弟的关心和爱护，展示了"我"对生命中情感的追求和寄托，"我"用一颗赤诚的心感受亲情、寻找慰藉，但结果是凄凉的、失意的，"我"的弟弟大友在伦敦读书，"我"是为和他在一起、照顾他，才来伦敦的，"我"打工挣钱是为了供他上学。这样一种纯朴的、美好的情感支撑着"我"在城里生活下去，而"我"过的是一种教人看不起的下等人生活。

"进了厨房，一开灯，就见到到处爬满了蟑螂，破旧的脏炉子上，茶壶和平底锅上到处都是，'耗子'立马闻到了吃的东西，"我"在'耗子'沿上扣了一只箱子，"我"听见它在抓呢。人在这地下室里，就跟住在帐篷里一样。""我们拉开沙发床支起来，"我"甚至忘了死'耗子'的味道，陈年污垢的味道、煤气和铁锈的味道"。这是"我"和弟弟居住的环境，在弟弟失去信心时，"我用腿摇着他"，用身体语言安慰、温暖着他的心。这是一奶同胞哥哥对弟弟爱的方式，我没有念过几天书，我爸爸也不认识几个字，我家五个孩子，两个姐姐，一个哥哥都没念过几天书，我叔叔的书多，并且是律师，他对我的家族是一种荣耀，也是榜样，现在我希望我的家族也能荣耀起来。我只把希望寄托在弟弟身上，让他多读书，将来成为一个专业人，成为叔叔那样有社会地位的人，这是我的企盼，它也承载着一个家庭的希冀。

小说把一个社会底层人的境遇展现在读者面前，并让一个最美好的期望表达出来，弟弟表现出软弱，我本想对他说一些难听的话，教训他，但看着他的痛苦，我不忍心再刺伤他的心。就慢慢让这种想法消失了。在一个贫困的社会下层家庭里，不仅有经济上的拮据，还有被人看不起、被人嘲笑的屈辱，我在伦敦的生活的确是很难以诉说，但能与人同等的愿望没有失去，也不应该失去，这一点丧失掉，那可就彻底完了，认得自尊是最可贵的，穷人的自尊更是珍贵无比，能证实我不低于别人的是要靠等待我自身的富有和弟弟有出息的未来来实现的。因此我要付出更大的努力。这是一种多么圣洁的愿望，小说表现出来的这种意识是人性中最耀眼的光辉闪烁，是人类灵魂的精彩再现。

V·S.奈保尔是一个印裔英国人，是一个典型的后殖民文学作家，长年的异国生活，使他在内心深处产生出一种困惑、无奈和痛苦，正像他自己说"我永远是一个外来者，用一个英国词儿来说就是我永远是一个舶来品，但这个舶来品是等待有一天能身价百倍的"，《你说我要谁的命》让这样的情绪、心态自然的流露出来，这是作家真实生活感受在作品中的复现，小说中的人物心理与作者的情感意志在作品的文本中自然交融在一起，这无疑是文本最难得之处。

V·S.奈保尔没有在刻意雕琢这样的情节，而是在行文中流淌出来，这不仅反应了作者的写作风格和天才，他滋养了作品人物的面貌，它把一个人的命运所带来的辛酸用生动、自然的叙述表现出来，又把其中的一线光明在时间里照亮，弟弟抬头，擤擤鼻涕说："没事，哥，我喜欢念书，我能看出他好些了，只是有点焦虑、孤独，有点泄气，不过就要没事了，真的。"

我也渐渐从对伦敦陌生、疏远变得适应、习惯了，开始去看大街上穿着各式各样服装的人群，并发现了钱对我的影响，我每天打好几份工，不分白天黑夜。作品中的我毕竟是一个没有受过太多教育的人，也不会理财，挣完钱后又学会了挥霍，等于手中没钱，就意识到是彻底完蛋了，这是我失望的一个方面。但最使我痛苦的是也许我没有专业、没有地位的原因。

弟弟冷淡了我，这对我的打击是极大的，对我来说，只有弟弟是我感情最终的慰籍和寄托，而且我对弟弟的爱是深切的，当初我来找弟弟时都没告诉家里，我让他们认为我死了。

作品表现我在极为珍惜手足之情和我在关爱弟弟的同时，写到弟弟对我的疏远，一个心理感觉敏感的人，我的失落更大，我早就预感到弟弟有一天会像叔叔那样成为一个有地位的人，他今天果真是我预感的那样，他走进婚礼殿堂了，我赶去参加他的婚礼，我想他怎么选择这样一个天气结婚。作品写到天气的情况，写到了景物中的变化，天气不好，这样的进屋叙述其实更多的是宣泄了我的内心情绪，我的内心是阴晦的、悲戚的，自己并没有过多标柄新弟弟对我的态度怎样，这里绝大部分是我感觉到的，是我偶尔追求这种情感的失落状态，我把这样一种手足之情看作是最真挚的，同时也是最值得依靠的心理慰藉，现在来说无疑我是失望的。

小说在最后的情节中写到我要离开这里了，要远远地离开弟弟了，这和开头我去找弟弟来到伦敦形成一个鲜明的对照，也是有始有终，一来一离，表现了我在伦敦的整个行为和我在与弟弟相处中的感情经历，这里面布满了艰难、辛酸、委屈和惆怅。

小说的题目是《你说我要谁的命》是一个很耐人寻思的发问，在小说叙述中，提到的几个人物都说到了与生死有关的话题，像提到弗兰克对我的轻蔑，我说要杀死他，但我最终说出他是我世界上唯一的朋友，我是带着宽谅的态度对待他的，对待弟弟我说，我觉得谁要让他遭罪，我就能杀了谁，我才不管自己呢，我没有生活，我是为了他而想到杀人，小说中还有一个情节是弟弟把别的孩子给杀了，弟弟的表情是害怕，他的表情似乎也是恳求我能帮助他，但是他还是逃开了审判，现在是轮到我了，我才是感到要命的人，我的痛苦与我的失落连在了一起，我生命的信念就要崩塌了。

小说整个气氛是凄凉的、孤独的，但这里和其中一段需要表现的一样，这就是那段弟弟失去信心时，在我的安慰下，又恢复了常态，只是需要一段时间调整，这是与作者的情感愿望、人格和意志印合在一起的。这是小说中最有价值的成分：等待希望的未来，小说中我对人性中美好的追求是理想化的、完美的，亲情、手足情是一个示例，任何一种人间的美好情感都有待于人类文明的靠近，人正是为着这样一个目的和目标而平静、乐观的活着，正是这样的主题寓意使得本篇小说成了一部了不起的篇章，他的伟大之处不是现在而是指涉未来。

3　驻守快乐的家园

王安忆长篇小说《上种红菱下种藕》表现了上海附近一个小镇上的特殊风景，这里的生活气息浓郁，且温情怡然，这里的人们质朴而善良，这些都是我们向往的最宝贵的东西，在现代化的进程中，经济的、科学技术的现代化一方面带来了富庶和繁荣，另一方面也刮走了精神中的营养。这里是对王安忆作品寻找并坚守美好精神家园的一种阐释。

王安忆出版的长篇小说《上种红菱下种藕》为我们呈现的是上海附近水

乡一带特殊的风景，它有着太多微妙的弯度和犄角，一曲一折，一进一出，有无数个断头河，这里人把它叫作"娄"，它的真名叫华舍镇，这里历来穷得很，但这里的人勤奋，可以上种红菱下种藕。它的生活氛围是平静、温馨的。它虽然有着生活中种种的艰辛和苦涩，可"你要是走出来，离远了看，便会发现惊人的合理，就是由这合理，达到了和谐平衡的美。也是这合理，体现了对生活和人的深刻了解。

这小镇子真的很了不得，它与居住其中的人，彼此相知，痛痒关联。它那浓郁的、温情怡然的地域遗风所弥漫开的人性中的关爱和善良却是那么的让人顾盼迁思、留恋不舍，它既有一种自然的生气，又蒸发着一种现代化气息，环境在不断地出现新的变化，像列车一样不停地向前奔跑，可这里的质朴和自然依然存在着，依然滋养着这里的人们。它正像沈从文笔下的静谧而恬淡的湘西世界一样让人向往，只是它是现代化中的上海周围的一个小镇，它受上海大都市繁华和新潮的影响，又保持着小镇上经久不变的质朴风韵，这是王安忆笔下的阳光照射的田园。

小说的视角是作者以旁观者的姿态，来注视着它的主人公和她周围人的生活情形的。

这里的主人公是从离这不远的郊区来的，是送到这里寄养的一个九岁的小姑娘，她叫秧宝宝。秧宝宝的父母到外地温州去做生意，把她送到这里的一个朋友家寄养。这个朋友家是个大家，有这个家说得算的家主李老师、李老师的丈夫顾老师、李老师的儿子、儿媳妇、女儿、女婿以及她四岁的外孙子，加上秧宝宝八口人。秧宝宝住在这个家中，她的乐趣是在屋外的与伙伴相聚的时刻里，她总是想着找蒋芽儿玩，喜欢两个人说这说那跑出去逛街。蒋芽儿带着秧宝宝已经逛遍了这个镇子的角角落落。差不多"每天下午三点，老街新街，就像燕子一样，飞着两个姑娘的身影。"蒋芽儿是秧宝宝的同班同学，以前两人不太接近，她是秧宝宝家沈娄那里旁边的张墅人，后来她父母为做生意搬到了华舍镇上，正巧住在秧宝宝寄住的李老师家楼下，她们俩如同他乡遇故知一样，亲切得形影不离。

秧宝宝原先是和同是张墅来的张柔桑要好，那时她俩也是同进同出的，一刻也舍不得离开，现在下课时，上厕所、到走廊里说话，就是三个人了。女同学总是敏感的，因为要好，又分外有心，一天下来，就觉出了端倪。放学时，去找走不同路的理由，张柔桑很自尊地独自走了，将秧宝宝留给了她的新朋友。要放在过去，秧宝宝就会在意了，可是这一天，许多事情都有了改变，她也有些变了。她与蒋芽儿手挽着手，慢慢往回走。走到近老街的路口，蒋芽儿站住脚，说：带你去个地方，去不去？秧宝宝说去！两人就转个身，走上一领小古桥，就是老街。

作者对女孩子们之间的交往、交往之中出现的你近我疏，是带着亲切的态度去看的，他把这些当作一种正常的少女间生活去理解，认为它符合每一个女孩成长中的心理过程，是她们天真、幼稚、敏感、多疑的具体描摹和自然写真，包括秧宝宝也开始同蒋芽儿一样拖欠作业不交，或者作业做得潦草不堪，作者也没有把它看得大惊小怪，站在老师的立场上什么"政治课"，谆谆告诫一番，而是一笔带过，说被收到差的同学那一边去了。

"她的形象也明显地流露出松懈的状态。头发总是乱蓬蓬的，既然梳不通，就也不去梳了，马马虎虎扒几下，编一根毛辫子，裙子呢，洗好叠成一团。凉皮鞋既不洗也不上油，白鞋成了灰鞋，书包也蒙上一层灰。"写到这，作者也没像教育家那样，说什么从小养成好习惯啦，要清洁呀，等等。秧宝宝父母不在身边，她的习惯肯定是会改变的，而且显得自由了一些，这从某种意义上说是少年天性舒展的一个侧面。

秧宝宝也把自己的家那儿的沈娄忘了，少年的心理就是这样的，她们顾念着的是她们自己的事儿，如何去玩耍，如何去开心，但当公公从沈娄来到她这里，为她送家里结出的青绿绿的葫芦时，她的那种想念之情一下子又涌了上来，"秧宝宝腾地跳起来，推开李老师，冲到阳台上往下看"，她向回沈娄的路去追公公："秧宝宝来不及换鞋，穿了拖鞋，撞开门跑下去"，公公上了年纪，耳朵聋，"公公上到桥顶时候，她就追上了。公公！她喊。公公听不见。她再喊，公公还是听不见。她就紧跑几步跑到公公前面去，截住公公。"这一段描写把秧宝宝对公公的感情生动地表达了出来，一个少女质朴、美好的内心世界敞露在读者面前。

对公公的描写同样是让人感动不已的。"只看得见一个背景（影），背上挎一只竹篮，篮上搭一件蓝布衫朝西走去，已经走近水泥桥了。"公公专门来给秧宝宝送葫芦，把葫芦送到，也没有停留就回去了，而且他的打扮是很正经、很在意的。"一件对襟立领衫，是做客的打扮。"从外表看上去，一个让人尊敬、爱戴的老人，就在我们面前，小说写到这，小镇周围充满的人间温情，在文本中一下子弥漫开了，这无疑是人们情感中追求的意境，它像田园般一样散发着缕缕清香，它缠绕着我们、牵引着我们的情绪……

秧宝宝住在别人家里，那个家庭对她都是爱护和关心的，让秧宝宝感到有点不顺心的地方，那也是表现了另一种爱的方式，秧宝宝光顾往外跑，头发肮乱得不像个样，被李老师的女儿闪闪、儿媳陆国慎按坐在小板凳上梳头，她们给她梳疼了，她哭了起来，三个人扭在了一起，秧宝宝很犟，但她怕李老师，当李老师喝道："鸡飞狗跳，乱成什么样了！"她停下了手，闪闪则委屈地流着泪说："都是你纵容她跟蒋芽儿一起混，心都野了！"李老师斥道："你少说几句！""将秧宝宝推回客堂，令她坐下，又嘱陆国慎端来一盆水，一按秧宝宝的头，将头发全翻倒在水里。"

秧宝宝是个顽皮、任性的小女孩，她的内心成长是朴素、善良的，并且很有正义感，当陆国慎到医院保胎时，她自责地想到了是不是自己和她扭在一起时不小心把她肚里的孩子给踢着了，在公共汽车上，她看到了"抄书郎"不买票，下了车就去追他，想让他补票。秧宝宝是个非常有个性且十分可爱的小姑娘。

作品里对人的情感中那种美好的描写是多角度、宽范围的，对华舍镇这个地方特有的人的心理情态做了更深入的阐释和重彩笔的描摹。

秧宝宝的母亲一开始还对李老师有些不满意，她觉得李老师和李老师一家人没有照顾好秧宝宝，在对李老师表面客气的背后还抱有不少的埋怨，并想把秧宝宝早点领走，换个地方。这是出于母亲对女儿的疼爱，秧宝宝在自己家的时候，自己的母亲想怎么说她就怎么说她，秧宝宝也就显得规矩一些，听话一些，生活有规律，按照一般的生活常理当秧宝宝到了李老师家，无论如何李老师和李老师的家人总不能像对待自己家里人那样随意地批评她、管束她，他们怕她多心，怕她感到不自由，这样秧宝宝也就自然地在李老师家变得散漫多了、放松多了，她的个人卫生也在玩疯了的时候忘了讲究，显得像个野丫头。

秧宝宝母亲的敏感和李老师的谨慎从两个侧面反映了人在感情上的细腻表现，这都是对秧宝宝的爱，一个是疼爱。另一个是关爱。秧宝宝的母亲最后对李老师表现出了感谢的态度，这个表现是自然的，也是质朴的，在秧宝宝将离开李老师家时她让秧宝宝向李老师告别，秧宝宝没有说出来，她说秧宝宝"没有良心的"，这种生活气息极强的语言是有丰富的语义在里面的，它一方面表现了秧宝宝母亲的直爽性格，同时也表现出她的知情达理，对李老师的感激。

秧宝宝的父亲对李老师及李老师一家一直都表现出很善意、很随和的态度，李老师让他在那吃饭他就吃，他对李老师"说了许多恭敬的话语。说李老师比他们会养小孩子，秧宝宝不是长高了？而且，也漂亮了"。他还和李老师家里人亲切地谈自己的生意、谈在外谋生的苦处等，很有一种亲和感。

在写到秧宝宝的父亲和母亲的关系上润滑、流畅地避开了现在社会上流行的离婚或者婚外恋的"时代病症"。秧宝宝的父亲也是个挺有成就的老板，他没有像有的老板那样穿梭在饭店、舞厅之间，甚至去包二奶，他还像自己从前那样，挣钱是为了过好一点的日子，剩下的钱也不乱花，他给女儿攒着，要付女儿每月的生活费和对抚养女儿的李老师一家的报酬，他接秧宝宝的母亲和秧宝宝到讲究一点的宾馆、饭店，想让她们娘俩能放开几天好好的享受一番，平时自己是舍不得有一点浪费的，他生活习惯仍然很简朴，而且平平常常、安安稳稳地过日子。

秧宝宝父母这两个生意人不像人们认为的那样奸猾狡诈、图人便宜，他们做生意和其他一些职业上的人差不多，是靠勤奋获得收入，追求富裕的生活，他们这样一种人品，在这个社会上也是难得的。现在市场上的买卖人利欲熏心、坑蒙拐骗的到处都是，在秧宝宝一家人的身上也让人看到一种格外令人醒目的光彩。秧宝宝一家与李老师一家在良好品质上的接近也促使他们两家能很好地交往下去，这两个家庭对秧宝宝的成长都是有着极大的影响的。

小说中几次写到公公，最后一次写他死了，他没有病，是老死的，他有三个儿子都在外地工作。大约有一周时间公公躺在床上，不吃不喝，头两天，村里人没觉察，第三天发觉了，没见公公出去吃茶，邻居们去看他，要拉他去医院看病，他不同意，大家给他送来了粥、菜、面条、开水。过了一天，这些他一点也没动，大家问他是不是要给儿子去信，让他们回来，公公点头同意，儿子没有及时赶回来，公公大唱了两个时辰的古代戏后，大家劝他"唱到这时，公公也累了，躺倒睡觉吧！""公公便躺倒睡着了，第二天早上去看公公的人发现公公已经过去了。"他的三个儿子陆续从外地赶回来，给他送了殡。公公是一个开朗、热情的老人，邻居们都主动去关心他、照顾他，从对他的生活上到对他的感情上都是如此，这其中人与人之间的挚诚就像一个占老的传说，是那么的具有亲切感、具有人情味。这里的公公很像沈从文《边城》里的祖父老船夫，这个公公的文本作用发挥了神奇的效果，公公的人物设置虽然看上去只是作为小说叙述结构上的技巧安排，但实际上它起到的作用极大地渲染了小说中溢满全篇的情感气氛。

作品中的主人公秧宝宝在一天天长大，"秧宝宝至少长高半头，人也漂亮了，再过些日月，她将会长成一个妩媚的、多情的姑娘，她将从容镇定地面对很多事情，明晰自己的爱和不爱，自然顺畅地表达出来，免受他们的压力。可是现在还不行，她做不到坦然和开朗，许多事情都是混沌一片。"秧宝宝最后还是被她的父母接走了，离开了小镇。

这个小镇虽然有惊人的合理，也有协和和平衡的美，可它真是小啊。秧宝宝的父母要给她找到一个更理想的地方。王安忆的快乐家园并没有设定中间站点，她是个不断追求的心理向导，秧宝宝作为一个寻找美好的标志，对她喜欢的地方，应该一直找下去，它预示着王安忆的精神世界走向，也是我们人类所共有的永恒追求。

在当下全球化、现代化的进程中，经济的、科学技术的现代化给中国和世界都带来了富庶和繁荣，照亮了光辉的前景，但这个同时它也把相当一部分好的东西、营养荡涤掉了，野蛮地刮走了人们精神中的脂膏，20世纪90年代以来社会上的各种腐朽现象纷至沓来、不绝如缕，贪污、受贿、欺骗、恐怖，丑态百出，甚嚣尘上，作家、知识分子应该怎样面对这一切、如何在这样的环境中生存，如何确定你在这样环境下的存在意义，王安忆现在所做的姿态已经对此作出了回答，这就是《上种红菱下种藕》文本里传达出来的讯息，即是作家、知识分子，也是生活中的人们应该如何在现代化背景之下"坚守精神家园"的问题，这里把它叫作"王安忆现象"。

4　"骂人"和"会骂"才不愧鲁迅其人

鲁迅先生是中国现代文学的一面旗帜，但是对鲁迅的评价一直有各种争议，传统的主流话语把鲁迅看作无产阶级最伟大的文化巨人，文学界专家中却不时地传出与此不同的声音，也有否定的言辞占据在舆论界重要的争鸣篇章之中。有人提出鲁迅由于所发作品不多不能与世界文学巨人相提并论，有的年轻人提出不喜欢鲁迅小说，也有一些学者和出版家对他的杂文提出置疑，认为他太尖酸，太刻薄，不愿意发表他的杂文。

笔者个人认为对鲁迅先生的评价，首先应该肯定和赞扬的是他的战斗精神和他的思想性，他应该首先是个革命家、思想家，然后才是文学家。这样的说法也许会遭来文学界的不同声音，因为鲁迅毕竟是用笔、用作品来成就他一生的，在笔者看来这些并不能准确地反映他的思想和成就，他虽是用笔成就了一生，但最能代表他的是他通过笔所表达的只有属于他的那种坚忍不拔的战斗精神和伟大的思想，这些除他在小说中的描写外最多的是表现在他杂文里的批判。

鲁迅先生是位公费考取的日本留学生，他考的是医学，后来他在幻灯片中看到外国人杀中国人，中国人还在一旁笑，他于是带着忧愤，毅然退学，弃医从文。他抱着改造国民性的理想，始终笔耕不止、战斗不止，他对中国人哀其不幸、怒其不争，他以阿Q为嘲讽的代表，列举了一系列不幸、不争的典型，进行深刻的鞭挞，以唤起民众的觉悟，并把这种精神发展到对丑恶人性的无情打击，对反革命势力的彻底扫荡。

鲁迅杂文是在他的小说基础上对他的敌人更坚决更有力的回击和迎战，鲁迅的理想不是他在自己的小说《故乡》中所看到的一望无际的葱茏绿地，他的周围布满荆棘和刀丛，这在他一开始从事文学的时候就表现得相当明显了。他先是让那些留过洋的所谓学者和大学的教授围攻，后来是反革命文人的猖狂围剿，一直到反动政府想暗杀他，鲁迅的生存环境是极其恶劣的，他如果不是那样的战斗者姿态就将沦为他的敌手中的剑下囚，对此，他一开始就很清醒。他的爱憎很分明，他的两句诗："横眉冷对千夫指，俯首甘为孺子牛"就标志了他的爱憎，他对人民是深深热爱的，对敌人则充满愤恨。

他在与梁实秋的论战中把梁实秋骂为《"丧家的""资本家的乏走狗"》[1]真是痛快淋漓，关于"狗"的指骂，他在《论"费厄泼赖"应该缓行》一文中连骂带论，听了教人觉得过瘾、够劲。并不是骂人就是不文明、不道德，骂人是语言的一种形式，是愤怒情绪的直接表达，不会骂人的人，

---

[1] 《"丧家的""资本家的乏走狗"》，引自鲁迅《二心集》。

自然看上去文明、斯文，可别人骂你你怎么办呢？只有听着，你打他吗？能打当然好，而既不能打也不能骂，就得等着受气。所以在一片和气的气氛之中不要去骂人，在别人已经欺负到你头上的时候，你总该有点保护自己的武器，鲁迅骂人既是保护自己也是进攻别人。

鲁迅遭到的谩骂和攻击是相当多的，"创造社，太阳社，'正人君子'们的新月社中人，都说我不好，连并不标榜文派的现在多升为作家或教授的先生们，那时的文字里，也得时常暗暗地奚落我几句，以表示他们的高明。我当初还不过是'有闲既是有钱'，'封建余孽'或'没落者'，后来竟被判为主张杀青年的棒喝主义者了。这时候，有一个从广东自云避祸逃来，而寄住在我的寓里的廖君，也终于忿忿的（地）对我说道：'我的朋友都看不起我，不和我来往了，说我和这样的人住在一处。'"[1]一个没有意志的人或者心胸不开阔的人会屈服和投降的。

在现实的生活里任何一个人都不可能永远一帆风顺，永远面对笑声和鲜花，不顺利和挫折有时是自己的原因，有时是外界强加给你的，在革命斗争的紧要关头，你只要后退一步就会导致厄运的袭击，就会导致毁灭。鲁迅肩负着拯救国民性的重任，他必须是个勇敢献身的战士，历史使命约束着他不允许有半点的动摇和徘徊，在文学史上有人认为他不够温和、不够斯文，这种说法是没有见解、没有头脑的评说，他在《论"费厄泼赖"应该缓行》中对打不打落水狗时说道："总之，落水狗的是否该打，第一是在看它爬上岸了之后的态度。狗性总不大会改变的，假使一万年之后，或者也许要和现在不同，但我现在要说的是现在。如果以为落水之后，十分可怜，则害人的动物，可怜者正多，便是霍乱病菌，虽然生殖得快，那性格却何等地（的）老实。然而医生是决不肯放过它的。""我们是不打落水狗的，听凭它们爬上来罢。于是它们爬上来了，伏到民国二年下半年，二次革命的时候，就突出来带着袁世凯咬死了许多革命人，中国又一天天沉入黑暗里，一直到现在，遗老不必说，连遗少也还是那么多。这就因为先烈的好心，对于鬼蜮的慈悲使它们繁殖起来，而此后的明白青年，为反抗黑暗计，也就要花费更多更多

---

[1]　鲁迅《三闲集》序言。

的气力和生命。"[1] 写文章对他来讲是一种轻松、开心的游戏，他像一个最聪明的人一刻也没有想到会输给谁，他是人群中骄傲的胜者，这里鲁迅的形象是机智自信的，没有一点一般人的关键时刻智力阻碍，思维不清，他的反应是极为敏感的，语言表达非常准确，想到哪就会表达到哪，他的想象力丰富得教人吃惊。他竟然能说出来"红肿之处艳如桃花，溃烂之处如同奶酪"这样的讽刺词句。

但鲁讯作品的思想性是其他作家无法相比的，中国作家也罢，外国作家也罢，他作品中的艺术形象可以永远成为标本令世人震惊。不论是当时还是今天，鲁迅的警醒都对人类有深刻的启迪，人性的丑恶是作家歌颂美好的参照，在张扬美好的同时，保护自己的武器就是对丑恶的辨认态度和趋赶的力量。

---

[1]　鲁迅《论"费厄泼赖"应该缓行》。

第六章　文艺理论的异质嫁接与思想流失

文学艺术理论中国有，外国也有，中国古代思想家的言论都在不同程度上叙述了文学理论的问题，但外国的现时期理论要比中国的更丰富一些，我们的学术界也喜欢和不得已多从外国理论中借鉴更多的东西，嫁接中国的文学艺术现象。什么弗洛伊德、尼采、笛卡尔、康德，语言学、逻辑学、现象学、符号学，等等。这些理论用以论述中国的文学艺术有的是恰到好处的，也有许多属于生搬硬套，还有更多的东西就是一条条对照外国理论，往里填充事例，应该说拿来主义也好，也必要，也有水土不服的，更有非常多的学术鉴定需要在这里澄清。

第一节　对理论以及文化现象传播的观测能力

1　把女权主义推到极端

女权主义本来是个外来理论，它可以在中国本土上适应后，再加以改造，成为分析异地国家的文学艺术现象。

发表在《上海文学》2001年8月号的尤岚短篇小说《米亚在北京进修》是很能反映当代女性心理状态、情绪及生活的写实作品。米亚腿很长，凡是见到她的人，都会对那两条美腿多看好几眼，"我"（主人公）对米亚由衷说的第一句话就是你的腿真长，米亚听了粲然一笑。这是小说的开头，作者以第一人称"我"的方式展开对作品的叙述，作者也是女性，她以同性的视角看待米亚与她一同进修的日子，使读者更有一种自然感，因为同处于一个生活环境，同住一个寝室，她在表现米亚时就显得真实、生动、可信。

小说中米亚的形象虽是通过主人公"我"介绍出来的，但却如同读者自己看见的一样。米亚的电话很多，每天都能听见几次"米亚，电话!"的喊声，听到喊声的米亚，"噌"地立起，抬起长腿就冲向走廊，接着，整个走廊便是她娇滴滴的余声，电话有时会在半夜或清晨打来，她也总是一骨碌从床上弹起，挎着睡衣，奋不顾身就奔出去了。打完电话回来，她会说句："是我男朋友。"这话有解释的意思，更是不可不接的声明。米亚是个30多岁的成熟女人，她长得漂亮，现在还没有结婚，跟她有着爱意、同居的男人很多，这就是米亚的现实生活状态。米亚利用自己漂亮的优势，和众多的男人交往，过着悠闲、自在、随意、刺激的生活，形成了漂亮女性特有的生活方式，是属于女性群体中个别的一个类型。

如果我们把17世纪到19世纪女权运动在西方的兴起和发展看作是一种人文主义和人性的进步，是一种反对性别压迫，打破传统的男性中心主义和争取男女平等的话，那么21世纪中国的这个女性群体中个别的一个类型，已经把女权主义推到了极端，她们已经远远超过了争取男女平等这个层阶，而变得高居男人之上了。她们可以凭着姿色和诱惑力，让众多的男人成为她们的情人和猎物，成为她们浪漫和享乐的工具。

中国妇女形象从旧社会受压迫到新社会当家做主人，地位在一天天上升，从国家政权看有各级妇女联合会，经济上也基本与男人处在同等地位，可以同样竞争各种工作岗位，尤其在社会第三产业（社会服务产业）上更有远远大于男人的优势。

中国妇女的道德观念也在一天天起变化，旧社会讲贞洁烈女，丈夫死后不能再嫁，封建社会以来，中国妇女受着族权、神权、夫权三道绳索的捆绑，只在社会中起着附属的作用，是男人们的一个工具，旧社会中国妇女形象的的确确是受压迫的形象。新中国成立后，妇女翻身了，她们是社会主义建设的一支重要力量，妇女们发扬吃苦耐劳、坚忍顽强的精神，做出了独特的贡献。在文学艺术作品中，中国妇女的形象是勤劳、善良、朴实，这些通常被称为中国妇女的美德。

随着时代的发展，中国妇女的价值观、道德观都发生了深刻的变化，在改革开放的影响下，我国的经济制度及人事制度都做了重新调整，一方面促进了社会的进步，另一方面导致了在经济利益面前人际关系的扭曲。恋爱关系、家庭关系也受到了异常影响，社会上离婚率上升、婚外恋增多、单身青年比例增加，人与人之间出现信任危机，男女之间的感情就是在这样一个环境下生存的，它不可能不受社会各种因素的影响。

米亚出生在20世纪60、70年代，在她成为青年的时候是80、90年代，正是我国社会观念发生极大转变的时候，国家发展经济，注重人才，竞争激烈，同时文艺界、娱乐界某些人身价倍增，成为歌星、影星、名模、影视演员成了相当一些青年的奋斗目标，同时由于贪图享乐或者生活所迫等种种原因，社会上娼妓也日渐增多。

漂亮女人在这个世界上很好生存，即便没有多高学历也可以很容易地在大城市中找到服务性工作。有的漂亮女人选择了做妓女致富，有的干脆嫁给大款，过着奢侈的生活。在当今中国社会，米亚这类人的存在是自然而然的。米亚不是强调一夫一妻制、忠于爱情的人，她利用自己的漂亮占有着若干男人，既获得别人的钱财，也放纵着情欲。以前在西方国家是男人追求金钱和美女。今天在中国，也有一些女人，在追求金钱和男人，如果说，前者是妇女在男人的控制下受着一种特殊的性别歧视和意志压迫，那么后者则可以说一部分女人已转换角色，支配和摆布着一部分男人。这种类型的女人只是中国妇女中极少数的一部分，她们有如下特点：一、她们是漂亮女人，是上苍赋予她们美貌并由此获得特权。二、她们观念解放，性格浪漫、大胆、具有挑战性。三、她们吃青春饭，延长青春是维护特权的要素，一旦年老色衰则魅力与效力一起消失。

米亚使潘浩民这个学院的常务院长成了她的情人。潘院长是个有家室的男人，他的地位、学者风度、广博的知识让她产生了真爱。她刚一看到潘院长就有一种触电的感觉，立刻变得如粉色少女，满是羞涩慌乱，她把一张纸交给他，上面写道：可以吗？然后画上个大问号，又写上自己的呼机号。

米亚浪漫的求爱方式很快就获得了结果，潘院长开着车把米亚带到自己的另一处住所，他们在那里发生了预想的爱情。然而，米亚依然和成都那个

"钟"在过道打着缠绵的电话，并进展到"亲爱的""老公"这样的称呼。这是她的初恋男友，如今他也有了妻子，可他还渴望着与她续结良缘，他经常往学校给她寄生活费，他们的初恋往事和他的真诚、执著，也在她的生活里起着滋润她的作用，但他不如潘院长那样吸引她。

和米亚正式同居的是个宽肩厚背、雄气十足，长得还不错的男人，米亚和他的关系，是生理上满足一下的那种，互相都没有什么大的吸引，米亚觉得他张嘴就问她缺不缺钱没有情调，早晚要和他分手。

米亚的精神需求是多方面的，她一方面追求潘院长那样的真情投入，另一方面还在寻找玩世不恭的游戏式的刺激，米亚的性格是有种男人的豪爽和义气，不但会抽烟能喝酒，还敢拍着胸脯把天大的事情应承下来（做到做不到再说），动辄喜欢称兄道弟地拍肩搭背，开始许多男人都以为遇见了自己的同宗兄弟，很快就吃喝不分打得火热，尔后，待享受了她的娇媚和热情，便有些无法自拔了。

米亚有约必应，吃他们的、占他们的，还美滋滋地说："老子吃他们的还不是小菜一碟，不吃白不吃，吃了也白吃。"

她弹弹烟灰，声音嘶哑地说："我呀，大概三个月或半年就得换一个男朋友，这个节奏已经很适合我了。"

米亚是没有什么责任感的女人，她过不了一般人的平淡日子，她需要新鲜和刺激。米亚的情爱和性爱生活还造成了一些男人的两种生活倾向。一是，他们在米亚身上找到了在自己妻子身上找不到的新鲜感和冲动，这就激活、增强了他们的"力比多"因素，以及对爱的向往和热情，改变了他们的生活性质。二是，由于婚外情爱或性爱的原因，使他们变成一个虚假的人，在妻子面前说假话，把婚外情转移到地下活动，削弱了对家庭的情感，甚至把家庭当作一种负担。以上这两种情形都是由这类女人造成或推动的。它已经不是争取平等自由的爱情权利，而是带有社会成分在其中了，在中国一夫一妻制还要长期存在，米亚一类人的所作所为，是与社会现有制度和精神文明发生抵触的。她们在危及着一个个平静的家庭和一个个妻子的情感，如果从保护大多数妇女情感利益这一点出发，米亚应该是被指责的对象。但从追求情感真实这一点出发，她的行动无疑是对没有爱情的家庭的一个冲击，在她身上体现的男女之情是充实的，也是生动的，带有更多的本能因素在里面，是不受压抑和约束的自然性质的活动。

米亚的形象给我们带来一种思考，她翘着二郎腿，坐在桌边静静地吸烟，这个时候的米亚半眯着眼睛，目光凝神，是不说话的，她的手指轻盈盈地夹住香烟，缓缓送到嘴边，长长吸一口，像吸到肺部深处，停滞约十秒种，再缓缓吐出，很快房间就充满了呛人的烟味，米亚端坐在烟雾里面，正像大仙一般，也俨然活脱脱的一个女巫。

在我和米亚分手前，作者这样写道："米亚说以后，我要到西安去看你，我听了立刻拒绝说别，千万别，你一到我家，要不了两小时，就会搞得天翻地覆，不但勾引我丈夫，还会把我扫地出门。"显然作者是带着批评的态度评价她的小说主人公米亚的，米亚的确会成为稳定爱情关系的毒物，但是它的背后却揭示出这种稳定爱情关系中所缺少的应有的抵抗力，一个家庭应该在什么状态下生存，是在没有任何外界侵袭的条件下、在风平浪静里延续吗？

在现实的社会交往环境下，哪一个人能够躲到这种真空里不出来？如果这样，别说你的家庭、爱情，连你最起码的温饱生活能保得住吗？如果走出封闭的家庭，米亚一类人你能保证一次也碰不到吗？我们渴望那种天长地久的爱情，像恒星一样照耀在我们的天空，可是就目前的社会现状，哪一对恋人还敢对天发誓呢？米亚是经历过的人，潘院长也如此。

问米亚缺不缺钱的人都是经历过的人，他们的爱情是地久天长的吗？生活中的名人、百姓又有多少人拥有永恒的爱情？即便那些看上去很平静的家庭，他们真正感受到了爱情的幸福吗？初恋时情意绵绵、如胶似漆，恨不得马上结婚，结婚之后就再也不分离，可是后来非离婚不可，别人怎么劝说也不行。现在的离异者大多不敢再婚，就怕再度离婚。大城市中出现试婚热，其中一些人就是不敢结婚。

如果这样看，米亚的及时行乐、玩世不恭，没有什么值得谴责的地方，这个世界纯而又纯的东西本来就不存在，爱情商品化越来越成为赤裸裸的现实，现在你让一个下岗职工去追求一个貌似天仙的美女，会引来全社会的嘲笑，这个男人不是精神有问题，也是变态。

20世纪50—60年代那种蔑视金钱和地位的爱情是有的，它无私、无畏，感人至深，但现在已是凤毛麟角，难得一见了，或许应该把这样的爱情放到历史陈列馆，当作一种文物了。

爱情还应该在一种更高的境界里出现，那应该是道德高尚的人，以自己的人格力量让对方倾倒，双方都不看重金钱，对方的魅力已经远远超过金钱的吸引力，这时，本文所表现的极端女权主义，才可能退回到它原来应有的位置，与男性平等，变成一种真正美好的男女互赏的本真存在。

2 现代家庭伦理中的男权话语

男权话语理论是对女权主义的一种反向借用，从电视剧的形象中传播开去。博得全国观众不睹不快的精神伴侣"男人雄威"在电视剧里每天必现地跳到你的视域中，从《渴望激情》到《危险真情》，一路燃起了昂扬一世的《激情燃烧的岁月》，从城里蔓延到了乡村，从带枪的党的干部一直燎原到开蒙的农民《刘老根》。到现在"女权主义"才终于现出了它的叹息和无奈，在中国家庭里只有悄然被降服了。

如果我们把17世纪到19世纪"女权运动"在西方的兴起和发展看作是一种人文主义和人性的进步，是一种反对性别压迫，打破传统的男性中心主义和争取男女平等的话，那么我们就可以肯定它是人类文明的一次进步运动，它唤醒了妇女们的恍惚意志，用合理，甚至过激和越轨的举动和呐喊为自身辟出了一个精神解放的空间，中国妇女也在新中国成立后获得主人公的地位，扬眉吐气地占领了半边天、东西女声大合唱，"寰球同此凉热"。

历经一个世纪，今日，往日的娘子军高地上的红旗已经不再那么耀眼和辉煌，它在岁月的风雨荡涤中已经颜色褪尽，变得像条破烂的泪巾了。经济改革的大潮荡涤了全国人民的价值观念，掀起了各个阶层的精神波澜，整个社会思绪万千，家庭这个连带的细胞是势必会跟着发展变化的，《渴望激情》中的尹初石快过他41岁的生日了，他像是有所醒悟，他和妻子王一的12年结婚纪念日却过得如此平静，悄然无声，妻子在外人的眼里那么漂亮和贤惠，却怎么也引不起他的发现和注意，调动不起他当年的热望来了，她在他的情感世界中没有了感觉，渐渐地隐去、消遁。他们的爱情最终以时间验证了一个结论，把吸引力排出，让爱情转化成了亲情。家庭退到寂寥的角落里，暗淡成碍眼的背景和负担。

作为男性的尹初石，作为一个专业的成功者，他的激情必定是存在的，他的冲动凝聚了对另一个女人的相思和新鲜的刺激，他总是悄悄地躲开妻子盼望的双眼，去迎接情人的热情和疯狂，开始了新的男女追逐，客观地形成了妻女对爱情企盼失落，由爱情缔造的家庭伦理无形地转化成社会意义上的男权的无意识侵犯。家庭伦理中的男权话语在社会中一层层地被垄断着，在历史的延续中从遥远的昨天到当下我们的眼前。

话语权是男性创造出来的思想意识形态，它的主宰者自然是男性，从奴隶社会开始，它就伴随着政治同胎诞生了，第一个奴隶主和皇帝拥有着所有的财富和权利，同时霸占着他所能管辖地域的全部女人，女人是所属男人的一个符号，奴隶主和皇室剩下的"次女"分落到民间，供他繁衍维护自身利益的人群，构成他种种私欲的人力支援和保护力。分落到民间的"次女"也被"夫权"捆绑着，屈从着家庭里的压迫，女人是男人的生理工具，身体和精神都在被动的地位下任人摆布。

1914年当话剧《娜拉》（易卜生的小说《玩偶之家》改编）在中国舞台上演时就喊出了女人命运的凄惨，她指出丈夫是击碎她理想的现实身影，是扼杀她美好愿望的子弹，丈夫带着社会的种种因素向她施加了集中精神目标的危压。《激情燃烧的岁月》首先用点燃理想的火炬在人们茫然的怀旧中把人的理想、思维焚毁成一片荒地，在映着胜利凯旋的旗帜中卷来一个骑马挎枪的英雄，这就是剧中的主人公石光荣，他连出场方式都是英雄式的，是带着崇高意蕴的音乐烘托着出场的，他的名字也是英雄式的，他叫"石光荣"。

他是功臣，他就是光荣的标志。在战场上他是英勇作战，杀敌立功，确实不愧光荣的称号，他为建立国家政权立下不可磨灭的功勋。但是，电视剧的英雄形象借助这样一个耀眼的光环，迷惑了一个公正的观念，是以居高临下的权威姿态俯视着的。他的浑身光辉照着这里，简直就是锐不可当，势如破竹，他来到女文艺兵当中挑媳妇，是带着党的命令的。在战争时期的特殊年代，为了国家、民族的利益和解放，无数英雄抛头颅、洒热血，把生命置之度外，根本顾不上个人的冷暖和安危，组织帮助解决个人问题，"找老婆"也是应该的，不过分，谁也不应该去对此"非议"，问题是石光荣在命令自己的警卫员把他看上的姑娘（褚琴）弄到手时，警卫员就带着一把手枪在姑娘（褚琴）死活不从的情况下拔出手枪施威道"或者你把我毙了"。这是为革命呢还是为"抢老婆"？女人在这里又是什么呢？这和皇宫伺从举着"圣旨"强抢民女入宫、和黄世仁握着"卖身契"上门抢"喜儿"有什么不同？

皇帝和地主被看作是阶级压迫的"罪恶"，一个解放军的团长就可以理直气壮地把它"拿下"吗？剧中有一场很有象征性的戏，石光荣把褚琴退休后在院子里种的花一株不剩地统统拔掉，然后种上了他喜欢的西红柿，他根本不去考虑褚琴的爱好和内心感受，而是处处以自我为中心，褚琴的美好愿望和希望是被他连根拔掉的。

石光荣用"革命的名义"在战争的特殊年代抢到了褚琴，又用"革命的名义"在"和平年代"以"家长式"的"夫权"剥夺了她一生的自由，他的淫威笼罩了"革命家庭"的男权话语。《危险真情》中的庄澜用话筒在舆论和新闻传播中霸占着现代家庭伦理中的男权话语。庄澜是某市电视台《目击焦点》的节目主持人，他的妻子有一天发现了他的异常后，说道"你的功夫见长"。庄澜问："什么功夫？"他妻子气愤地答："床上功夫"。

这一层窗户纸又被捅破了。和庄澜暗暗发生婚外恋情的仍然是电视台的主持人，她叫梅子，一对大红大紫的电视台主持明星各操手中的话筒合演了瓦解家庭的喜剧。两人凭着知识分子的智商偷偷摘取伊甸园禁果，巧妙地编着欺骗那个在家妻子的谎言，他俩到风凉地风光浪漫，体会着名人的潇洒、偷情的快感。《危险真情》以两个电视台的主持人作主角，面对一个家中的文弱妻子作战，应该是个很好的象征。这个势单力薄的女人怎么能抵得过他们呢，尽管她在家中和丈夫交锋，可转眼间他口口声声去为全市人民报道最新新闻加夜班去你又能说什么呢？你有能力去阻止他吗？你可以和全市的人民对抗吗？在他丈夫声音传出去那一刹那的崇拜者的咂嘴赞叹中她会感到自己是如此的微不足道，家庭中的一员怎么能和电视台的声音争辩呢。

经济资本、高科技手段控制着现代家庭伦理中的男权话语。《牵手》中的钟锐是位电脑专家，他的智力优势和技术特长抬高了他的身价，增加了他在经济市场竞争中的复杂性和艰巨性，工作境遇中的现实性促成了他的特殊地位和与众不同，工作中的支持和困难时的安慰导致了他生活的原有家庭状态的扭曲，他有时不得不偏离家庭的轨道，越轨出格。客观影响着主观在有意和无意中侵犯了家庭的应有权力。

那个既漂亮又充满女人味的夏晓雪可能是除了和男人比不会搞电脑和生意场上的周旋外，在女人间的相互比较中哪样也不比其她女人差，钟锐的情人在电视里一出来就看得出她不具备和夏晓雪争宠的资格，但事情不能那样看，夏晓雪这个妻子还是输给了丈夫的情人。夏晓雪确实是好，钟锐也爱她，这是钟锐在现代化发展中的心灵扭曲，也是和物质利益一同增长的家庭关系的演变和啄食的结果。生活中的钟锐和夏晓雪都是有着丰富内心世界的杰出人物，但就先进技术这一点来讲，做得最有成就的还是男性，他们的成就越大，受瞩目的程度就越高，存在婚外恋的危险也越多，他的男权话语侵犯家庭的优势就表现得格外突出。

现代家庭伦理中的男权话语从城市扩散到农村，从老革命到知识分子到技术干部再到农民企业家。《刘老根》演火了，总能让你开心的喜剧演员赵本山这次收敛了他满脸的滑稽，当上了一个叫人喜欢的农民企业家，他的智慧和责任感使得他成了村里最有功劳的领头人，他把龙泉山庄弄出名了。这个昔日名不见经传的小村落如今可变成了人人皆知的旅游胜地，游人和新婚夫妇都免不了来次到此一游，这里的老少爷们个个都脸上泛着红光，笑得像一朵朵开不完的花，可就是在这样喜洋洋的气氛中总有一个不开心的表情和一朵不开花的"丁香"。丁香是刘老根的未婚媳妇，打小就喜欢老根，她死了老伴后就等着和老根再续良缘，丁香对老根的爱是实心实意的，她的心思全扑在了他的身上，那种执著劲真是没说的。

刘老根也是早就失去了老伴，他也是爱着丁香的，但他就是不能使丁香快乐起来，丁香在她与老根的关系上是在有的时候表现得有些神经过敏，她看见老根跟其她女人在一起就往暧昧的关系上想，多少次使得刘老根在众人面前显得很尴尬，甚至十分难堪，给正常的工作造成了障碍。但电视机前的观众也可以从另一个方面看出刘老根眼前的丁香的确不太被刘老根看中和重视，在他的眼里丁香是个可有可无的碍眼的胖女人，他们的爱情怎么也看不出是互相不能缺少对方的那一种。

丁香的多疑和刘老根的无所谓是因果关系互相作用的两个方面，刘老根晚间到丁香家里过夜，亮天被别人看见了，他突然反口抵赖地去挽回自己的面子，"谁上你家了，我能吗，我怎么能半夜上你家呢？"又弄了个丁香一身不是。他不设身处地地为丁香考虑问题，也不去顾忌她的心理感受，事业干得轰轰烈烈，丁香作为他的未婚媳妇没有得到他应有的器重和爱护，并且他也对两人的婚期一推再推，变得遥遥无期，越来越叫丁香觉得没有指望。

刘老根后来自己说："我总装……犊…犊子，我总装。"他是在丁香面前装，他的总经理地位就占据着他的心理优势，他垄断的男性话语权一直在他清醒的时候堵着没让丁香走进结婚的大门，直到他被骗子骗得倾家荡产之后，才在不知结婚是怎么一回事的时候，圆了丁香的鸳鸯梦。

《刘老根》里不仅有丁香在刘老根身上的不平衡，还有一对药匣子和大辣椒之间的闹心事，药匣子晕晕忽忽、念念叨叨自己是个知识分子，大小不济也是个中层干部，尽管大辣椒惦记他的吃，惦记他的喝。他还是张口闭口贬斥着大辣椒道："你这个老娘们""你这个老娘们，就是头发长见识短"。他还真有些闲情逸致，动不动利用工作之便，找个女人在身边，显示一下办公环境的文明程度提高档次，顺势去摸一下女人的手。他身体有病，与大辣椒长年不能生育，却去埋怨大辣椒。大辣椒怀上了他的孩子，他又怀疑是她和刘老根进了一次城，偷情怀上的野种，他哭哭啼啼地去找刘老根，叫他孩子的亲爹，骂自己是个王八，无形中让大辣椒蒙上了不洁和不白之冤，构成了一个既自身懦弱无能又不顾根据、有形无形地去毁誉、污辱妻子的滑稽加丑角的另类典型。

现代家庭伦理中的男权话语不仅施加在妻子身上，还武断地阻止着下一代的思想。《激情燃烧的岁月》中的石光荣在他儿子石海报考大学的时候，丝毫不听取任何人的劝说，为他做了主，他抽掉他的报考志愿，把他送到了部队，让儿子放弃了高考的机会，不知道搞科学是报效祖国还是当兵是报效祖国，把无知和盲目当作对祖国的忠诚，把孩子的理想和信念看作是浮华，剥夺了青年美好的远大追求，表现了对人的意志的粗暴践踏和求知欲望的扼杀，暴露了对国家未来观念的愚钝和无知。他只顾强迫自己的儿子成就出一个像铁一样的性格和牛一样的体格，不管人生最大价值的选择和提升，起到了一个社会历史前进的绊脚石作用。

他不仅没有尽到做父亲的责任，也误读了他的老革命家的宏伟志向，歪曲了老人家的光辉形象，显然是一个走不进现代文明队伍中的大喊大叫的不开悟的地道农民化身。

石海在他的淫威棍棒驱赶下来到部队，终于现出自己的"无德无才"而被组织批评，在经过了一大截弯路后才跳出了苦恼圈，获得了自救。《刘老根》里的二奎和《激情燃烧的岁月》中的石海差不多，也是走不出父辈的"安排"，他的豪情壮志得不到充分地发挥，在龙泉山庄的一切都是刘老根的，一切干部的作用和调动都得由他来控制，他的口头禅就是"二奎不行，嗯……二奎不行""他那两下子，我还不知道，二奎不行！"二奎就是怎么的也是不行了。二奎行不行，在剧里就没有得到过验证的机会，青年是希望，不行可以学呀，再说二奎真就不行吗？他为老姨出的装疯的主意，估计刘老根是设计不出来，他的改革也是很有创建的嘛。刘老根压制了他才智的施展，动不动脱了鞋就去打他，他把儿子看作了私有物，以"我是你爹自居"，对20多岁的青年阻止在不要再前行的时代队伍中。

现代家庭伦理中的男权话语在18世纪以"娜拉的出走"惊醒了全世界东方和西方的妇女，今天的中国"娜拉"都在啼哭、痛恨之后，又走了回来。《渴望激情》中的王一在路边搀扶起了被岁月的风尘啄食成不像样子的丈夫尹初石，把他领回了家；《危险真情》中的庄澜之妻对身带着手铐的丈夫表示：等他刑满释放出来，再重新开始；《激情燃烧的岁月》中的石光荣头发已经花白了，虽然离了休，可他又穿上了那套没领章的军装，胸前挂满了奖牌，领着褚琴，用手指着当年褚琴扭秧歌经过的地方说"下辈子我还娶你做我媳妇"，这一句话可以足足让褚琴从这一辈子感动到下一辈子了。

鲁迅先生在《娜拉走后怎样？》这篇演说中指出娜拉的出走并没有解决妇女的社会地位问题。他说："从事理上推想起来，娜拉或者也实在只有两条路：不是堕落，就是回来。"鲁迅先生的见解是很精辟很深刻的。因为妇女地位的提高是和她们当时所处的社会制度和风尚有着密切的关系的，家庭伦理中以男权话语为中心，经过17世纪到19世纪的"女权主义运动"，在今天仍然如此。随着经济资本日益成为当今现实社会主宰的趋势以及社会风化的演变，男性中心论越来越突出出来，现代家庭伦理中的男权话语还在注入新的强心剂向前发展，妇女的家庭地位也将受到更大的冲击，它再一次验证了鲁迅先生的预言，但这决不是鲁迅先生所希望看到的现状，也是我们今天对此发出的无奈的哀叹。

3 观测文学艺术面对的世界性问题

无论我们愿意与否，我们的社会生活与经济生活已经密不可分，中国和其他各国都不能分割。中国和世界的过去与现在都证明了这样一个无可辩驳的事实，那就是没有政治和社会的稳定，任何有效的和有意义的改革都是不可能实现的。中国的外交政策是为了争取长期健康的国际环境，尤其是争取有利于中国社会主义现代化建设的环境，有利于维护世界和平、促进共同发展的环境。当今世界正处于复杂的大变革时期，国际形势总体趋好。我们必须抓住机遇，迎接挑战，为建设一个和平、稳定、繁荣的新世界而做出不懈的努力。

我们大家生活在同一个星球上，因此我们要共同对付人类生存与发展面临的挑战。生态环境恶化，贫困失业，人口膨胀，疾病流行，毒品泛滥，国际犯罪活动猖獗，以及妇女儿童权益得不到保障，等等，都是事关人类生存与发展的全球性问题。发达国家对其在工业化，现代化过程中造成的生态环境恶化是欠了债的，理所当然地应对环境保护作出更大的贡献。这些全球性问题的逐步解决，不仅要靠各国自身的努力，还需要国际上的相互配合和密切合作。

长期以来，发展中国家在不合理的国际经济关系中深受不公平交换之害。近年来，它们的贸易条件更加恶化，出口收入锐减，生产投资萎缩，债务负担沉重，甚至连续多年出现了资金从穷国向富国倒流的现象。富国愈富，穷国愈穷，这个趋势比十年前更加突出了。这种情况如果任其继续发展下去，对于全世界，不论是发展中国家还是发达国家，都将带来更加严重的后果。第三世界的经济发展已经成为关系全局的紧迫问题。现存的国际关系不应该也不可能原封不动地维持下去，建立国际经济新秩序是时代的需要。

当然，中美经贸关系还存在着摩擦与纠纷，中国入世后，中美经贸问题将更多地转入具体产品和具体服务行业贸易纠纷。但这些摩擦与纠纷是中美经贸关系的支流，不应当影响两国经贸合作的主流，更不应影响中美关系的总体。中美经贸关系与中美关系整体的发展是一种互动的关系，这就是说，经贸关系的迅速发展可促进整体关系的发展；同时，中美关系正常发展，也可为中美经贸发展创造良好的政治氛围。然而，经贸往来不会自动减缓政治冲突，但持续的政治紧张势必要影响到经贸往来的进一步发展。中美建交23年的历史证明，在中美关系正常发展时期，中美经贸关系就快速发展，反之，双边经贸发展就出现缓慢，停滞甚至倒退的局面。

理论以及传播对文学艺术批评的影响甚大。中国很少本土性原创文学艺术理论，大量地借助于国外，但有些是有破坏力的，症结是外国理论在中国的生搬硬套，把外国理论拿来，挪用到中国，国外眼花缭乱的理论需要有很大的观测能力去辨别和改造，这个改造的工作是一个理论性的，并且，解决的办法需要其他学科来辅助，仅就一个本学科是做不好的。

它的很大工夫是在传播学上，在传播学所辐射的各种学科当中，其中传递的方式和手段是现代性学术技术的必要借助学科，它是提高我们观测能力的有效方法之一。

北京大学新闻与传播学院博士生基于中国社科院2003年12城市的互联网调查数据，采用实证的定量统计方法，着重比较北京和义马两地网民在网络接入、用网模式和态度三个方面的异同，来检验两地之间的"数字鸿沟"。经数据分析发现，北京和义马两地之间的互联网扩散并不存在延伸在传统社会经济边界上的"数字鸿沟"；他的论文题目是《全球背景下的"数字鸿沟"——北京、义马两地网民比较研究》。

它并不意味着我国发达地区和不发达地区之间"数字鸿沟"的终结，而是在当今的"数字鸿沟"呈现出新态势，即，在全球化的潮流下，"数字鸿沟"的边界模糊了；互联网的扩散不再完全受控于社会和经济条件，而是取决于多种条件，包括网民自身的种种需要。在这个过程中，主宰虚拟空间的跨国公司的利益、商业的驱动和网民的消费需求等诸多因素交织在其中，共同塑造着互联网扩散的边界，同时也都被这个边界所塑造。

无羁的青春表达与潜伏的传播危机。20世纪90年代以来一个很重要的文化现象是DV的发展和利用，DV成为普通百姓进行影像表达的重要工具，揭开了个人影像传播的序幕。步入新世纪后，个人影像传播在文化传播领域广泛地蔓延。青年DV影像的制作队伍不断壮大，DV影像的文本数量逐渐增多，青年DV影像的影响力日益扩大。在当前背景下，青年DV影像是先锋影像的一种，是抗拒主流消费主义影像的一股不可或缺的力量，更是构筑青年亚文化的重要角色。关注青年DV影像，研究其传播中的若干基本问题，具有很强的现实意义与理论价值。论文从青年亚文化的角度出发，参照传播学中的一些理论描述，依据影像传播领域存在的大量既成事实，结合对青年DV影像进行的内容分析，试图较为全面地考察青年DV影像的文化精神、叙事策略和传播方式，重点探讨青年DV影像传播中的噪声问题、传播侵权问题以及政策挑战等引发的传播危机。青年DV影像通过解构与颠覆的叙事策略，以互联网络和人际化的传播途径，实现了群体的越轨与自我认同，体现出从边缘开始抗拒的文化精神。从长远来看，青年DV影像要保持繁荣和持续发展，需要正视传播中出现的危机，找到危机的根源，明确发展方向，成人社会也必须认识到青年DV影像的重要价值，给予更多的社会宽容与政策扶持。[1]

难以交接：现代传媒与本土性社会的关系[2]。英格尔斯曾经这样评价大众媒介对现代性的积极作用："大众传播媒介给人们带来有关现代生活诸多方面的信息；给人们打开了注入新观念的大门；向人们展示新的行事方式；显示有助于增进效能感的技能；启迪并探讨纷呈多样的意见；刺激并加强对教育与流动性的期望；歌颂科学、为技术大唱赞歌——所有这一切在能够接受外来影响的人那里将会导致更多的现代性。"[3]

网络公司购并策略[4]，网络热会泡沫化吗？这是知识经济时代最受瞩目的问题。过去网站只要能创造出流量，并在单一领域中取得领先地位，便可以从资本市场中获得资金。但历经美国NASDAQ大涨大跌的洗礼后，网络公司依靠创业投资基金已经较过去困难，网站本身必须拥有获利能力才能生存。

以此延伸到购并行为，如果仅购买到无法转换成收入的流量，将不具实质的经济效益。台湾2001年网络族大事就是《明日报》的停刊。《明日报》由于营运收支无法平衡，再加上增资不顺，最后在2001年2月21日宣布停刊，为"网络泡沫化"的预言再添一笔。

网络泡沫化后，市场上对网络公司的评价呈现保留的态度，缺乏基本面支撑的国际网络股纷纷下挫。有些公司跌幅更高达50％—70％，且许多公司股价甚至低于当初上市的价格。根据市场研究公司嘉纳集团（Gartner Group）指出，随着国际性的网络事业领导者逐渐进军亚洲市场，未来亚洲地区的网

---

[1] 邱宝林：《青年DV影像：无羁的青春表达与潜伏的传播危机》，载《2004年全国博士生学术论坛》。

[2] 转引自尤游：《难以交接：现代传媒与本土性社会》，载《2004年全国博士生学术论坛》。

[3] 英格尔斯（Alex Inkeles，1920— ），汉语译名为"艾利克斯·英格尔斯"，或"阿历克斯·英格尔斯"，美国社会学家。毕业于康奈尔大学。1949年获哥伦比亚大学博士学位，其后在斯坦福大学及哈佛大学任教。研究社会心理学，比较社会学及社会变迁，其中对现代化的研究最为著名。著有《社会学是什么》《人的现代化》《从传统人到现代人》等。

[4] 铭传大学博士生陈逸珊：《网络公司购并策略之研究》。

络公司竞争将会越来越激烈，且亚太地区中有很多小型网络公司，由于缺乏有经验的员工与商业能力，这些公司极有可能被其他网络公司购并。至2003年前，亚太地区将有高达85％的网络公司倒闭，抑或被传统企业或更大的网站公司购并，而剩下的15％网络公司，则最有可能为知名度高、建立相当完善的公司（姚欣欣，2000年）。

事实上，自1996年以来，全球购并浪潮如火如荼地展开，直至2000年购并案件成交金额从4950亿美元上升至12250亿美元，创下历年首见的快速成长，在进入21世纪的今天，购并热潮仍显现不衰的景致。

展望未来，在电子商务热潮下，是由网际网络虚实结合的商业模式创造"知识经济"成长机会，网络公司必须采取不同的策略以因应环境的变动，而对于网络公司而言，大者恒大的趋势也更加明显，例如以合并与收购等方式来结合不同的优势。有鉴于此，本研究拟就全球最大入口网站雅虎（Yahoo!）购并台湾第一大奇摩（Kimo）案为例，探讨网络公司所面临到购并的冲击与挑战，希望能借此购并案的探讨，使业者未来在购并活动中能获至更高的购并效益。

网络媒体的发展分可以为两个阶段，首阶段是运用网络传播技术传播传统媒体的内容，这个阶段网络媒体以其新的传播服务方式赢得受众，可称之为"服务为王"的阶段；第二阶段是网络媒体形成自身独特内容的阶段，即融合了传统媒体所有信息形态的多媒体内容，网络媒体从而以其独特的内容赢得受众，可称之为"内容为王"的阶段。新浪网等商业网站的新闻频道在网络传播新闻领域起步早，探索了比较成熟的网络新闻服务模式，因而在"服务为王"的阶段占尽先机，保持了对于中央重点新闻网站的较大优势。为了求得中央重点新闻网站的发展，使其在与商业网站、国外网站的竞争中占据主动，必须实现中央重点新闻网站的三个战略性发展：其一是在"服务为王"的阶段将传播服务推向深入，即不仅仅是新浪网那样的模式，还要开发自身的个性化服务模块，从而在传播服务的竞争中形成新的竞争力；其二是为"内容为王"阶段的到来未雨绸缪，开展多媒体新闻传播的战略转变，从而在第二阶段的发展中保证对于商业网站的绝对优势。商业网站由于没有新闻原创的权力，在多媒体新闻传播的竞争中必然败下阵来；其三是实现网站的多功能发展。网络平台是一个多功能的平台，媒体仅仅只是其中很小一部分的属性。通过新闻传播之外的其他功能的开发，可以实现新闻宣传功能和其他服务功能的相互促进，交相辉映。为了实现这三个方面的战略发展，党和政府必须在政策上、体制上按照网络媒体的发展规律，调整中央重点新闻网站的布局，允许网站之间或者网站与外部资源之间实现一定的融合，调整中央新闻网站的定位，提供更多的自主发展的空间。[1]

现代中国自由主义新闻思潮的流变。在中国知识界"新自由主义"与"新左派"论战正酣之际，考察现代中国的自由主义新闻思潮不仅有历史意义，更具有现实意义。"五四"时期，自由主义报刊主要在文化启蒙的立场上形成文化自由主义新闻思潮；1920年代，主张报纸按商业化原则运做，在报业经济独立的基础上坚持报纸独立地位的经济自由主义新闻思潮和新闻职业化诉求占了上风；"九一八"至抗日战争时期，自由主义新闻思潮在"救亡"的时代主题中处于低潮；1940年代中后期，鼓吹"第三条道路"的政治自由主义新闻思潮达至高潮，但很快走向失败。自由主义新闻思潮在现代中国失败的原因大致有三方面：第一是缺乏土壤，水土不服，在以农民为主体的仍然属于帝制结构的乡土中国，自由主义报刊的社会动员力和影响力明显不足；第二是现代性和现代民族国家的错位与冲突导致自由主义与民族主义、个人权利与国家独立的诉求之间发生碰撞，且后者更具有紧迫性和道义优先性；第三，西方自由主义思想自身也存在着难以解决的现代性病症，自由和平等之间的价值冲突，影响了中国自由主义知识分子对自由主义信仰的坚定性。[2]

我国传媒业发展至今，已经处于一个临界点上，媒介产业面临着一场非常深刻的功能性、结构性的转型与改革。此时宏微观环境都发生了巨大变化，媒介产业尤其需要树立一种新的发展观，用以指导实践从而使其获得良性发展。新发展观是一种全面的大经营观，具体内容包括整体发展、互利发展和持续发展。[3]

中俄传媒市场化之路的比较。中俄两国传媒发展的历史轨迹在相当长一段时间是重合的。确切地说，中国从20世纪50年代到1979年，俄国从20世纪

[1] 武汉大学新闻与传播学院博士生刘学：《我国重点新闻网站发展战略研究》。

[2] 复旦大学新闻学院博士生姜红：《现代中国自由主义新闻思潮的流变》。

[3] 武汉大学新闻与传播学院博士生姚曦：《中国媒介产业发展观探析》。

30年代到1990年，两国传媒都是计划经济体制下的国家行政事业单位，其主要职能是"党和国家的喉舌"，主要内容是政治宣传。作为国家事业单位，两国的传媒都是"吃皇粮"的非营业性机构，靠国家计划拨款而生存。传媒（当时主要是报刊编辑部）的日常工作就是听从命令，做好编审，把好政治舆论关，至于编出的报刊能否吸引读者，怎么发行，能否卖钱，那是其他部门的事情。确切地说，这些事情并不重要，因为国家对传媒的定位主要是舆论宣传，并不指望它赢利。正因为如此，在很长一段时间里，两国的传媒是没有广告的。但是，由于各机关企业的公款订报保证了报刊的销量，当时两国种类不多的报刊都有着巨大的发行量。

　　两国传媒的分道扬镳始于20世纪后半期。1979年，中国实行改革开放政策之后，传媒开始脱离原有的轨道；1990年，《苏联出版与其它传媒法》出台，1991年苏联解体、《俄罗斯联邦传媒法》颁布后，俄罗斯传媒也迅速进入转轨时期。两国传媒犹如两列原本并行的火车，先后掉头转向了。从经济角度上说，两国传媒转轨的大方向一致，都是从计划经济转向市场经济，但是，它们所选择的道路却大相径庭。

　　在俄罗斯，不按照政治规则行事，或者没有坚强政治靠山的传媒似乎都没有好的结局，就连俄罗斯境内最大的外资企业、长期坚持"远离政治中心"原则的"独立传媒集团"，最终命运还是被波塔宁的进出口集团分解，2002年被强行买走46%的股份；而另一家大型传媒 — 巴维尔·古谢夫的"莫斯科共青团报"集团，其发展也主要得益于与莫斯科市长卢日科夫亲密无间的裙带关系。[1]

　　从1991年起，俄罗斯即全面合法开放了传媒市场，各种资本（包括外国资本）原则上可以自由进入传媒业。由于俄罗斯社会经济缺乏透明度，很难准确估计外资和业外资本在传媒领域所占的比例有多大，但是，一系列的事实表明，外资传媒在俄罗斯并未占据强势，事实上，虽然俄罗斯传媒门户大开，外国资本在俄罗斯传媒领域中所占比例却非常有限。2000年，联邦议会又通过《传媒法修正案》，规定在俄传媒股份中外资比例不得超过50%。但是，行业外资本的份额却非常大，工业和金融资本渗入传媒领域的现象从20

---

[1]　北京大学新闻与传播学院博士生李玮：《中俄传媒市场化之路的比较》。

世纪90年代中期就开始了，至今仍占据重要的地位。

中俄两国传媒曾经同出一辙，在走过各自漫长的转型之路后，两列"传媒列车"的轨迹似乎在某种程度上又重合了。俄罗斯传媒的变革是先放后收：从改革的第一天起，国家就主动退出传媒领域，将它对国内外高度开放，但是，进入21世纪后又开始回收，在经过与寡头的斗争后重新夺回控制权；而中国传媒的变革是先收后放，变革初期采取双轨制，强调国有化的不可侵犯，后期则逐渐放开禁锢，对国内国外的开放程度稳步增高。由于俄罗斯正处在"收"的时期，于是难以预测它近期内的传媒市场化前景，而中国正处于"放"的阶段，加上中国2002年加入了世贸，这使我们有理由相信，中国传媒的市场化进程也许会比俄罗斯快。

中国的传媒市场原则上是禁止外资和业外资本进入的，但事实上，影视、印刷、广告等行业早已陆续对外开放。2002年的中国广告收入90315亿元，其中近三分之一来自非国有传媒。根据2004年3月2日国家工商总局、商务部发布的《外商投资广告企业管理规定》，外资可以进入中国广告业进行合资经营，并可以拥有多达70%的股权。外资也通过电视频道落地、节目内容合作等变通方式进入了广播电视市场，图书出版和发行领域也陆续对外资开放。

中国现有3000家公开发行的报纸、10000多份杂志、2700多个电台频率，2100多个电视频道，上千家广播电视台，两家通讯社，全部是国有或被国家控股的机构；俄罗斯现有登记注册的报纸20000多份，杂志11000多份，各种电视机构2574家，数十家通讯社，其中80%的电视机构、20%联邦级报刊以及80%地方报刊属国家所有。

4　掏空精神的当代文化工业

当代文化工业是理论界喧嚣已久的文化名词，文化冠以工业的命名，文化就成阉割的文化，它的本质就被剔除，就不在是文化。文化成了工业的目的，不仅文化消失了，而且使人类的智慧开始退化，愚弄了大众，混淆了文化，抑制了思考，强占和剥夺了文化空间，从而掏空了人类文化的精神。

阿多诺、霍克海默在《文化工业：作为大众欺骗的启蒙》中说："一个人只要有了闲暇时间，就不得不接受文化制造商提供给他的产品"。"文化给一切事物都贴上了同样的标签。电影、广播和杂志制造了一个系统。不仅各个部分之间能够取得一致，各个部门在整体上也能够取得一致”。

"康德的形式主义还依然期待个人的作用。在他看来，个人完全可以在各种各样的感想经验与基本概念之间建立一定的联系；然而，工业却掠夺了个人的这种作用。一旦它首先为消费者提供了服务，就会将消费者图式化"。[1]今天我们无论坐在家里看电视还是走到电影院，无论来到商场还是其它活动场所，你所见到和感受到的文化都不属于你，也从中找不到个人的存在，文化像一个巨大的陀螺把你卷到里面，却把你的精神抛到了荒漠，缺少精神追求的人麻木地穿梭在生活现状当中，越有精神向往的人越会感到这个世界索然无味。

资本划分首先在你的第一生活需求上把你固定在一个标志你社会等级的住宅中，包括你房屋内部的所有设施，你的收入也只能在这样的条件下活着。批量生产的文化工业系统垄断了你的精神一切，从室内到室外，住家总得有台电视机吧，文化工业已经为你居住的这一类水平的家庭设置好了"适当"标准的电视机，电视机厂家摆在商场的有各种标价的从低到高，你去选好了。当你把电视机的电线插上，问题就开始来了，各个频道没有你要看的东西，可是你爱看不看，先是"古装长辫"的古装戏向你杀来，接着就是"真假警察""假扮青春"和满屏的又喊又闹，中间不时地穿插让你上当的"中奖电话"和供养电视台生存发财的"各种广告"。

电视台节目能办出来就总有人看，就像商场开张一样，各种东西都早晚能有人来买，不然电视机放在那不瞎了吗？当你索性关闭电视机来到电影院，这里"更黑"，来到这里不是让你享受电影艺术的，而是这个"文化"环境要收费，想看电影可以买个碟片回家看去，这里卖情侣座，每张票价48元到1000元不等。

文化工业欺骗你的情感期待。古装戏是为那些好怀旧的人发明和设计的。生活和情感的经历被编电视剧的人嗅到了味，你对现实不满、失望，我给你来古装，电视剧借助老百姓的初始善良，让侠客胡砍乱杀帮着出气，剩下的情节就开始迷惑百姓了。光知道"古装"可以赚钱，但怎么拍不清楚，

[1] 阿多诺、霍克海默著，渠敬东、曹卫东译：《文化工业：作为大众欺骗的启蒙》（《启蒙辩证法》），上海人民出版社，2003年。

"古装"的内容还和"时装"一样，把现代人手里拿的 "钱包"换成"弓箭"，把"现代离婚"改版成"宫中选美"， "女的跑男的追"倒放成"皇上骑马宫女追"。搞不出对话放唱歌，不懂历史变"戏说"。

本来中国大陆演员说普通话还算标准，硬要学港台人学不会普通话的"咬舌头"。你今天走进任何一个商业区和娱乐区，所放的歌曲都是"我爱你，我爱你，就象老鼠爱大米"。而且是用民族加美声的描美唱腔，还不如臧天朔用哑着脖子喊了，你只能用作词作曲加发声人是"白痴"一词"排浊"。

镶着文化花边的时尚消费符码。"各种物质染上了当代社会的心理状态所赋予它们的色彩，从而形成总体的社会特征"。[1]衣食住行是人们维持生命的必需，文化工业钻到它的骨髓里，在此逼迫你或诱你上钩，普通的住房价格远远超出你的实际收入，你总不能住到大街上去，买吧，不买，房租更吃不消，贷款黏你一生的负债。售房新政策出台以前房屋开发商都带着国家的名义，商人们一直精心研究国家政策和法律，从有国家以来始终没忘过如何通过国家规定巧取豪夺。

各大商场摆满了妇女和儿童的时尚商品，"文化工业变化多样的预算，与产品的实际价值及其所固有的价值是不相符的。就它的技术媒介来说，也越来越统一起来了。"[2]商品文化绘制的商品都不是实际价值和使用价值，它是一种标志，一种人在社会的等级标签，这个价格帖到谁身上谁就是这个价。因此名牌、品牌都挑起了文化的字样。女人爱美是天性，在天性上做文章是最高明的厂家策略，它不仅调动了女人，也促使男人掏腰包，你搞对象，不买东西还想处吗？你找的是美女，不用高价钱养着不是瞎想吗？

占领儿童阵地，儿童是商家虎视眈眈盯上的肥肉，虎独不食子啊，哪个父母会狠心吝啬到和自己的儿子女儿算计，为了孩子高兴，要啥给啥，好，儿童服装和用品比大人的贵，原材料省料回报率翻倍。儿童游乐场所全部都比大人正常的活动场合赚钱，里面也都写满了"为了孩子成长""使孩子更聪明"等字样。

为参加高考的高中生预备了各种"能考上大学的营养品"："记得

[1] 齐美尔《大都会与精神生活》（《时尚的哲学》）文化艺术出版社，2001年。

[2] 阿多诺、霍克海默著，渠敬东、曹卫东译：《文化工业：作为大众欺骗的启蒙》（《启蒙辩证法》），上海人民出版社，2003年。

快"　"生命一号"　"补充大脑营养"　"增强记忆力"　"脑白金"等等。好像
能吃上饭的家长都得买，不要因为这盒"决定命运"的灵丹吃不上影响了孩
子的一生前途，那才叫追悔莫及呢。

　　婚姻介绍所的职责是把有情人介绍不成，以维持他们的生意永久运转，
成一个他们损失一笔生意，全部成功他（她）们就关门倒闭了，因为每次他
们的运作方式是第一次收入会费，把上当的"岗都"拉进来之后接着是连续
收你的见面费，一次见面双方各收费20元到50元。红娘会一天介绍你与对方
见面十次二十次，红娘之间也常常因互相巧夺对方会员，抢占同行的生意地
盘而吵得脸红脖子粗，他（她）们是把看着双方不能成的介绍给你，如果他
（她）们失误，工作不小心或不细心让对方成了，红娘要受罚，扣你的效益
工资，甚至有的会员已经偷偷结婚，他（她）们也要在你家一方不在时煽动
舌腮，根据你的情况和条件，制造能让你和他（她）离婚的谣言，让你再入
他（她）们的组织。

　　迷信和盲从制造了文化时尚消费符码。"需求是经济学领域所有未知数
中较令人费解的，相当顽固不化的未知数。"（克纳伊特）[1]1953年美国影片
《罗马假日》上演并夺得第26届奥斯卡金像奖最佳剧本、最佳女主角、最佳
服装设计后女主角奥黛丽·赫本的片中打扮、服饰都成了文化的时尚标志，
从她留的短发赫本头到她穿过的每一件衣服、每一件时装上的衬饰都迅即在
美国和国际市场风行开来，明星的崇拜作用进入市民中以后，商家的头脑就
活了起来，他们开始模仿赫本穿过用过的一切东西到处做广告，大肆兜售
"赫本商品"。赫本代表着商业的文化，张艺谋在拍摄电影《英雄》的时候
就想到了文化时尚消费符码的概念，他的《英雄》刚一封镜，此片中在摄制
组用过的东西全部做了昂贵的拍卖。包括他们用过的烂鞋，同样一件东西和
刚刚从商店买来的一样，它就值几倍甚至几十倍甚至上百倍的价钱吗？你不
说它是张艺谋们用过的连孙悟空的火眼金睛都辨认不出它和刚从商场拿出来
的那个之间有什么不同。在强烈抨击电影《英雄》的一伙人中间肯定不会有
任何一个人从吐沫星子边上掏出一叠钱来去购置其中的一件，我所认识的朋
友中也不会有这样的"文化癖"表现。

_____

[1]　转引自波德里亚，刘成富、全志刚译：《消费社会》南京大学出版社2000年。

国家文物拍卖和我们每天在电视节目中看到的"拍卖"现场实况录像中已获得成功敲定的"文物"有一多半是价值的"假货","鉴赏家们之所以能够指出各种产品的优劣，只不过是为了维持竞争者的假象和选择的范围罢了。"[1]唐宋时期的也好，元明清的也好，如果与已经确认的当时历史考证的数据重合，这些物件就是废品，一百个专家考证一百次，以至无限重复来证明一个上午就能解决的一个"破盘子"的历史发展水平，这种科学也太笨了吧。上百种的答案都是一个，这也叫科学吗？伪科学不仅在一个事物的真伪上，也包括伪思维和思维体系。

媒体商业广告侵占了生活的所有空间。现在一种商品卖得好坏绝大多数取决于广告做得是否凶。说到底是厂家资本积累是不是雄厚，或者能否通过某种手段贷款抵押风险，等待广告后面的翻身仗。"整个世界都要通过文化工业的过滤。"[2]

室内电视喜剧《我爱我家》生发创意，在声响录制中平添笑声，演员面部表情一抽搐画外声响就哈哈一笑，文化工业具体到文化机械。低能的艺术家都专注模仿，上海沪方言室内喜剧、北京满台闹剧都抬去一帮丑星捽汗搬弄制笑机器。导演用造响的"综合艺术"撕掰观众笑肌，观众也真就随导演的指挥棒做着有节奏地脸上体操运动，再来带动声带和胸肌。

情感具有传统继承性，人从出生以来就在特定的条件下生活和接受教育，每一种情感特点都是先前精神培养的结果，中国造就整齐一律的情感体验，三岁去幼儿园，7岁进小学，然后到大学，统一课本、统一答案，齐声合唱《同一首歌》，集体主义精神告诉你不能搞特殊化，国民教育是一帮不懂思维规律的人领导的，大凡迷恋做官的都怕丢了乌纱帽，除了"坚持社会主义道路不敢改"以外，其余全以经济效益挂钩，往兜里揣钱，长脑袋就是为了搞特权，大官捞大钱小官赚吃喝，一天24小时算计着"整人"，嘴里每天挂着"道德"，教育内核溃烂其中无人细问。

人被抽空了个性存在的基础，考大学报志愿是父母帮助定的，以什么毕业了赚钱为标准，优秀的学生都按当年热点填报"金融""计算机""电子商

---

[1] 阿多诺、霍克海默著，渠敬东、曹卫东译：《文化工业：作为大众欺骗的启蒙》（《启蒙辩证法》），上海人民出版社，2003年。

[2] 同上。

务"，对研究人的精神、文化方面的学科专业到现在还没有起个名出来。

"机制和机构从头到尾都不过是经济选择机制的一部分"。[1]为了能让更多的落榜者上大学，每年艺术院校和普通高校的艺术专业在全国继续大幅度扩大招生名额，拉动经济增长点，增加精神生产者和"艺术家"投产比例。什么时候真正聪明人愿意报考文化艺术学科，国家提高他们的待遇，是高分录取而不是降格扩招，国家给真正搞文化研究卓有成就的人才以相应的社会地位，这时文化在国民教育中才算走入正轨。

"人类'性本善'的普遍天性应当不受任何阻碍地得到发展"[2]，国家人才分布不应是在报考大学志愿时才定夺的，而是从儿童生下来就按着其自然特点发挥他（她）的生理优势，一直走到生命的最高价值峰颠，文化科学家的智商决不该比自然科学家低，尼采和马克思都是天才，中国王晓明老师、甘阳老师都是搞文化研究的学者。文化应该造就有个性的每一个人，它的目标是发掘、培养、训练、激励每一个个体的人形成独立思考的品性，使其先天禀赋的智慧能最大限度地圆满地创造出人间奇迹。

好莱坞把艺术"锻造"成各种固定模式的技术标本，幻化出"金像奖"的符码，把电影领入了歧途，文化偏见甚至导致了战争的升级，希特勒认为消灭劣等人种是进步，盲从者就以为是真理，因此，当年柏林大街成千上万妇女举旗列队为希特勒开战得胜欢呼，人类精神的最高文明是每一个人的精神完全获得自由和解放，不被权威所左右，人类成果应该为自己的创造和证明真理而服务，文化工业丧失了它的本体属性，不是审美的祭坛而是精神的废墟。

---

[1]　阿多诺、霍克海默著，渠敬东、曹卫东译：《文化工业：作为大众欺骗的启蒙》（《启蒙辩证法》），上海人民出版社，2003年。

[2]　齐美尔：《大都会与精神生活》（《时尚的哲学》），文化艺术出版社，2001年。

第二节　文化批判的品质

1　大众文化分析——商业符码

　　正反两论商业符码下的张艺谋电影，电影作为最普及的大众文化从多方面反映了商业的符码作用，中国第五代电影领军人物张艺谋从对艺术片的追求到商业片的探索，其艰辛和成功，自信和尴尬都在此获得印证。张艺谋电影曾一度为中国赢得了国际声誉，从1987年《红高粱》开始一直到《秋菊打官司》《一个也不能少》《菊豆》《有话好好说》《我的父亲母亲》《活着》《英雄》《十面埋伏》。

　　历经"十七年"在商品经济意识的变迁中张艺谋终于从对艺术片的追求躺进商业电影的"世俗"里，从柏林电影节、威尼斯电影节、戛纳、东京电影节等艺术电影节的辉煌中调头"进军"奥斯卡，别的电影节大奖都拿过了，还剩个大牌奥斯卡大奖确实也应该把它"拿下"，张艺谋的雄心壮志可嘉，劲头也拼足了，强力打造了两个"礼物"呈献奥斯卡：2002年一个《英雄》、2004年一个《十面埋伏》，庄稼不收年年种，最后还是以遗憾遭致落选，两度苦心，两部"大片"受挫再受挫，这其中到底是什么原因呢？

　　电影也是沿着市场的需要在不断地调整和挑战自己，伴随着21世纪的脚步，国际一体化的进程不仅把各国科技、经济、金融、教育、国防等纳入世界轨道，也把人们日常的生活观念和娱乐带了进去，大量的美国电影大片和其他国家的电影电视剧被引进，中国的电影当然也应该责无旁贷地走出去。文化文艺市场、娱乐市场显然成为更敏感的全球交流"在场"，法国哲学家让·博德里亚曾说："铁路带来的'信息'，并非它运送的煤炭或旅客，而是一种世界观、一种新的结合状态，等等。电视电影带来的'信息'，并非它传送的画面，而是它造成的新的关系和感知模式……"[1]中国电影专家曾经为张艺谋"研讨"过，台湾导演朱延平道："张艺谋江郎才尽""张艺谋已经死了"。在他的每一部影片一出笼就天下暴雨加雹，劈头盖脸砸来，形成

---

[1]　让·波德里亚：《消费社会》[M].南京：南京大学出版社，2000。

了讨伐效应,《英雄》和《十面埋伏》到奥斯卡是打着伞来的,美国在接到了中国电影专家的电子邮件后对《英雄》和《十面埋伏》曾有过一点的赞词就出现了"乱码",康德的认识论哲学兴起于"现代哲学",认为人是符号化的人。[1]张艺谋已经构成了"品牌",这回他的商标上挂了一个"次品"的记号,聪明的投票人还来不及看片就先画上了一个"×",待张艺谋的片子放映出来一看,哎,还真像中国专家所说的那样,果真"太差",《英雄》和《十面埋伏》若想获得奥斯卡大奖也得先去天王爷那里买到遮天的雨布,倘若张艺谋中了大奖,暴雨夹杂的雹粒就得砸到评奖会的后院去,总之得治一把张艺谋的"高烧"。

这跟40年(1965年)前第二十八届世界乒乓球锦标赛上为了让庄则栋连获三界世界冠军(1961年第二十六届、1963年第二十七届、1965年第二十八届世界乒乓球锦标赛)拿世界冠军奖杯可不一样,那时中国政府总理周恩来、副总理贺龙出面做全体进入半决赛圈的中国队员思想工作,让他们无论是谁进入决赛,都得输给庄则栋,庄则栋获得复制的世界冠军奖杯是为国家争光。

现在可不是这样了,张艺谋获奖是为国"献丑",他的电影一直都带着这么个情结,从他出道至今还是这么个"电影争鸣"问题。电影是拍给大家看的,每一个人都有各自的欣赏标准,百分之百投赞同票是不可能的,张艺谋能在柏林、威尼斯、戛纳、东京等电影节上获大奖,与电影本身和各个评委会特点都有直接关系,张艺谋两次被拒奥斯卡门外也是多种原因使然,擅长拍艺术片的张艺谋,商业片都不够成功,严格说起来,他获奖的几部影片都可以归到艺术片中,《红高粱》《秋菊打官司》《一个也不能少》《菊豆》《我的父亲母亲》《活着》,从电影理念到电影手法,他强调的是生命意识中的审美。

打造奥斯卡梦幻的好莱坞工厂本质上说是个电影商业基地,大片、大投入、大制作、大宣传、高科技构成了它的商业性符码,好莱坞的另一个特点是艺术的外包装,类型化的电影风格:爱情、灾难、本国利益;刺激的电影视觉效果:大场面、冲击视觉奇观、立体声响、高科技手段、强大的演员阵

[1]　徐友渔:评《哲学中的语言转向》[J].哲学研究.1991。

容；大成本的后期宣传：多方因素调动票房、全方位媒体"轰炸"。在这些因素中张艺谋做的努力都似乎到位，问题出在电影本身风格上，在好莱坞类型化的电影风格：爱情、灾难、本国利益对位分析上他还是钟爱"爱情"，这是他的一贯主题，国内电影专家批评他的电影叙述"不够深度"，的确是这样，105分钟讲述一个国家的政权意志，还舍不得茂密竹林中飞来飞去的"美摄影"，时间上是欠缺了一些，讲述的方法也不只是画面的"奇观"所能含纳包尽的，精细的谋算加上藏污纳垢的政治心理并不是任何一个艺术家三剑两刀就能拨雾见底的，不管是秦始皇还是国家级妓女都代表不了宇宙秩序，过极的影片"造神""克隆"和为天赋妓女"树碑"都有失人伦实证数据。

张艺谋送审的片子首先不会被有清醒理性头脑的人所共识。《英雄》和《十面埋伏》影片情节过于单薄和简便，对于表现皇帝和政权，构成了素描笔调。把一个电影拍成单纯一点，注重它的视觉艺术也是一种观赏的理念，看电影娱乐嘛也不是政治教育，也不是学者学术性讲座，坦率地说好莱坞影片情节也并不繁茂，外国人也不那么垂青政治，也没那么复杂的脑弦，他们的国家利益是以市民为轴心的，就是曾出现在银幕上的林肯也是为了"黑人的权利"，而不是霸占民间美女的始皇和哪哪皇帝，把秦始皇的境界抬高了，是对国家机器功能的称颂，它的结果是统一了国土，其实都是"一己私欲的发酵"作用，与希特勒侵略没什么两样。

杰姆逊"把文化研究看成是探讨普遍社会问题的特殊途径"。[1]文化符码就像是学校的教科书，属意识形态的范畴，有时，它将其分类的来源（学校和社会的）转化为谚语式意见。[2]电影充当了单面裁判历史的法官，《英雄》把秦始皇当"英雄"祭祖，反"倒胃口"，国家秩序按影片《英雄》和《十面埋伏》中的理解是可以的，但不是人人都有"奴像癖"。

《英雄》中还由李连杰、梁朝伟、张曼玉、章子怡塑造了众奴像的殉葬品。这个影片主题能汇聚各个国家的主旋律，但形不成情感意志的整体共鸣。《英雄》和《十面埋伏》是张艺谋为获得奥斯卡大奖量身定做的，是投

[1] 杰姆逊：《快感文化与政治》[M]，北京：中国社会科学出版社，1998。
[2] ［法］罗兰·巴特·S/Z[M]，屠友祥译.上海：上海人民出版社，2000。

其所好的"探索片"，但也正是这个原因，过分的讨好反倒适得其反，"海德格尔断言，田野小径象征着人类怎样在无意识的物质世界中留下自己的足迹，农妇在劳动时对鞋想得越少，看得越少，对它们的意识越模糊，它们的存在也就益发真实。"[1]《十面埋伏》结尾时美国女歌手凯瑟琳·巴特尔唱的英语歌曲无疑是给评奖人听的，但做得不彻底，还不如干脆演员阵容全弄成美国人，电影情节也是美国的，就在好莱坞现场拍片，评委会也许破例为此增设一个"全心全意奖"。

现在这样美国人肯定不够心满意足嘛，全片都是他者的事就给我一个英语的唱歌尾巴，正像东郭先生同狼一样，你既然怕我吃得不饱，那你就索性让我吃了好了，何必弄的三五分饱和八分饱呢？吊胃口也不能和饿狼《十面埋伏》啊，实在没必要嘛。

黑泽明1952年的《罗生门》和1976年的《德尔苏·乌扎拉》影片两度摘取奥斯卡外语片大奖不就说的日本事嘛，黑泽明用鲜明的本民族风格赢得了电影的最高声誉，树立了电影观念，身为已经取得诸多世界殊荣的张导演何必把一个奥斯卡看得比自己的血统还重要呢？表演给人看，强烈的荣誉感固然能创造超出个人能量的"奇迹"，但把自己搞得变了型，心理医生就多了一个"病历"。影片前面的对话都有字幕，后面的歌曲也有字幕，看得懂的东西还非要嘴里ABC一番干嘛呀，艺术是情感的整体表现，假使观众已经入你的戏了，正在聚精会神呢，你再去手伸到他（她）的腋窝去"胳肢"一下，不是破坏感觉吗？在狗屁股上贴块驴肉，"电影电视把大家公认的社会准则表现为一种'说话模式'——即它对电影电视观众的讲话方式。"[2]你给中国电影唱外国歌命名，确定它的合理身份，制造国际通行证，必须得证明出它的合理性，就海德格尔而言，"命名在古希腊那里从一开始就始终意味着陈述。"[3]陈述就是对合理性的证明过程，丹纳曾说："每个地域有它特殊的作物如草木、植物与地域相连，地域是某种作物与草木存在的条件，地域

[1]　孙周兴选编.海德格尔：《海德格尔选集》[M]，（P253）上海：三联书店.1996。

[2]　［英］安德鲁·古德温、加里·惠内尔著，魏礼庆、王丽丽译：《电视的真相》[M]（P73）.北京：中央编译出版社，2001。

[3]　彭富春：《无之化无：论海德格尔思想道路的核心问题》[M].上海：三联书店.2000。

的存在与否，决定某种植物的出现与否"[1]《十面埋伏》"尾歌"中的'狗尾续貂显然是"外国的作物：草木、植物" 在中国的地域上水土不服，把带着"尾歌"的《十面埋伏》拿到美国评奖也是"中国的作物：草木、植物"在外国的地域上水土不服。

张导演惯于"创新"。比如：《一个也不能少》中用的业余演员，《有话好好说》中的晃动镜头，其实都不是新版原创，电影史都早已有过。但继承也是好事，发挥一下历史中的沉淀，好在大家已经很久没看见了嘛，这次的《十面埋伏》"尾歌"倒是"开山原创"，也圆了他一个梦，但缺乏思想逻辑。

艺术重复也在商业符码中被排斥。打进奥斯卡获奖的中国导演和影片是有的，如台湾的李安和他的《卧虎藏龙》。尽管李安也拍片给美国人看，可那拍出的东西怎么说也算是中国原汁原味的，而且是奥斯卡感到了的新鲜样式，打出手飞出去，张艺谋的两个"宝贝"电影怎么说也是在李安启发下的"重复"，倒是比第一个来的那个更好看一些，但先入为主，武打的样式已经被别人占了地方，看来原创和仿制的含金量真是不能同计斤两。

张艺谋还算一个很有耐性，坚持持久力的一个人，两次送片都是同一个"武侠"，加上他前面的《卧虎藏龙》，光是中国人送来的就已经是第三个了，那些没有天长地久概念和保持在新鲜刺激性上的学院式评委可能已经不是一次的"审美疲劳"了吧，就算再加一个章子怡，示爱镜头再清晰一些，也搬不动了老人家的精神快感。

复制并不等于简单重复，"它们像它所使用的技术一样错综复杂，它所追求的目的、它所提供的功能象它们一样多，它们使它成为一种生产……例如，取单一的样本，它产生出'多个'，其重要性不仅在于它不一定要参照原件，而且取消了这种认为原件可能存在的观念。这样，每个样本都在其单一性中包括参照其他样本，独特性与多样性不再对立，正如'创造'和'复制'不再背反。"[2]下次张导演最好不要痴迷再送章子怡的"飞刀"过去，否则可能连她自己都会感到臂上肌肉酸痛了。

---

[1] 丹纳：《艺术哲学》[M].合肥：安徽文艺出版社，1991.47–48。

[2] ［法］米凯尔·迪弗雷纳：《现今艺术的现状》[J].（p.66–67）。外国文学报道，1985，（5）：66 – 67。

　　艺术片就艺术片，商业片就商业化，不要艺术夹商业，在这里应该说到演员了。同一部电影《十面埋伏》的演员，章子怡是演艺术片的，无论从她的从影经历来看，还是她塑造的形象都是严肃的路子，金城武是商业片演员，青春偶像派的吗，怎么创新，夹生的饭当好饭卖也不是好饭。商业片是"俗"的艺术，好莱坞的电影是"俗"质的艺术外包装，跑不出"爱情""战争""床上戏"，电影的目的是刺激，以镜头再刺激消费，用票房来给"艺术"做总结。

　　在奔赴国际市场上的路途中当然有一份属于电影，艺术片和商业片都有位置，张艺谋或者就沿着艺术片的路子走下去，或者改商业片就"俗"出个"味"来，像赵本山的小品那样俗。或者在风格上把艺术片和商业片拉开，艺术片走商业片的路子，是个"猜想"的尝试，但不是不伦不类的拼凑。

　　张艺谋在这一点上比不上冯小刚。大导演也应该提倡向比你名声小的人学习和借鉴。中国上不了世界电影大奖领奖台的冯小刚搞的是商业电影，除了他的《永失我爱》《北京人在纽约》（电视连续剧）以外，都可以归类到商业片中去，（他的贺岁片全是商业片）：《不见不散》《大腕》《甲方乙方》《一声叹息》《手机》《天下无贼》。冯小刚的商业片是成功的，从理念到镜头语言都是俗化的，调侃的、荒唐的、搞笑的，《一声叹息》不是使你发笑的，但反映的是"世俗"的生活问题。

　　上述六部片子中五部用了葛优。葛优，商业片性质的演员，他的外貌已经为他设定好了，演商业片最合适，你让他演形象高大的英雄、地下工作者肯定不行，观众一开始就得认定那是个叛徒。张艺谋能否在演员身上也下一番功夫，不是只专注"选美"，不错，巩俐、章子怡、董洁、瞿颖、李曼、倪妮、周冬雨、张慧雯的出道都该把功劳归于张艺谋，"美女"是奥斯卡的一大看点，缺了也不行，也是张艺谋的电影情结，应该继续发扬下去，但商业片中的搞笑因素，搞笑演员也应该再重视起来。

　　把批评目标带到未来的可能性视域中。对张艺谋的批评并不意味着非得把他"搞垮""搞臭"，一些学者认为张艺谋的电影时代已经结束，"炮轰张艺谋"还要导致他放下导演筒，这显然是偏见造成的结果，"偏见实实在在地构成了我们体验能力的最初直接性，（伽达默尔）关于偏见，人人都无从否认，因为我们历史性地存在着，在理解的过程歪曲了它的所指。"

伽达默尔认为，理解不仅是偏见的基础，同时在理解的过程中产生新的偏见。[1]1994年在张艺谋《英雄》和《十面埋伏》受挫之后就全盘否定他的所有电影，甚至贬斥到他的才华和智力都不够用，这明显是不实事求是，也不公平，张艺谋毕竟是第五代导演的代表人物和功臣。

从电影观念到电影手法都做出了超出上一代电影人的创新，就他的商业电影来说，功与过还有待时间来厘定呢。一个国家总该有电影，不让他拍电影，让他干什么去呢？再说他的片子总不算是最烂的吧，当下充斥银幕的"白痴"电影，出来一个那样，出来一个那样，不比他的烂多了吗，别人可以继续烂下去，张艺谋为什么就要"退休"呢？

从张艺谋的实力来讲，再经过一段时间的冷静总结之后应该是有所提高的吧。他从拍艺术片到拍商业片的转变毕竟迈出了"探索性"的第一步，失败是成功之母，再说张艺谋的《英雄》和《十面埋伏》都创下了在国内和美国的最好票房记录，这无疑也是不可忽视的成功，"对于一个导演来说，存在着需要遵守的商业规则。

在我们的职业里，一次艺术的失败算不了什么；一次商业的失败则是一个判决。"秘密就在于要去制作既取悦于观众又允许导演展示个性的片子。"[2]张艺谋功利性的过分追求导致了他的拿奖失败，现在不是像别人说的那样，他的能力促使遭受"群击"，而是过于自负冲昏了他的创造品质，把观众都当成了他的技巧盲从者，太爱观众又太不懂观众，一厢情愿地讨好，又造成了一群人的不屑一顾。

这是在艺术上的认同感偏差，这些对象主要来自于国内。从商业市场概念分析，张艺谋对西方电影观众来讲已经构成了"品牌效应"，张艺谋商业片的失败从经济学的角度来说并不是商业意义上的失败，高票房回收率就是最好的证明。

奥斯卡奖没得上，但美国人愿意看，这原因大致有两个，一是张艺谋"品牌效应"的结果；二是美国人比中国人懂逻辑，也喜欢动脑筋，电影不真实、电影没有逻辑，光图个好看那不行。

---

[1] 王岳川：《艺术本体论》[M]，（P267）上海：三联书店。

[2] [美]托马斯·沙兹：《旧好莱坞/新好莱坞：仪式、艺术与工业》[M]. 北京：中国广播出版社，1992。

　　中国专家批评也反倒刺激了国内票房的上升指数，这是媒体自身运作性质导致的获胜。你说不好，我就非要看看，是怎么个不好法，到底好不好，商业符码化以及广告的作用已经越出了它产品本身的质地轨道，而生成了社会效果，构成了心理驱动惯性，西方人，包括我们的港台人都比较懂得这个规律，他（她）们有时为了达到预期效果故意制造反相新闻，比如：花边新闻、暴露新闻、假新闻和之后的新闻纠正。

　　它的目标是反复搅动你的神经，吸引你的眼球和增强你的记忆，当年出现在新闻视野中的美国麦当娜现象，现在中国人也学会了，卫慧、棉棉、九丹、虹影、流氓燕、木子美等都采取"自毁"策略出名。商业符码正悄悄地获取话语权，话语实质上是新的社会历史情境的镜象和索引。（鲍德里亚的《符号政治经济学批判》）随着社会观念的发展，昨天的习惯正在被各种新表现所修正、所代替，真理并不是一次性挺立在水面的"灯塔"，潮涨潮落，几经沉浮，才会使它凸显出来。属于社会科学层面的电影艺术与自然科学的最大不同是它的对错无法用数学的推理和公式证明，就一部片子而言，仁者见仁，智者见智，审美也永远都存在两极，高雅与低俗都拥有观众，有人说周星驰的电影没有文化，可使你意外的是他被一所大学任命了"艺术学院院长"，甚至被另一所大学正式授予为名誉博士。"没有文化戴上了博士帽。"《大话西游》胡闹又悖谬，可小孩都喜欢看，它是拍给另一些人群看的，娱乐要文化干嘛，美国学者马克·波斯特说："在后结构主义者的文本阅读实践中，意义是由读者主动构建的。"[1]美国学者威廉姆·斯蒂芬森（Willlam Stephenson）曾经提出"大众传播的游戏理论"（The Play Theory of Mass Communication）。它将人们的活动大致区分为"工作"（Work）和"游戏"（Play）两种。学者电影深奥有理念，但赚不了钱，不被投资商看中，电影带着思想一同灭亡。

　　法国社会学者让·波德里亚从大众文化的角度对"消费社会"作了理智的批判。他指出，后工业社会的物品（商品）的特性不在于其实用功能而在于符号功能，"摆设恰恰就是物品在消费社会中的真相。"[2]商业电影可以用

---

[1] 马克·波斯特：《第二媒介时代》[M].南京：南京大学出版社，2001。

[2] ［法］让·波德里亚著，刘成富、全志钢译，《消费社会》[M].（P116）南京：南京大学出版社，2001。

不同程度的没有文化来代替，有钱人和趋众者的注意点并不在审美上，他们或者关心自己在别人眼里的"价值"，和有钱的表现上，看电影为了掏钱包表演，或者在寻找挣钱疲惫后的放松方式。

在某种意义上说越俗的东西越可能成为畅销品，因为它的受众面大，太高雅的东西他（她）们反倒看不懂，而影响了消费，电影的确认权是观众给的，是普通市民的欣赏认知水平的标志程度，它在一个时期构成了一致的审美趋向，商业片的认可是符码王权的加冕。它的选举权在观众而非奥斯卡，金像奖的重量未必称得过票房收入，票房是检验商业片成败的唯一标准，《英雄》以1780万美元的成绩成为当周的票房冠军，这样的票房成绩是很多中国电影人梦寐以求甚至不敢奢望的成绩，2003年全国电影票房是10亿元人民币，其中，进口大片占5亿元，《英雄》则占2.5亿元。"索尼经典"以1亿多元人民币超《英雄》3倍的价格买断了《十面埋伏》的北美发行权。《十面埋伏》的大投资，据报道国产电影年产100部，衡量人才在特定环境市场价格（Market Price）（年薪）的世界HR实验室（WHL）的品牌价值模型算出，张艺谋将给雇佣方带来的品牌价值、广告收入、电影收入等，总计1.4 – 1.5亿元，这个数字将持续上升。（据《三联生活周刊》）2004年7月16日至8月2日，短短18天，国产大片《十面埋伏》在国内（不含港、台）狂卷1.503亿元票房，超过进口大片《后天》《特洛伊》的票房总和，《后天》《特洛伊》在中国内地的票房分别为7000万元和5000万元。这是记者从有关方面获得的统计数字。

"我们的目标就是要在好莱坞大片独霸的暑期档与之抗衡，夺回本应属于我们国产影片的市场份额。"该片制片人张伟平在接受采访时由衷地感叹道，"我曾经说过，我们可以让观众在《十面埋伏》这部影片中看到好莱坞大片中看不到的精彩。"张艺谋《英雄》和《十面埋伏》的卖座成功也并不一定是电影本身的成功，仍然是商业符码的效益使然。

就张艺谋而言，他的电影水平高与低都不构成观众冷场，他的品牌意义比他的作品更加重要。他在商业片中塑造成功的是品牌本身而不是电影，因此，张艺谋《英雄》和《十面埋伏》两部片子的"失败"歪打正着，剑走偏锋获得了舆论"争鸣"权。

"符号的意义在于建立差异，以此将符号所代表的东西区分开来。这里人们关注的是符号的所指而不是它的能指……现代消费社会的本质，即在于差异的建构。人们所消费的，不是客体的物质性，而是差异。"[1]张艺谋与一般导演不同，这正是当下社会的"通行证"，异类在媒体中就标志着话语权，因为你突出，属于单个的体积，无人和你抢道，可以畅通无阻，从边缘进入主流，从而，改变主流的命名。当你获得了主流话语权之后，群声沸杂的立论和口水都偏向到你的那一方，这时你就可以建立真理基地了。

镜式的视觉隐喻潜含着一种概念暴力或话语强加（鲍德里亚），对于那些违背这种二元对立的人们来讲，等待他们的是卑贱的覆灭命运"为了打破所谓的生产之镜，鲍德里亚提出自己的象征交往理论，实质是以符号的生产和增生彻底替代了物的生产，这很类似于海德格尔拒绝把表达建构到经济结构中的做法。哈贝马斯认为，"理想的言语情景"的最佳表征，就是毫无阻碍的交流。只有具备参与交流的机会均等，并且只有在一句话能潜在地获致每一个人的自由认可而且是真实的情况下，这才能得以实现。

张艺谋电影只需修正不必改辙，我们希望他的电影在走向商业路子的过程中能够做到不断完备自身，并能更契合商业电影各种符码要素的规则，为国产电影再次争得世界荣誉，也能让国内电影专家看得满意。

2　对中国电视剧的批评

满屏古装障目，电视剧审美疲劳。当下清一色的古装电视剧占满屏幕，且多为虚假、仿制之作。制作人员缺乏职业道德和艺术修养。宣传媒体为赚钱大肆吵作，造成了惯性的电视观众"审美期待失望"，电视剧盲目地模仿不是艺术工作者所应有的正常创作心态，已到必改之日，品种单一的现象也必须应该引起上级主管部门的高度重视。

不尊重大众心理，以粗制滥造强占观众耳目。有谁指望在当下国产电视剧中获得美的欣赏那是异想天开的，当你打开电视机，"古装长辫"就向你扑来，想在电视机前看点古戏以外的东西，真是"太奢侈的欲望"。当下有相当一些中国电视栏目竟成了一个个"赚钱的专职窗口"，而且是清一色的古装戏。在那我们还很难看出来哪位电视剧工作者是一位岗位上的"敬业

---

[1]　何兰萍：《波德里亚论被消费的休闲》[J].载《自然辩证法研究》，2002年9月。

者"，更不必去费劲说什么艺术家了，也别让你在这个堆里痛苦地去硬找使你崇敬和崇拜的记号。

现代化的今天，电视机更大、更优质，它摆设在你的家中，装点了你的生活空间，美化了你的品性格调，提升了你的审美欲望，但电视剧是不能贴边的，你只要一不小心手慢一点，在任何一个频道上停留了一下，那满屏幕的"古兵"或者哪朝哪代的"死人"就会上你家来拜年和"狂欢"，非弄你个灵魂出壳不可。或者"大风""大风"之类的喊着，向你杀来，这些欲躲闪的手脚都不够像子弹那么快、那么灵便，现代化商品中的"受难者"人群就只有在电视机旁等着这些"古兵"等一类人来给你乱箭射死，让你化作情绪的牺牲品，电视观众通过视觉在"艺术"里受刑，在十八层地狱里挣扎、叫你呼吸不到不浑浊的气息……

偌大一个960平方公里的土地和它拥有的13亿人口组成的世界第一大国的屏幕上，除了古代那些阴魂，还有没有会喘气的生灵呢？一些电视剧场反映出的智商告诉你是："No."

电视剧果真就是干这个的吗？可惜了全国13亿人口，和全国将近3亿的家庭电视机，还有正在商场待出售的、正在试播的"漂亮"电视机。

电视剧工作者缺乏职业文明素质，剧组人文环境有失"大雅"，不洁之地何以生出"雪莲"？我们再来看看电视剧拍摄现场，前些年，我所在的大学是上海市旅游局用彩笔圈上去的一个优美景点，它自然也招来了一群电视商人和带着鼓鼓一兜名片的"影视艺术家"。校园里除了静静地读书气氛还时常夹杂着某某拍摄组的喧嚣骂声：什么"你他妈会不会演戏""你他妈学过演戏吗""光你一个人拍几条的了""你说不行，我换人""这他妈是我的艺术啊"等一类的脏话。

用我们学校影视学院的术语说，这是电视剧中的声响，或者叫声音。还有电视商用血本堆出的"明星"，最时尚的是由两类谢了装的角色充当，一类是男扮女装的长发"导演"；另一类是拿自己脑袋当倭瓜的"丑星"和扮演丑星的"光头"。同样用我们学校影视学院的术语说，这是电视剧中的画面。这两个元素构成了电视剧中最核心的部分——电视剧艺术主体，更准确地说它构成了"这部电视剧的艺术主体"。

你到北京走一趟就会挡不住地、不中断地迎面扑来、背后追来一阵阵

"艺术"气息，那布满首都城内的雄伟的广场和拐不完弯的遗址"胡同"，看不完、走不完，那雄伟和拐弯中看不完、走不完里面都镶满了"某某电视剧有限艺术公司"。从刚冒胡须的奶气少年和大腹便便的"爷们"以及年纪已迈暮夕的"爷"都是电视剧导演。中国电视屏幕上潮水般汹涌而来的一个克隆克出的古装"死人"电视剧就是这群"艺术公司"集体精神的产儿，那可怜的产儿出生地还联网到全国各个大城市的电视剧各个产房……

那些被指责的"电视剧艺术"，其实不是艺术，艺术是什么，艺术是伴随我们人类物质需要一同生长的精神需要、精神食粮，它同样也像我们每天不可离开的衣、食、住、行商品一样，灌注在我们的生活里，人和动物的根本不同是，人有明确的精神追求，人需要审美，如果我们不是低级动物，就应该和低级的动物所接触的低级习好分开，具备人类文明的审美特性。

在现代化的发展进程中，人们生活里物质的丰富性代替不了精神的丰富性，物质本身也无法代替精神，这是两个截然不同的属性，一个国家和民族只注重物质数量和质量的拔高，而忽略了精神因素的发展，不仅会造成一个时期的生活质感不协调，更会导致今后精神的退化甚至精神枯萎，同时也会带来最终物质发展的跌落。

物质和精神同步发展才是促成人类发展的前途所在。精神发展的一部分就是文艺应该责无旁贷肩负起的时代使命，我们同样在电视中收看到的央视三套《艺术人生》栏目中就有声音告诉你什么叫艺术，怎样搞艺术，怎样做一个艺术工作者。在老一辈电影艺术家孙道临做客《艺术人生》时，他说他在拍电影的时候，去部队体验生活，那些同志丝毫不计较个人的生命和安危，他们是为了什么？他们是为了什么呢？

这就是艺术所要回答和要表现的内容，那些为祖国和人民默默牺牲的同志，在那个战争的年代就是艺术形象，对这种形象的真情实感的表达就是艺术家的追求过程，电视剧的屏幕效果就是这种生命意识的闪耀和播放；在今天中国已进入世界一体化的现代化进程里，电视剧应该更加丰富起来，并不是古装戏不能演，那些好的古典力作如《宰相刘罗锅》《雍正王朝》《水浒》《三国演义》《红楼梦》《末代皇帝》等都是我们喜欢的优秀电视剧艺术品。

但，剩下那些充斥屏幕愈演愈烈甚至止不住的上百种古装剧，你看它不是从哪个地方模仿下来的，就是胡编乱造出来的，不学死人说话就张不开嘴。毛泽东在1956年就提出"艺术上不同的形式和风格可以自由发展""要百花齐放，百家争鸣"；当下党中央又提出繁荣我们的文学艺术，丰富人民各方面的精神需求。面对我国电视剧现状反映出的问题，一些人可能会说国家广电部门在做什么了呢？也许还有一些人会说市场微观自身竞争造成的结果，甚至会有人说宏观调控也尽了努力了，还是不行。

电视剧是一种呈现在公众面前的个人性的创造性精神劳动产品。靠政府硬性管理和布置任务仍然不能获得良好的预期效果，艺术的提高必须具备艺术家的使命去构成"她"的发展态势，我们今天所生活的时代不仅需要科学家和丰富的物质商品，同时也需要和呼唤优秀艺术家的出现，国家以及具体负责和实施这项工作的广电部门除了要取消和取缔一些不合格的电视剧制作有限公司；严格审视、审查同一类题材的电视剧外，还应该与中央以及地方的宣传部门、教育部门一道注重电视剧专门人才的培养，包括专业和艺术修养的培养，甚至是献身艺术的高尚品格和境界的培养。

关于对国产电视剧的批评声有过，但表现的是既不痛不痒，也是可说可不说，"栏目负责人"也许想到你爱看不看，不喜欢，一会儿就出来"广告"了，"广告"不看还有"中央新闻联播"。老百姓也是管闲事的不多，大不了受一点电视剧刺激后再把频道拨到小品上，坐在麻将桌前的家庭妇女只要头上有个响就行。

但是作为国家机器运转操劳的机关、学校工作人员、人民子弟兵、武警官兵、广大的工人、农民，以及各界为党工作的贡献者们，他们在工作一天下班回家后，想在电视节目前休息、缓冲、享受一下，那就只好导致受罪了，像冲凉招致了感冒一样。对我们的孩子就造成不利了，他们的精神吸取像长期营养不良的非洲难民。

我们说当年的一次"非典"，中央对没有及早着手解决问题的北京市市长和国家卫生部部长给予了撤职处分，是因为他们二人造成了"非典"病情的扩散和人员死伤的后果。那么就一个不开电视机也看不见的电视剧来讲，也传播不出"非典"来，更死不了人的小"蒂伯"，是否就应该叫它"溜哒"去吧？我们希望当下中国电视剧生产者们能够酒后镇静一下，想想自己所做工作的职责和所出产品（艺术品）的影响，电视剧审查者这一回可要操好手中的剪刀。

3　当下艺术形象的低俗与观念局限

艺术形象无疑是一个时代重要的精神象征，但这个精神是否是人类进步的生命形式或是朝着进步的趋势呈现的。就我国各个历史阶段的艺术形象来看其主导倾向都是有一定的思想性和艺术价值的。但精神内核缺少精神高度，艺术形象没有成为人的生命中美好的追求，构不成诗意的艺术，缺乏哲学意蕴，没有终极的艺术境界，因此在时尚中随波逐流的糟次品充塞其中，有一部两部作品弄出点声响就盲目吹捧，竞相效仿，导致艺术形象大量雷同，造成艺术家集体平庸，艺术形象庸俗低劣，不成其为艺术。这样的"艺术"在今天尤为无忌于人民的审视，居然毫无知觉地一天天堂而皇之地簇拥着登场。

不仅如此，艺术形象影响了一些欣赏者的审美感觉，致使艺术形象丧失了她引导人们审美水平的提高、思想境界的升华的神圣义务，相反把善良和聪明的人民拉到了庸俗和低能的空间。今天一些艺术形象并非可有可无的影响而是对人民的犯罪。可能长时间的艺术造成的已经让本有分辨能力的人都开始变得在审美中的精神麻木，这就是在今天艺术形象必须要引起重视的迫切任务。这个艺术形象的时代弊端其根源是时代观念的局限。

艺术形象一定是生活中提炼出的高于生活的典型，他（她）被生活所滋养，是生活中的精华再现，不是生活中的东西随便一个拿出来的都是艺术形象，如果这样艺术就和杂货铺里的东西一样，你非要把它当成艺术换一个地方摆出来，那它也只能是庸俗的"艺术"。我国今天尤其是今天这种庸俗的"艺术"太多，这种现象并非一大批文艺队伍里一个懂艺术的也没有，弊端出现在一种庸俗的观念之中，文艺理论里或者假装时尚的发现里把自然的东西是美的，低能的理解为平常的东西就是美的，庸俗的东西也就是美的，因此庸俗的人物、庸俗的事件、庸俗的性格都装到了它的"美"筐里，一个和一批批没有文化的低级人制造的垃圾场在向外倾泻文艺作品，畸生"艺术形象"，自己没有审美能力，也愚弄没有辨别能力的百姓，导致谁都是艺术家，随便的任意没有文化的没有艺术修养的人都可以来充当艺术制造人，拙编艺术形象。

艺术创造者可以不去提高艺术修养，不具备高贵的人格，没有发现美的眼睛，没有感受美的魅力的能力以及精细的审美自然的品性，专拣生活的垃圾供香台，人物形象不找优秀的标本作典型，专拾人类的丑陋当自然，好好的一个人非要说上几句脏话，带点"银铛"才叫英雄，人物形象没有思想逻辑，庸俗的灵魂怎么塑造出高大的人格？没有冰洁，何以生出雪莲？英雄都得挂上流氓的陋习，生活小事漏出的丑恶本性，怎么就都成了顶天立地的英雄了呢？人物虚假，艺术形象令人生厌，怎么能让人感到可亲可信呢？评论家智商到不了相对程度，创作者和评论家半斤八两装艺术。

艺术形象不具备高贵的灵魂巨显，没有形成令人羡慕的自然的美的品性，当下的艺术形象是流氓加英雄、痞子加英雄、文盲加英雄、强奸犯加英雄、白痴加英雄，请问什么时候才能轮到正常人是英雄，伟大的灵魂是英雄？这个蠢人时代操持的文艺和制造的艺术形象还要持续到多少个世纪？

美好的人性得不到挖掘，把本来应该在本质中最值得珍惜的人类精神标本旁掷远弃，而把人的种类中就应辨别出的恶质捧作元宝，没有生命学的知识，也不晓社会学的进化，感受程度还在蛮荒时代，审美更不用说了，什么都不会，也不懂诗意的境界，哲学的深度，怎么就搞出艺术了呢？

艺术形象面孔全挑低俗的做主角，把丑当作美，眼睛不再是心灵的窗口，请问心理逻辑拿什么做判断呢？不懂人的基本状态，眼睛是恶俗的，心灵会是美好的吗？举止是低俗的，境界是须仰视才见的高大的吗？哪个相学大师教你的？眼睛是心灵可靠的传达，因为眼睛是容纳内心世界的流露，佯装的正经也会在眼睛里现出破绽，艺术家们总不能什么也不会，就来在全世界表现艺术吧！

这是个非常重大的文艺问题，在理论和实践上都有其现实和长远的意义。文艺形象是一个国家、民族精神的标志和象征，是指导人民向上的心理向导，是人的心灵世界丰富和提升的必要形象来源。文艺形象如果缺少"她"应有的精神内涵，形成残缺的和错误的认同和导向，将影响人们必要和正确的精神追求，甚至让已有的好的心理发生变形和扭曲。学术界十分有必要和有责任承担起这个正确引导文艺方向的责任。

人是一个标本，应该让他（她）美好的东西得到传递，让心灵的高洁得到发扬。如果平庸和低级的艺术形象还继续它的功效，这对一个国家和民族将是一个把文明往后拉的过程，它混淆了美的判断标准和阻止了人的美好品性的发生和发展，让人鉴别美的能力形成了退化的趋势。不纠正艺术形象的平庸状况是对艺术的亵渎和歪曲，是艺术工作者缺少专业责任感的表现。

艺术形象是艺术领域中最主要的精神载体，在各种文学艺术作品中艺术形象是影响人们现实生活和理想世界的重要感受对象，应该说古今中外人类都不能也没有离开过艺术形象，"她"是人们追求美好，畅往未来的情感依托，是鼓舞、教育、引导人们创造新生活的主要形象资源。就艺术形象的研究而言，已有国内外悠久的历史，并呈现了浩如烟海的艺术形象研究成果，从基督的膜拜到中世纪整个的骑士风格以及中国"十七年"的文艺，艺术形象都涂满了高洁的色彩，放射着英雄的光焰。艺术形象带着人们的梦想感染着我们的灵魂，升华着我们的境界。艺术是个高洁的圣地，艺术形象是我们生命彼岸的目标。但今天这种精神已被搁置到沙漠，艺术形象已经全然不是由这个精神指向承载了，我国当下的艺术形象是平民化的，但大部分违背了艺术形象塑造的基本规律，缺少精神品质。

20世纪20年代法国路易·德吕克的印象派电影一度把平民电影推到了另一座精神高峰。20世纪70-80年代又有日本三田洋次的平民化电影对现实的艺术形象作了充分的质朴性的解读，以上两例艺术形象是平民的身份而精神境界是贵族的。她仍有质朴而高贵的精神象征，相比之下，我国当下的艺术形象只取其平民意识却没有高贵的精神境界。

艺术形象无疑是一个时代重要的精神象征，但这个精神是否是人类进步的生命形式或是朝着进步的趋势呈现的。就我国各个历史阶段的艺术形象来看其主导倾向都是有一定的思想性和艺术价值的。但其内核缺少精神高度，艺术形象没有成为人的生命中美好的追求，构不成诗意的艺术，缺乏哲学意蕴，没有终极的艺术境界和精神目标，在时尚中随波逐流的庸俗形象已成了司空见惯的现象。

盲目效仿，导致艺术形象大量雷同，造成艺术家集体平庸，艺术形象庸俗低劣，不成其为真正的艺术。这样的"艺术"在今天尤为无忌于人民的审视，居然已失去自我知觉地一天天簇拥着登场。不仅如此，艺术形象影响了一些欣赏者的审美感觉，致使艺术形象丧失了她引导人们审美水平的提高、思想境界升华的神圣义务，相反它把人的正常审美能力拉到了往下滑的趋势。

今天一些艺术形象并非对欣赏者是可有可无的影响，相反是对艺术的不负责任和对欣赏者的漠视和不尊重。长时间的这种"艺术"冲击造成的影响已经让本有审辨能力的观众和阅读者开始变得失去审美中的辨别力，造成了观看和阅读的精神麻木，导致人在审美影响中的智力变弱，因此，在今天加强艺术形象的批评和纠正，进入人类进步的形象塑造，是摆在我们面前的具有时代意识的迫切任务和责任。这个导致艺术形象出现的弊端其根源是时代审美观念的局限。

创作者文化水平的限制，以及缺少专业智慧和才华，导致拙编出低水平的艺术形象。

艺术创造者不注重提高艺术修养，更不做高贵的人格培养，缺少发现美的眼睛，影响了感受美的魅力的能力以及精细的审美自然品性的发挥，艺术形象丧失人格魅力。什么"可亲可信"，非得是丑陋的东西才可亲可信吗？评论界也盲目漫评，做错误的导向，人云亦云，不具备深邃、明晰的思想判断。

艺术形象与人物的美好心理相互矛盾，明显的视觉中的否定者就成了歌颂的英雄，违背了心理逻辑的基本判断。作品中的形象塑造失去了人的基本状态，艺术家们总不能全然不顾这样的视觉存在吧。

缺少人类学中人的基本属性的认识，文明的意识，错误地把本性的自然同人类优秀标本中的自然美好混为一谈，以为人都是永铸俗性的胚胎和蒙昧不开的。人类应该是文明进步的象征和标志，人的标本与世界上任何东西一样，也是各有不同的，是各种不同状态和程度的呈现，好标本存在在各种程度之中。

若艺术形象不是人类好的杰出的标本的提炼，而是人群中低次片品的充斥和泛滥，艺术形象的标本底色没有人类进步和进化的迹象和文明发展以及人作为高级动物的天然完美质感，那艺术究竟要留作干什么呢？艺术难道就是这些人类丑恶的存在和心理的宣泄吗？艺术是用来让人感受痛苦的吗？如果这样艺术只能是人类的负担和困苦心理的制造者，当然我们不是要的这样的艺术，艺术是让人看到美好，克服困难，找到希望的灯塔。

塑造美好，才是艺术形象的真正目的。把人混同于比他更低级的动物，甚至夸大和升级了他的状态，进而把品质中的丑当作美，它反映了艺术形象的创作者在作品的创作中智力程度上还缺少深刻的思维机理，一些艺术家和艺术形象一直没有接触到艺术美感和人类精神的要旨，远远隔阂与艺术丰富的美的科学本身。没有艺术形象本质的深刻感悟，总是在它的枝节、皮毛处拼使憨劲。缺少相应的文化又很少自我觉察的能力。

缺少文明进程的概念，艺术形象应该随着人类的进步而不断完善和日臻完美，艺术必须是人的品性的提高和境界的升华的标志，不仅如此，还要形成她的内在动力和影响人的魅力，这种魅力是自然内化在形象自身的，不能靠形象扭曲的变形来加固，是完整的人物形象和整体的人格美所达到的塑造程度，美的形象必须有美质的底蕴流淌在形象当中。艺术形象要不断感受和吸收人类的精神营养，要引导和提高人们的精神认识，实现人们的美好追求。

对应该塑造的新艺术形象作理论的分析和形象的解读，以形象作支撑，建立起正确的理论体系。当下平庸艺术形象的泛滥导致了读者和观众已经蒙垢了审辨美的眼睛，这需要论辩者的机敏发现和深刻的论辩能力，才能把被拉向反方向的审美后果重新斧正和得到在此基础上的发扬。

4　鲁迅杂文与鲁迅精神

1928年8月出版的《创造月刊》第二卷第一期署名杜荃的《文艺战线上的封建余孽》一文就污蔑鲁迅为"资产阶级以前的一个封建余孽"和"棒喝主义者"；[1]《太阳社》1927年下半年在上海成立。主要成员有蒋光慈、钱杏邨、猛超、杨邨人等。1928年初，该社在瞿秋白'左'倾盲动主义路线的影响下，脱离中国革命的具体实践，挑起"革命文学"的论争，攻击鲁迅；1928年5月出版的《创造月刊》第一卷第11期上署名石厚生（即成仿吾）的《毕竟是"醉眼陶然"罢了一文攻击鲁迅学习马克思主义理论是"只涂彩色，粉饰自己的没落"；1927年创造社的刊物《洪水》第三卷第二十五期上成仿吾《完成我们的文学革命》一文攻击鲁迅是"有闲阶级"，并说："我们知道，在现代的资本主义社会，有闲阶级就是有钱阶级。"

鲁迅是最具思想性的笔者，他头脑十分清醒、十分冷静，对革命斗争的形式看得相当透彻，任何一个组织都不可能靠温情来打动敌人，敌人是不会看到斯文就不杀人的，历代软弱的组织和政党都不可避免地将领导权让给凶

---

[1]　1928年8月《创造月刊》第二卷第一期。

残的敌人。

鲁迅不仅是清醒的，而且是有着高超斗争智慧的，他的笔真有如匕首，会一下子刺到对方要害，致他于死命，当时与鲁迅论战的人到后来都怕他，文人如此，反动的政党也不例外，他们想抓他，想陷害他。

鲁迅的批判对象是分等级的。他对反动政府和敌人毫不留情，对没有责任感的文人留有余地，他在批判鸳鸯蝴蝶派时主要采用了冷嘲热讽的态度，他在文章中画个三角来说他们只会用三角恋爱在市民中哗众取宠，手中的笔变得极其智慧，成仿吾错误地批评鲁迅说："这种以趣味为中心的生活基调，它所暗示着的是一种在小天地中自己骗自己的自足，它所矜持着的是闲暇，闲暇，第三个闲暇。"[1]鲁迅就借成仿吾的话把自己的杂文集定名为《三闲集》，很智慧、很幽默风趣。

鲁迅在与文敌论战时并不想把对方致于死地，他是与他们玩呢，文敌是陪伴他表现才华的条件，是他嘲讽的土埂、木偶，似乎没有了他们就没有了鲁迅精彩的杂文，这些人今天说起来是给他作陪衬的"灯泡"。如果有人说鲁迅太尖刻、太恶毒，那是没有读懂鲁迅，对敌人只有这样才算一个彻底的智者，对那些乱跳的文人，他的嘲讽姿态是恰到好处的。鲁迅十分自信，他的论敌都是大人物和显赫的教授，被他批得玩骂的人不人、鬼不鬼的。开始都自命不凡，最终都得不明不白地躲到一边，担心别让人看着。

鲁迅对不惹事的好人也讽刺，这是另外一个层次上的批判。他批判阿Q是因为他不争气，描写祥林嫂也是带着情绪的，他写她"人死了还有没有灵魂啊"，那姿态就是对她愚昧的诅咒，华老栓把烈士的血做成馒头给他儿子吃，他也该诅咒，阿Q自己经常被人欺负还去寺院欺负小尼姑，鲁迅是在心里看不起他、愤恨他。鲁迅的批判意识是从人的"恶"入口的，从"恶事"到"恶习"到"恶性"这就是鲁迅伟大之所在，在人的意志中光有善、光有爱是不够的，还应该有"恨"，你的善良自然可贵，可一味的善良，失去了"恨"的意识，人就要遭厄运，你不懂得"恨"就会轻视它的恶果，可恶的东西是造成人类伤害的根源，你纵容了坏人就等于帮他的忙，就给好人带来了不幸，没有"恶"的批判意识就失去了人的判断力，就没有了立场，一个

---

[1]　成仿吾1927年发表于《洪水》第三卷第二十五期。

只想着好的人是没有警惕性的，不懂得进攻就会被人打。进攻是保护自己的一种方式，鲁迅的精神是批判的精神、是惊醒的精神、是战斗的精神，鲁迅的骨头最硬，他算得起一个真正具有完整性格的人。

认为鲁迅作品少不具备当世界巨人的资格，笔者有不同的意见，鲁迅是一位思想家，这应该比作家更能说明他的地位。不一定写小说的作家只能在作家当中评说，思想家就只在哲学书中见高下，鲁迅是以文学的表现形式诞生的思想家，他没有写长篇小说，正是能表现他做文学的目的，他的大部分精力用在了写杂文上，在他的那个年代，国家不国家、民族不民族，作家只顾沉迷在狭隘的私人感情中，在软弱的困境中苟活，即便写出了多少小说、写出了长篇又能怎么样呢？又如何而显得伟大呢？

说鲁迅的杂文不能提起来算作文学作品，就更不是正确评价他的言辞了，杂文怎么就提不起来算作文学作品呢？鲁迅在当时选择杂文为论战武器是最为恰当不过的，作为鲁迅表现他思想的深刻，杂文最最合适于他。鲁迅毅然选择杂文，放弃了很多作小说的时间，他是有眼光，也是有主见的。小说与杂文孰轻孰重并没有什么判别的标准。倒是有杂文不属于艺术作品的说法，可它总算文学。鲁迅的小说已经证实是优秀的艺术作品，这以能奠定他在文学界的地位，他的杂文是与他的小说一起出现在文坛的，小说代表他的文学成就，杂文更直接的代表他的智慧，他的小说和杂文是一个整体代表着鲁迅的精神，这就是他智慧的、刚毅的、不妥协的精神，对中国命运、百姓生存、人类精神的高度责任感和强烈使命感，体现他这种精神的在他的杂文上表现得更为突出。

鲁迅的自信和胆识是令人钦佩的，由于他写杂文而被人轻视和奚落，他自己说："但粗粗一想，恐怕这'杂感'两字，就使智趣高超的作者厌恶，避之惟恐不远了。有些人们，每当意在奚落我的时候，就往往称我为'杂感家'以显出在高等文人的眼中的鄙视。"[1] "'杂感'之于我，有些人固然看作'死症'，我自己确也因此很吃过一点苦。"[2]

他对杂文所付出的代价是沉重的也是自豪的，他的当时处境不比他在幻

[1]　鲁迅《三闲集》序言。
[2]　同上。

灯片里看到外国人杀中国人时轻松，他弃医从文，是他理想和勇气的表现，减少写小说的时间来写杂文仍然是他的理想和勇气的表现，是他革命使命感的再次人格表证，他是比文人还要光彩的文化巨人，他脱去了文人的软弱和虚荣，强烈地印记着人性的伟大标志。

第七章　批评家理论构建体系对文学艺术作品批评的决定性意义

一个优秀的批评家必须形成自己的理论体系，构建出自己的理论大厦，像一个里面装满各种珍宝的陈列馆，而且每一件物品都是精致的。他（她）可以拿着"她"与各种精美的文学艺术品相对照，好的坏的只要一进入他（她）的视野立即形成一种专业上的反应，好的就在他（她）的感受中散发幽香，差的就产生刺耳的声响。

批评家的理论不可以完全是抄袭别人的东西，杰出的批评家对任何一个理论都是有批评意识的。其是在审视中的部分借用，谦虚地承认和汲取有用的部分，用以论证自己的新论，目的是创造和发展自己的理论。所有别人的，不管多好，也不是最好的，最好的是发现和发明，是世界上不存在的东西，在你这里是第一次诞生和出现。

怀疑的态度是科学的生命，如中国地质学家李四光一样，打破成见，质疑权威，具有诗人般的想象和科学家的严密逻辑论证。社会科学的论证不同于自然科学，以人的心理为证，它是一个瞬息万变的灵物，因此，社会科学可以，也应该是一事多解。

第一节　文学艺术高度的理解因人而异

1　个人性写作是真正的灵魂写作

1990年代以来，文坛上个人声音已从以往的主流话语中独立出来，它收复了本来就应该属于自己的领地，把所谓权威性所繁衍出来的共名秩序统统打翻，它不再是集群的身份挤在同一个话筒里，争着抢着重复同一个时代主题，而是以无名的状态从各个方面自由出场，作家从容地在生活里站了出来，敞开心灵窗口，开始自己说话，这就是90年代的个人性写作。

个人写作状态是写在稿子上而穿过纸面的真实精神凸显，它把作家的生活经验、写作天赋用个人的独特体验带入文本，它以一个真实的生命存在在作品中呼吸、言说、快乐和痛苦着，它对命运中的苦难、情感的烦恼、美好希冀的沉沦以及灵魂深处的孤独描写就是对人文关怀的凄惨呼唤和召魂。

余华的小说《活着》述说了命运的苦难，那是个人力量所不能和无法摆脱和抗拒的厄运，作品中的主人公福贵，名字是富贵，命可不富贵，他家原来是个齐全的家，四口人，夫妻和一儿一女，到头来儿子、女儿、妻子先后死去，连他喜欢的女婿和外孙子都相继送了命。这当然是小说中虚构的典型事件，一个家庭出现这种情况的也找不到几例，但抽出其中的每一例都可以在现实生活中找到它的原形，儿子有庆是给县长妻子献血过多而死的，县长的妻子生孩子因流血过多须输血抢救，有庆响应学校动员，主动为她献血，他本来就长得瘦小，又加上国家三年自然灾害，挨饿，他瘦得皮包骨，可偏偏抽血的护士抽了他一管血之后，又去抽，把一个活人抽死了。

女儿凤霞是生孩子流血过多死的，她死的原因与县长妻子抢救一样，都是流血过多，县长的妻子需要血，可以让全校学生都来献血，临死的人能给救活。凤霞大流血没有人过问，无声无息地死了。妻子家珍在长年的操劳中身体就不好，又接着死了儿子和女儿，命运的苦难把她也折磨死了。女人天性中的善良和母子之情，让她感到安慰，也促成了她的死亡。

女婿二喜在施工现场因事故被吊车吊起的水泥板砸死了。外孙子苦根是吃豆子撑死的；他不是因为太馋而是因为太穷，是平时吃不着好吃的的原因。富贵五个亲人的死看来都是处于偶然，其实后面都有着必然的诱因。他们把握不住自己的命运，导致死亡的威胁一步步紧逼着他们的生命，使他们摆脱不掉，无处躲闪，个人的力量在命运面前是渺小的，它如同微芥在风雨中飘摇，随时都可能被险风和恶浪所吞噬。

富贵一家人都是苦命的，他们靠亲情相慰。当富贵失去亲人时巨大的精神打击就一次次逼迫着他，折磨着他的心灵。他的苦难使他堕入了苦海和深渊，他是挣扎着活着的，当他失去最后一个亲人苦根时，他情感已无处寄托了。他把那个已经不能干活的老牛买回家，是不愿让那牛被宰死。他通过自己的生命感受去感受另一个生命。他开始与牛一起生活度日。他喂养牛，牛也就成了他的安慰和陪伴。他向牛叫富贵，两个"富贵"一起生活，相依为命。

个人性写作可以不为主流形态、主流意识负责，《活着》没有更多的政治指向，它是借了历史背景做衬面，更具体地表现人的生命历程，它传达的是一个超出历史、超出政治层面的人类主题。它在相当大的一个空间里触及到了每一个人所能感受到的生命苦衷。任何一个人都逃不出生命旅途中带来的遭遇，只是各种人所照面的方式和程度不同而已。

个人性写作可以穿越主流话语空间，在个人感受中自如地表达一己的生命态度，构成用每一个作家不同的个人体验来表达人类共同的呼声。《活着》里对亲人的失去无论如何是不能用理智的情感态度来替说的，这种戏剧化的、小说式的书写带有一种象征意义，它的目的就是深刻揭示人的苦难。

余华的另一部小说《许三观卖血记》表现了恋情与亲情、血亲和亲情之间的矛盾。当许三观发现一乐不是自己亲生儿子，而是妻子与她第一个恋人的骨肉时，他感到痛苦了，他既表现出对妻子的愤怒和一乐父亲的妒嫉，也表现出对一乐的嫌弃和疏远，许三观作为一个常人，这种苦恼折磨着他的内心，后来他解脱了出来，他的途径有两条，一条是他通过报复而解脱，他找了一个胖女人，做了他妻子和她第一个恋人做过的那种事，他感到了心里不再委屈。另一条途径是一乐对他实心实意的孝敬，这样许三观感到了精神满足，以至他后来为了救一乐的性命不顾自己的死活接二连三地卖血，许三观的解脱途径是许三观的"思维方程式"。一乐实心实意把他当作自己的亲生父亲，倒是传达了亲情所要寻找的精神需求。

小说形式的探索为人文关怀提供了一个绝妙的表现手段，韩少功在《马桥词典》里借用典籍的确定性安慰了死者的父母。作品里说到，男子十八岁、女子十六岁以前的生活是幸福而珍贵的，这就是民间词"贵生"的含义，到了男子三十六岁，女子三十二岁，就称"满生"，意思是活满活够了。再往上就被称作"贱生"了。所以乡亲们对雄狮的误死并不烦恼，他们用"贵生"的相关语言来安慰死者的父母，诉说了一个人一旦成年后，就如何的痛苦，韩少功不仅仅开创了一种新的小说叙事文体，用词典的语言来写小说，用解释词条来构成小说叙事，他甚至是对马桥那个地方传递一种新的"圣经"，把其中的福音送给那里的乡民。

小说形式赋予了文本一种出奇制胜的策略是韩少功对小说中人文关怀的特殊贡献，这一点虽然没有引起人们的格外关注，可它的形式对内容的深刻触及，几乎可以说成是一种了不起的发明和创造。

女性主义作家陈染、林白等是在讲述她们自己的生活，他们让自己的内心话语从身体上表达出来，宣告自己是个女性，女性所占据的人群有多少是别人真正关怀的？在别人几度歌颂、几度赞美的同时，她们的内心无人问津。她们的精神干枯成沙漠，现在也只能以她们自己个人的体验来探访那无限广阔的世界。

如果说平面的生活状态需要人们过问，苦难的命运应该唤起人们的同情，那么精神上的贫瘠、生理上的饥渴是否也应触发我们的关注呢？当"T"先生一次次让我（女主人公）难堪又占有了我的身体，我既恨他又不自觉地接近他，我有身体上的需要又开始拒绝这种需要，当我一步步走到自我欣赏、自我安慰的时候，我是幸福还是孤独？（陈染小说《私人生活》中的男主人公）林白在《一个人的战争》的题记里说"一个人的战争意味着一个巴掌自己拍自己，一面墙自己挡住自己，一朵花自己毁灭自己.一个人的战争意味着一个女人自己嫁给自己"。女人生活在男人中间、生活在社会群体里，女人开始一个人的战争的时候就坦言了她已是一个与"敌"作战后失败战例的标志，她伤痕累累又无处逃离，男人成了面目模糊的零余者，社会也不是她解除孤独的人群，她只有躲到个人的闺中展开夜以继日的一个人的战争。

晚生代作家朱文以一个叛逆者的姿态游荡在小说中间，他把"性"横竖写满了纸张，憋足了劲和传统道德对着干，他在《弟弟的演奏》中写到当代大学生的"性"饥渴以及"性"苦闷，朱文也被有的文学理论家斥责为流氓作家，这同当年郁达夫的境遇十分相似，郁达夫经受不住舆论的攻击，内心受到了极大的伤害，不得不委屈地写出解释的文字来为自己解脱。朱文似乎不怕这些，他在为"性"辩护，"性"在我国一直是不能正气说出口的，我国文学名著《西厢记》很早就被定为毒草，《红楼梦》一度也是毒草，"性"是伪道学家们一直把守的要塞，不准侵兵进来，性欲是判定道德品质的标尺，谁表示了性欲的要求谁就别想抬头见人，大学生们都是发育成熟的青年，"性"发育是与身体一起发育的，你不能只让他（她）光长四肢，掐死其他部分的生长。

我国初高中学校还有生理卫生课，大学生的"性"教育一直是个空白，这是不是也属于文学表达的内容，是不是也应列为人文关怀的目标之一。"性"是美好的、健康的，也是纯洁的，作家、评论家、社会学家、政治家都没有必要视"性"为洪水猛兽，相反它倒是不应该成为戕害当代大学生的精神靶场。

从余华到韩少功，从陈染、林白到朱文，他（她）们的作品主人公没有一个是幸福地生活着的，从苦难的煎熬到虚妄的告慰，从生活层面的残缺到内心世界的孤寂。余华、韩少功用牛、用词典来安慰人，陈染、林白用扭曲的身体来自慰，朱文就只有把青春健康带来的绝望泼洒在大街上。

个人性写作一个最大的希望是冲击人们头脑里固有的成规和戒律，让真实回归本位，让个人鲜活的个性走在现实的道路上，开解人文关怀的衣襟，纳入生活灿烂缤纷的美好，再去深情拥抱人类。

2 "启蒙"给文学送上了歧途

"五四"以来，鲁迅等新青年文学家和知识分子明确提出"启蒙"口号，并把文学的任务和目的视为"启蒙"。从此文学在中国滑向政治目的性的非文学轨道，文学轰轰烈烈地作了政治宣传的工具，退回到从古以来"文以载道"的原点上。鲁迅以"拯救国人的灵魂""哀其不幸，怒其不争"为使命，在日本弃医从文"转向回国，便投入了他一生的事业，他的激愤和爱国付诸了他文学的天才表达和任性的发挥，他的首篇新体白话小说《狂人日记》就像匕首刺向"满篇的吃人"的社会，他的《阿Q正传》《祝福》《药》等刺向农民，他的《孔已己》《伤逝》等再把新旧知识分子戳个稀烂，鲁迅终成文艺旗手，为无产阶级成就了一名超越历史阶段的伟大的共产主义战士。

文学研究会的创作口号是"为人生而艺术"。其社团的首要领导人沈雁冰竟还是位文学家兼文学理论家，观念和目的式的文学创作和评论包装了一个特殊历史时期的"文学巨匠"。从政治概念出发，以社会政治结论为框架框定小说《子夜》《农村三部曲》（《春蚕》《秋收》《残冬》），作家灵魂和艺术顺着新闻广播进步传单式的盲人摸象。冰心的"问题小说"（家庭问题、妇女问题、恋爱问题等），有的提出了问题却不能解决，有的根本也没想到解决，把社会现象堆放到文学中去，以社会学的表述方法在文学杂志上发表。

无产阶级的"左联"作家有着鲜明的为无产阶级创作的坚定信念，被认定的"五四"优秀文学作品以思想性的文学评论标准判别高低，鲁迅的《呐喊》《彷徨》都是思想境界里的"高峰"，郭沫若的成名作是《女神》，那是对祖国的眷恋之神，茅盾的创作顶峰是《子夜》，巴金的最有影响的小说是急流三部曲：《家》《春》《秋》，老舍的成功力作是《骆驼祥子》，曹禺的天才是两部话剧《雷雨》和《日出》的落笔促成。

文学"启蒙"在审美道路上的偏离。在美学的定义中，被众多学者公认的一条是"美"是没有功利的，或不是以功利为主的，这是对的，否则，我们就可以把损人利己、杀人越货视为美，把钞票视为美，这些现象和物质本身能进入审美视觉中吗？文学无疑是需要美和美感的吧。这一点"五四"文学家知识分子以及从古至今的中外作家，理论家都不会对此打折扣的吧。

"启蒙"是什么？启蒙是文学中的功利，而且是以此为主的文学目的。在美学定义中"启蒙文学"不符合美的判别标准。文学应该是什么？她应该是人类情感、人类心声的真切表达，是具有审美意义的通过文字书写出来的艺术作品，是不为目的的合目的性的艺术表现形式。或者有人说合目的性不是功利的吗？她正如宇宙创造的自然一样，属于艺术创造的自然，是艺术生命自然生成的结果，不是艺术家为收获什么功利而设定和操作的生产过程。她是人生命的表达方式，而不是通过生命表达"启蒙"，生命的表达结果是无比丰富的，而非"启蒙"一粒种子的发芽。"启蒙"限制了文学丰富性的发展，语感上的错误把非文学因素的功利性暴露得淋漓尽致。前面明明写的是人生苦难，却非要在后面加上一句："祖国啊，我的苦是你害得呀，你快富起来，强起来吧！"（郁达夫小说《沉沦》）性欲把祖国在八竿子以外找不着边的地方"扒了、上了"，而且叫得太凄惨得吓人。

由于"五四"文学倡导者、文学作品典范以及文学评论的覆盖，更能表现生命意识的优秀作品无法认定和问世。沈从文、孙犁、王曾淇、张爱玲等作家及其作品因此被长期遮蔽，在整个"五四"新文学阶段，文学的优劣之分一直被错写，并延续到新时期的更长时间，以至现在的大学者、大理论家权威们还在大呼"启蒙""启蒙"，昏昏沉沉找不到文学的弊端所在，难怪确有真知灼见的王晓明先生、陈思和先生不得不提出"重写文学史"。

袁进先生明确提出：近代文学要"突围"（他著有《近代文学的突围》等学术著作）近代文学和现代文学犯的是同一个病：文学的功利性，致使整个近代文学没有好作品和好作家。梁启超等像发现了新大陆一样惊奇地呼叫旧小说的文学还是功利的，使出浑身解数走不出皇帝老子的"文以载道"的戒规。近代文学中古代的毒，现代文学中近代的毒，生命种类遗传，中毒也遗传。

文字表达的东西要不要功利性，甚至改良派、无产阶级要不要"救国""启蒙"，回答是坚决的：要的，一定要的，一个有血性的，有良知的中国人，都要有救国和启蒙的意志和行动，但不应该把这样的口号镶嵌在文学的花边上，口号在文学中的出现或者是叙事的说明或者是文学概念的贬义词。"启蒙"应有它的"在场"空间，那是宣传鼓动的新闻媒体。当时新闻媒体是有的，它另有一套它的话语，并牢牢把持着话语权，那就是正好和"启蒙"分声道的鼓噪，启蒙是当时宣传媒体逆流而掀的声浪。

一个应该把持文学艺术的把手中的"笔"眼巴巴地看着给了他的对立面，提供给了意识形态。相反，一个本来应该用新闻和枪杆子作武器的志士却拣起了听不见声和扎不出血的笔，政治把本是爱国者的仁人志士硬是挤出了国家机器的队伍，安插在文学艺术中间，而在知识分子集合的庙台上对着"民间""鼓与呼"，在没有广播的背景中以《呐喊》带传声筒，在没有枪杆子的现状里只能拿笔作匕首。文学成了战斗的武器，战士可得在战场上具备高度的警惕性，否则精神稍一松懈，就得变成刀下鬼，文学创作还需一丝不苟地想着"保存自己，消灭敌人"。

文学是人的生命的情感表达，小说是作家一生或某一个时期的情感经验表述，战术上的军事上的战斗状态怎么能进入小说艺术的创作过程呢？文学是感情的产物，战士的爱憎感容得你在战斗状态里抒情吗？抒得出来吗？还是那句话，一不留神就做了刀下鬼，哪个理论家能说这是艺术创作的状态呢？没有正常的创作状态能出伟大的艺术作品？

文学"启蒙"对象的错选。"五四"以来的文学启蒙对象是以阿Q等为代表的社会最下层的老百姓，他的主要阶层是农民阶级和工人阶级，鲁迅主要是用笔来挖苦和嘲讽农民群体。茅盾、曹禺等作家以及无产阶级左联作家除对农民实施"启蒙"外，还到工厂去调动启发工人，知识分子也在鲁迅和叶圣陶的文学描写中受到了启蒙，文学启蒙的结果是什么？是被启蒙者看了小说后就参与了对旧制度的作战，但对反动政府进攻了吗？没有，看小说的人并非文学家和知识分子一样的志士仁人，他（她）们主要来自一些城市中没有职业的家庭妇女，其中还不免一部分游手好闲的阔太太和阔小姐以及有闲阶级的老爷、少爷。

以鲁迅的母亲为例子，她并不喜欢儿子的小说，而偏爱张恨水的情爱小说。鲁迅母亲的偏好，在当时鲁迅小说和言情小说的销售量上看也代表了小说阅读者的普遍状态，剩下的社会大量群体农民、工人、商人哪还有几个闲人有时间和闲情逸致买来一本小说看看，你以启蒙为目的的文学作品，连作者本人、评论家、教授都搞不明白的文本大意，她（他）们怎么能搞明白呢？她（他）们的日常修养，就能在打麻将的"看汀"上，能悟出个革命者吗？那些为革命、为国家的命运抛头颅、洒热血的志士秋瑾、左联五烈士哪个是看小说的痴迷者变成的和改造过来的。

"五四""一二九"中的热血青年举着红旗到街上游行，向反动现政府示威，是因为他们看了"启蒙"小说才去的吗？文学系的同学，需要读小说的课程，那理工科的男女青年是到中文系学生手中借了小说，从头到尾读完之后才走上街头的吗？学生爱国运动的掀起还是党的地下工作者宣传鼓动的结果，文学不具备功利直接作用的功能，她应该是人们生活道路中带来的。

3　平民电影观念

陆川导演的《寻枪》属于平民电影，是给老百姓看的。马山只不过是小镇上的一个普通警察，枪丢了就是出了大事故，就得受到大的处分。马山的压力无法得到排解，他哪里还会有心事与妻子做爱，老百姓的喜怒哀乐都在日常生活里，儿子不好好学习，在本上写了"喜欢谁谁"一类的东西，妻子就火冒三丈，她向丈夫马山发火，问："你儿子就快成小流氓了，你管不管？"马山是顾不上管了，他心里光想着那把枪，在他妻子第二次要求与他做爱时他还是没有心事和她做，他妻子可不这么想，她想他是留恋着他的以前恋人李小萌。

马山的上司是管着他的各级警察官，他们的级别也不大，可个个都为那把枪提心吊胆，谁也无法开心，当地那个派出所以前的工作还蛮有成绩，他们得了奖杯，大家也得了奖金，可偏偏在发奖的这天知道马山把枪丢了，马山本来可以得两份奖四千元钱奖金，可他拿不成了，大家谁也拿不成了，派出所所长恼羞成怒，他说枪丢了，里面还有三颗子弹，如果这把枪落到一个职业杀手里就可能出人命："一（把）枪打两个就是六条人命，一（把）枪打三个就是九条人命，九条人命啊，职业杀手跑到国外会给国家带来多大损失？"

马山被扒了警服只穿件内裤和背心回到了家，他内心里只想着把枪找回来，看谁都像偷他枪的人，他用小计策玩着心理战术想让对方把枪还给他，在他作了细心的观察之后，他觉得周小刚是最大的嫌疑犯，他开始逼问周小刚"你拿了我的东西，给我"。周小刚由于和马山的以前恋人李小萌同居，还以为是要他交回李小萌，就显得大度地把家里的钥匙交给了马山，并说你随时去，我没意见。马山这时急不可耐地说，"我的枪，你拿了我的枪。"他是不会轻易地听周小刚话的，他又通过别的办法去判断周小刚说的话是否是真的，在李小萌突然遭枪弹死在周小刚家之后，他断定偷他枪的人不是周小刚，而是与他有着仇怨的另外一个人，他开始把怀疑点移到其他人身上，刘结巴引起了他的注意，刘结巴卖羊肉粉，听他喊叫时他一点也不结巴了，马山问他："你怎么不结巴了？"他马上慌里慌张地说："结……结巴，我的确是个结……结巴。"刘结巴在马山的周密谋划中走进了他设置的圈套。

周小刚是卖假酒的，刘结巴是做小生意的，他们在利益上有关系，周小刚害过他，也害死了很多其他人，刘结巴为了报复要杀周小刚，马山让周小刚出小镇，自己穿上周小刚的服装，假扮周小刚走在站台上，他的背后挨了一枪，他回头一看，果然是刘结巴，刘结巴手里握着马山的手枪，万分懊悔，他知道自己打错了："怎么是你呀，我要杀周小刚，我要杀周小刚啊。"刘结巴一边喊一边被马山用手拷扣在了自己的手上，他跑不了了。一群警察把刘结巴带走了。马山最后两个镜头是他生命里抑制不住喜悦地仰头而笑……

平民电影是表现平民生活和平民情感的电影，它在形式上更注重生活化和日常行为，日本电影中有比较著名的《远山的呼唤》《幸福的黄手帕》，国产片中有《爱情麻辣烫》《没事偷着乐》等，《寻枪》是更为优秀的一部，它的题材比以上几部更容易产生平民心理的情感震撼，更容易造成情节悬念和戏剧性气氛，它把平民的命运与国家的使命和责任连到一起，使平民的朴素生活态度在对普遍关照的生命意识中得到意境上的升华，从而使平民的概念在一个特殊的背景里获得了倍受景仰的关注，澄清了平民的美好、质朴的本色。

平民电影在《寻枪》中得到的观念是让人感到平民电影并不平淡，并不平面化，它在故事上是有趣的，在情节上是生动和具有吸引力的，这一点首先是它在节奏上克服了以往那种拖沓、无奇的窒闷感，并且注意到它的跳动性，它的人物活动是心理活动的外化。马山的怀疑和苦闷以及李小萌人物的设置都是电影吸引人观看的精心创造，它像绚烂天空的彩虹，构成了电影一个完整的具有魅力的艺术氛围，电影在这样一个氛围里展开故事叙述，演的是一个很有意思的、很好看的电影，那里的镇上风光都是那么美、那么迷人，包括她的色调，葱绿的和点点的红灯的红晕，再配上那悠扬、悦耳的音乐真有一种梦里游春的感觉，还有那清脆的笛声能把观者送入童年幻想的天堂，那是爱的安慰，他和保护不被遭枪击的生命构成了和谐的人类最美妙的声音，电影中的幽默引导了观者以轻松的情绪把它从头不舍地看到完。

4　朦胧诗的朦胧与清晰

"文革"后期朦胧诗的出现使诗歌创作呈现了一个新的语言表现世界，

但朦胧诗的概念阐释与定位并未达到朦胧诗本身所构成的"语言发现"的阐释能力，理论界首先是"看不懂"。1980年8月，《诗刊》发表了章明的《令人气闷的"朦胧"》一文，慨言评述朦胧诗"叫人看不懂"，从朦胧诗的价值和意义上否定它的出现，著名评论家和资深诗人方冰、周良沛、臧克家等也同时起来支持这种反对的声音。与此相反，谢冕、孙绍振和徐敬亚等理论界知名学者和朦胧诗诗人持笔支持和为朦胧诗辩护。孙绍振从诗歌美学的角度谈到了朦胧诗与传统诗歌美学原则的分歧在于"人的价值标准的分歧"，"在年轻的革新者看来，个人在社会中应该有一种更高的地位，……当社会、阶级、时代逐渐不再成为个人的统治力量的时候，在诗歌中所谓个人的情感、个人的悲欢、个人的心灵世界便自然会提高其存在的价值。

社会战胜野蛮，使人性复归，自然会导致艺术中的人性复归"，他进一步概括出朦胧诗的三个美学特征，即"不屑于作时代精神的传声筒""不屑于表现自我情感世界以外的丰功伟绩""回避写那些我们习惯了的人物经历、英勇的斗争和忘我的劳动场景"，同为朦胧诗人的徐敬亚以论文的形式把"现代主义文学"和"现代倾向"拉进了对朦胧诗的评价。

关于朦胧诗的价值从孙绍振讲到的他认为诗歌美学的角度和徐敬亚所说的"现代主义文学"和"现代倾向"去认识，从而揭示其在社会学和人文学层面上的意义当然是评价它的一个方面，但也因此朦胧诗的朦胧中所贮藏的最珍贵的"诗的语言发现"被澄清过滤掉了，朦胧诗在过十表面化的解读和随波逐流的现代性时髦话语中从绮丽的途中被推进了沼泽。

在评论界的视野里朦胧诗的赞誉还仅仅地局限于一个时代的整体文学叙事对象的转换和模仿外来文学现象的诗歌形式改版，权威的理论家们和大学教材常常把舒婷作为朦胧诗的"旗手"，并把她的《致橡树》和《双桅船》当作朦胧诗的"标志"，至此造成了理论界对朦胧诗更深意义的遮蔽。

其实，大多读此诗的人都不会迟钝到感到《致橡树》和《双桅船》是朦胧的。《致橡树》和《双桅船》等舒婷的诗并不朦胧，就舒婷的诗理念和才情而言，仍属于传统的执著者，她的创作主题主要还是爱情和坚贞，诗绪构成的秩序是叙事的逻辑，离以往抒情诗和叙事诗的资质也并不远，舒婷的成就主要不是对朦胧诗的贡献，而是不同程度传统诗"坚贞"的一种精美的意象表达："根，紧握在地下/叶，相触在云里/每一阵风过/我们都互相致意，/

但没有人/听懂我们的言语/你有你的铜枝铁叶/像刀、像剑，/也像戟/我有我红色的花朵/像沉重的叹息/又像英勇的火炬/我们共享雾霭、流岚、霓虹/仿佛永远分离/却又终身相依"。（舒婷《致橡树》作于1977年）是一场风暴、一盏灯/把我们联系在一起/是一场风暴、另一盏灯/使我们再分东西/不怕天涯海角/岂在朝朝夕夕/你在我的航程上/我在你的视线里"。（舒婷《双桅船》）到江河的《星星变奏曲》朦胧诗才露出端倪，"如果大地的每个角落都充满了阳光/谁还需要星星/谁还会/在夜里凝望/寻找遥远的安慰"。

最能代表朦胧诗品质和精神的是顾城，"黑夜给了我黑色的眼睛/我却用它寻找光明"。（顾城《一代人》作于1979年）"我想在大地上/画满窗子/让所有习惯黑暗的眼睛/都习惯光明"。（顾城《我是一个任性的孩子》选自《顾城诗全集》，上海三联书店1995年版）

顾城的诗突破了传统诗的逻辑秩序，拆解叙述形成的语意预想，造成了语词之间的惯性思维断裂，笔下生出朦胧，使没有必然性逻辑关系的诗句空间在朦胧之象的摇曳中制造出新的人性希冀。如果只注重把朦胧诗看作文学史上主体对象重心的置换或把它列为什么"主义"和"倾向"的影响，那朦胧诗实在只是只有在诗句上的朦胧而已，并非值得争论和褒贬的必要，朦胧诗的出现为诗歌的创造开辟了"革命"性的道路，是诗歌语言和诗歌思维的一个前沿性的探索。

我国从唐代诗开始已经形成了"诗"的惯例意识，首先诗要押韵，然后要讲究韵律，行数和字行的整齐，形成了抒情诗和叙述诗的概念，"诗"只是有别于小说和散文的文体样式，从古至今的诗人都在用短小的篇幅用几句短语和词叙事和表达一下感叹，李白、杜甫、陈子昂是永远的李白、杜甫、陈子昂，能写字的人都在消闲之余拿出笔写上几句顺口溜，名曰也在作诗。

"诗"形式不够用了，宋人又把"词"发扬光大，因此苏轼便没有人超越，一位学者在情绪激动之下称毛泽东的诗词是"前不见古人，后不见来者"（唐代诗人陈子昂诗句）。词是古人一个很好的发现，借助词牌，按规矩填空，一种到死不变的老调，毛泽东的词也是和什么什么"词牌子"，借以抒发伟人的"革命"豪情，在朦胧诗之前，诗就没有敢跳出这个"规矩"，所谓新诗的几经创新、折腾，还是"带着镣铐跳舞"，诗就是一种文字好听的"叙述"，是音乐的汉字组合，但，音乐是无限丰富的旋律世界，

"诗"就是律诗、绝句，自由诗；抒情诗、叙事诗，和固定不变的"词"，诗词作了音乐的"俘虏"。

诗、词的固有格式限制了语言想象的无限美丽、奇妙的世界，朦胧诗的启示是语言造成的想象，而非固定在原有以"音乐"为主宰的听觉上，诗歌再好听，也没有歌好听，以韵脚、韵律为主的诗歌，在没有完美歌曲的古代是一种"音乐的美"在现代文明的世界中，在音乐极其发达的各个民族里精美绝伦的歌曲，旋律实在是举不胜举，自然的男声和女声，高亢的男女高音、浑厚的中音，低沉超常的低音，还有世界上上千种的乐器，钢琴、小提琴、电子琴、交响乐、模拟声响等，各个民族中各种风格的歌声、音乐都会让你听了留连忘返，准会让你感到听几个诗歌韵脚的乏味，所谓最好的传统诗歌朗诵总会出现曲高和寡的现象，无论是哪位大诗人的名作，还是某某著名朗诵名家或当红的演员、大明星的朗诵表演，会场都难免出现人群中坚持不下去的可能，但非常动听的歌唱却很难使听众不受打动，而退席，诗歌与歌曲、音乐比韵脚、韵律是在语言上扬短避长，暴露缺陷。诗歌界逐渐冷落的原因也是在音乐发展的途中才渐渐表现出来的，只是文人们由于没有太多的音乐欣赏习惯，而表现得对此过于迟钝。

毛泽东在回复陈毅关于写诗的体会中说道："诗大体要押韵，这个说法是正确的，押韵与否不应该成为对诗歌的束缚，诗歌可以有众多种形式，律诗、绝句，自由诗；抒情诗、叙事诗，词都可示为其中的一种，是属于"音乐"式的一类，随着时代生活的变化，诗歌要想更加丰富地表达情感世界的感受，仅用有限的那么几个同韵母的字肯定是不够的，这好比拿洗脸盆去扣大海，新的诗歌表现形式，在我看来，必须把以"音乐性"为准绳的"镣铐"砸碎，使语言沿着语意的方向向前延伸，从中寻找诗歌可能探询到的情感抒发境界。"

把用耳朵听诗歌，变成用脑子和心灵感受诗中之魂。朦胧诗的朦胧并不在诗中语言的艰涩和意义的表述生僻，而是诗歌语词的想象空间是否存在着由此造成的想象的奇特。在文学样式的创新中，只有诗歌才有更大的可能性，因为，文学中的小说、散文（戏剧和电影电视在这里不作论述，这些艺术形式不是纯粹的语言艺术样式，演员、道具、音乐、音响等因素，不能与文字艺术同类比较）都属于以故事和情节编织的文字，太朦胧的东西和破坏理解前提的盲目翻弄花样，都会给这两样文学样式带来适得其反的后果，在小说、散文、诗歌的表现中诗歌的语言灵活性、自由性、可允许的意义再生性最强。

诗歌较之其他文学样式篇幅短小，诗歌谁都能写，谁都很难写好，它能更直接表现常人的文化程度，同时亦能更深刻地揭示诗人的语言天赋和灵魂深处的状态。诗歌是语言想象世界的艺术，语言带来的具象和理性维度、情感比声音重要得多，感受和理解到这些因素的轻重对比是能够使诗歌发挥语言功能的关键所在。

我们在阅读好诗时其实早已把其中的什么韵脚、韵律忘记了，押a和en和gan一个样，只是图个听起来顺耳，读者的思绪是顺着作品意境和"她"勾勒的奇特世界一起升华的，在我们遇到好诗时，心灵与作者一同进入另一个想象的空间，强烈的感知刺激已经构不成去听韵脚和韵律。

打破现代诗歌的叙述惯习。现代诗歌作者依然难以创新的另一个束缚枷锁是不敢脱离开叙述，将系统的思维带到诗行，一定要把事情讲完整了不可，生怕写出的诗歌大家看不明白，诗歌创作不是小说和散文创作，更不是学术论文，条理清晰的好文风在诗歌里要导致创作失败的。

一首好诗不是带给读者稳妥平静的理念，也不是让他（她）进入周密的哲理当中去感受和认识事物的来龙去脉，从中获得知识的理解和成为真理的阐释者，现代诗歌要和哲理层面上的东西划开，诗歌作者要有意识地捕捉情感中的灵蕴，构成联想事物的幻影，在情绪激动中进行创作。

现代诗歌创作必须打破通常意义的"思维逻辑"，发现诗歌中的"特殊逻辑"，顾城诗行再现的并不是常人思考下的现存世界，而是"诗人"的想象天空的惊奇发现，诗中的天真和幼稚把现时世界和幻想影象搭上了界，诗歌无需叙事，概念的跳跃性和转换，正好是诗歌的灵性所在，因此诗歌有的不必要太长，顾城的《一代人》总共才有两句、十八个字。他的长一点的《我是一个任性的孩子》也不过仅有四行（也只有两句）、二十五个字。

现代社会不缺少叙事，我们打开电视机，里面冗长的一本正经的"废话"一会儿就把你弄晕了，现代生活奇缺精神的阐释和幻想中的真纯，诗歌创作如果也跟着说些废话、车轱辘话，那真是不应该。诗人必须要有诗情，写诗要进入诗的境界。就顾城而言，那是极具幻想力的一个诗人，是最具备诗人气质和诗人秉性的天才，顾城是感性居上的人。我们在他的诗中和生活里都可以看到这一点。

但笔者这样说并不意味着非常理性的人不能作诗或成为好诗人，笔者强调的是诗人必须具备相当的敏感气质，必须具备发现奇异事物和意象的眼睛，老成的人和哲理思考缜密的人可以写出非常好的诗，但这种人应该是既有思维深刻的一面，也有情绪活跃的一面的人，他（她）应该是个多重性格的组成者。诗人的理智不能过于"清澈透明"，幻想、呓语和疯狂是诗人质感中遭遇的"节日"，是诗人情智交合状态的"朦胧"。

朦胧诗的朦胧之意敞开的是无数瑰丽的奇想，"她"装着诗人的真挚情感和超越世俗的灵魂，是构成我们现世世界通往另一个快乐王国的路口和心理安慰的彼岸。

第二节　允许文学艺术作品的超时代性与人的智慧理解力置后同时存在

1　激情退去以后

在电影《非诚勿扰Ⅱ》之后的选择，电影《非诚勿扰Ⅱ》具有较强的哲理性，虽为商业电影，却弥漫着浓厚的爱的哲学和生命的启迪，令观众在轻松、舒缓的情绪欣赏之后产生深刻的理性思考。在调侃、幽默、滑稽、可笑中塞满了庄重、严肃、冷静、沉思的意味，城市现代感强烈，宗教气氛明显，人生主题突出。给爱情从后向前做了充分的演绎，让生活中的男女结合，产生更深一层意义的判断，对生与死做了经验型的想象，使我们懂得了生的意义和死的遗憾，建立起了博爱的内心世界。

借电影《非诚勿扰》，拓展人的生命哲学表述。影片的男女主角秦奋与笑笑的试婚没有从恋爱、结婚开始，而是从后开始的，从双方没有感觉开始试，这是最关键的试婚阶段，也是最智慧的试婚判断，这一关过了，白头到老的可能性才会有，相互吸引，激情澎湃不用试，见不着面就想还试它干什么呢？从人的感觉规律来看，经常在一起的人会日久生情，亲情、友情，也包括爱情的开始，但一对男女长时间捆绑在一起，吃一锅饭，睡一张床，也会厌倦和疲劳，即审美疲劳。

由于生理上荷尔蒙的作用，男女之间是有欲望的，异性间的相互需要，欣赏和渴求也造成了人类的繁衍和世界的延续，从宗教到世俗到道德到国家秩序，男欢女爱，恋爱、结婚也就固定在了这个世界上。爱情从有了人类就美轮美奂地被颂扬和被社会规范起来。她已经形成了种种观念与道德的界定。

我们今天的爱情还是一个社会秩序的一种规定，人们心里的羞耻感使得爱情不能像最早原始部落时期的男女那样随意亲近和进行性爱，跨越了女性对神灵的献身，女人先从奴隶社会被奴隶主限制在只允许与一个人合起来过，来繁衍后代，延续烟火后，有了爱情和婚姻的男女就有了明确的社会角色，被社会道德所严格制约。

一个普通的公民在婚姻制度下的围城里跳进去，跳出来，一天天地，一个个历史时期的更迭变幻，生活在一起，同一个家庭，同睡一张床，往往导致双方都不太了解对方，爱，始终是个坎，过了多少辈也征服不了这个问题。心心相印，相濡以沫，激情似火，缠绵悱恻，爱总是这样就好了，可是，绝大部分的伴侣不是这样的，爱需要有激情，但这是个悖论，时间过长的两性关系客观地要出现审美疲劳，天长地久从理论上是与人们的愿望背道而驰的，激情退去以后我们还将怎么办，绝大多数的地球生命都面临着这个缠绕一生的难题。出路总体离不开以下的选择。

一面是心跳，一面是道德背叛。在结婚的誓言中双方表示，不管贫穷还是富有都不弃不离，不管疾病还是健康都携手到老，不管漂亮还是丑陋都不厌不烦。新婚燕尔的新郎和新娘的发誓都是真诚的，爱恨不得立即让双方融合，享尽人间美好。但这个感受是会变淡变质的，甜美的话说不出口了，内心里没有了，走路不愿意再牵手了，过往的亲密被一副旧面孔相隔离，熟悉的不能再熟悉，握着对方的手就像握着自己的手，没有什么感觉。

这不是变心忘本，是最真实的心理告白，七年之痒，是个规律，是最大的婚姻保质期，没有任何家庭纠纷，不是个人品质的变坏，恩恩爱爱保护到目前的感受。这个七年的临界点不一定在每个人身上画等号，但是人都不会永远地不断爱谁升温、发烫。美国对此还专门找梦露拍了一部电影就叫《七年之痒》。电影《非诚勿扰》的台词里也把七年之痒当做试婚中的重要考验期。七年之痒是旧历的经验陈述，现代化的社会，快餐得恐怕连它的十分之一都留不住了。

今天的问题出在哪里，工业社会的文明把现代意识融到了人们生活的各个方面，社会形态像巨大的陀螺飞速地旋转，把人们都带了进去，每个个人都受它的主宰，来不得你的反应你已经跟着它没有知觉地随从了。

经济的繁荣把有钱人和穷人分成等级，上流社会和社会底层形成鸿沟，有条件的人都要与之比一比，爱情和结婚既然只能从中找一个人，就总要有个条件选择一下，还要分给她财产，那更得看看给谁更愿意了。男女双方因为在一个各种价值标准的社会中，纯粹的审美，没有利益的两对眸子相对的现象也越来越少了，认识了还要了解，相处一段时间嘛，除非是男才女貌得惊人，一见钟情得像《魂断蓝桥》，那可能性也十分少见，真是这样，女的就去参加模特大赛了，也此时此地来不了这，小伙可能是青年才俊，那也应该是比尔盖·茨似的人物而忙得挣钱去了呢。如果不是这样，甚至离这很远，今天的爱情怎么能不难呢？

"妇女在琐碎的、单调的家务上弄得疲倦不堪，她们的体力和时间都浪费掉，她们的心眼儿变得又狭窄又消沉，她们的心跳得有气无力，她们的意志变得薄弱。"[1]社会攀比严重，光自己过得好不行，还怕别人笑话呢，世俗的女人都爱虚荣、爱钱，高尚高贵的女人世上奇缺，却还要在时间的流程里经得起考验。你开始没有碰上贤良之躯，七年之痒之后也别幻想她的修炼成仙，婆婆妈妈是当妻子当妈妈折磨的，皮肤松弛是岁月的无奈，你看她不美了、没有魅力了，这不是她的错，谁都得走这一步。羡慕漂亮，羡慕年轻，女人照镜子感伤浮在脸上，为你相夫教子，却落得个带搭不理。看到别人的丈夫成功了，羡慕，看到自己的丈夫成功了担心出轨，他开始关注别的女孩了又生出妒忌。

对丈夫也如此，用不着去打听、查岗、盘问，本来就不是雷锋，你就不要偏按雷锋的标准要求他，也不是柳下惠，是不是你当初都是知道的，你那时漂亮他追你，你没有了这些，他就不是从前了。没有了吸引是正常

---

[1]　蔡特金《列宁印象记》第81页。

的，像自然界中的树木，到了开花的季节开花，到了结果的时候结果，没有了这个季节就没有这样的收获。

情感外溢。开放的社会，什么都是开放的，从前道德标准和现在不一样，婚姻道德观念是一路走过来的，越来越开放，越来越合理，越来越文明，越来越进步。从寡妇不能再嫁，立贞节牌，到婚姻介绍所的出现，到网上征婚，到试婚，静止的婚姻观会越来越失去存在的现实可能性。交往的社会，网络的世界，谁都有一大把朋友，同性的也有，异性的也有，QQ上想找谁聊就找谁聊，家里不顺，就上网找人。着装解放，可以什么都露，男人不好意思的女的好意思，老太太不敢，小姑娘胆大。游泳馆、海边，和家里私房里看到的有多少程度的不一样呢，性还是像旧社会那么紧闭吗？意志稍一放松就西方化了，而且诱惑是有杀伤力的，没有很强的修行，也就没有抵制的能力。夫妻一方总有一个首先被伤害，或被无爱的冷漠伤害，或被爱人的出轨而伤害。相互欺骗，强装亲近，不协调的表演本身就失去了美感，还一天天地维持，双方都很累，疲惫不堪。找时间找机会向外发泄，同学会、同乡会、战友会都变成了"怀旧会"。

"小三"越来越多，越来越进入道德的宽容化，双方都需要，男人有钱花不出去，房子、汽车都有价，但青春无价，趁青春过上好日子，不然到了三十、四十岁还谁稀罕呢。当"小三"能最大限度地享受男人给的爱，小伙子懂这些吗？对于男人，电视剧《蜗居》中的宋思明谁来批判他，电视里说"大奸似忠"，海藻就爱他，爱得不能自拔，小贝怎么行呢？一杯白开水，什么味道也没有，宋思明有权有势，还有成年男子的风度。现代社会里如果再不来读爱情这本典籍，弄不清其中的里表可要吃大亏了。

马克思和恩格斯都很重视美国杰出学者摩尔根的科学预见。他说：人类的婚姻家庭"一定要随着社会的发展而发展，随着社会的变化而变化。它是社会制度的产物，它将反映社会制度的发展状况。既然一夫一妻制家庭从文明时代开始以来，已经改进了，而在现代特别显著，那么至少可以推测，它能够有更进一步的改进，直至达到两性的平等为止。"[1]

---

[1] 《马克思恩格斯选集》第4卷第79页。

曹禺先生创作《雷雨》是1933年，剧中的女主人公繁漪是作者歌颂的个性解放、身体解放的代表，繁漪的道德越轨早已超过了海藻、"小三"，繁漪和养子偷情，按现行的道德戒律，她犯了两条，一条是失贞；另一条是乱伦。

海南三亚槟榔谷有一个黎族景观叫"隆圭"。在现代社会的早期，按当地的风俗习惯，十四岁以后的女孩，父母就要给她腾出一个闺房，让她和喜欢的男孩同住，她可以一直这样住下去，和众多男孩轮番相好，有孩子了，帮助养着，按今天的道德舆论，这里的全体有生育能力的黎族女孩全部是堕落青少年，她们的父母都得当做教唆犯被判刑。

"在我们所知道的一切家庭形式中，一夫一妻制是现代的性爱能在其中发展起来的唯一形式。"从一夫一妻制中，也果然"发展起来了我们应归功于一夫一妻制的最伟大的道德进步：整个过去的世界所不知道的现代的个人的性爱。"[1] "性"能不能衡量道德，它是属于婚姻的还是属于爱，属于婚姻是责任，看似道德的，其实是不道德的，为爱而性才是道德的，它和道德的标准是反的。"没有爱的婚姻是不道德的。"（恩格斯语）爱才是婚姻的基础。性的消失和唤醒是生命的标志，弗洛伊德的性观念[2]让你精彩也让你自醒。

2　退回到宗教

留住激情是可贵的，从生到死一直激情澎湃，幸福了自己也愉悦了别人，但这样的生命实在是少之又少，中国古近代的皇帝，当权人物、有钱的老板做到了，大部分的黎民百姓还是一夫一妻制的过日子人。我们且不说能风花雪月的人有没有太多了，玩腻了的烦恼，就我们自己的现状连一个还养不起，伺候不起的子民就先回来考虑下自己的下一步吧。

按照上一个题目说的我们不可胜任也不堪承受的一面，退回到宗教也

---

[1]　《马克思恩格斯选集》第4卷，第61页。

[2]　弗洛伊德的性观念是全部的，认为人无法脱离性行为和性想象。弗洛伊德（Freud S. ）是著名的精神分析理论学说创始人。他的人格发展理论有二个重要特点：一是强调生物本能在人格形成和发展中的重要作用；二是强调婴幼儿期的经历和经验对人格形成和发展的重要作用。弗洛伊德认为，每个人不同阶段发展得顺利与否对以后的人格将有重大影响，特别是童年时代的欲望满足和挫折与人格形成发展的关系密切。

势在必行了。今天的宗教对我们来说，正像小的时候我们要学习受教育一样，是我们必须要经历的一个学习阶段，同样它是一门课程。佛教认为既然世界是永远变化的，那么在现实世界就没有一个永恒的东西了。因为世界一切都在变，没有"常"的存在，所以是无常，而无常是空。同时，作为一个人来说，尽管可能有近百年的寿命，在这个寿命期间是一个有名有姓的人存在，以"我"的状态存在，但"我"也不是不变的。佛教认为实际上人是在天天变时时变，今天的我其实和昨天的我已经不一样了，所以是无我，无我也是空。

佛教认为人是自在的，没有任何外加的规定性，因而人的绝对自由的是自我决定的，正是从人具有绝对自由的性质出发，佛教导出了一个重要的推论：人人具有佛性，人人可以成佛，而且每一个人在成佛的机会上是完全平等的。

天地是个大宇宙存在，我们人的自身也是一种存在，是宇宙中的小的生命的活动，我们更像宇宙中的微尘，当生命降临到我们身上时，我们珍惜他，但也不要忘乎所以，在全宇宙中选择自己的位置，既是客观的，也是积极的。人应该很有生气地活着，但要自然地活着。

现在回到情感上来，世界上最痛苦的人不是因为吃不上饭，而是因为饭吃得太饱，又来东想西想地折磨自己，饱食思淫欲，艺术家创作或者欣赏艺术是我们多余精力的外溢，可是艺术家的创作也是从性别的因素开始的，男女导致了他的创作。强烈的爱的情愫让他（她）的创作形成美的作品。艺术和美不是一个纯粹的超功利的对象，欣赏也不是"六空"[1]的境界，艺术家谈论裸体模特的审美是没有邪念的，属于不带性幻想的审美完全是骗人的。所有的艺术都与性想象联系到一起，有的是直接的表现，有的是间接的陈述或者想象。何况直接的裸体艺术呢。

雕塑家的情感历史中点燃他们创作智慧的就是情人，情人兼模特里最典型、也最为优秀的，莫过于罗丹和加缪·克洛黛尔。他们两人相识的时

---

[1] 丁福保佛学大词典 对"六空"解释如下："六空"（名数）仁王经上曰：'色受想行识空，十二入十八界空，六大法空，四谛十二因缘空。'天台之仁王经疏中，引智度论以之为六空：一果报空，五蕴空是也。二受用空，十二入空是也。三性别空，十八界空是也。四遍到空，六大空是也。五境空，四谛空是也。六义空，十二因缘空是也。

候，罗丹45岁，克罗黛尔21岁。一个正当壮年，事业蓬勃；另一个美貌绝伦，年轻聪慧。两人的爱情之火最终没有涅槃化境。克洛黛尔提出与罗丹永久结合，罗丹不答应，克洛黛尔以选择退出结束这段感情。此后，她的内心创伤已经太深，后半生大多数时间生活在精神病院里，以悲剧的方式走完人生路程。克罗黛尔死后，连坟茔何处都无人知晓。[1]

　　笔者的宗教观念不是抑制和熄灭欲火，而是自然，身体的自然、思想的自然、境界的自然。人都像死人，生命就没有意义了，人成为社会的人由于智慧的提高而变得有思想，思想支配我们，让我们知道什么是正确的美的感情和行为。所有世界的宗教都没有告诉人要永远地不近女色和削发为尼。如果这样，人类绝种，宗教也无法传播了。这样我们必须回到马克思的辩证法当中去，一个了不起的人，一个快乐的人，必须是能进能出，拿得起放得下。也许投入了真情会被缺少慧根的人所折磨，亲情、爱情、友情都可能来捉弄自己，因此要有迅速治愈伤口的能力，有自我心理疗伤的非凡品性。现在来看，品性怎么是男女问题呢？品性是人在对待男女问题上的灵性的至高性。

　　不是爱也不是不爱，爱一定要在双方的感受中尽可能一致的吸引中诞生和发展，当然人有快火的也有慢火的，你必须懂得方法，了解人会处人。爱谁都要给他（她）自由，该放的放，能收的收。任何时候都不要失去了自我和自尊。不要被别人所左右，为自己而活，还要为自己的气节而活，这需要不断修炼、养成，需要更高的意志和增长的智慧去接近。得到和失去都是正常的，得到要懂得爱惜，失去不是因为自己的过失，情感不是斤斤计较的砝码，但是是准确无误的衡量。品貌的魅力是知情达理，坚持原则，有恩有德，忠贞不渝。否则那种爱你还要它干什么？！

　　各种宗教里的爱，都是博爱，爱所有的人，应该普遍关心我们身边的人，但爱是分程度的，爱相互而生，成本是自己要先投入。电影《非诚勿扰Ⅱ》中"李香山人生告别会"走近了佛门，香山要把产业交给秦奋，事业心、责任感加哥们义气，男人的爷们的榜样。秦奋自认为没有能力接，香山："赔钱你会吧。"情谊就是这样的。香山不让女儿川川一生为钱去

[1]　选自《罗丹传》。

工作，就让她虚度光阴，是对女儿，对女人似的透彻的疼爱，女人是美的象征，干什么工作呢？为什么挣钱干工作呢？这是爱女儿的典型。他劝告前妻和现任丈夫，"你们好好过，甭管和谁，太平无事最重要。"宽大为怀，大度洒脱，临终善言，让人想念。

解读和感受电影《非诚勿扰Ⅱ》中"李香山人生告别会"的台词："活着是一种修行，这是我哥们秦奋告诉我的。"活着还是一种丰富，我们的生命过程的丰富和心理的丰富。世界上的人都应该有这样的人生追求，感受人生韵味，留有情感和情绪的蕴藉。

"死是另一种存在，相对于生，这是今天早晨，我女儿川川告诉我的。"人都会死，死神选择了我们，我们就跟着去，三大宗教都认为人灵魂不死。生前死后都是单独存在的，在我们还没有搞清楚上帝到底在哪的有效时间内，我们先要好好地活着，活好了才有资格考虑死，没有在活着的时候掌握更多死的知识，怎么知道死？若想预知死也要勤奋的生，对一个凡人生命，死并不可怕，原因是你还不知道死是什么样呢，不知道的东西有什么理由去怕呢？

"只会生活是一种残缺，说得真好。""谢谢你川川，很抱歉给你带到这个世界上来，却不能好好陪你，也请你转告妈妈，很抱歉，这辈子没让她生活得痛快点，给她添堵了。""感谢各位装点陪伴了我一生，你们又送了我一程，你们的善，你们的好，我都记下了。都拷进脑子里了，我将带着这些记忆，走过火葬场，我没了，这些信息还在，随烟散播，和光同尘，作为来世相谢的依据，假如有来世的话。"人是一种交流快感的角色，看谁扮演得出彩光艳。你既然在人群里，就要表现出你的存在，还要存在得体面，获得成功的快乐，感受被尊重和被爱。于己于人都是需要。生活本身就是艺术，除了会欣赏别人，自己要有特长有才华演好怎么活着，给别人送去快乐和抚慰，给自己带来幸福和美好。感恩和赐人恩惠，帮人助人，解决他们的难题，报答和给人希望，沉淀出生命的厚重感，温暖世间，享受超越。

"香山哥，不想让你走。""还回来还回来呢，我这么热爱人类的人。"洒脱到最后的生命意识，幽默的方式，快乐地死。"最后我给大家提个醒吧，有了黑痣，赶紧点了去，千万别认为那是能给你带来好运和性感。"在托福中留下记忆，因为还有后面的人继续活着，他们有回忆，就应该有死者身影的延续，像川川说的，"死是另一种存在"，除了是上帝点化的重生，他应该在别人活着的记忆中闪烁光辉。

"轩轩，下辈子要是有人冲你无端的笑，走过来说喜欢你，记住，那就是我。""暗号呢，总得有个暗号，下辈子喜欢我的人太多了，那怎么办？""暗号，谁在前世约了你。""就这么定了。"爱总是有遗憾的，人间的任何事情都没有圆满的，朝思夜想到迎娶新娘，还有离别和一方先离开人世呢。不必要为不能实现的圆满过不去，留点遗憾是增加了一层色彩，好比艺术中的悲剧给人回味无穷的力量。

"满屋子人，就你手凉"，这是对前妻的疼爱。"下辈子，我呢，遇见了还认吗？""认，都认，都是亲人，下辈子，我给你们当牛做马。""别跟他一般计较，哥哥是过来人，啊，送你一句话，婚姻怎么选都是错的，长久的婚姻就是将错就错。虽说你们俩没结婚，我就觉得结了，而且是非常好的一对，我们这帮哥们没一个过到头的，心里面指望着你们俩能给我们这帮哥们破一例，能长久，就俩人，一辈子。打不撒，骂不断。笑笑，笑笑，一辈子，很短。"

川川给爸爸的诗：你见，或者不见我/我就在那里/不悲不喜/你念，或者不念我/情就在那里/不来不去/你爱，或者不爱我/爱就在那里/不增不减/你跟，或者不跟我/我的手就在你手里/不舍不弃/来我的怀里/或者/让我住进你的心里/默然相爱/寂静欢喜。

什么是宗教，宗教就是让你平静下来，化解你的不快。化解不快是因为拥有智慧的原因，人类要有能力了解宇宙和世间的问题，破解了它就找到了答案，学会应该如何了，那还去不快乐吗，还让活着痛苦吗？若是势必要发生的劫难，你又何必去怨呢，它好比自然，你抗拒得了自然吗，抗拒得了规律吗？人要在思考中确立自己，确立自己的思想体系，也确立自己的心力，有了人格的境界就有了主宰的能力，你不能主宰世界还不能主宰自己吗？主宰了自己也就主宰了快乐，地球中的任何一个人都不能征服全部宇宙，我们只是宇宙的微尘，我们就应该在有限的很短的生命中去感受快乐，也接受苦痛，再去消除不幸。

3 在理论上建构新理论

批评家必须建立自己的理论和批评构建体系。它是融专业知识、哲学、美学、政治学、社会学、科学史等知识和认识的水平，要有诗人的想象力和严密的逻辑论证能力。怎么样解读姜文的电影《让子弹飞》，把它设立在一个理论体系当中。

从小说《盗官记》到电影《让子弹飞》的改版谈起。它是民间性的书写到个人化的镜头转换。小说为电影提供了充足的民间性土壤，使电影建立了理论可以达到的述说场域，为强盗美学的提出，找到了语境的阐释框架。藏污纳垢对揭示基础美学在现实社会和艺术创作中的丰富性做了必要的补充。

麻匪逻辑导出的初始政治具有极强的社会讽刺性，电影风格对作品主题的渲染形成了有意味的镜头组接，作品的批判力以张扬的表现态度诞生了新的电影观念，拓展了幻想空间。

马识途的小说《盗官记》就是写了峨眉山人，讲了一个发生在县衙门里的故事，从语言风格和情节样式上来看，小说都是一个民间的叙述。人物塑造也如此，电影《让子弹飞》对此做了极大的调整，搬用原著主要人物讲述了一个全新的故事。如电影版中汤师爷，是原作的汤师爷和陈师爷的重组变形，原著中也少见汤师爷跟黄大老爷之间的错综纠纷，电影里他变成一个墙头草式的投机取巧的买官县长，构成了平衡张麻子与黄四郎矛盾之间的势力。

影片的另一大改变，是把原作中的以陈师爷的叙事视角展开，讲述一段"怀念与张麻子相处的时光"的回忆，改编为以张麻子为主体讲述故事，追忆了那段"我与汤师爷：不得不说的故事"，讲述人作为主角重新出场，花姐小说里没有这个人物，这段故事来自于民间的真实故事，有富商到南洋前将妻子关在碉楼数十年，不让她与外界接触，直至后来有人进去后，她以为是丈夫归来而抱着死死不肯放手，改编原本是想安排她跟土匪帮的老二老三有情欲纠结，后来改为一个启蒙的对象。民间性表现方式极度主观意志地转移到个人化上来，整个电影风格也恣意张扬地在此扩大，造成了一个从欲望到现实的从里到外的盗匪电影。

强盗美学在民间性上的建立。小说《夜谭十记·盗官记》为电影《让子弹飞》提供了充足的民间性土壤，使电影在此发挥了较大的创作空间，建立了理论可以达到的述说场域，为强盗美学的提出，找到了语境的阐释框架。民间性的藏污纳垢对揭示基础美学在现实社会和艺术创作中的丰富性做了必要的补充和美感程度的表达。

本文所谈的强盗美学是指强盗站在弱势一方对非正义所占有钱财的一方采取的掠夺，再把掠夺的钱财分给弱势一方，在掠夺的过程中战胜或者消灭敌对势力和团伙，是对已掠夺弱者的不义之财者进行反掠夺的侠义之举。用暴力、血腥、计谋、欺诈等手段制裁非正义的一方，是对掠夺者的掠夺，反掠夺。它的审美特点具有超越基础美学的特殊属性，表现为冲突美的一种变形情态，是由强盗的本能滋生出来的，具有原始正义的侠肝义胆，强烈的霸占意识以及主宰者的强势心理和行为，属于行为美学的一种。

小说的民间性为电影的强盗美学铺就了肥沃的土壤。陈思和指出，"民间就是政治意识形态无法涵盖的广阔博大的生活世界和想象的空间，是相对于政治意识形态而言的另一种生活存在。这倒并不是说，民间没有意识形态的渗透，民间是非意识形态或外意识形态的：而是说，意识形态不能穷尽民间世界的意义，民间却可以藏污纳垢"。[1]

政治意识形态中的正统因素在电影《让子弹飞》里统统被剥掉，在这里政府和县长都不具备实际意义，一个偏远的县城鹅城，远离国家中央，中国这么大管不到那么多地方，小说与电影都不明确指出故事发生的具体时代与年月，虽然也交代了在北洋军阀混战背景下，但模模糊糊地弄出个鹅城出来，说不清是什么省份的，也不知道有没有这么个地方，这些都溢出地方建制和历史史实以外。

民间性的意义在这里生成了一个无限想象的空间，它是由作品的情绪带动出来的，自然地贯穿在行文当中，反正都没有正事的调侃和搞笑的东西，说的那么清楚干什么，根据阅读者和观赏者的经验和发现，自己想去，你想它是哪它就是哪，你想它是谁它就是谁，这个事恰恰哪个大小地方都有，没有确指一个，反倒让它的范围扩大到全部。

官是买来的，而且一个汤师爷一人买了六个县长，有钱买官肯定是贪污、抢劫所得，谁卖烧饼能卖出个县长来。火车是现代化的标志，但火车是

---

[1]　陈思和：《民间的沉浮》，载《文学世界》1995年第1期。

马拉着的，又退回到以前，农耕时代。幻化的电影功能，梦影般的艺术境界，好看好玩的镜头，像强盗的娱乐生活，时代的颠倒迷离构成轻曼的社会讽刺，生产力与生产观念的落后还是有肌肉的马带动的，而且跑得还挺来劲，马和火车摽在一起，创造了非常聪明的电影象征，只有诙谐的滑稽的强盗美学才可能有这样的形式，在基础美学范围内，优美、壮美和崇高都无法表现这样的样式和风格。

民间是"藏污纳垢"的，一个鹅城藏了多少污垢，哗哗流淌的银子全在黄四郎手里，你看他龌龊的牙垢就知道他有多么"卫生"不雅了。这里的大小钱都要从他的手里过一遍，哪任县长都躲不过这个地头蛇，他是这个地方的势力象征，鹅城的五任县长都得听他的摆布，老百姓都十分怕他。利用苛捐杂税敛钱，汤师爷与黄四郎勾结在一起对付穷人。先收官员的钱，再收百姓的税，到时候有势力的、组织内的都退回去，百姓的钱进了他们的腰包。"是人家得七层你得三层""这也得看黄四郎的脸色"。张麻子这么一听就火了，：："我劫了火车，买了县长，还得看他的脸色"。黄四郎还要"杀鸡取卵"，杀了张麻子再抢回钻石。

新来的县长马邦德——张麻子，是个麻匪，看他的样子霸气外露，"我已经当了县长了，怎么还赶不上土匪呀，还得看他（黄四郎）的脸色。能不能站着把钱挣了。"再把钱分给穷人。要给穷人出气，他要给老百姓三个东西，"公平、公平、还他妈的是公平。"（张麻子的台词）。这里的人也给他东西，按照当地的说法，不好色的县长未必是好县长，多亏这里有青楼女子和当寡妇的"县长夫人"愿意为他效劳和奉送，让角色在这期间把清明的正义和混沌的性掺合在一块来成全"英雄"，配合着他带来的一帮江湖义气者，尽忠效力，就这样的人才能制服黄四郎。

这个马邦德县长，见到原来的县长夫人，虽说了我劫钱不劫色，但还是先挑逗再发誓，睡觉的时候，张麻子："若是夫人有任何要求，兄弟我也绝不推辞。""睡觉。"说完了还是把县长夫人睡了。在这里强盗美学具有色情的成分，与文学的民间性理论形成一致的审美取向。属于麻匪的道德标准，睡了她不是杀她，还不是乘人之危，而是成人之美，他应了寡妇的需要，马县长先表示："她已经当了四次寡妇了，我不能再让她守活寡"，"县长夫人"："一日夫妻百日恩，反正我就想当县长夫人，谁是县长我不管，兄弟别客气嘛。"张麻子："我客气了嘛。"

"县长夫人"："你太客气了。"当了县长了，那原来的县长夫人就是现任的县长夫人了，顺理成章。民间性的道德与世俗是连到一起的，没有男女的民间不是真正的民间，失去了性事的快乐，民间也荡走了活力，小说和电影要好看，没有了性和性想象，估计阅读量和票房也没了。民间是个不装正经的说实话的开放天地，不扭扭捏捏，喜欢就喜欢，做就做，世界上不能只有一种性别，弗洛伊德的力比多因素在这里是一种调节器和兴奋剂。女人是衡量男人价值的一个符码，当地有名的女人看中的男人一定是有能耐的人，对于张麻子，一个"县长夫人"愿意和他睡，一个花姐说他是个好人，对他崇拜，这样的县长就是民间的好县长。所以强盗和匪气都不是缺点，是她们眼里的特殊的好，英雄的标本。

民间的两重性是真实的社会存在，这么多的人组成的人群，怎么可能是道德群呢，能夜不闭户？其实鹅城的民风也不好，百姓因为怕而造成的见风使舵，是无法改变的，看谁的势力大，谁大就跟谁跑，在民间，是由各种势力、意识、习惯形成的生活集群，各种思维和杂念都有，鱼龙混珠，稻草杂芜，但这里蕴藏着一种巨大的民怨和"怒"，只要到了怒不可遏的时候，就是造反的时刻。在两种势力的博弈中表现强盗美学的最高境界：勇敢、智慧、不怕死、敢于冒险，最终夺得胜利。

麻匪逻辑导出的初始政治。麻匪逻辑导出的初始政治具有极强的社会讽刺性，电影风格对作品主题的渲染形成了有意味的镜头组接，作品的批判力以张扬的表现态度诞生了新的电影观念，创造了新的电影欣赏意识。给观众的日常审美习惯增添了非正常状态下的艺术假象，扩大了我们的精神世界，拓展了我们的幻想空间。

小说到电影的改编导出了麻匪逻辑与中国的初始政治的形成。一部影片，它的编导有可能有明确的主题目的，也有可能出现潜意识的东西带着作者的秉性和行为倾向留在拷贝上，电影《让子弹飞》已经把小说《夜谭十记·盗官记》的民间性集体的一面很主观化地强盗式地据为个人化上来，似乎它的主角就是这个世界的主宰，电影气氛都笼罩在这其中。

电影的题目就是《让子弹飞》，一个杀气和血腥的视觉奇观。现代化的都市是没有也不提倡这个的，走进电影院的观众也不是都在战场上"让子弹飞一会儿"，政治化的强硬态度编造的电影和着血污喷溅在银幕上。从题目出现开始播放到结束，电影是在杀机中走完的，我们从中仿佛看到了中国古近代政治的雏形，即是麻匪逻辑导出的初始政治。

"师爷高"，"县长硬"，"黄老爷又高又硬"。麻匪逻辑就是武力征服，是高、是硬，谁有力气谁是爷，地盘是打出来的，没人和谁说理，作品表现的和所有的初始政治是一致的。中国历史上的皇帝和部落首领都是这样起家的。铁木真是从他的捕捉者手中逃离后开始发迹的。他与父亲的一位好友王罕——当地的一个亲族部落的酋长结成联盟。当时这些不同的蒙古部落之间出现了多年的互相掠夺、互相残杀的战争。在此期间，铁木真容军事雄才大略、外交手腕、无情残忍和组织能力于一身，带领蒙古部落的成员向周围的势力范围扩张，向来以弓马娴熟的骑手和凶猛慓悍的勇士而著称的蒙古人跟着他不时地袭击中国北方，铁木真越战越强，逐步成为一代天骄，在电影《让子弹飞》里我们同样可以看到政治形成的过程，艺术模仿并演绎了政治。

政治首领的塑造。政治的建立首先要有个首领，电影《让子弹飞》的首领张麻子，他要先显示自己的非凡，传递着"恶魔性"的信息。先来个"霸气外露"，套上麻匪的形象，个子是高大魁梧的，说话声音要粗野一些，还要带点哑腔，说点脏字出来，这要告诉你他是不好惹的，他吓也要把你吓死，动作也要"野"，无论是挥手还是随意拿东西都要有麻匪头子的狠劲，这才是天下无敌。除了这个还有一个辉煌的历史身份。

政治首领的好是如何好呢，作品中设计了"老六"的角色，是他爸妈都死了，"张麻子"收留了他，做了他的养父。大慈大悲的"张麻子"谁能不跟他干呢？"老六"为了一句"既然县长儿子带头不公平，县长的话就是个屁"的辱骂就剖腹证实了自己的肚里到底是一碗凉粉还是两碗凉粉。"老六"的角色在作品中有多重意义，它至少起到了三个方面的作用。第一，他是"张麻子"身份的一个光点，"张麻子"收留遗孤，是他品质的一个见证，表现的是他的侠骨柔肠，"老六"的角色是"张麻子"主角的陪衬；第二，表现了麻匪敢拼敢死、自杀、自残的匪气精神，是全体麻匪道上的形象标志；第三，"老六"只为了辱骂"张麻子"的一句话而死，以血腥的场面渲染出来，是示忠的一个仪式。

花姐身份的利用，把她送到黄四郎那里，充当了"张麻子"组织的间谍，政治军事的意识也在作品中萌生了。把她比作小凤仙，又有了曾经跟随起义将领蔡锷将军的知音伉俪和大义之举的联想。点缀了电影的浪漫色彩，让作品更加显得血肉丰满。

4　寻找诗歌灵感的栖居之地

评"90后"新生代大学生诗歌的创作现象，诗歌创作在我的观念里依然属于天才的文字表达，她来自奇想幻妙的感觉。那些写实的、叙述的字码整齐排列也是诗歌，但诗歌的形式远不能抵达诗歌的定义，她的内核是变幻莫测的臆画，形式已经远远逸出了诗歌格式的本身。诗歌是架构在虚无缥缈中的有形物的定格，上乘的诗作必定是不凡灵魂的闪现，似乎为偶有天外飞来的意向在手下的流淌。

诗歌在发展中从最古典的律诗绝句到词到自由诗到繁生错枝的什么梨花体、流氓体，等等。从李白、杜甫、李煜、郭沫若、艾青、郭小川、贺敬之、顾城、海子，诗歌已经不是单为语言的艺术，诗歌是精美灵魂的巧妙表达。在中国诗歌史截流一段的汪国真诗歌在到处是阳光的灼热照射之后，像"屈原投入了汨罗江，汨罗江已不在是河流"一样，顾城的突然乍现，汪国真已经不是一个诗人了。天才的诗人要荡涤摆在庸俗认知里的字行排列，虽说它也看着整齐，说起来顺口，却徒然是个精雕细琢的顺口溜。诗歌就应该有"黑夜给了我黑色的眼睛/我却用它寻找光明""我有一所房子，面朝大海，春暖花开"这样的宇宙精灵的诗句。"90后"新生代大学生诗人的诗歌创作现象就令我发现了这样的一批诗人和他们的杰作。

在空灵中建立联想，生发生命的慰藉。

我和一只小鸟的奇遇：

"每一天的清晨/和傍晚/我都会在院子里寻找那只/爱我的鸟/之前我和它见过一面/在野外的草垛/我们生火，燃烧我们的毛发和汗味/用各自的双手刨坑/并埋下骨头/我们都忠于土地/那天，我扮演一只有角的野兽/逃出丛林/和它相恋然后吃烛光晚餐/我饮酒/它啄我身上的虱子/我们都忠于粮食/我同样爱它/爱我们忠于的土地和粮食/正如爱我的情人/和爱/情人嘴唇内高温的语言"。

这是洪光越的诗句，人在和同类生命以外的空间对话，在地球上各种生命都有他自身的生存环境，但人和其他动物又同在一个阳光和空气的供养之中，人和鸟怎么相待呢，像儿时用听诊器胶管做的弹弓子打下来吗，还是让鸟飞到房檐，听它的唱歌般的鸣叫，飞禽是保护的动物，当然不能打了，可不是十三四岁时的调皮搞坏了，甚而，那是爱我的鸟。我们既然共享头上的天空，为什么就不能把博大的天空作为我们的心胸比况，纳入我们成为朋友呢？当我喜欢鸟的那一刹那，你可想那只鸟也多么想靠近我的身旁啊。当两个有同意愿望的心挨近时，她又是何等的美妙啊，美得超过了与各自同类相处的感受。

情感期待的语言叙述构成的诗行，时空凝聚在一种遐思里。把清晨和傍晚连接起来，两个时辰的定点等待，混成接续不断的情念。

人对鸟的情感之需，像是等待恋人的飞来。是人对鸟的喜爱还是大的生命体对弱小物类的怜爱之心，还是诗人开始孤独了呢，如果亦有提笔前的怅惘之意，那鸟还真的解救了他的脆弱，人因为高大就一定强悍吗？不，不是的，我们都需要一种凝视的关注，谁知道鸟的化身会开始变得如此巨大到此刻诗人想要的强烈依附呢。

人和鸟有过亲密的过往，是在野外的草垛在火堆旁发生的情义之交，像一个相恋的长久度日，并且有了我们共同的语言和誓约，土地和粮食让我们活着、相认，也让我们化作了永恒的供给吧。

诗歌的语言在两个世界里灵动闪现，也跟翅膀一样飘然飞舞，拍打着表达的热情和纯真的畅想。空中建立起的小屋在人间里取暖，野外的清渠倒映了飞鸟的身姿。借着鸟的悟性，书写了会飞的语言，诗歌在句行里编织故事，绘制浮动的玄妙彩云。

牡蛎：

"印明信片的女人起来披了件衣裳／烟圈长在她的嘴唇间，她向往海洋／她生在高原，缺氧的戈壁上／剥壳，吃肉／／脱衣，上床／和牡蛎一样，她也是死亡的盘中餐／在男人和山水中进进出出，她半夜上／床／和鬼相依"。

龙小羊的诗吟再次印和了空灵联想中的人与动物间的慰藉。从天空伸向海洋，还有更广袤的宇宙寄所。红衣裳的外场有一道乳白的烟圈画出来，在俊美的朱唇周迹廓开，向带有花草芳香味的氛围里徜徉、曼舞，即便是高原，即便是缺氧的戈壁，她也一定是另一种饱和的养分。别说是牡蛎就是木头也会把它养活，暖化。牡蛎当做她是母性的吧，女人脱衣用身体围过她，像姐妹的爱抚，也像母女的怜疼，牡蛎是性别不清的，更暧昧的也许是期许相恋的情侣伙伴呢。果然，她们在半夜上床，用漆黑中的默认迎接早上的晨曦。

空灵可以幻化为空间的无边旷宇，它有奇幻无边的存在，物理、化学的、场和光和射线，凡俗的人体肉眼看不见，诗可以看见，按美的规律成型，精确的对称，天造的乐律，仙人的天堂，诗人感觉的诞生。

跨越表面的复写，倾听心灵发出的声音。泄密的创伤："跟一个老男人聊天至三更半夜／除了身体的软弱，精神的疲乏／我不知道他是诗人／他依然故我／掩藏自己的身份（或许是不屑一谈）／讲起青年当兵的日子／在海上／在岸上／皮肤晒得黑黝黝的／当然，海上的日子／大海和波涛／是纯白的／他以此反照内心深处／岸上的日子／和树、阳光站在一起／倾听、对话，树与光言语相通"。

陈吉楚的诗歌带有很强的前卫挑战性，他在努力破坏传统开出的阔道，拆除了旧有的城墙，还有多余的篱笆、栅栏、土墙、绊脚石。诗歌的主题沿着空间的外延涨出，想象漫天驰骋，秩序听从诗人的驾驭，灵活洒脱地挥舞着鞭子，甩碎空中的迷雾，在上空摆动诗行。诗不用笔去写，而是灵魂里迸发乍现。生活里一大堆的故事、情节、主题、风格随天才的感觉电一般穿梭，像蜘蛛无意的编织，活动活动身躯，诗网上的布局就精美绝伦，妙不可言。

"小朋友你还年轻，""他依然故我／话题转移到退役后的日子／读书、踱步、思考、看孩子／嘴里念念有词，关于春秋战国的诸子／寻找中西思想的对接点，及现代意义／这是伟大的命题，但也不如／嗷嗷待哺的孩子要紧／需要放下哲思的架子寻找粮食"。

改写线性的叙事，诗歌和小说不一样，小说东说一句西说一句读者找不到北，拘拘束束，扭扭捏捏的诗歌本身也找不到北，找不到灵感来源，诗就味同嚼蜡。传统的叙事诗、诗剧只是说话押韵，带上节奏，这样的作品就是个不自然的东西。当然意大利等西方舞台延续的歌剧也有人叫好，我们所向往的诗歌肯定不是这个模样。中国中央歌剧院、中国歌剧院剧目卖不出票去，似乎说明，歌剧不是最受欢迎的艺术形式。这从临近的专业说明，诗歌要有更自由的空间，不能把概念捆绑得不是它自己。

"他如果不生存在当代／可能会和鲁迅站在一起／可能会是萨特的好兄弟／可能会被记入哲学著作／或思想史或隐秘的诗歌史／然而现在半夜三更／他已经把我催眠／而他居然是个诗人／说出泄密的创伤／／其实，我更迷恋他在海上与岸上的日子／我更关心饥饿的孩子"。

诗人与对话者的错位，诗歌的叙述在惯常的情况下都是一致的，总该是有说有听，但游离对话场的诗歌叙述开启了诗歌声响的天窗，你说你的，我想我的，说的可以在表达情景里释放形象的地位，听者的游离和眼前的事物对位地发生作用，同时又和不在场造成想象的另一空间。说的尽管说、边上的人尽管走神、听者的脑海里的世界照样活跃，三足鼎立的空间现象在一个诗作里各行其是，各自穿梭自己的领地，又在一点里诗歌的节点上汇聚，诗歌成了一个交响乐，一个各种思想的和鸣。

"所以你做帮厨来了？"／他依然故我，眼睛放光／"工作是一回事，接近刀是另一回事。"／接近刀？刀是利器，它有自己的使命／／它不应该只是菜刀、肉刀或水果刀／那是什么刀？——"手术刀！／发光的，解剖人类未曾解剖的命题，／在物质与精神之上，寻找答案。"

在场，不在场，把陈氏的诗歌捆扎在两个灵魂的空间里，这就是两代人代沟的影响，诗人和另一个叙述者的生活背景、经历、注意力不同，他们都朝着自己的目标靠近，搜索信息。

新诗在叙述方式上的改造是诗人的一个重大使命，有关语言的革新问题至始至终都是作家、诗人的努力方向，作家马原的语言圈套做过尝试，但自己把自己套在了里面，最终闹个自己不知所云，孙甘露作为诗人的诗歌创新也没有大的收获就草草收场了。

"90后"出生的诗人在诗歌革命后的时期融入创作队伍里，吸收了足够的诗歌传统营养，与他们生活的时代构成同步写作的情态，在中国更多的政治运动和计划经济体制过后，文学和诗歌的枷锁渐次打开，诗歌在诗人固有的理论概念里已经清除的所存无几。大的世界潮流和全球共同体的文学方向让各国的文人和诗人在思想上交流，思绪飞越共有的诗歌天空，像鸟一样振翅着缤纷的艺术想象。新生代诗人在中国家庭组织结构中从被管的孩子解放或被宠到天上和获得了以个人为中心的一己世界，儿时的无拘无束、天生聪慧所带来的奇特想象都发挥了极大的作用，点燃了诗歌殿堂的烛光，诗歌的辉煌流光溢彩，个性独显，使诗歌回到了被囚禁后的葱茏田园，绽放芬芳。

在期许中建立诗歌意向，以人性构建诗歌的秩序。不仅是诗歌，所有文学艺术形式都应该有其自身的责任和使命，诗歌作为拥有悠久历史生命的文学艺术，她的存在和表现同时都是以探索的态度向前发展的。中国的古诗词及中外诗歌大家、诗圣、具有天才标志的诗人都在高雅的文化殿堂楚楚站立，除以上提到的中国诗人还有外国的莎士比亚、普希金、雪莱、马雅可夫斯基等，他们都在用诗歌表达人类的声音，表现人性的愿望归属。"90后"的新生代诗人不是后现代的无为和嬉皮士的象征，产生在诗人群里的发言者都是思想更先锋的创造者。他们勇敢无畏地担负起时代的命运，表现出营造新世界和新秩序的可贵的自觉。他们的意识就是诗歌里的品性与精神，是开放的、独立的、自由的表述和行为。

熔：

"这是一部韩国电影／没看之前／我以为又是纳粹在奥斯维辛集中营／敲金牙、织地毯、制作人皮灯罩，／在这里，死亡也可以批量生产／看后我就心凉了。熔炉有没有人性只有天知道，幸存者们在其中沉湎日久／那种有关性的暴力层出不穷。"

赵应的诗把声音作为锻造的印记，诗歌中的每一个字都是喊出来的，对丑陋刻骨的仇恨，谁把人类弄成这个模样，那些狰狞的面孔在他们出生的时候不是也幼稚可爱吗，但是，当他们长大了，他们的双手可以作用的时候，人就成了禽兽了吗？他们讲危及到什么范围，那些地方又在他们的黑手下被糟蹋了。

"在一个／三面环海的半岛国家／日影与憎恨渐深／从孩子身上割下一块血淋淋的肉喂给乌鸦／就可以满足几个变态男人的糜烂入侵／满足感官的胃口／以及砸向地面的贞操／并非所有人都忠于下体／包括玉女和良人／像我的声带坏了／却没有一个医生好心治疗"。

诅咒诅咒复诅咒，这个该死的堂皇里的不公，平静周遭内的恶魔，诗人是向你开火的，没有激情哪有什么诗人，没有血性哪有什么人性。这就是诗人的誓言和锻人的场面，它在这里顶天立地，他是一个冲锋陷阵的拼死的士兵。我讨厌妥协，但很多时候，我还不得不接受人群的猥琐和假笑，剥尽坚硬的骨骼。//像你宣称狗通人性，但那并不真正属于心灵。

卸下你精致的妆容，连同耶稣赶向大熔炉，看看那熊熊大火能重铸个什么新世界。

"90后"出生的诗人精神也有狂飙的劲力，它可以卷起更大的诗界运动，而非纸面的吟唱，在今天的文学感受里它就是鼓角的震撼，它告诉我们诗歌已不是狭隘概念里的文学解释，诗是一种生命，一种思想的迸发，一个世界的存在，一个精神的乐章。

尾声：对看不懂的观念阐释方式与阐释能力

　　文学艺术作品经常被提出看不懂，这是正常的。这主要是专业的限制带来的，像航空航天的一些东西我们看不懂一样，我们不是那样一个专业里的，外行当然看不懂。像小学生看不懂大学生的课程一样。

　　人的理解能力是不同的，专业的深度就可能，甚至更多地形成看不懂。如果都看得懂这个专业就太过浅薄了。其实，它属于专业未来的方向。

　　拿诗歌和电影而言，诗歌虽是文字的表达，分行、跳跃的语言和思绪可能人人看懂吗？电影的镜头在电影史中的创新，电影理念能人人皆通晓吗。

　　顾城诗中的"黑夜给了我黑色的眼睛"你懂了吗？似乎也懂一些。诗、电影的象征都是什么，其他艺术形式的更多隐喻，臆想都可以在艺术中出现。

　　好了，笔者说的话，你也觉得是一堆呓语，也许看不懂，那么，我们慢慢进入文学艺术世界的迷宫吧。

　　虽说文学艺术是大众性质的，是传播给普通人的，但更专业的文学艺术也是同行们探索的问题，面世以来针对读者和观众，这个看不懂就来了。

　　台湾导演侯孝贤的故事片《刺客聂隐娘》获得第68届戛纳电影节最佳导演奖。这当然是一部优秀的影片，但大部分观众提出看不懂。姜文自编、自导、自演的《太阳照常升起》获得亚洲电影大奖。多数观众对多个场面提出看不懂。姜文导演的《鬼子来了》获得戛纳国际电影节评审团大奖、夏威夷国际电影节Netpac奖、日本每日电影奖最佳外语片等多项国际荣誉。其中后面的一个镜头，姜文的脑袋被砍下来，眼睛还在眨巴，你懂了吗？它自然也不符合一般人的生理表现，但我们都知道鹅的头砍下来，它还要在院子里挣扎着跑上几圈。

很多场面和主题一些人仍然提出看不懂，但这些影片无疑都是好影片。艺术家是要专捡些没有逻辑秩序的东西，或者不合情理的东西来揶揄你吗？

这些批评家也提出看不懂就离谱了，但批评家看懂的是什么呢？可以理性逻辑的解读吗？这些影片是供理论家来评析给观众的吗？

完成这个问题是批评家最难企及的批评高度，首先说文学艺术本身就是想象的艺术，既然是这样，就允许天马行空。从神话小说和电影谈起，《西游记》看懂了吗？因为它问世的历史太长了，读者和观众感觉似乎是懂了。电影《人鬼情未了》看懂了吗？鬼看到自己先死去的过程，是什么？鬼是什么？对看不懂也是这样一个过程，再有文学艺术应该允许也是一种猜想，也是一种情绪的表达，或者更多。我们还是慢慢、耐心地表述说明这个问题。

第一节　作品连续阅读

有些文学艺术作品在阅读和观赏时会出现一些不理解，这是正常的。面对众千的受众者，怎么会个个都心领神会，文学艺术有高低之分，受众者也有高低之分，六岁的儿童怎么能和成人比理解能力呢？同龄人的智慧专业不同对文学艺术作品的理解差异是普遍存在的。

一个会思考的人阅读观念是自己建立起来的。阅读不是就一本书阅读，阅读是思维的大脑在眼睛的视域中对世界的判断。阅读的过程是创造的开始，没有阅读后的创造阅读是没意义的，纯粹的消遣性阅读不是一个有意味生命里的正极指数。科学家在公式、定理中阅读出新的发现，艺术家被阅读启发出作品的灵感，理论家的工作其实就是阅读方法的呈现方式，是不同于别人的阅读个性记录。看一本书是阅读、看一部电影、听一段音乐、看一个人的举止也是阅读，是不同类型的阅读。通常的阅读是作品阅读，首先作品是需要选择的，因为我们人的生命是有限的，一个长寿者终其一生不停地阅读也只能看到浩如烟海的作品的一点一滴，因此，阅读一定要读好作品。我说一例阅读体会，说明连续阅读的概念。

前段时间朋友推荐一部好看的电影《钢的琴》，打开电视看电影，《钢的琴》是一部由张猛执导，王千源和秦海璐主演的喜剧电影，被誉为2011年度口碑第一片。《钢的琴》讲述了一位父亲为了女儿的音乐梦想而不断艰苦努力，最后通过身边朋友的帮助用钢铁为女儿打造出一架钢琴的故事，通过小人物幽默与艰辛，展露一段感人至深的亲情和友情。该片获第23届东京国际电影节"最佳男演员奖"（王千源）；第三届悉尼中国电影节"评委会特别推荐奖"。作品连续阅读不是从头往后看，不是一部接一部书地看，是一部作品的连续状态的理解和阅读想象。

［阅读点1］文化阅读"离婚"：中国和世界社会的普遍并长期存在的现象。《钢的琴》这部作品中的阅读点是离婚后的女儿。对于女儿不是抛弃谁也不要，而是父母谁都想要，但是女儿喜欢弹钢琴，你们俩谁能给我买起钢琴我就跟谁。读解：在指定范围里亲情大于爱情，夫妻相爱是有条件的，条件是原则的，不期而至的。父女情、母女情是无条件的，心甘情愿的，是血统的自然属性，自然大于伦理，自然呈现纯质的美。缺少阅读能力的人可能会纠缠在"离婚"上，或者琐碎的后事处理上，而中断有意义的阅读。

［阅读点2］跳跃的扩散性：个人创造性阅读"钢的琴"：电影故事的生成渠道。钢琴，不是望文生义的有点常识知识的都知道它不是用钢做出来的。但，故事的陌生化（俄国什克洛夫斯基理论）超出了你的阅读经验和惯性认识，它还真就是钢做成的。电影叙述和情节矛盾都从它开始，也从它结束。

［阅读点3］专业阅读：《钢的琴》是电影阅读，而不是小说阅读。任何一种阅读必须是专业性阅读。电影与小说不仅表现形式不一样，其实电影和小说应该说是完全不同的两个艺术种类。受众不一样，电影看的人多，小说要会认字的人看，当然认识一个字也算认识，只认识白菜怎么写和知识分子是不同层次上的人，专业人士与外行兴趣关注的侧重点不同，看电影的深浅程度迥然。电影是指定演员的表演，小说是文字阅读想象后的每个人自身经验过的人物活动。一千个读者就有一千个林黛玉、哈姆雷特，电影就一个林黛玉、哈姆雷特，观赏和判断是有局限的直观来源途径，但局限是选择之后

优秀的指定作品中的唯一者，被视为是最好的，因此，电影夺得你的挑选权利，一定数量的观众是自愿的被俘者。电影主题为电影规定基调和风格。电影的前半部是无序和不和谐的。作品的主旨认定在变换的情节中随作者和观赏人读者的接受能力渐次展开、深入，镜头的好坏，不是摄影手法漂亮不漂亮，而是严格的有逻辑的述说能力表达和对事物准确的认识程度在镜头的复现，视觉呈现创造性地采用和突破性的新的电影思想。

　　［阅读点4］哲学层面的解读：家庭导致个人的生存目的和内里追求。家庭是人类现阶段历史进程的社会基本组合形式（到马克思的社会理想形态结束，国家消亡、家庭解体），是社会体制中最不可缺少和人自身的生命所需。但夫妻不是永久逻辑里的属物，女儿和儿子在唯一可选的对象中充当了永久的化身，假设女儿和儿子也不是永久的情感所依，那这个世界就再没有想要的东西了，包括人以外其他的动物而言。属于宗教理念中的爱意是把女儿和儿子列在所有生命中的普通一物，是在最爱至亲中被淡化的一种程度。

　　［阅读点5］属于个人性的思维体系的发挥：单独看世界的眼力。这一点我认为是最重要的，人云亦云的阅读是很没眼光的平面平庸观看。这一点除思考的深度以外还有个人对一个问题的偏好和所散发的多个关注点。《钢的琴》我所倾注的是父亲爱女儿的方式和偶然来到这个世上又成为知交的血缘情重。它构成了人类最美的情感奉献形式，不同于夫妻之爱，浓注于男女之中，是两性中男性对弱女和爱女的强大保护和作为人类力量的深底动因驱力，是消解于狭隘男女关系的精美油画。女儿爱父亲亦因如是，不是简单的一个弗洛依德的恋父情结所能解读的，她要比它丰富得多，依附的童年天真和有女初长成的天国世界都在这里描摹新彩，曼妙绵长。

第二节　以批评的方式面对电影《画皮》
皮相与内心的矛盾自辩

　　三度置换，人妖颠倒，《画皮》作为古小说《聊斋志异》中的一个故事，在电视、电影中做了七次的改编，给改编留下了广阔的空间余地。一种文学形式被其他多种文艺看中，有的是主题的意义，有的是某一种现象的发现，也有一种是一个文学艺术形式的表现方式，《画皮》被连续改编，它的首次开发是"鬼"在片中的惊悚效应和影视功能，但当下一改再改的电视、电影《画皮》也已经逸出这个单一的指向了，在三版的《画皮》电影中已经有后两版的《画皮》不再恐怖，鬼妖的概念由"把人吓死"转向凄美，可接近，而且正常地进入了人类叙事中间。

1965年香港凤凰影业公司出品的《画皮》和2008年、2012年接连拍摄的同名电影《画皮》构成了一个连续的主题辨认，就是女人的皮相与内心的地位，是哪个更重要。当然，简单的判断会倾斜在内心上，可是，现实中往往是相反的结果，文学没有准确的形象证明，再说文学艺术也没有如同自然科学里的客观答案，哲学也没有专门的定义和讨论，这样一来电视、电影自然找到了可发挥的空间，一部同名电影自身反复陈述和辩解都说不出个所以然来，而且越演越说越糊涂，尽管电视、电影《画皮》已有过七次改编，只电影就有三次，但就女人的皮相和内心的地位却被说乱套了，它还有不断改编的余地和空间可以延宕下去。

厉鬼变成了魅惑的狐妖。电影《画皮》脱胎于清代蒲松龄的志怪小说《聊斋志异》，属于多篇汇集的文言短篇小说本。《画皮》只是其中的一篇文章，也只有1600余字。说的依然是劝善惩恶，假借狐妖暗喻人间，是一部主旨鲜明的警示之作。全部的《聊斋志异》内容丰扩，故事杂生，题材绝大部分来源于作者斋棚的茶余闲话，古怪轶闻，夫媪咋舌混聚其中，它的全书主调都是对封建制度种种束缚的暗嫉和责骂，记述平常，却孤愤在胸，可算作民间的一种传闻野录，经作者加工润笔成册，然鬼魅志怪是他其中笔力倾斜最大的一部分。

作为一个成书的旧世文言古迹，《聊斋志异》中的魑魅幻境却使现实多了一处对照的粼光，予娱乐以玄奥的炫秘，同时给文学异度空间提供了一个广阔臆说的世界，造设了更多的可发挥旷地。正是在这个材料提供中电影作为文学的第二次表达，将它发挥到淋漓尽致的程度，几次复写变换，性味不了，兴奋情绪逐级上调，日见高涨。

1965年香港凤凰影业公司首次把《画皮》搬上银幕，导演是鲍方，编剧为黄布衣，由朱虹（饰演梅娘）、高远（饰演王崇文）、陈娟娟（饰演陈氏）、翁干（饰演王崇武）。那是作为"鬼片""恐怖片"的效果出现在观众视觉中的。电影上映后有过分的传言说，曾吓死过人。电影画面的梅娘露出原形是丑陋厉鬼的狰狞，龅牙外呲，两手屈伸，向人的心脏抓去，再掏出一颗鲜红带血的心握在手里。在这样一组镜头中电影风格和技巧采用低声音乐的鼓点敲击，声音由弱到强，由远到近，制造恐怖气氛。镜头处理上在昏暗的过道一角，月光映出隐约可见的人影在墙上，不直接拍"鬼"身，把阴森的可怕感在电影表现能力和现有拍摄技术中做了最大限度的发挥。

电影的主题尊重了原著，依然是扬善除邪，安分守己。电影能借用的是"鬼"的画面功能，2008年上演的《画皮Ⅰ》，由邝文伟（Abe Kwong）、陈嘉上（Gordon Chan）编剧，钱永强、高林豹联合导演，由陈嘉上总导演，选择了国内一线演员周迅、赵薇、陈坤、孙俪、甄子丹演绎剧情，把恶终坏鬼的形象基本翻了案，虽说剧中和剧尾都细致地推进了佩蓉（赵薇饰演）贤惠、美丽的爱妻，王生也在迷惑中清醒，可以用死来换取佩蓉能活过来，可是小唯（周迅饰演）已然占据了他的内心，不管王生作为爱意的表达还是幻觉梦里的随魂堕入他都属于另一女人的获猎品，王生极力想辩解的忠诚的爱情已经在丧失说明能力的真情中证明完了，而且是个反面的证明，王生喜欢、爱小唯是刻骨铭心的，对佩蓉只是一个交代的言不由衷的虚假示忠，并且，影片的结尾也证明了这一点，小唯不失可爱，并且可爱得可怜，实为让人爱怜，她的还原小狐狸的姿态堆缩在一角，是她把心还原给众多死人，让他们重新获得生命之后的回报，这样的弱小爱狐还不可爱吗？大家都爱，王生已经爱不能已的情缘还有什么理由不去爱了呢？

王生说不管佩蓉是人还是妖我都爱她，爱，就是佩蓉如果是妖，也爱，那小唯呢，小唯是妖，没有左右他的爱，妖可以由人来爱，妖和人可以颠倒过来。不管是阴阳两界，唯小唯的皮相俊丽媚惑，爱由女人的皮相而生，内心的美丽没能战胜外表的妖娆。

也是电影自身的矛盾，也是电影再演的理由，2012年导演乌尔善再度把《画皮Ⅱ》搬上银幕，由冉平、冉甲男等10人组成了编剧团队耗时一年时间编出现在的故事，继续演绎解读皮相与内心的关系。用的主要演员，能表现皮相与内心的还是由外表三个从前的相貌上来，周迅、赵薇和陈坤，避免在换了皮相的人中扯不断争辩的缠词，弄出岔来，在叙事上也形成连续性，但这回就更说不明白了。

连名都改了，佩蓉叫靖公主（仍由赵薇扮演），王生叫霍心（仍由陈坤扮演），暂先不说小唯能不能战胜靖公主，靖公主的脸还多了一个面具，甭管它是金子锻出来的还是玉玺的精雕，好的脸蛋是没必要罩上的，那个该死的熊瞎子怎么就把靖公主的脸给舔了呢。它分明说明靖公主是个有残疾的人，是毁了容的女人，爱意也是随那张脸的泽催逐层攀升陡降的，锦屏一小块的遮挡是可以的，像是个自我安慰的说辞，若是一大片被硫酸泼过了，或者烧伤的扭曲，你霍心还是哪个圣洁的心里之爱的迎觑都要尽可能回避目光少看了，也让被看者少几许自责。

剩下的靖公主是在什么心理之下的追求爱意，自卑成了第一道入口的关卡，第一主角也只好改成靖公主的身份，那还是没出闺门的憨妞呢，爱在身份上降下去了，权利也没了。

靖公主在败者一方苦苦单恋，一个小女子心里没有别的，只剩下了爱，爱，还能有什么大将之风，絮絮叨叨地和霍心追溯从前，从前能说明什么呢，"时间本身是荒诞的，空间本身也是这样。相对性和绝对性都是相互映射的结果，每一方都常常涉及到另一方，空间和时间亦复如是。"[1]发小的友情都能成为长大时的爱吗，刚出世的婴儿还有从前呢，才从母体的呵护下来到人间能有什么伤残，它终究不是情爱的记忆和刻痕，哪有叙不完的儿女情初衷。

小唯更加精神抖擞，在还原白狐后的第二次蜕变当然功力又见长许多，野狐的心术很灵，但毕竟没有人的大脑发达，还是用上世的老办法，可怜无助被裹进宫中，但只要一进宫就掌握了主动，妖法制王稳操胜券，霍心必是一个被魅惑，无论是小唯的妖法还是男人的弱点怎么能不奏效呢？否则不是白从上界到人间了吗？霍心即在妖雾中迷失了自身。

吃人心养皮和换相媾亲，小唯休养生息，并让情敌和猎物双双出轨，小唯在人性的弱点中乘虚而入。靖公主的身体最热，可以速解严冰，小唯最怕冷，吃了靖公主的心就可以让自己永活在人间了。作为靖公主心什么时候给她可先挂置不计，能在此前一借之皮先饱了她和霍心的亲热再说，管他爱的

---

[1] 亨利·列斐伏尔：《空间：社会产物与使用价值》（转摘自《现代性与空间的生产》上海教育出版社2003年版。

是自己还是狐妖，心里苦闷，身体神经快活，比什么也没有强，爱不能只用空壳来形容，要有个实实在在的东西放在那。靖公主已经失去了被霍心真爱的高贵，在苟活、苟爱里挣扎。

长长的夜晚靖公主苦守着对霍心的凄念，失落和孤单只能去找小唯，找情敌去解情由，化敌为友，小唯越来越接近对霍心的俘擒。

靖公主和小唯成了朋友，两个同病相怜的相互利用的朋友，女人的软弱和女人的自私狭隘别说在妖法手下，就是在一个常人面前也要被击败。似乎女人生下来就是爱，不会别的事，但爱是有条件的，也有方法和策略，作为凡人的公主也千方百计工于心计，但好像这两样在她身上越来越笨拙了，借了小唯的皮相跑去跟霍心折腾了一个寝合，是争取了霍心的心还是促成了小唯的投怀送抱呢？女人爱的时候越发地发傻，是靖公主的身和霍心睡了一觉，但霍心睡过的还是小唯的皮相，是皮相下生出的媾合，靖公主满足了一时的痛快，剩下的就是自己埋下的孽种，同一个时刻的身体盛宴你是和霍心交欢，霍心是和小唯交欢。

凡界的男人口是心非。男女之事需两边论，霍心真是被惑了心，也被获了心。他在同名的两部电影里就用了两个名字，王生和霍心，从被惑体到被惑心，"思维是成系统的，体现概念的词义自然也是成系统的。"[1]男人的弱点暴露无遗，英雄难过美人关，1965年香港影业公司拍摄的《画皮》中王生作为书生没有过了美人关，到了2008年上演的《画皮Ⅰ》43年中把读书的文生换做都尉的武生王生还是没过了这一美人关。文生天性浪漫，好弄风花雪月，武生在外表威严下夜晚也要风花雪月一番。都说武生、刀剑可以避邪，邪是避了，但邪媚避不了。男人战胜男人要挥刀斩戈，硝烟弥漫还要送上个原子弹，女人战胜男人真不用吹灰之力，看见那美艳就晕倒了。似乎男人争来争去，斗来斗去，事业、权利、政治、嫉妒、残杀、舆论、搞臭，还是为了那么个女人，那么一群的女眷。中国的帝王全要三宫六院，皇后、皇妃、小妾的龙种都想继位，继了位还要继皇妃，继小妾。中国的官腐都"与多名女性发生或保持不正当性关系"。没有被查办的官员一个也没有生活作风问题，白天整治异己的女人问题，晚上给自己枕边再放一个新女人。扒拉手指

[1] 李润生：《二十世纪五十年代以来汉语词汇系统研究述评》，载《燕山大学学报》2007年第2期 张志毅、张庆云、1995，周国光1986。

头，数数数，合计一下这一辈子，在器官还好用的时候，能睡几位数的模特和明星。一个武士，一个怀有远大抱负的政治家，霍心惑的不是江山社稷，惑的是个狐妖，惑的是个女狐妖。

不管是香港第一版的《画皮》，还是周迅主演的两版《画皮》其中的第一男主角从文弱书生王崇文到王生再到霍心演绎的都是虚假的忠贞，伪善的根性。爱一个女人的皮相还是爱她的心，台词都是爱他的心，但全部都是反演的。

男主角一出场就碰上艳遇，1965年香港版的王生到附近郊外魁星阁烧香求佛，欲当年赶考登科，巧识鬼扮的梅娘，她说自己是逃婚跑出来的，去找在太原的家父，并说家父是主持山西乡试的学政史。王生把梅娘看做帮自己成就功名的贵人，于是把梅娘留在自家的后院书房金屋藏娇。2008年上演的《画皮Ⅰ》王生出场是率兵打仗，像是抛绣球，把竿子一伸，钓上来一条美人鱼，幸运地迎回个狐妖小唯，求取功名和征战南北都和游手好闲的公子哥在大街上寻女人差不多。2012年版的《画皮》更顺利，是一国的公主靖公主给带回宫中送到霍心将军手里的，这回都不要自己动竿子了。

为了女人可以付出巨大代价，霍心拿从前一进宫就跟随靖公主一生的誓言为换取砝码，在幻觉和梦里出轨，与小唯偷欢，用深爱的蜕变和出壳的忠贞做赌注。1965年香港版的王生为了娶回梅娘还差一点一念之差把自己的贤惠老婆给毒死，连自己5岁的心爱宝贝都险些送了性命。

经过反复证明结果是证错了的东西，是否还要再证明下去，作为女人是美貌重要还是美心重要，真有坐怀不乱的人，莫非那个柳下惠是生理有病吧？聪明的老板和老总们可都是健康人，招聘员工的标准，都要写上工作能力强，但一到现场都把眼睛盯在脸蛋和身段上，有的还带把尺子像科学家丈量地球一样丈量一下眼前的"三围"。霍心为了让自己再不被美色魅惑只好把自己的眼睛戳瞎，以示忠贞，他堵住自己的邪念，省着"就是一千次看见这张皮也会一千次被魅惑"。行了，已经下了决心，那些忠诚自己女人的男人们都要用这样的方法来管住自己的动心，不然只要女人一出来那个该死的念头也跟着出来了，而且这个世界上也不知怎的总是一批批、一代代、一波波地女人潮水般涌现，都像妖一样来引诱自己的邪念，做男人就没有道德了，太好色了，都有生活作风问题。

电视、电影七版都没论辩清楚，女人是皮相重要还是内心重要，电影惟妙惟肖，主题与演绎自相矛盾，这回导演有了更大的阐述空间，应该再出它七八版，《画皮》还将成为更大的发挥延宕。但估计也未见得能把事说明白，编剧和导演也用了七八个，说不明白，也不想说明白，男女之间的这点破事是看漂亮为主还是看心里美为主，这个初级的问话听着是容易，遇到真事就转向，也跟妖差不多，今天是人，明天是妖，也跟人差不多，这里是妖，那里是人，人妖两界，阴阳两界在世间里难辨，在阴朝里也难辨。电影《画皮》的主题好像是费挺大的劲劝男人别好色，现在只有一个办法，要让男人把自己管住，就把自己的眼睛像霍心一样戳瞎，从哪来从哪治，从《画皮》始，亦从《画皮》止，对，这个办法行，把眼睛戳瞎，都戳瞎，电影也就不用看了。